中国《金瓶梅》研究会（筹）编

第十六届（上海）国际《金瓶梅》学术研讨会专辑

金瓶梅研究

第十三辑

复旦大学出版社

《金瓶梅研究》编辑委员会

主　编　黄　霖
副主编　吴　敢　王　平　陈东有
　　　　何香久　卜　键　陈益源
　　　　陈维昭　许建平　张进德
　　　　霍现俊　史小军
编　委　王汝梅　宁宗一　陈　诏
　　　　赵兴勤　梅　节

目 录

成书与版本研究

《金瓶梅》和《水浒传》版本关系论 …………… 周文业（ 1 ）
董其昌与《金瓶梅》 …………………………… 张传生（ 18 ）
从校勘角度看《金瓶梅词话》《福寿丹书》两书《行香
子》词的传袭关系及《金瓶梅词话》的刊刻
　　——与杨琳、黄霖及叶桂桐三位先生商榷 ……… 杨国玉（ 26 ）
内阁本《全像金瓶梅》散失叶数的估算 ………… 董玉振（ 43 ）
傅惜华藏乾隆抄本《金瓶梅传奇》内容考订及主题
探究 …………………………………………… 徐志平（ 46 ）
《第一奇书金瓶梅》木版巾箱本叙录 …………… 张青松（ 63 ）
删节版《金瓶梅》研究 …………………… 赵俊杰　赵　辰（ 74 ）
重申"《金瓶梅》传世的第一个信息出现在明万历二十三年"
　　——再次请教黄霖先生 …………………… 周钧韬（ 83 ）

思想内容与艺术表现研究

"仁道"不存：论《金瓶梅》儒家伦理精神的衰废 …… 梅东伟（ 93 ）
从《金瓶梅》中婚姻形态描写看作者婚姻观 ……… 赵　茜（112）
西门庆：齐泽克哲学视野下的"怪物"
　　——《金瓶梅》经典人物形象再探 ……………… 谭楚子（120）

鸡尖汤·金镯子·乔五太相貌
　　——浅议红楼得金瓶壶奥 ………………………… 马瑞芳（134）
《金瓶梅》的构想
　　——以容与堂刊《李卓吾先生批评忠义水浒传》为
　　　线索 ……………………………………………… 川岛优子（144）
《金瓶梅》中生育叙写多样化的思考 ……………… 伏　涛（161）
略论《金瓶梅》里的真实自然与自然主义 ………… 程小青（176）
性爱与救赎：《金瓶梅》中"雪"之叙事意义 …… 李晓萍（183）
《金瓶梅》建筑研究的缘起 ………………………… 李　辉（195）
《金瓶梅》第三十九回的结构 ……………………… 田中智行（206）
《金瓶梅》西门庆府邸的厅堂叙事 ………………… 孟欣誉（223）

语言研究

《金瓶梅》疑难词辨析（二）
　　——与杨琳先生商榷 …………………………… 孟昭连（238）
方言唯一性
　　——以"七担八柳""凹上了"为主语料 ……… 陈明达（256）
几个有关缝纫的汉语字词 …………………………… 甘振波（270）
《金瓶梅词话》方言究系何处方言
　　——从与兰陵方言、地域情况的比较看其归属 … 李照川（277）
《金瓶梅》"一个粉头，两个妓女"考辨 ………… 刘洪强（292）

传播研究

《金瓶梅》当下传播漫议 …………………………… 王　平（297）
从阅读角度看《金瓶梅》传播障碍及解决
　　策略 ………………………………… 李　奎　张靖苑（313）

试论20世纪《金瓶梅》的传播受众、效果与基本特征 ……………………………………………………… 刘玉林（323）
从远山荷塘和《金瓶梅》读书会看明清乐在江户后期的传播 ……………………………………………… 樊可人（333）
尾坂德司《全译金瓶梅》述介 ………………… 傅想容（355）
从称引维度探求古代小说在越南的影响
——兼谈《金瓶梅》在越传播的特殊性 ………… 林　莹（364）

我们走在希望的大道上
——第十六届（上海）国际《金瓶梅》学术研讨会
　　开幕辞 ……………………………………… 黄　霖（383）
金学分析
——在第十六届（上海）国际《金瓶梅》学术研讨会
　　闭幕式上的总结发言 …………………… 吴　敢（386）

《金瓶梅》和《水浒传》版本关系论

周文业

一、"武松见武大"在《水浒传》《金瓶梅》版本中的差异

《金瓶梅》中武松故事来源于《水浒传》，在各种《水浒传》《金瓶梅》版本中武松故事的描写又有所不同。对于《水浒传》《金瓶梅》中武松故事的演变，很多学者做了仔细研究，但对于其中武松见武大的描写，在不同《水浒传》《金瓶梅》版本中的差异，至今似乎没有人仔细研究过。

首先，集中研究武松见武大的故事描写在各种《水浒传》《金瓶梅》版本中的差异，分析这些差异是如何形成，由此看出《水浒传》《金瓶梅》版本的演化。

这些版本在武松见武大故事情节上的差异主要有以下两点：

（1）武松见武大和武大娶潘金莲搬家的两个故事叙述的颠倒；

（2）武松见武大的时间、地点略有不同。

以下先分别介绍这两部分描写在各种不同版本中的差异，由此看出从《水浒传》繁本到《金瓶梅》词话本、崇祯本的演化。

其次，根据武松打虎故事在以上版本中文字繁简不同，研究《金瓶梅》中武松打虎故事来源。学术界一种看法认为是来自《水浒传》繁本，但也有学者则认为不是，而是来自简本，或同时参考繁本和简

本。本文认为这些看法根据不足，《金瓶梅》武松故事是出自《水浒传》一个早期繁本。

本文研究方法主要采用文字比对，但限于篇幅，无法将比对结果逐一展示，只是对文字比对结果作介绍。

二、"武松见武大"在《水浒传》《金瓶梅》中的文字差异

下面仔细分析和详细说明武松见武大故事在《水浒传》容与堂本和《金瓶梅》词话本、崇祯本中的文字差异。

1. 武松任都头后，和大户们吃了几天酒，三本叙述基本相同

● 《水浒传》容与堂本："吃了三五日酒"。

● 《金瓶梅》词话本：与《水浒传》容与堂本相同，为"吃了三五日酒"。

● 《金瓶梅》崇祯本：文字略有不同，将"三五日酒"，改为"数日酒"。

2. 武松见武大，三本描述有所不同

● 《水浒传》容与堂本："又过了三二日……武松心闲，走出县前来闲玩"，武松见到武大。

● 《金瓶梅》词话本：与《水浒传》容与堂本不同，只说武松"一日在街上闲游"，后面完全没有说到武松见了武大。

● 《金瓶梅》崇祯本：文字和词话本不同，与《水浒传》容与堂本基本相同，武松在街上闲走遇到武大。但删除了"又过了三二日"。

3. 插叙武大娶潘金莲搬家到阳谷县，三本描述有所不同

● 《水浒传》容与堂本：描述了武松见到武大后，再回头描述武大娶潘金莲搬家到阳谷县。

● 《金瓶梅》词话本：与《水浒传》容与堂本不同，武松任都头

后，没有说武松见武大，就直接转入描述武大娶潘金莲搬家到阳谷县。

● 《金瓶梅》崇祯本：文字与词话本不同，与《水浒传》容与堂本基本相同，描述武松见到武大之后，再回头描述武大娶潘金莲搬家到阳谷县。

4. 回述武松见武大，三本描述有所不同

在描述了武大娶潘金莲搬家到阳谷县后，三本又回述武松见武大的经过，包括时间、地点，各本复述不同。

● 《水浒传》容与堂本：武大说，他得知县里任命一姓武打虎壮士为都头，就猜是武松，一日在街上撞见。

● 《金瓶梅》词话本：与《水浒传》容与堂本完全不同，在叙述武松任都头后，并未说武松见武大，而立即转而叙述武大娶潘金莲搬家到阳谷县，之后再回头叙述武松任都头，人们送他去住处，被武大撞见。

● 《金瓶梅》崇祯本：文字又和词话本不同，和《水浒传》容与堂相似，因为前面已经描述了武松见武大，此处就简单再复述了武大撞见了武松。

三、"武松见武大"在《水浒传》《金瓶梅》中的叙述顺序

武松见武大故事分三部分。

第一部分：武松要去清河县看望哥哥武大，路过阳谷县景阳冈，打死一只老虎，被阳谷县知县任命为巡捕都头。这部分各个版本描述基本相同。

第二部分：武松见武大，这部分各个版本描写有所不同。

第三部分：武大娶潘金莲后，从清河县搬到阳谷县居住。这部分各个版本描述也基本相同。

各个版本描写不同的问题是,武松见武大和武大娶潘金莲搬家两个故事叙述的顺序。

在《水浒传》容与堂本和简本以及《金瓶梅》崇祯本中,这两个故事都是先说武松任都头后见到了武大,然后再回述武大娶潘金莲后从清河县搬到阳谷县。而在《金瓶梅》词话本中,这两个故事的叙述是颠倒的。词话本介绍了武松任都头后就转去介绍武大如何娶了潘金莲,然后又从清河县搬到了阳谷县,最后再介绍武松见到武大。因此,在《水浒传》、《金瓶梅》词话本和《金瓶梅》崇祯本中,这两部分是颠倒的。

中国古代小说一般都是单线叙述,《水浒传》武松故事也是如此。武松出场,是在柴进家宋江见到了武松,后武松要回清河县看望他哥哥武大,路过阳谷县景阳冈打死老虎,被阳谷县知县任命为都头,武松在阳谷县偶遇他哥哥武大。到此各版本都是单线叙述,但此处又必须交代武大在此前的经历,他在清河县娶了潘金莲,因为潘金莲美色总被人骚扰,武大迫不得已,只好从清河县搬到了阳谷县来居住。这样,有关武大娶潘金莲再搬家的经过,就必须插入武松故事中,插入有两个办法:

一个办法是,先描写武松见到武大,再返回头叙述武大娶潘金莲搬家,这种叙述是倒叙方式,《水浒传》就采取了这种方式。在第二十三回中先叙述武松在街上偶遇武大,然后在第二十四回中再详细叙述武大是如何从清河县搬到阳谷县的。《水浒传》、《金瓶梅》崇祯本都采用了这种叙述方式。另一个办法是,在叙述了武松任都头后,不讲武松见武大,而直接转入武大故事的叙述,讲述武大娶了潘金莲,因潘金莲不堪被骚扰而被迫从清河县搬到阳谷县。然后再回头叙述武松在街上遇到武大。《金瓶梅》词话本采取了这种叙述方式。

《金瓶梅》版本演化主流看法认为三本的顺序是:《水浒传》——《金瓶梅》词话本 ——《金瓶梅》崇祯本。按照这种看法,《金瓶梅》

词话本先修改了《水浒传》的叙述,而《金瓶梅》崇祯本又恢复了《水浒传》的叙述。下面分析《金瓶梅》词话本和崇祯本的修改。

首先分析《金瓶梅》词话本修改了《水浒传》。可能是词话本编写者觉得,《水浒传》先说武松见武大,然后再把武大故事插入,又返回叙述武松随武大回家,就打断了武松见武大的故事。在武松见武大故事中间,插入武大故事,就会割裂武松见武大情节,不如改为先介绍武大故事,再介绍武松见武大,并随武大回家,这样武松见武大故事就完整了。《金瓶梅》词话本采取了这种叙述方式。但词话本修改的《水浒传》文字上还有不顺的地方,由此可看出《金瓶梅》词话本在修改《水浒传》时的疏忽而留下的文字痕迹。限于篇幅不做详细分析了。

其次分析《金瓶梅》崇祯本的修改。按照主流看法,崇祯本是出自词话本,可能崇祯本觉得词话本的修改虽然有一定道理,但《水浒传》先说武松见武大,然后再顺着介绍武大为何从清河县搬到阳谷县来,这样虽然打断了武松故事,但武大故事就比较顺了。因此崇祯本就改回了《水浒传》的叙述。

由此可以看出,"武松见武大"和"武大娶潘金莲后搬家"这两个故事在《水浒传》、《金瓶梅》词话本、《金瓶梅》崇祯本中的演变,从而也看出这三个版本的演化过程。

四、三个版本中"武松见武大"的差异

总结以上武松见武大三版本的差异:

1. 故事叙述顺序

《水浒传》和《金瓶梅》崇祯本:武松见武大——倒叙武大娶潘金莲搬家。

《金瓶梅》词话本:插叙武大娶潘金莲搬家——武松见武大。

2. 时间、地点

《水浒传》：武松连连吃了三五日酒，又过了三二日，走出衙门，在街上闲玩见到武大。

《金瓶梅》崇祯本：武松连连吃了数日酒，一日在街上闲行见到武大。

《金瓶梅》词话本：街上老人送武松下处去，被武大撞见。

由此看出，在武松见武大这一小事上，《水浒传》和《金瓶梅》词话本、崇祯本比较，词话本对《水浒传》修改较大，而崇祯本又恢复了一些《水浒传》的描写。

总之，三种版本各自有各自的考虑，都费了一番心思；三种写法也各有各的道理。从中可以看出从《水浒传》到《金瓶梅》词话本再到《金瓶梅》崇祯本的演化，这是一个典型的从版本中的小事可见版本演化的例证。

五、《金瓶梅》词话本和崇祯本的关系

以上是根据主流看法，认为《新刻金瓶梅词话》是初刻本，崇祯本来自词话本，两者是"父子"关系。因此是《新刻金瓶梅词话》先修改了《水浒传》的描述，而崇祯本不满意词话本的修改，则又恢复了《水浒传》的一些描述。

还有一种非主流看法认为，《新刻金瓶梅词话》不是初刻本，词话本和崇祯本都来自一个共同的祖本，即初刻本《金瓶梅词话》。两者是"兄弟"关系。

按照这种看法，从《水浒传》到初刻本《金瓶梅词话》，再到崇祯本，描述是基本相同的，是《新刻金瓶梅词话》不满意这种叙述而做了修改。如只从武松见武大的故事看，似乎后者看法更为合理（见图1）：

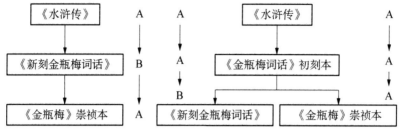

图 1 《金瓶梅》版本演化两种看法

六、《金瓶梅》和《水浒传》版本关系的六种看法

对《金瓶梅》和《水浒传》版本关系,至今有六种看法,按照时间顺序排列如下:

(1) 黄霖先生 1982 年文章《〈忠义水浒传〉与〈金瓶梅词话〉》①(以下简称"黄文")。

(2) 刘世德先生 2001 年文章《〈金瓶梅〉与〈水浒传〉:文字的比勘》②(以下简称"刘文")。

(3) 谈蓓芳先生 2009 年文章《从〈金瓶梅词话〉与〈水浒〉版本的关系看其成书时间》③(以下简称"谈文")。

(4) 张石川、刘玉 2010 年文章《从〈金瓶梅〉袭用部分推测〈水浒〉原本面貌》④(以下简称"张文")。

---

① 黄霖《〈忠义水浒传〉与〈金瓶梅词话〉》,《水浒争鸣》,1982 年第 1 辑,第 222—237 页。
② 刘世德《〈金瓶梅〉与〈水浒传〉:文字的比勘》,《上海师范大学学报》(哲学社会科学版),2001 年第 5 期,第 32—38 页。
③ 谈蓓芳《从〈金瓶梅词话〉与〈水浒〉版本的关系看其成书时间》,《复旦学报》(社会科学版),2009 年第 3 期,第 52—58 页。
④ 张石川、刘玉《从〈金瓶梅〉袭用部分推测〈水浒〉原本面貌》,《南京师范大学文学院学报》,2010 年第 3 期,第 95—99 页。

(5) 邓雷 2020 年文章《〈金瓶梅〉袭用〈水浒传〉部分版本考论》[①](以下简称"邓文")。

(6) 本人此文《〈金瓶梅〉和〈水浒传〉版本关系论》(以下简称"本文")。

《金瓶梅》和《水浒传》版本关系主要有两类问题:

(1)《金瓶梅》所依据的《水浒传》版本是繁本还是简本。

(2)《金瓶梅》所依据的《水浒传》版本是一种还是多种。

对这两个问题,这六篇文章基本看法如下:

(1) 黄文认为《金瓶梅》所依据的是《水浒传》繁本中的天都外臣序本。

(2) 刘文认为《金瓶梅》同时参考了《水浒传》繁本中的天都外臣序本和容与堂本。

(3) 谈文认为《金瓶梅》所依据的《水浒传》是残缺不全的繁本,其缺失的部分则依据简本《水浒传》改写。

(4) 张文认为《金瓶梅》所依据的《水浒传》是一种游离于繁、简本系统之外的一个经过拼凑的文本,因早期版本不全,配以当时流行的晚近版本补足。

(5) 邓文认为《金瓶梅》所依据的《水浒传》是一种文字删节不多的简本,类似于《京本忠义传》。

(6) 本文认为《金瓶梅》所依据的《水浒传》是一种已经失传的早期繁本。

总结六种对上述两个问题的看法如下:

(1) 繁本、简本问题:有四种看法。第一种看法认为是繁本(黄文、刘文、本文);第二种看法认为是繁本和简本的混合(谈文);第

---

① 邓雷《〈金瓶梅〉袭用〈水浒传〉部分版本考论》,《文学研究》,2020 年第 1 期,第 114—127 页。

三种看法认为是简本（邓文）；第四种看法不明确（张文）。

（2）一种、多种版本问题：有三种看法（刘文、谈文、张文）认为是多种版本，三种看法是一种版本（黄文、邓文、本文）。

由此可知，由于《水浒传》早期版本缺失，对于《金瓶梅》和《水浒传》版本关系现在有多种看法，差异很明显，其中哪种看法可能性大，这是本文要研究的问题。

下面分别从文字差异和编写方法两方面，对此进行分析。

七、从文字差异看《金瓶梅》底本是《水浒传》繁本还是简本

对于《金瓶梅》是出自《水浒传》繁本还是简本，有不同看法。上述六种看法中，早期的黄文和刘文两种看法都认为《金瓶梅》不可能出自《水浒传》简本，而肯定是繁本。

他们的理由很清楚，《水浒传》简本文字十分简略，而对应的《金瓶梅》文字却十分详细，很接近《水浒传》的繁本，与简本差距十分明显，因此《金瓶梅》不可能是根据《水浒传》简本来编写的。

这似乎是很可靠的结论，但后来的谈文和邓文，在《金瓶梅》中找到了和《水浒传》简本文字相同，而和繁本文字完全不同的例证。由此认为《金瓶梅》还是可能参考了《水浒传》的简本。

但很明显，《水浒传》简本文字十分简略，《金瓶梅》又不可能以这样简略的简本为底本。因此谈文设想，《金瓶梅》的《水浒传》底本是残缺不全的繁本，其缺失的部分则依据简本《水浒传》改写。而邓文又设想，《金瓶梅》可能是以某种繁本略微删节的简本为底本。

谈文和邓文的核心思想都是《金瓶梅》中出现了《水浒传》繁本没有而只有简本才有的文字，因此他们认为这是《金瓶梅》以《水浒传》简本为底本的铁证。

但这种看法忽略了另外一种可能性，就是《金瓶梅》和《水浒传》简本相同的文字，不是出自《水浒传》简本，而是出自一个《水浒传》早期的繁本，《水浒传》简本和《金瓶梅》之间没有直接关系，它们有共同祖本。而《水浒传》繁本也出自《水浒传》早期繁本，但对早期繁本的文字做了修改，因此就与《水浒传》简本、《金瓶梅》文字不同了（见图2）：

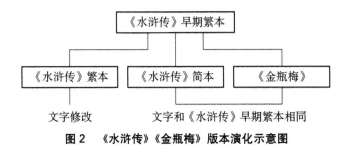

图2　《水浒传》《金瓶梅》版本演化示意图

这种看法的理由如下：

第一，《水浒传》简本肯定是从某个早期繁本删节而来的，其中肯定会保留早期繁本的文字；

第二，《金瓶梅》文字也和《水浒传》早期繁本相同，因此和《水浒传》简本相同；

第三，现存《水浒传》繁本，如天都外臣序本、容与堂本都是晚期的刊本，也肯定是从某个早期的繁本修改而来的。《水浒传》简本、《金瓶梅》文字与《水浒传》繁本文字不同，实际是《水浒传》繁本对这些文字做了修改。而《水浒传》简本和《金瓶梅》的文字没有改，因此两本文字和它们共同祖本，即《水浒传》早期繁本相同。

我认为这是对此最合理的解释。

下面分析谈文和邓文所举的《金瓶梅》和《水浒传》简本文字相同，而与《水浒传》繁本文字不同的例子，看看这两种解释哪种更合理、可能性更大。

例1，武松打虎前曾在一酒店饮酒，和店主关于老虎有番对话。《水浒传》繁本对武松在酒店和店主谈话的描述最详细，其次是《水浒传》简本，比繁本文字稍微简略一些。文字最简略的是《金瓶梅》词话本，此本把全部对话都删除了。

仔细比较《金瓶梅》词话本和《水浒传》繁本、简本的文字，《金瓶梅》词话本文字删节太多，没有任何与《水浒传》简本相同而与繁本不同的文字，反倒与《水浒传》繁本相同，与简本不同。

因此从此例来看，应该是《金瓶梅》词话本删节自《水浒传》繁本，而绝对不是删节自《水浒传》简本。谈文认为《金瓶梅》词话本是来自简本，没有可靠的证据。

例2，武松"浪浪跄跄"上冈。谈文查出《金瓶梅》词话本简单描述武松"浪浪跄跄"上冈，《水浒传》简本也说武松"跄跄浪浪奔上冈来"，而《水浒传》繁本没说武松"浪浪跄跄"上冈，而是上冈过山神庙后，"浪浪跄跄直奔过乱树林"。

谈文由此认为《金瓶梅》词话本和《水浒传》简本都是武松"浪浪跄跄"上冈（《水浒传》简本是"跄跄浪浪"上冈，略有不同），而《水浒传》繁本没有"浪浪跄跄"上冈，因此《金瓶梅》词话本是出自《水浒传》简本，而不是繁本。

粗看此分析很有道理，但仔细分析，谈文的论述有很大问题。

三个版本的三个"浪浪跄跄"上冈，其实是完全不同的。《金瓶梅》词话本所描述的武松"跄跄浪浪奔上冈来"，其实和《水浒传》简本不在一处。因此谈文说《金瓶梅》词话本"浪浪跄跄"上冈出自《水浒传》简本，是没有仔细阅读原文，完全没有读懂《金瓶梅》和《水浒传》。

例3，武松打虎的描述。《金瓶梅》《水浒传》各种版本称老虎动作都是"一扑，一掀，一剪"三招。《水浒传》繁本对老虎的三个动作都有描述，《水浒传》简本只保留了老虎的第一个动作"一扑"，其他两个动作都删除了。而《金瓶梅》词话本保留了前两个动作"一扑，一掀"，删除了第三个动作"一剪"，但在"一扑"之前加了"将那条尾剪了又剪"。

谈文认为《金瓶梅》词话本删除了"一剪"是作者依据《水浒传》某个简本所改，因为简本也删除了"一剪"，只保留了"一扑"。但仔细分析，《金瓶梅》在老虎"一扑，一掀"之前，加了"将那条尾剪了又剪"，谈文认为这不是"一扑，一掀，一剪"中的"一剪"，但也可认为《金瓶梅》把"一剪"提前到"一扑，一掀"之前了。对《金瓶梅》和《水浒传》简本的这种文字描写修改，各人有各人看法。谈文认为《金瓶梅》删除"一剪"是来自《水浒传》简本。而我认为这是《金瓶梅》和《水浒传》简本各自独立的删节和修改，相互没有任何关系。

总之，把《金瓶梅》描写的修改归结于《水浒传》简本，有些牵强附会。只根据这些文字修改，根本无法确认《金瓶梅》词话本的文字修改是来自《水浒传》简本。因此，此三例证的文字修改，根本不能成为《金瓶梅》词话本的文字是来自《水浒传》简本的证据。

总结谈文所举出的三个例证全部不成立，所以谈文的《金瓶梅》词话本出自《水浒传》简本的结论自然也就不能成立了。其实，从以上《金瓶梅》词话本和《水浒传》繁本、简本的文字比对可以明显看出，《金瓶梅》词话本文字明显较为详尽，绝对与文字也很详尽的《水浒传》繁本文字相近，而与文字十分简略的简本则差距很大。因此，《金瓶梅》词话本只可能是根据文字更为详尽的《水浒传》繁本进行删节而成，根本不可能是出自文字更为简略的《水浒传》简本。这是很明显而简单的道理。谈文也注意到《金瓶梅》词话本很多文字和《水浒传》繁本相同，只是个别文字和简本相似。为解决这个矛盾，此文又进一步提出，《金瓶梅》词话本的底本《水浒传》繁本可能是缺页，因此只好用《水浒传》简本来补。

明代《水浒传》繁本翻刻很多，说《金瓶梅》作者找不到《水浒传》繁本的全本，只好用一本缺页的残本为底本，这几乎是不可能的。

根据以上分析，《金瓶梅》应该出自《水浒传》的早期繁本，而绝不可能是出自某个简本。

以上分析了谈文的看法，下面分析邓文认为《金瓶梅》出自少量删节的简本的看法。

邓文认为《金瓶梅》出自少量删节的简本的主要依据是，他找到很多《金瓶梅》和《水浒传》简本文字相同而与《水浒传》繁本不同的文字。邓文为此举出8个例子证明《金瓶梅》文字和《水浒传》简本文字相同，而和《水浒传》繁本不同。限于篇幅，此处无法逐一展开分析这些例子，只举其中两例仔细分析。

例1，潘金莲见西门庆的岁数。《金瓶梅》和《水浒传》简本说是二十五岁，而《水浒传》繁本说是二十三岁。

查潘金莲是十八岁出嫁，后丈夫去世，改嫁武大，又从清河搬家到阳谷。若这时二十五岁，就是过了七年；若这时二十三岁，就是过了五年。从时间看，应该是二十三岁合理。因此，应该是《水浒传》祖本是二十五岁，《金瓶梅》和简本都未改，也是二十五岁。而繁本觉得二十五岁不合理，就改为二十三岁。因此，这里应该是《金瓶梅》和《水浒传》简本文字在前，《水浒传》繁本修改在后。换句话说，此处《金瓶梅》的二十五岁不是来自《水浒传》简本，而是来自它们共同祖本。

例2，武大给郓哥钱数不同。此处《金瓶梅》和《水浒传》简本都是说武大有"数十贯钱"，简本未说明给郓哥多少钱，《金瓶梅》说给"几贯钱"。而《水浒传》繁本说武大有"数贯钱"，也给了郓哥"数贯钱"。很明显，繁本"数贯钱"钱数较合理，而《金瓶梅》和简本"数十贯钱"不合理。一般来说，不合理的文字在前，合理文字发现错误后做了修改。因此，《金瓶梅》和简本的错误钱数应该是原本钱数，而繁本发现不合理，做了修改。

以上各例都是《金瓶梅》文字和简本相同，而和繁本不同。这种情况有两种可能：一种可能是《金瓶梅》文字来自简本，但简本文字很简略，而此处出现《金瓶梅》和简本相同的文字都十分详细。《金瓶梅》为何要如此仔细地去核查简本文字而做修改呢？这十分不合理。另一种合理解释是，《金瓶梅》和简本文字相同，而和繁本文字不同，是由于它们有共同祖本，即《水浒传》早期繁本，因此文字相同。而繁本对此做了修改，导致繁本文字不同。此处不可能是《金瓶梅》去根据简本文字再做修改。

其实黄文和刘文早就指出，《金瓶梅》的底本是繁本，而不可能是文字简略的简本。但两位先生的结论和分析方法还略有不同。

黄文认为，繁本中的容与堂本比《金瓶梅》刊刻时间晚，因此《金瓶梅》只可能参考时间更早的天都外臣序本。而刘文经过仔细比对，发现《金瓶梅》中不止有 18 例文字同于天都外臣序本而异于容与堂本，还有 20 例文字同于容与堂本而异于天都外臣序本。其中又存在容甲本、天都外臣序本同于《金瓶梅》而容乙本不同的情况，以及容乙本同于《金瓶梅》而容甲本、天都外臣序本不同的情况。这样就基本推翻了《金瓶梅》仅以天都外臣序本为底本的结论。最终刘文为解释这复杂情况，只好认为《金瓶梅》既参考了天都外臣序本，又参考了容与堂本。但其实天都外臣序本和容与堂本两本文字差异很小，要仔细比对才会发现这些差异。《金瓶梅》作者如采用繁本，只要采用其中一本即可，根本没有必要做这样细致的比对工作。刘文只根据《水浒传》早期繁本未被发现就认为此本是"假想"，因此否定其存在，这是极为不合理的。此处的《水浒传》早期繁本是否是"假想"，关键是这种版本是否存在过。如这种版本未存在过，则此本确实是"假想"。但《水浒传》早期繁本肯定存在过，因此这种版本绝对不是"假想"。

古代小说很多早期版本都流失了,不能因为它们现在看不到了,就否定它们曾存在过,而只根据现存版本去研究早期版本演化,这肯定是错误的。因此,我认为《金瓶梅》所依据的《水浒传》的版本应该是个早期的繁本,但此本因为早期刊刻数量不多,而被后来的繁本(天都外臣序本、容与堂本)所取代了。《金瓶梅》的底本不可能是《水浒传》删节的繁本,也不是删节的简本。

以上是根据文字差异对《金瓶梅》的《水浒传》底本的分析,下面再换一个角度,从《金瓶梅》的编写方法来看,其底本应该是《水浒传》的繁本,还是简本。

八、从编写方法看《金瓶梅》底本是《水浒传》繁本还是简本

从编写方法角度分析《金瓶梅》的《水浒传》底本又有两个问题:一个问题是《金瓶梅》的底本是《水浒传》的繁本,还是简本;另一个问题是,《金瓶梅》是根据《水浒传》一个底本,还是两个底本来编写的。下面首先分析《水浒传》繁本和简本问题。

只要仔细比较《金瓶梅》和《水浒传》的文字描写,就可知《金瓶梅》是比《水浒传》更注重文字细节描写的。这是不可否认的事实。由此出发,作为《金瓶梅》的作者,在选择哪种《水浒传》版本为底本时,肯定会选择一种文字描写也同样细致的繁本为底本,而绝对不会选择一个文字简略,只注重故事的简本,这是合理的分析。

前述六种看法中,黄文、刘文和本文看法相同,都认为《金瓶梅》的底本是繁本,而不是简本。但也有人会提出,《水浒传》对于《金瓶梅》来说只是参考而已,两本的侧重点完全不同,作为一个参考本,也可能会选择一个简本作为底本,这样更简单。不过,我们只

要仔细比对前面所举的和武松有关的三个例子，即武松上冈前在酒店饮酒、武松"浪浪沧沧"上冈、武松打虎"一扑，一掀，一剪"，就可清楚看出《金瓶梅》参考《水浒传》的编写思路。这三个例子中，《金瓶梅》文字与《水浒传》繁本、简本相比，若认为要参考《水浒传》，必定是接近文字描写同样也很细致的繁本，而不是简本。而《金瓶梅》若认为《水浒传》文字没有参考价值，就根本不采纳。这在《金瓶梅》其他和《水浒传》相同的文字中都是如此处理。除个别文字外，《金瓶梅》基本没有大段文字接近简本而与繁本不同的例子。

通过以上分析，从编写方法看，《金瓶梅》的《水浒传》底本应该是繁本，而不是简本。

《金瓶梅》的《水浒传》底本除繁本、简本外，还有一个问题是，《金瓶梅》的《水浒传》底本是一个底本，还是多个底本。如前所述，在六种看法中，有三种看法（刘文、谈文、张文）认为是多种版本，三种看法是一种版本（黄文、邓文、本文）。三个多种版本看法中，刘文认为是两种繁本，谈文认为是残缺繁本和简本，张文认为是早期和晚近版本两种拼凑本。三个一种版本看法中，黄文认为是天都外臣序本一种，邓文认为是一种略微删节的简本，本文认为是一种早期繁本。

从《金瓶梅》编写角度分析，如前所述，《水浒传》只是《金瓶梅》中武松、潘金莲几个故事的参考书。因此，《金瓶梅》作者最大可能是只找一本他最满意的版本参考即可，根本没有必要去找几个版本比对、再根据文字对比结果编写。这就太费事了。

持多种版本说的学者认为，《金瓶梅》刊刻时间较早，可能在万历十七年（1589）前，甚至到隆庆年间。那时《水浒传》繁本很少，因此只好用几种版本混编《金瓶梅》。

这些看法我认为猜测成分太多。由于《水浒传》和《金瓶梅》具体刊刻时间目前尚无定论，因此这些看法的根据是不足的，在此就不再仔细分析了。

　　总之，古代小说版本研究是十分复杂的，只根据个别文字相同就下结论是草率的。不能因为《金瓶梅》词话本有个别文字和《水浒传》简本文字相同，和繁本不同，就认为《金瓶梅》词话本是出自《水浒传》简本，其实它们有共同祖本的可能性更大，此共同祖本就是一种已经失传的《水浒传》早期繁本。

　　古代小说历史上流失的版本很多，只根据流传下来的极少版本，就想复原出古代小说版本的演化过程，是十分困难的。当然，只要有线索和研究的空间，就应该继续探索，但分析研究一定要谨慎合理。

作　者：首都师范大学高级工程师

董其昌与《金瓶梅》

张传生

一、董其昌其人

董其昌,明嘉靖三十四年乙卯(1555)生,上海华亭人,字玄宰,号思白、香光、香光居士、思翁。斋名:画禅室、来仲楼、戏鸿堂、鸿堂、玄赏斋、抱珠楼、宝鼎斋、四印堂、媚幽阁、容台、世春堂、苑西画禅室。在诸多斋名中的"抱珠楼",亦见董其昌与"珠"有缘。

隆庆五年辛未(1571)十七岁,开始学书,初师颜平原(《多宝塔》)。

隆庆六年壬申(1572)十八岁,为信儒题跋。

万历元年癸酉(1573)十九岁,二月始书《金刚经》。

万历四年丙子(1576)二十二岁,始学画。

万历十一年癸未(1583)二十九岁,作《楷书四种册》。

万历十五年丁亥(1587)三十三岁,八月二十二日,为陈继儒作《山居图轴》,又作《平湖冯季山赞》。

万历十六年戊子(1588)三十四岁,春,与娄上王衡(松江董其昌)入都。名噪一时,时年与冯嘉会同举于乡。

万历十七年己丑(1589)三十五岁,孟春,作《园觉经册》;是年中进士第二名,选庶常。翰林院编修。

万历二十年壬辰（1592）三十八岁，春，行次羊山驿，为玄白作《羊山小景图轴》。

万历二十二年甲午（1594）四十岁，入都，为禅悦之含，与袁宗道、袁宏道、袁中道三兄弟过往甚密。二月，皇长子朱常洛出阁就讲，董其昌任讲官（用现代语说，即是当了小皇太子的老师）。

万历二十三年乙未（1595）四十一岁，奉诏为南宫同考官。

万历二十四年丙申（1596）四十二岁，八月二十八日，封翰林院编修董其昌妻龚氏为孺人。

万历二十六年戊戌（1598）四十四岁，坐失执政意，出为湖广按察使，移疾辞归。

万历二十九年辛丑（1601）四十七岁，湖广按察副使任满，以编修养疾家居。

万历三十二年甲辰（1604）五十岁，擢为督湖广学政。

万历三十四年丙午（1606）五十二岁，以湖广提学副使致仕。

万历四十一年癸丑（1613）五十九岁，被起用为河南参政。

万历四十四年丙辰（1616）六十二岁，三月十五、十六日爆发民抄董宦案，十九日，百姓焚破在龙谭书园楼后，抛其楼之匾额"抱珠阁"三字于河中。民抄董宦事发后，董其昌避地苏州，往来于京口、吴兴间。民众将"抱珠阁"抛于河，曰："董其昌直沉水底矣！"可见"珠"与董其昌同也。

万历四十八年庚申（1620）泰昌元年，六十六岁，八月光宗立，问旧讲官董先生安在？乃召为太常少卿，掌国子司业事。

天启二年壬戌（1622）六十八岁，修《神宗实录》，往南方采辑先朝疏及遗书。广搜博征，录成三百本。

天启三年癸亥（1623）六十九岁，《国榷》卷八十五（熹宗天启三年七月二十三日）"以实录修成，董其昌进礼部右侍郎兼侍读学士，协理事府事，加俸一级"。擢礼部右侍郎，协理詹事府事，转左侍郎。

天启四年甲子（1624）七十岁，奉差事竣患病乞休。

天启五年乙丑（1625）七十一岁，拜南京礼部尚书，时政在奄竖，觉祸酷烈，深自引远，逾年请告归。

崇祯七年甲戌（1634）八十岁，是年正月，屡疏乞休，诏加太子太保致仕。

崇祯九年丙子（1636）八十二岁，九月二十八日，董其昌卒。

崇祯十年丁丑（1637）董其昌逝后一年，六月，明府予董其昌祭葬之荣，并赠太子太傅，葬于吴县胥口乡渔洋山湾祖茔。有石翁、石龟、石狮、石碑，是县级文物保护单位。

董其昌的墓地有两处，另一处在吴县胥口乡阳家场，1963年调查时墓地已平为桑地。

二、董其昌，收藏《金瓶梅》江南第一人

山东大学王平教授研究考证，认为董其昌是收藏《金瓶梅》江南第一人，这是有历史文献可证的。他认为"在《金瓶梅》的早期传播过程中，董其昌（1555—1636年）是一位重要人物"，"有必要对其与《金瓶梅》的关系作一番细致梳理。董其昌与《金瓶梅》的关系有以下资料"，"袁宏道（1568—1610年）读了董其昌的《金瓶梅》抄本后，于万历二十四年（1596）致函询问：'《金瓶梅》从何得来？伏枕略观，云霞满纸，胜于枚生《七发》多矣。后段在何处？抄竟当于何处倒换？幸一的示。'""此信可证董其昌在万历二十四年（1596）已经拥有《金瓶梅》抄本，但应该只有'前段'，这里说的'前段'，是指《金瓶梅》的前一部分，说明袁宏道从董其昌那里只抄了'前段'，也就是前一部分，不然，袁宏道不会问'后段在何处？抄竟当于何处

倒换？'"①

从袁宏道致董其昌的信函看，一是董其昌是最早拥有《金瓶梅》抄本的江南人，但是，他的抄本仅仅是前半部分，后半部有还是没有，手抄本来自何处，董其昌为何只有前半部分，有待进一步的考证。

二是董其昌是最早知道袁宏道对《金瓶梅》基本态度的人。袁宏道读完《金瓶梅》的"前段"，即发表其看法："伏枕略观，云霞满纸，胜于枚生《七发》多矣。"

三是袁宏道称"抄竟当于何处倒换"，说明袁宏道已经将《金瓶梅》"前段"抄写完了，他还想"倒换"后段。这充分说明袁宏道已经拥有《金瓶梅》"前段"的抄本。

四是从文献资料看，万历二十四年（1596）拥有《金瓶梅》抄本的是江南鸿儒董其昌和袁宏道二人，但是他们两人都只有《金瓶梅》的"前段"，也可以说是前一部分。

三、董其昌是继欣欣子后第一个评价《金瓶梅》的人

袁中道说出，董其昌对《金瓶梅》有他自己的评价，有他独到的见解。

袁中道（1575—1630）在日记《游居柿录》万历四十二年（1614）记道："往晤董太史思白，共说诸小说之佳者。思白曰：'近有一小说，名《金瓶梅》极佳。'予私识之。后从中郎真州，见此书之半，大约模写儿女情态俱备，乃从《水浒传》潘金莲演出一支。所云'金'者，即金莲也；'瓶'者，李瓶儿也；'梅'者，春梅婢也。

---

① 王平《关于〈金瓶梅〉作者丁惟宁说的几点思考》，见王平《兰陵笑笑生与〈金瓶梅〉》（增订本），郑州：中州古籍出版社，2018年版。

旧时京师，有一西门千户，延一绍兴老儒于家。老儒无事，逐日记其家淫荡风月之事，以西门庆影其主人，以余影其诸姬。琐碎中有无限烟波，亦非慧人不能。追忆思白言及此书曰：'决当焚之。'以今思之，不必焚，不必崇，听之而已。焚之亦自有存之者，非人之力所能消除。但《水浒》崇之则诲盗，此书诲淫，有名教之思者，何必务为新奇，以惊愚而蠢俗乎？"

从以上文献资料，我们清楚地看到：

一是袁中道在日记《游居柿录》中记录了他同董其昌曾经见面，并且谈论古典小说，当说到"诸小说之佳者"，董其昌发表自己的看法，"近有一小说，名《金瓶梅》极佳"。这显然是董其昌对《金瓶梅》的评价，是董其昌的原话。

二是袁中道看到的《金瓶梅》是从袁宏道那儿看到的，袁宏道是袁中道的哥哥，比袁中道大七岁，所以他说："予私识之。后从中郎真州，见此书之半。"袁中道写这篇日记时，是万历四十二年（1614），离《金瓶梅》问世已二十年，离袁宏道手抄《金瓶梅》已十八年，这时袁宏道手抄本《金瓶梅》还只是"前段"，没有续上后半部分。

三是袁中道写道："后从中郎真州，见此书之半，大约模写儿女情态俱备，乃从《水浒传》潘金莲演出一支。所云'金'者，即金莲也；'瓶'者，李瓶儿也；'梅'者，春梅婢也。"这段话是董其昌的原话，还是袁中道的原话，目前没法考证。但是，东吴弄珠客在万历四十五年（1617）季冬所写的《金瓶梅序》："然作者亦自有意，盖为世戒，非为世劝也。如诸妇多矣，而独以潘金莲、李瓶儿、春梅命名者，亦楚梼杌之意也。"这不同时间的同一种说法，出自一人之口的可能性是极高的。从这段话中，我们可以得知，董其昌与作者有过接触，并且知道作者的创作意图和《金瓶梅》书题的含义。

董其昌对《金瓶梅》书题的解释，四百多年来没有任何疑义，从现在的研究成果看也没有任何歧义，由此可见董其昌与作者是有交集，并且是有较深交流的。

四、王平教授对"东吴弄珠客"考证的意义

王平教授对"东吴弄珠客"的来历考证，是对《金瓶梅词话》第二位序者研究突破性的发现，是里程碑式的研究成果。

王平教授说："《金瓶梅词话》'东吴弄珠客序'落款题'万历丁巳季冬东吴弄珠客漫书于金阊道中'，有几点可证这位'东吴弄珠客'即为董其昌。其一，弄珠楼原址位于旧时平湖县城东门外的东湖之中，始建于明嘉靖中叶，万历三十四年（1606）夏，平湖知县萧鸣甲在原基础上增建而成'弄珠楼'，成为浙西名景。'弄珠楼'落成之际，萧鸣甲念及董其昌与平湖的因缘，向时任湖广提学副使的董氏索墨，他欣然应允，除题匾'弄珠楼'外，又赋《寄题萧使君'弄珠楼'诗》二首助兴，清张云锦撰《东湖弄珠楼志》六卷（清乾隆鲍询、王瑛等刻本）亦有相关记载，当年弄珠楼有石刻董其昌七律二首，乾隆间已无存。诗云：'壁间妙迹思翁字，颗颗明珠未寂寥。三尺青珉惊羽化，只今愁唱弄珠谣。'董氏还以飞白体署弄珠楼，更题拱间曰：'晴川历历汉阳树，芳草萋萋鹦鹉洲。'由此可知，董其昌与'弄珠'一词有着密切关联。其二，'万历丁巳'即万历四十五年（1617），此时董其昌的确是在'金阊道中'，据当时民间的写本《黑白传》《民抄董宦事实》可知，万历四十四年（1616）董其昌遭遇一次'民变'，惶惶然避于苏州、镇江、丹阳、吴兴等地半年不得安身，此即所谓'民抄董宦'案。董其昌心神不定，居无定所，完全符合'漫书于金阊道中'情形。其三，从'东吴弄珠客序'可知，这位'东吴弄珠客'十分清楚袁宏道对《金瓶梅》的赞赏，所谓'袁石公亟称之'，但又说'亦自寄其牢骚耳，非有取于《金瓶梅》也'，'不

然，石公几为导淫宣欲之尤矣！而'东吴弄珠客'本人对《金瓶梅》的态度也很矛盾复杂，既称之为'秽书'，又说'作者亦自有意，盖为世戒，非为世劝也'，'若有人识得此意，方许他读《金瓶梅》也'。这种态度与袁宏道致董其昌函及袁中道《游居柿录》所记完全一致。"①

最近，我认真研究万历四十四年丙辰（1616）"民抄董宦案"，三月十五、十六日爆发此案，十九日，百姓焚破在龙谭书园楼，抛其楼之匾额"抱珠阁"，将"抱珠阁"三字匾额抛于河中，曰："董其昌直沉水底矣！"在民众眼中，"抱珠阁"就是董其昌之化身。"珠"与董其昌同也！

我在研究董其昌的"号"中，发现他共有十八个号，其中有一个号，称作"抱珠楼"，"抱珠楼""弄珠楼""抱珠阁"，加之"东吴弄珠客"，在不同的地方，出现四个"珠"字，从"抱珠楼"到"东吴弄珠客"，再到"弄珠楼""抱珠阁"，这四个"珠"字很能说明问题，也完全可以给到我们启示：

一是董其昌在万历三十四年所书"弄珠楼"，万历四十四年"民抄董宦案"，抛到河中的匾额"抱珠阁"和董其昌的名号，其中"弄珠楼""抱珠阁"的"珠"字，正是"东吴弄珠客"笔名的来源；二是董其昌在《金瓶梅》诞生二十三年后，为《金瓶梅词话》作序，说明董其昌重情守信，讲仁义，讲情谊，重感情，是古代鸿儒典雅大度的表现；三是董其昌在受到精神打击，惊魂未定的情形下为《金瓶梅词话》作序，是难能可贵的，说明董其昌拿得起，放得下，胸怀开阔，有担当；四是万历四十五年（1617）董其昌已读完《金瓶梅词话》完全本，不仅有半部手抄本，而且还有一部完全本《金瓶梅词话》，若不读完全书，没法为此书作序；五是在"民抄董宦

---

① 王平《关于〈金瓶梅〉作者丁惟宁说的几点思考》，见王平《兰陵笑笑生与〈金瓶梅〉》（增订本），第26页。

案"中，董其昌的全部家产、书籍、古玩都被哄抢了，而他还保留《金瓶梅词话》，说明他对此书的珍重；六是董其昌在"金阊道"撰写《金瓶梅序》，为的是万历四十七年（1619）在苏州刊刻《金瓶梅词话》。

作　者：《山东电力报》报社原社长

从校勘角度看《金瓶梅词话》《福寿丹书》两书《行香子》词的传袭关系及《金瓶梅词话》的刊刻

——与杨琳、黄霖及叶桂桐三位先生商榷

杨国玉

在现存《金瓶梅词话》卷前,有"《新刻金瓶梅词话》词曰"四首:"阆苑瀛洲……""短短横墙……""水竹之居……""净扫尘埃……"无词牌,按句格应为《行香子》。这四首词并非《金瓶梅》的原创,而是就目前所知最早见于元彭致中辑《鸣鹤余音》的前人旧作,后为明清两代多种著作载录。数年前,笔者利用校注《金瓶梅词话》过程中陆续发现的一些新资料,在学界已有研究成果的基础上,对这四首《行香子》词的传播、流变进行了细致梳理,撰成一篇长文,提交2016年10月召开的第十二届(广州)国际《金瓶梅》学术讨论会。其中特别强调指出:明龚居中辑、天启四年(1624)初刊六卷本《福寿丹书》卷六《清乐篇》所收《自乐词》四首与《金瓶梅词话》四词有着惊人的一致,同样无词牌、无作者,次序也一样,甚至就连明显的讹、夺亦完全相同,区别仅仅在于《金瓶梅》无题而称"词曰",《福寿丹书》则题《自乐词》;另有二字不同(按:这二字为第一首"算不如茅舍清幽"之"算",《福寿丹书》作"美";第四首

"有数株松、数竿竹、数枝梅"之"竿",《福寿丹书》作"枝"。因当时笔者用的是排印本,已加按语怀疑"算"在原本并不误,当作俗体"筭",乃校点者误识。后来复按原书影印本,果然。如此,两书所收四词实仅一字之异)。并由此断定"《福寿丹书》中的这四首词不是出自另外的一部什么书,甚至也不是来自《金瓶梅词话》抄本,而是直接抄录自《金瓶梅词话》刊本","从而为判定现存《新刻金瓶梅词话》即初刻本增添了新的证据"①。其后,杨琳先生也利用了《福寿丹书》的同样材料,认为"《金瓶梅词话》(下称《词话》)与《福寿丹书》不但文本文字完全一样,连排列顺序也是相同的。《词话》文本中有好几处明显的讹误","《词话》与《福寿丹书》连这样的讹误都一模一样",但却得出了完全相反的结论,推断《金瓶梅词话》四词抄自《福寿丹书》,其书刻印于天启四年之后,并将"传本《金瓶梅词话》刻印的上下限确定为 1625—1644 年之间",即天启五年至崇祯末年之间。② 对于《金瓶梅词话》与《福寿丹书》两书所收四首《行香子》词的关系,黄霖先生则认为"两书之间可能不存在着谁抄谁的问题;假如是一书抄自另一书的话,那也只能是《福寿丹书》抄了《金瓶梅词话》,后者的'新证'难以成立"③。以上三文,实际上已经将两书中四首《行香子》之间关系所存在的三种可能性全部提了出来。在笔者看来,杨、黄二说其实各有其真理性的成分:杨琳先生推测两书中这两个具有高度相似性(按:并非"完全一样")的《行香子》文本应存在着直接抄录关系,这是合理的;而黄霖先生认为《金瓶梅词话》的刊行先于《福寿丹书》,则是符合《金瓶梅》传播的基本事实的判断。这两书中四首《行香子》词的真实关系,只能如笔者

---

① 杨国玉《〈金瓶梅词话〉卷首〈行香子〉词源流琐考——兼及现存〈新刻金瓶梅词话〉系初刻本新证》,黄霖、史小军主编《第十二届国际〈金瓶梅〉学术研讨会论文集》,北京:国家图书馆出版社,2017 年版,第 432、443 页。
② 杨琳《〈金瓶梅词话〉刻印于天启之后新证》,《中国典籍与文化》,2018 年第 1 期。
③ 黄霖《〈行香子〉词与〈金瓶梅词话〉的刊行》,《中国典籍与文化》,2019 年第 1 期。

所言:《福寿丹书》"直接抄录自《金瓶梅词话》刊本"。

当然,判定《金瓶梅词话》与《福寿丹书》究竟谁抄了谁,其意义绝非如勘定一桩"文抄公"案那般简单,而是关涉现存《新刻金瓶梅词话》的刊刻版次、刊刻年代这一《金瓶梅》研究的重大问题,即现存《金瓶梅词话》是初刻本还是重刻本,以及与《新刻绣像批评金瓶梅》(崇祯本)的关系等一系列重要问题。因此之故,叶桂桐先生也对拙文做出了回应①。当时拙文为篇幅、体例所限,未做充分展开,因兹事体大,现主要从校勘角度对相关问题再作申说,并就教于各位先生。

一、校勘成果支持的事实之一:《福寿丹书》直接抄录自《金瓶梅词话》刊本

对于《金瓶梅词话》与《福寿丹书》所收四首《行香子》的关系,笔者断定《福寿丹书》抄了《金瓶梅词话》,而拙文在这一结论之前尚有如下几句话:"《金瓶梅》四首《行香子》词中的误字,与正文中的大量误字一样,大都是由底本中行草形讹所致,这是万历刊《金瓶梅词话》的'特色'。因此,这些误字原原本本地出现在《福寿丹书》中,只能说明一点……"② 也就是说,这个结论并非贸然做出,而是建立在笔者二十年《金瓶梅词话》文本校勘的成果基础上的。

现存《金瓶梅词话》明刊本只有三部半:一为国立北平图书馆藏本,现藏于台北故宫博物院;一为日本日光山轮王寺慈眼堂藏本;一为日本德山毛利就举氏栖息堂藏本,此本第五回末叶异版,文字几同于《水浒传》;半部是指日本京都大学藏残本二十三回,完整者只有

---

① 叶桂桐《〈金瓶梅〉版本研究的"死结":初刻本之争——兼答友人杨国玉先生》,《河南理工大学学报》(社会科学版),2018年第1期。
② 杨国玉《〈金瓶梅词话〉卷首〈行香子〉词源流琐考——兼及现存〈新刻金瓶梅词话〉系初刻本新证》,黄霖、史小军主编《第十二届国际〈金瓶梅〉学术研讨会论文集》,第432页。

七回。这三部半刊本，国立北图藏本、慈眼堂藏本封面题《金瓶梅词话》，栖息堂藏本题《金瓶梅词》，行款相同，正文均半叶十一行，行二十四字。学界通常认为，它们乃同出一版，只是刷印非同一时，栖息堂本异版的第五回末叶乃由原版损坏或缺失后而据《水浒传》补刻而成。此本卷前《金瓶梅序》末署"万历丁巳季冬东吴弄珠客漫书于金阊道中"（按：崇祯本已删简作"东吴弄珠客题"），"万历丁巳季冬"即万历四十五年（1617）十二月，学界因习称之为"万历本"或"词话本"。这个现存刊本，学界公认为是最接近《金瓶梅》原本面目的本子，但在其版次、年代等问题上又存在着诸多争论，近年更呈现出日趋复杂之势。

就图书刊刻的范畴而言，现存《金瓶梅词话》刊本是一个形式与内容存在着巨大反差的本子。据亲自目验过台藏本、栖息堂藏本词话本原书的黄霖先生描述，这两种词话本"特别是台北故宫博物院所藏的词话本不论是刊还是印，都是十分精美的"①；然而，与之形成鲜明对比的却是，书中讹、夺、衍、倒等各种舛误情况极其严重。本来，由于汉字本身存在着大量形近、音近字，在书稿刊刻的过程中出现少许讹误，这也在所难免，是可以理解的。这也正是校勘学得以产生和存在的必要根基所在。但是，像《金瓶梅词话》这样各种舛误的数量之多竟然达到了令人错愕的程度，在中国古代图书刊刻史上恐怕都是绝无仅有的一例。

对于《金瓶梅词话》刊本差谬如此之甚的缘由，目前学界大致有梅节先生提出的"说书人底本说"以及"生理疾障说"等不同说法。这些说法，要么不符合文本实际，要么有悖于情理。笔者认为，《金瓶梅词话》中大量误字的绝大多数只能发生在草书状态下，其刊刻所据底本是一个有着大量草书字形的至少第三代抄本；众多讹误集中出

---

① 黄霖《〈行香子〉词与〈金瓶梅词话〉的刊行》，《中国典籍与文化》，2019年第1期。

现在从这一草书抄本底本向刊本转化的第一个环节,其主要责任者既不是作者本人,也不是传抄者或者刻工,而是书肆里专司据底本抄正以供上板雕刻而又对草书不甚熟悉的写工。对此,笔者曾有专文进行分析、论证①,兹不赘述。

现在回到《金瓶梅词话》四词与《福寿丹书》四首《自乐词》的关系问题上来。为了避免现存《金瓶梅词话》刊本前东吴弄珠客序署作时间"万历丁巳"(万历四十五年,1617)所可能带来的先入为主的干扰,我们不妨暂时撇开这个醒目的年代标记,单就这两个文本本身,来研判二者之间是否存在抄录关系。杨琳先生首先假定了"《词话》和《福寿丹书》都抄录自它们之前的同一种书"的可能,然后说:"可惜我们目前没发现同时收录了这四首词并且文字与此相同的典籍,所以这种推测查无实据,其可能性基本上可以排除。"② 这种以"查无实据"为辞的排除未免过于简单,自然难以服人。所以黄霖先生反驳说:"他们似乎都没有注意到对方的存在,不能排除它们有各自抄引前人某一作品或相近的不同作品的可能,只是现在还没有发现这类书而已。"③ 从理论上讲,当面对着通常意义上的两份"雷同卷"时,确实很难排除二者不约而同地抄自同一部书的可能。能否排除这种可能的关键,是看两个文本中所出现的相对于正本而言的错误与否,比如讹、夺、衍、倒之类,这种同误处越多,就越能排除掉因同出一源而偶然巧合的可能,从而通过"嫌疑"的逐步增大而确定它们之间存在抄录或因袭的关系。《金瓶梅词话》中的四首词与《福寿丹书》中的四首《自乐词》,显然就是这种有着许多相同讹误的两个文本,更何况我们可以确证,这些讹误就《金瓶梅词话》本身而言是原

---

① 杨国玉:《关于〈金瓶梅词话〉校勘的方法论问题》,《金瓶梅研究》第11辑,上海:复旦大学出版社,2015年版。
② 杨琳《〈金瓶梅词话〉刻印于天启之后新证》,《中国典籍与文化》,2018年第1期。
③ 黄霖《〈行香子〉词与〈金瓶梅词话〉的刊行》,《中国典籍与文化》,2019年第1期。

生的。

前已述及，《金瓶梅词话》中存在着严重的讹、夺、衍、倒问题。唯其如此，对其文本的校勘差不多从其一面世就开始了。在国立北平图书馆藏本上，就有佚名读者的不少朱笔改校；其后的崇祯本则对其中大量疑误难通之处，或酌加改正，或径自删削；现代出版的数种校点本在前人基础上又续有补校，校改数量至数千处不等，其中也多有失校、误改之处。《金瓶梅词话》的舛误数量、程度，其实远超人们的想象。笔者长期致力于对《金瓶梅词话》文本的极限还原，已勘误 20 000 余处，计出校记 15 000 多条（尚未最终完稿，还只是大致数字，仅作参考）。《金瓶梅词话》全书字数近 72 万字，其讹误之多、差谬之甚，使人触目惊心。而这从根本上导源于其刊刻所据乃一累经转抄的草书底本，而负责抄正上板的那些写工（从刊本中用字习惯的不同来看，至少有三四位）显然对草书不甚熟悉，或许也无心、无暇，以致多有误识。在《金瓶梅词话》刊本中，虽然也有音讹误字例，但比例甚小，尚不及千分之一；草书形讹的误字（含那些字形原本就与正字有几分接近的误字，有不少也只有在草书状态下才更易被误认）占绝大比例，这也就是拙文所说"万历刊《金瓶梅词话》的'特色'"。

对《金瓶梅词话》中的这四首《行香子》词，笔者曾作过简要校勘，指出其中有 6 处误字（"/"前为误字，后为正字）：陵/瓊（琼）、憎/憎、峯（峰）/嶂、床/装、心/些、耳/取，另有一处夺文，即第一首脱一"却"字。这当然不是全部，至少还有第二首"靠眼前水色山光"句中的"靠"，底本原字应作"攄"［"據"（据）俗体］。这四词（不含"《新刻金瓶梅词话》词曰"9字）只有区区 261 字，就有这么多的讹误，并且在这些误字中，除了"耳"可以视作"取"（异体字作"耴"）的简单形讹外，其余各字都带有草书形讹的特征，即如"瓊""陵"之误，"王"旁只有草写作如"𤣄"形，才易被误识作"阝"旁。这些误字本身携带着脱胎于草书底本的遗传基因，与《金瓶梅词话》全书的讹误情形是高度一致的。

反观《福寿丹书》，初刊六卷本，只有 10 余万字，其中当然也有讹误，但并不算严重。该书已见两种校点本：一种①校改 11 字，另疑误 10 字，指出脱文 3 处；另一种②校改 29 字，另疑误 8 字，补脱文 4 处。这些数字未见得准确，却足资参考。需要说明的是，上文所指出的四首《自乐词》中的 7 个误字、1 个缺字，这两种校点本均未校出，且"筭"（算）均误作"美"。不仅如此，复按刻本原书，又可见在《金瓶梅词话》中的那个由"嶂"误作"峰"，又经过抄手或写工转写过的异体字"峯"，也是同形。《福寿丹书》中的《自乐词》四首以如此高密度的误字组合，厕身于全书之中，显得很是另类。本来，《金瓶梅词话》四词中的有些误字属显误，明眼人一看便知其误，对此酌加校改也在情理之中。这里还要提及，拙文曾经指出，清钱尚濠《买愁集》集四注作者"无名"的《乐隐》四词，也与《金瓶梅词话》四词次序相同，文字也大同，有 5 字之异（"/"前为《金瓶梅词话》字，后为《买愁集》异文）：峯/嶂、热/蓺、床/乱、心/些、耳/尔。其中，除了"心"改"些"正确之外，其余各字均非是。通过这种所改非确的情形，其实仍然可以揭示出该书与《金瓶梅词话》的渊源。而《福寿丹书》的四首《自乐词》与《金瓶梅词话》四词近乎完全一样，尤其是讹误之处全同，它们之间存在传袭关系是完全可以确定的。

《金瓶梅词话》四词中的讹误保留了来自草书底本的痕迹，是本身固有的、先在的；而《福寿丹书》四词中的讹误却是不见容于全书、从外移植而来的。因此，《金瓶梅词话》四词不仅逻辑在先，而且应该时间上也在先。《福寿丹书》四词确应抄录自天启四年（1624）之前的某个《金瓶梅》的本子，这个本子当然不可能属崇祯本系统，因为崇祯本没有这四首词，也不会是《金瓶梅词话》的抄本，而应是

---

① 〔明〕龚居中著，广诗等点校《福寿丹书》，北京：中医古籍出版社，1994 年版。
② 〔明〕龚居中著，何振中校注《福寿丹书》，北京：中国医药科技出版社，2012 年版。

刊本。这是因为，抄本属行草体，抄录时难保不会另出歧义；只有眉目清晰的刊本，才能使这四首词以如此"忠实"的面目出现在《福寿丹书》中。当然，《福寿丹书》的编者龚居中在搬字过纸的过程中还是有所疏忽，抄错了一个量词"竿"，致与《金瓶梅词话》有一字之异。至于《自乐词》，只是龚居中根据其书体例需要，而为《金瓶梅词话》中原本无题的四词自拟的一个题名罢了。对于《福寿丹书》抄引《金瓶梅词话》，黄霖先生有所怀疑："两书中有关房中、养生的内容又都占着相当大的比重，假如要抄引的话，还可抄引更多的文字。但是，令人感到意外的是，两书间可以被视作抄引的文字仅此一例！这是有悖常理的。"① 在笔者看来，《福寿丹书》单单抄了《金瓶梅词话》中的这四首词，并无任何"有悖常理"处。《金瓶梅词话》终究是一部通俗小说，而且又是一出世即身背"淫书"恶谥的小说，书中虽有一些涉及房中、养生的文字，但总是与故事情节、人物语言等血肉相连，只是不适合作为抄引对象而已。要之，是《福寿丹书》抄了《金瓶梅词话》而不是相反，同时也不是抄自另外的一部什么书，这是一个定而不疑的结论。

据明人沈德符（1578—1642）《万历野获编》卷二十五、薛冈（1561—1641后）《天爵堂笔余》卷二记载，《金瓶梅》的刊刻面世于万历四十七年（1619）前后。学界一般认为，这个最早的刊本也就是《金瓶梅词话》，即所谓"词话本"（也有个别学者认为初刊系崇祯本）。《福寿丹书》抄了《金瓶梅词话》刊本中的四首《行香子》词，而该书卷首序末署作时间"天启甲子仲夏上浣"，即天启四年五月上旬。这也就意味着，在天启四年五月之前，便已经有《金瓶梅词话》刊本存世。天启四年上距《金瓶梅》刊本面世只有大约五年时间，是目前考知的与《金瓶梅》的初刊最为接近的确凿可靠的年代下限，这

---

① 黄霖《〈行香子〉词与〈金瓶梅词话〉的刊行》，《中国典籍与文化》，2019年第1期。

对于《金瓶梅》研究尤其是《金瓶梅》版本研究而言，有着极其重要的意义。

二、校勘成果支持的事实之二：现存《金瓶梅词话》刊本乃原刻本

接下来需要进一步探究的问题就是，《福寿丹书》四词是从现存《金瓶梅词话》刊本中抄录的吗？这就涉及学界争论已久的关于现存《金瓶梅词话》刊本的刊刻年代及版次问题。

当现存《金瓶梅词话》刊本在二十世纪三十年代重现于世之时，学者大多因其卷前东吴弄珠客序的署作时间"万历丁巳季冬"，认为此本刊于万历年间。如郑振铎先生认为"这是万历末的北方刻本"①；孙楷第先生著录："《金瓶梅词话》一百回，存，明万历间刊本"②，但却并不认为它就是初刊本。这泰半是受了鲁迅先生《中国小说史略》所提出的"万历庚戌初刻本"的影响。其实，此说乃由误读沈德符《万历野获编》记载所致，所谓"庚戌初刻本"已被学界否定，根本就不存在。但是，有关现存《金瓶梅词话》是否初刻本的争论并没有因此而烟消云散，反倒新说迭出，变得越来越复杂了。诚如叶桂桐先生所言："初刻本之争成了《金瓶梅》版本研究的一个'死结。'"③ 而这一基础而又重大的问题得不到解决，《金瓶梅》研究的深入也将举步维艰。

鉴于学界在此问题上难以达成共识，吴晓铃先生曾有言道："由于我们没有人能够看到这部长篇小说的原稿本和明代万历年间许多人

---

① 郭源新《谈〈金瓶梅词话〉》，《文学》创刊号，1933年7月。
② 孙楷第《中国通俗小说书目》，北京：作家出版社，1957年版，第115页。
③ 叶桂桐《〈金瓶梅〉版本研究的"死结"：初刻本之争——兼答友人杨国玉先生》，《河南理工大学学报》（社会科学版），2018年第1期。

所传抄和入藏的写本，迫不得已只好拿着人所共知的几种明代万历间的文献资料进行勾稽。这些文献资料的供给者和时代都存在着一定程度的制约；讲得明确一些，属于第二手材料的范畴，本身有其局限性。因此，反倒不如专就现存的刊本做些实质方面的探索。"① 此言可谓先得我心。笔者以为，要破解现存《金瓶梅词话》刊本是否初刊本的困局，确实不能仅仅固守于目前已知的有限的明人记载去做各种解读，而应该从现存刊本自身去寻找可能的突破口，而这一突破口也正在校勘。只有在对现存刊本进行科学、严谨、细致、深入的校勘的基础上，才能找到解开这一"死结"的正确路径。

  任何一部刊本，都必然会有其据以刊刻的底本。这个底本如果是工笔小楷（一般多系作者稿本），清爽明晰，写工易于辨认，便少有错误；而如果其中有不少行书甚至草书字体（多系传抄本），因其笔画勾连，大小不拘，往往变形极大，且字无定体，则易致写工误识，出现讹误的数量便会高很多。现存《金瓶梅词话》刊本便属于后一种情况。不过，百弊之中也有一利，那就是这种由草书形讹所致误例的数量，能够从反面反映出刊本与其底本的紧密程度，通常数量越大，两者之间的联系便越少有中间环节。一些在社会上传读已久的古典名著，虽屡经校勘，仍有一些因系草书形讹而不易辨别正讹的"漏网之鱼"。笔者曾就容与堂本《水浒传》校出了其中十数例草书形讹的误字，如第二十三回："你那人吃了㺒狸心、豹子肝、狮子腿，胆倒包着身躯？"其中"腿"乃"髓"之讹；《金瓶梅》第八十四回恰巧有同误例："贤弟既做英雄，犯了'溜骨腿'三字，不为好汉。"其中"腿"亦"髓"之讹。"髓"草书作" "，与"腿"形近。第一百回："五间大殿，中悬敕额金书；两庑长廊，彩画出朝入相。"其中"朝"

---

① 吴晓铃《〈金瓶梅词话〉最初刊本问题》，吉林大学中国文化研究所编《金瓶梅艺术世界》，长春：吉林大学出版社，1991年版，第1页。

乃"将"之讹。《金瓶梅》第九十三回沿袭而误。"朝"草书作"𦝼","将"草书作"𢪸",二字形近。笔者指出:"容与堂本中出现的草书致讹例虽不比《金瓶梅》的误字数量多、密度大,但这些草书致讹例实可视作其源出祖本的'遗传'特征,表明它与祖本有着比较密切的关系。"① 像现存《金瓶梅词话》刊本这样,错讹之多达到了俯拾即是的程度,为古籍刊刻史上所仅见。实际上,这也正是一种直接脱化于草书底本所呈现出的原始、朴拙的初刊本面貌。可以说,其中的每个草书形讹的误字,都与底本存在着丝丝缕缕的关联,而以千计甚至以万计的大量误字,则将草书底本和刊本紧紧连接在了一起。假如说,在现存刊本前另有初刊本存在,讹误之处自然应该还要比现存刊本更多、更甚,那真是不堪想象了。

再结合以上揭明的《福寿丹书》抄录《金瓶梅词话》刊本的事实,就更加能够确定现存《金瓶梅词话》的初刊本身份。我们不妨先假定现存《金瓶梅词话》刊本是重刻本,以《福寿丹书》的序作年代——天启四年为界而作两重推想:如果说这个重刻本出现在天启四年之前,也就是说在从大约万历四十七年到天启四年这短短的四五年间,《金瓶梅词话》已经刻印过两次,这实际上是不合情理的。古代雕版印刷,书坊要精选梨、枣之类木材做版,就是取其质地坚硬的、经久耐用的。一部图书印完,版片会妥善保存,以备以后继续刷印使用,当然有时也会让渡于其他书坊。在四五年时间里,假如没有具有不可抗性的自然灾害的发生,书坊断不会重新雕印同一部书。况且,《金瓶梅词话》是一部有 70 余万字的大书,按现存刊本的行款(半叶十一行,行二十四字)计,单是版片就需要近 1500 片。印刷这样的一部书是一项浩大的工程,没有哪家书坊会弃原版不用而重新开雕,做出这样费工费力更费银子的傻事。所以,在这个时间段里,只可能

---

① 杨国玉《〈水浒传〉校释拾补》,《河北工程大学学报》(社会科学版),2018 年第 2 期。

有一个本子的位置，根本就没有所谓"重刻本"的合理空间。再假如这个重刻本出现在天启四年之后，那也就是说，《福寿丹书》所抄录的是《金瓶梅词话》的初刊本，那么问题又来了：这两个本子区别何在？按理说，重刻本应该对初刻本的至少那些明显的讹误之处要有所修改、有所订正，可为什么《福寿丹书》所抄的《金瓶梅词话》初刊本中的四首《行香子》词竟与现存的这个"重刻本"完全相同？这只能说明，这两个本子其实源出同版，是重刷，而非重刻。

总之，无论是《金瓶梅词话》的讹误情况，还是《福寿丹书》从《金瓶梅词话》中抄录四首《行香子》词的事实，都排斥有所谓"重刻本"的存在。换言之，《福寿丹书》中的四首《自乐词》正是抄自现存《金瓶梅词话》刊本，这个刊本也就是《金瓶梅》的原刊本。东吴弄珠客序所署的"万历丁巳"（万历四十五年）是可信的，这大致可以视为《金瓶梅词话》的始刻时间。

三、 现存《金瓶梅词话》刊本"后出说""清代说"质疑

在《金瓶梅》的版本关系问题上，学界通常的看法是，现存最早的《金瓶梅》刊本是《金瓶梅词话》即万历本，《新刻绣像批评金瓶梅》即崇祯本乃由此本删改而来，两者是父子关系。香港学者梅节先生则在长期校勘《金瓶梅》的过程中，提出了一个颇具颠覆性的新说，认为《金瓶梅》原系评话底本，在抄本流传过程中开始出现"艺人本""文人本"的分化（按："艺人本""文人本"是梅先生为规避学界习用的"万历本""崇祯本"中年号的先后顺序与其观点的明显冲突而另用的新说法）；"文人本"由文人改编而于万历末、天启初先行版刻发行，有东吴弄珠客序、廿公跋，这也就是崇祯本的母本；书林人士见有利可图，乃将一讹误特甚、别字连篇的"艺人本"的俗抄

本据"文人本"做过部分校改,另撰欣欣子序作为公关手段,便匆匆梓行于崇祯初,是为《金瓶梅词话》。"若说万历末初刻的就是《新刻金瓶梅词话》,这是没有可能的","万历末天启初刊刻的应是这个有弄珠客序、廿公跋的第一代的文人改编本,亦即崇祯本的母本","'艺人本'和'文人本',它们是兄弟关系或叔侄关系,并不是父子关系"①。是为现存《金瓶梅词话》刊本"后出说"。

与梅先生的观点有几分神似的是现存《金瓶梅词话》刊本"清代说",其提出者叶桂桐先生曾评价"梅节先生的得与失",将梅先生的观点细列为7点,认为其中"前6个观点都是经不起推敲的,是失误",而对"《新刻〈金瓶梅词话〉》比崇祯本后出,且崇祯本(按:此处三字疑误)根据内阁文库本校勘过"这一点称赞不已,认为"是符合事实的","在未来的《金瓶梅》版本研究中将会日益彰显出来"②。

梅节先生的基本观点,与笔者以上所论,在时间点上有着根本冲突,拙文也曾论及,在此不再置评,而专就校勘方面提出讨论。梅节先生《金瓶梅》版本研究是建立在《金瓶梅》文本校勘基础上的,他三十多年孜孜矻矻于此,先后出版过全校本、重校本、校定本等多种校点本,为《金瓶梅》的普及做出了贡献,这是不容低估的;但另一方面,恕我直言,梅先生的校改最多,失误之处也最多。这从根本上归因于他所提出的"说书人底本说"偏离《金瓶梅》的文本实际。梅先生曾列举出在校勘过程中发现的"崇祯本并非改编自《新刻金瓶梅词话》""《新刻金瓶梅词话》大量校入见诸崇祯本的改文"等数十条例子作为支持其"后出说"的主要证据。而在笔者看来,这些其实都是梅先生的误解或曲解。因其引例都较长,此处仅择其中3例,略作

---

① 梅挺秀《〈新刻金瓶梅词话〉后出考》,《燕京学报》新15期,北京:北京大学出版社,2003年版。
② 叶桂桐《〈金瓶梅〉版本研究的"死结":初刻本之争——兼答友人杨国玉先生》,《河南理工大学学报》(社会科学版),2018年第1期。

分析，以见其实（下引《金瓶梅词话》原文）：

> 金莲归房，因问春梅："李瓶儿来家说什么话来？"春梅道："没说什么。"又问：……说毕，见西门庆不进来，使性儿关了门睡了。伯爵于是把银子收了，待了一钟茶，打发贲四出门。拿银子到房中，与他娘子儿说："老儿不发狠，婆儿没布裙。贲四这狗嘈的，我举保他一场……"正是：恨小非君子，无毒不丈夫。毕竟未知后来何如，且听下回分解。正是：只恨闲愁成懊恼，如（按：始）知伶俐不如痴。　　　　　　　　（第三十五回）

崇祯本无其中"正是：恨小非君子，无毒不丈夫。毕竟未知后来何如，且听下回分解"计26字。梅先生认为最后"正是：只恨闲愁成懊恼，如（始）知伶俐不如痴"乃词话本将崇祯本结联校入，遂致"架床叠屋"。此说误。最后的这16字，所在位置的确有问题，属误窜。先看"剧情"：伯爵勒索了贲四三两银子，"正是：恨小非君子，无毒不丈夫"句，与此情境正合。而"只恨闲愁成懊恼，如（始）知伶俐不如痴"句，出自宋朱淑真《自责》之二："添得情怀转萧索，始知伶俐不如痴。"是位聪慧女子自怨自艾的口吻。在现在的位置，确与情境及全书体例不合。再看上文，潘金莲与众妻妾从吴大妗子家归来，接连问了春梅好多问题：李瓶儿来家说什么话、西门庆进没进李瓶儿房、是否确因官哥儿哭才先接李瓶儿、书童穿的谁的衣服等等，体现出其好胜善妒的性格。"只恨闲愁成懊恼……"与此时的金莲情境完全吻合，这16字应移至"使性儿关了门睡了"句下。像这种误窜之例，实因抄手或写工发现前有夺文而补录于此，这类前失后补例书中还有很多。此处绝非词话本校入了崇祯本文字，而是崇祯本将本来合乎伯爵情境的"恨小非君子……"误删了，而留下了与情境不合的"只恨闲愁成懊恼……"句。显而易见，梅先生的分析本末倒置了。

> 经济道："在后边，几时出来？昨夜三更才睡，大娘后边拉住我听宣《红罗宝卷》与他听坐到那咱晚……"　　（第八十二回）

"大娘后边拉住我听宣《红罗宝卷》与他听坐到那咱晚"，崇祯本作"大娘后边拉着我听宣《红罗宝卷》，坐到那咱晚"。梅先生认为词话本中的"听宣"乃由崇祯本中校入，致"听宣""与他听"共存，"文字滑稽"。在他看来，"因薛姑子王师父等不在，月娘、玉楼又不识字"，所以要拉着经济宣卷。此说非是。这短短的几句话，确有错误，但并非如梅先生所说。首先，"大娘"指吴月娘，以丈母"拉住"女婿听宣宝卷，于情于理均不合。上文金莲问："大姐没在房里么？"及下文经济道："早是大姐看着……"，其中"大姐"均指经济之妻西门大姐，此句亦如是。"姐""娘"草书形近，本书多有互误例。另，前面的"听"字非衍文，梅先生以经济为宣卷者，不确。宣卷是一种带有宗教意味的活动，本书第七十三、七十四、八十三、九十五回及本回多有具体描述，其宣者均为尼姑；经济仅是听者，下文金莲亦说："你几时在上房内听宣卷来？"倒是后面的"听"字赘："与他"指陪同西门大姐。本书第七十五回："晚夕众人听薛姑子宣《黄氏女卷》，坐到那咱晚。""聽"（听）实系下一"坐"字草书讹衍："聽"草书作"𦔻"，与"坐"草书形近。本书第八十四回："吴大舅聽坐住〔了〕。"同样是"坐"上讹衍"聽"字。此属本书多见的一字二形讹衍例。

> 两个媒人收了命状岁罢，问先生："与属马的也合的着？"先生道："丁火庚金，火逢金炼（金逢火炼），定成大器，正好。"当下改做三十四岁。　　（第九十一回）

这是陶妈妈、薛嫂儿两个媒婆为李衙内说娶孟玉楼的情景。崇祯本有较大不同，作："两个媒人说道：'如今嫁的倒果是个属马的，只怕大了好几岁，配不来。求先生改少两岁才好。'先生道：'既要改，就改做丁卯三十四岁罢。'薛嫂道：'三十四岁，与属马的也合的着么？'先生道：'丁火庚金，火逢金炼，定成大器，正合得着。'当下改做三十四岁。"梅先生认为：词话本"岁罢"以上脱了46字，"但无论如何，现存说散本根据十卷本词话，是补不出这样一大段文字来的。合理的解释是，崇祯本另有所本"。梅先生与崇祯本的改写者一样未得要领，把简单问题复杂化了。其实，这段读不通的话，只是因为其中有一误字而已："歲"（岁）乃"蔵"（藏）之讹。此处语意，乃陶、薛二人将命状随身收藏起来。本书第九十八回："经济看了柬帖并香囊……依先折了，藏在袖中。"《水浒传》第三十九回：黄文炳"就借笔砚、取幅纸来抄了，藏在身边"。"蔵"（藏）、"歲"草书形近，文献中间见误例：明抄本孟称舜《二胥记》（《古本戏曲丛刊三集》，国家图书馆出版社2016年版）第二十六出："中心歲之，何日忘之！""歲"即"蔵"之误。

总之，梅先生所举"词话本校入崇祯本改文"的数十例证，在笔者看来，竟无一可立。如此一来，以之为主要支撑的"后出说"也就成了空中楼阁，岌岌可危了。

再说叶桂桐先生提出的现存《金瓶梅词话》出于"清代说"。叶先生这一观点主要着力于现存《金瓶梅词话》卷前的二序一跋，比较复杂，先简要概括如下：

第一，现存《金瓶梅词话》卷前有欣欣子序、廿公跋、东吴弄珠客序，它们之间存在着内在的逻辑关联，也有时间先后：东吴弄珠客序题写于万历四十五年（1617）；廿公跋的矛头直接指向东吴弄珠客序，作者是出版崇祯本（日本内阁文库藏本）的杭州书商鲁重民或其友人，写于崇祯十四至十六年（1641—1643）；欣欣子序直承廿公跋而来，亦鲁重民所为，写于清初。第二，《金瓶梅词话》初刊本只有东吴弄珠客序，而无欣欣子序、四首《行香子》、四贪词；现存《金瓶梅词话》刊本则是以《金瓶梅词话》初刻本为底本的清初翻刻本，且用崇祯本（内阁文库藏本）校勘过，并从中移植了廿公跋；欣欣子序、四首《行香子》等都是清初书商加上去的；正文部分，则以新发现的手抄本中的第五十三、五十四回更换了初刻本中的这两回。叶先生之所以对梅先生关于"词话本校入崇祯本改文"的说法大加称赞，恐怕主要还是因为这一说法暗合了自己的观点，从中可以借力罢了。但实际上，说《金瓶梅词话》据崇祯本改校过，这是根本靠不住的。

　　叶先生的《金瓶梅》版本观点体系宏大，与笔者的观点迥然有别。叶先生是我一向敬重的学界前辈，在其论文及大作中多次涉及笔者观点，私下也多有深入交流。因本文专意于校勘，难以一一辩驳，此处仅就相关的一个问题略作说明，也算是一点回应吧。叶先生说："而杨国玉先生在论文中也供认不讳地说：'笔者一直认为，现存的万历丁巳东吴弄珠客序刊本《新刻金瓶梅词话》就是《金瓶梅》的初刻本。'《新刻金瓶梅词话》的刻印年代是一个正在被研判的对象，但杨国玉先生却早已把它与初刻本《金瓶梅》画上了等号，并断定它的刻印年代也是万历末年（万历丁巳），这在方法论上是有问题的。"① 这里所引的我的话，的确出自拙文。叶先生的意思，大概是批评我结论先行或者先入为主。但就在拙文此语的下面，明明紧接着还有一句话："并曾分别从第五十三至五十七回'赝作'、明代帝讳角度进行过论证"，并加注释注明了我写过的两篇专文。② 这恐怕不能被称作"在方法论上是有问题的"吧？一笑。

　　　　　　　　　　　　　　作　者：河北工程大学文法学院副教授

---

① 叶桂桐《〈金瓶梅〉版本研究枢要》，郑州：中州古籍出版社，2017年版，第186页。
② 杨国玉《〈金瓶梅词话〉卷首〈行香子〉词源流琐考——兼及现存〈新刻金瓶梅词话〉系初刻本新证》，黄霖、史小军主编《第十二届国际〈金瓶梅〉学术研讨会论文集》，第443页。

内阁本《全像金瓶梅》
散失叶数的估算[①]

董玉振

引　子

日本内阁文库藏崇祯本《全像金瓶梅》原书有一册散失，关于这部分，参考鸟居久靖的文章[②]记述：原书在战争或搬运期间散失一册，其中包括扉页、金瓶梅序、廿公跋、五十叶一百幅图。1963年5月版《大安》第九卷第五号刊《〈金瓶梅〉参考图版十二种》中，则刊出了据称是该版本的扉页、《金瓶梅序》首页和第四十六回的两幅图。

后人对这些论述可能提出疑问：

如果是战争年代散失，那这几页图片是何时拍摄的？拍摄扉页、《金瓶梅序》首页倒还属正常，但特意拍摄第四十六回的两幅图却没有拍摄第一回的，就有点奇怪。如果这两面第四十六回图确属内阁本所有，那该书刻印时其他回只刻一幅而独钟第四十六回，则非常不合常理。黄霖认为，第四十六回图疑非内阁本原图，而是将他本误植。[③] 该崇祯本有廿公跋，但没有图片流传下来。

[①] 该文是笔者主编新加坡南洋出版社即将出版的精装内阁文库本《全像金瓶梅》时所写编者序的部分内容。
[②] ［日］鸟居久靖《金瓶梅版本考》，《天理大学学报》，1956年第21辑。
[③] 黄霖《〈金瓶梅〉词话本与崇祯本刊印的几个问题》，《河南大学学报》（社会科学版），2006年第1期。

上述论述并非要挑战已有的认识，而是笔者作为此次版本刊印的主编，必须要有的一份慎重，对所出版的版本有较深入的认识，以及在补配内容选择上必须做全面而深入的研讨评估，方能避免古籍出版中的补配遗漏或不当，做到真正尊重原著来制作此书。

散失叶数分析

根据上述散失内容介绍，散失的总叶数应该是：扉页一叶、《金瓶梅序》三叶[①]、《廿公跋》一叶、图五十叶，共计五十五叶。

如果能有强有力的逻辑推导出这个总叶数是错误的，那么，所散失内容将面临质疑，至少，所披露散失内容可能不完整。

笔者在细阅该内阁本时，留意到有些叶板框旁边有个耳框，里面标注数字从目录首面的"六"至第一百回首面的"九十"，可能是某种用途的编号。（如图所示）

这些耳框所在的叶并不对应各回首页，细数各编号后面的叶数，发现一些规律性。包括该编号叶在内至后面一个耳框编号出现前的叶数，统计如下：

共五十五个编号下是12叶，这些编号包括：

七至十三、十六、十八、廿、廿三、廿四、廿五、廿七、廿八、卅至卅三、卅五、卅六、卅九、四一、四三、四四、四六至四八、五十、五一、五五、五六（五六漏标，五五至五七前共24叶）、五七至六一、六五、六六、六八、七十至七二、七四、七六、七七（七七漏

[①] 根据黄霖为南洋出版社合作出版的《新镌绣像批评原本金瓶梅》（2018年）所作的序，内阁本刊刻书肆在刻印此书时刻意降低成本，因此《金瓶梅序》只可能占三叶，而不是像北大本那样最后作者落款还要占一叶。

标,七六至七八前共 24 叶)、七八至八四、八七、八八。

以下各编号后的叶数不同,分别罗列如下(前面数字为耳框里的编号,括号里的数字为该编号至下个编号出现前的叶数):

六(14)、十四(13)、十五(14)、十七(13)、十九(14)、廿一(14)、廿二(14)、廿六(14)、廿九(13)、卅四(14)、卅七(13)、卅八(14)、四十(13)、四二(14)、四五(13)、四九(13)、五二(14)、五三(14)、五四(14)、六二(14)、六三(13)、六四(14)、六七(14)、六九(14)、七三(14)、七五(15)、八五(16)、八六(13)、八九(14)、九十(13)。

笔者判断,该耳框内的数字是每沓纸的编号,以方便装订时排序识别。从这些编号对应后面叶数来看,65%的编码对应 12 叶,其余 35%有一定随机性,但多数为 13 和 14 叶。可见,每个编码对应叶数的最低值为 12,去除较高随机性的七五(15)、八五(16),则每个编号对应的最高值为 14。

该书第一册目录页起始编号是六,由此可以判断,内阁本确实散失一册,该册的耳框编码从一至五。

如果散失的这五个编码对应叶数以最低值 12 估算,则散失册的总叶数是 60 叶。如果以最高值 14 估算,则散失册的叶数应为 70 叶。因此,散失册的总叶数当在 60 至 70 之间。

很显然,这个叶数推算范围,与根据现有资料估算的 55 叶的总叶数有 5 至 15 叶的误差。

这多出来的叶数是些什么内容呢?较高的可能性是:鸟居久靖的记述并没有完全反映散失的内容,至于所少部分内容,需要留待学界进一步考察研究。

作　者:新加坡南洋出版社社长

傅惜华藏乾隆抄本《金瓶梅传奇》内容考订及主题探究

徐志平

一、前言

王文章主编的《傅惜华藏古典戏曲珍本丛刊》第 24 册收录了三种《金瓶梅传奇》的抄本，依据扉页提要说明，第一种为《金瓶梅》2 卷存下卷 15 出，第二种为《金瓶梅》存上卷 9 至 16 出、下卷 1 至 8 出，第三种为《金瓶梅传奇》（存 28 出）。① 其中第二种存 24 出，和郑振铎藏的 18 出抄本合订，收入《古本戏曲丛刊》。第一种据陈维昭《清代〈金瓶梅〉戏曲的版本及作者问题考辨》② 一文考证，所存实为 12 出而非 15 出；第三种陈维昭认为实存 27 出而非 28 出。这一点笔者存疑，将在文中讨论。陈维昭对这三种抄本都做了论述，不过限于篇幅，无论内容考订或艺术表现等方面，都还有待进一步梳理探究。

《金瓶梅传奇》作者不详，《傅惜华藏古典戏曲珍本丛刊》本的提要题"无名氏（一说郑小白）撰"。郑小白之说始见于王国维《曲

---

① 王文章主编《傅惜华藏古典戏曲珍本丛刊》二十四册，北京：学苑出版社，2010 年版。按，该丛书所收录的三本传奇，前二种扉页上之书名都只有"金瓶梅"字样，而第三种则为《金瓶梅传奇》，本文依据该丛书之定名。
② 陈维昭《清代〈金瓶梅〉戏曲的版本及作者问题考辨》，《文学遗产》，2017 年第 2 期。

录》,该书卷五《金瓶梅》条下注:国朝郑小白撰,小白佚其名,江都人。① 王国维的依据是《传奇汇考》,但《传奇汇考》所录的是哪一个抄本已无从得知。因此陈维昭认为:"称'清无名氏撰',这是较稳妥的表述。"②

此剧虽题为《金瓶梅传奇》,但并非《金瓶梅》小说的简单改编,而是主要取材自《金瓶梅》,以及部分取材自《水浒传》的重新改写。剧中称西门庆的女婿为"陈敬济",可知依据的是崇祯本而非《金瓶梅词话》,至于《水浒传》的版本则尚难判断。③

本文仅针对前述第三种,即傅惜华所藏乾隆抄本《金瓶梅传奇》加以考论。原因是第二种已有专论④,第一种仅存12出,脱落太甚,只有第三种内容相对完整,且情节结构甚有特色。本文首先将指明《傅惜华藏古典戏曲珍本丛刊》所录抄本的编排及装订错误之处,其次透过与小说《金瓶梅》及《水浒传》之比较,分析其情节结构,并据以掌握此剧之创作主题。

二、 内容考订

《傅惜华藏古典戏曲珍本丛刊》称《金瓶梅传奇》"存下卷28出",如前所述陈维昭认为只有27出,他说:"这是因为把《控济》一出之后的页首'夜来'二字当成出名而造成的误解。"⑤ 当然这也仅

---

① 王国维《曲录》,台北:艺文印书馆,1971年版,第277页。
② 陈维昭《清代〈金瓶梅〉戏曲的版本及作者问题考辨》,《文学遗产》,2017年第2期,第157页。
③ 闫昭典、王汝梅等校点《新刻绣像批评金瓶梅》(会校本、重订版),香港:三联书店,2009年版,以及王利器校订《插图水浒全传校订本》,台北:贯雅文化公司,1991年版。
④ 例如,麻永玲《〈古本戏曲丛刊〉所收〈金瓶梅〉考》,《古籍整理研究学刊》,2018年第5期。
⑤ 陈维昭《清代〈金瓶梅〉戏曲的版本及作者问题考辨》,《文学遗产》,2017年第2期,第160页。

是推测，因为各出的出名都是另立一行，而这"夜来"二字却是在第一行的最上方，只是字形稍大而已。① 笔者不认为《傅惜华藏古典戏曲珍本丛刊》的编者会如此粗心，当是另有所据（详见本节最后一段）。郭英德《明清传奇综录》也说是27出，并列举出目如下："说亲、雪诱、惊儿、禳解、病嘱、遇赦、庆捐、转胎、乖义、破忞、杀嫂、闹浦、改装、上山、逼妻、控济、托行、盗财、岳庙、归讶、奸逃、设计、赚松、访舅、重逢、窃听、金横。"② 其实上列出目的顺序有相当多错误，陈维昭说："该抄本在流传的过程中出现过散乱的现象，在重新装订时发生了严重的错装现象。"③ 确实如此。不过陈维昭仅举一个例子来说明他所说的散乱和错装现象，本文则将透过情节的连续性，试图呈现其原貌。

现存的27出（或28出）从乔大户托吴大舅说亲写起，到春梅和敬济同时死亡为止（情节都和小说不同），情节的发展是可以自成起讫的。中间虽然插入《水浒传》中的武松故事，但结合得比较紧密，不会让人觉得太过突兀。

依情节发展，其故事内容如下：第1出《说亲》，西门庆答应乔大户提亲；第2出《雪诱》陈敬济趁机勾搭潘金莲，春梅撞见二人偷情；第3出《惊儿》由西门庆口中道出官哥儿受到惊吓生病；第4出《禳解》瓶儿病重，医药罔救，请潘法师禳解；第5出《病嘱》李瓶儿临终前叮嘱月娘生下孩儿要留心看守；第6出《遇赦》插入武松遇赦事；第7出《庆捐》西门庆猝死；第8出《转胎》万回禅师指出西门庆是明悟尊者转世，必须再转世一次才能解脱，月娘产子；第9出《乖义》西门庆的结义兄弟皆不愿去拜别；第10出《破忞》孙雪儿告

---

① 王文章主编《傅惜华藏古典戏曲珍本丛刊》二十四册，第314页。
② 郭英德编著《明清传奇综录》，石家庄：河北教育出版社，1997年版，第474页。
③ 陈维昭《清代〈金瓶梅〉戏曲的版本及作者问题考辨》，《文学遗产》，2017年第2期，第160页。

发金莲与敬济奸情，金莲与春梅、敬济皆被逐出家门；第 11 出《杀嫂》上接第 6 出，武松杀嫂报仇。

以上 11 出，《傅惜华藏古典戏曲珍本丛刊》本的编排顺序无误。不过，第 2 出《雪诱》有错简，页 228 与页 244 应对调；页 227 末句"吓，是哪个"应接页 224 首句"是我"；页 243 末句"自从"应接页 228 首句"明珠掌内成抛弃"。

第 2 出《雪诱》只是两页错装，问题比较简单，第 11 出《杀嫂》的问题就比较复杂了。《杀嫂》始于页 275，写武松假意要娶潘金莲，王婆和潘金莲都很高兴，叫他晚上回来做新郎，页 278 末两句为"相送都头去、安排伴□□"，页 279 首句却是"爷如此抬举，我将何报德"，全不相接，这两句实属《设计》那一出的内容。页 278 末句"安排伴"应接页 314 首句"夜来"，然后此出便一直到页 320 才结束，接下来从 12 出到 18 出也就整个被错置了。

前述《明清传奇综录》有关《金瓶梅传奇》27 出目的排列，与《傅惜华藏古典戏曲珍本丛刊》本的顺序相同，其第 12 出为《闹浦》，这是不正确的。《闹浦》说的是武松被发配，施恩前来送行，之后武松大闹飞云浦、血溅鸳鸯楼，此一情节应接在《设计》和《赚松》之后，也就是武松被陷害之后，现在接在《杀嫂》之后，事件的顺序乱掉了。第 12 出应该是原第 17 出《托行》，这一出虽是写月娘上泰山还愿，但刻意安排玳安在请舅爷同行的路上，听到武松杀死潘金莲以及被刺配孟州事，可知此出应接在《杀嫂》之后。

第 13 出为原 18 出《盗财》，写李娇儿趁月娘上泰山，盗取首饰细软而去；第 14 出为原 19 出《岳庙》，写殷天锡在碧霞宫欲玷污月娘不成，玳安等人大闹而去，禅师引众人前来，要求月娘将儿子舍为他的徒弟；第 15 出为原 20 出《归讶》，月娘从泰山回来，得知李娇儿逃走；第 16 出为原 21 出《奸逃》，写来旺和孙雪儿逃跑，月娘叫玳安报官，并把小玉嫁给他；第17出为原22出《设计》，情节回到武松，写张都监和蒋门神商议如何设计武松以报快活林被夺回之仇；第18出为原23出《赚松》，写武松被设计受诬为贼，但这一出从页356开始到页357之后又断了，页357应接回页279，因此《赚松》这一出的页数应是356、357、279—281。

原在第12出的《闹浦》应该是第19出，就从页282开始接在《赚松》之后；第20出《改装》讲武松被张清、孙二娘所抓，二人将他改装为头陀，这一出原为第13出；第21出《上山》原为第14出，讲武松上二龙山，武松的结局至此交代结束；第22出《逼妻》原在第15出，上接武松杀嫂，讲陈敬济到东京设措银两不遂，回来责怪大姐，大姐自缢；第23出《控济》原为第16出，敬济被判四十大板、徒三年，被解往淮东，这一出至页313结束，但下一出第24出《访舅》不在页314，而是跳到页358，讲陈敬济在水月庵修殿做工，春梅派张胜来找他；第25出《重逢》敬济与春梅重逢；第26出《窃听》张胜听到春梅和敬济想要害他，杀死敬济，而春梅早已死在床上；第27出《金横》讲金帅斡离不伐宋，势如破竹，这一出只有三行，全剧可能未完。

由上可知，现存《金瓶梅传奇》27出的顺序当为：说亲、雪诱、惊儿、襄解、病嘱、遇赦、庆捐、转胎、乖义、破烝、杀嫂、托行、盗财、岳庙、归讶、奸逃、设计、赚松、闹浦、改装、上山、逼妻、控济、访舅、重逢、窃听、金横。

最后有关此剧究竟存27出或28出的问题，由于《闹浦》这一出应该是写武松大闹飞云浦，但页286至页289演的是血溅鸳鸯楼，已非《闹浦》这个出目可以涵括。怀疑血溅鸳鸯楼应该是独立的一出，只是出目遗失了。如果真是如此，那么《傅惜华藏古典戏曲珍本丛刊》本提要说的"存下卷28出"就没有错了。

三、主题探究

关于《金瓶梅》的主题，吴敢《金瓶梅研究史》整理了数十种说法，未成定论。① 《金瓶梅》是世情小说的代表作，鲁迅说："就文辞与意象以观《金瓶梅》，则不外描写世情，尽其情伪。"② 由于"世情"的面向甚多，学者各取所需，有关《金瓶梅》主题的说法自然就各有不同了。

现存《金瓶梅传奇》从"说亲"为始，相应于崇祯本《金瓶梅》为第41回，以"金横"为终，即金兵攻来，已至小说结尾之第100回。在这60回中，小说描述了西门庆贪赃枉法、纵欲妄为的各种行径，而西门府内的妻妾斗争，也在这60回中达到最高潮。王汝梅说："这种描写不是孤立的，它不但直接描写了朝廷内部的矛盾斗争，而且把西门之家和官府、朝廷的上下勾结连缀描写，暴露了明代官场的黑暗，政治的腐朽。在某种意义上，可以说西门庆家庭是明王朝的缩影。"③ 浦安迪也说："在小说结尾，家庭的厄运与宋王朝的土崩瓦解紧密地联系起来，使闭锁的庭院小天地与外部世界互相照映，这又是小说的另外一种重要构思。"④ 李志宏换一种说法，说："《金瓶梅》写定者采取'家国同构'的比喻关系敷演故事。"⑤ 这种"家国同构"的恢弘格局，在《金瓶梅传奇》中是见不到的。因为西门庆在剧中只现身在前面的7出，小说41至79回中的种种劣行，在剧本中是完全略

---

① 吴敢《金瓶梅研究史》，郑州：中州古籍出版社，2015年版，第161—168页。
② 鲁迅《中国小说史略》，《鲁迅全集》第三卷，台北：唐山出版社，1989年版，第192页。
③ 王汝梅《金瓶梅探索》，长春：吉林大学出版社，1990年版，第3页。
④ [美]浦安迪著，沈亨寿译《明代小说四大奇书》，北京：生活·读书·新知三联书店，2006年版，第64页。
⑤ 李志宏《〈金瓶梅〉演义——儒学视野下的寓言阐释》，台北：台湾学生书局，2014年版，第15页。

过的,妻妾斗争部分也只是点到为止,完全谈不上什么"家国同构"。

西门庆死后,由陈敬济取得了男主角的位置,浦安迪认为:"小说后20回是重演西门庆享尽荣华富贵的短暂一生的一种平行结构,那就是让陈敬济承袭西门庆的衣钵,在花园小天地之外把西门庆在里面来不及演完的一出倾家毁身的戏继续演完。"① 陈敬济不具有西门庆的本事,后来落魄到当乞丐、当道士、当工人,但透过他的遭遇,小说更为广阔地反映了市井阶层的生活情形。例如陈敬济做道士时欺负他的刘二,不过是周守备府中亲随张胜的小舅子,却能"倚强凌弱,举放私债与巢窝中各娼使用,加三讨利。有一不给,捣换文书,将利作本,利上加利"②。像这种危害地方的地头蛇,给老百姓带来多少痛苦?而剧本对于刘二如何成为地方一害,却全无着墨。由此一例可知,《金瓶梅传奇》对于反映市民生活是有所不足的。

再者,正如吴敢所言:"在探讨《金瓶梅》主旨时,自然绕不开小说中的性描写。"③ 张国星说:"《金瓶梅》中的性描写,是笑笑生刻画人物性格心理、构架人物命运、完成其艺术目的的重要之笔,反映着作家的文化-艺术观念,是小说不可分割的有机部分。"④ 小说中那些露骨的性描写,在剧本中是完全不存在的,因此有关性爱的主题,在《金瓶梅传奇》中也是欠缺的。

要将几十万字的《金瓶梅》后六十回,浓缩成这自成段落的27或28出几万字的《金瓶梅传奇》,势必有所取舍。那么,经过改编重写后的《金瓶梅传奇》,其主题思想何在呢?

林鹤宜研究明清传奇叙事的程式性,发现"传奇剧本大体上由生、旦两条相互配合而对称的主线,加上'正面人物辅助线',或

---

① 浦安迪著,沈亨寿译《明代小说四大奇书》,第96页。
② 闫昭典、王汝梅等校点《新刻绣像批评金瓶梅》(会校本、重订版),第1329页。
③ 吴敢《金瓶梅研究史》,第164页。
④ 张国星《性·人物·审美——〈金瓶梅〉谈片》,张国星主编《中国古代小说中的性描写》,天津:百花文艺出版社,1993年版,第271页。

'反面人物对立线'、'武戏（或征战或义侠）情节线'等交错穿梭，构成整部剧作"①。不过传奇结构变化很多，尤其明末清初作家"戏剧意识空前加强，为了增强传奇戏曲的戏剧性，他们在排场的设置方面更为精心，多有创辟"②。《金瓶梅传奇》不是以生、旦为两条对称的主线，而是以武松、西门庆、陈敬济三个男性主角为中心的三个块状结构组合而成。此剧角色的分配十分特别，武松是"生"，西门庆是"小生"，陈敬济是"小"，以这三位主要人物为中心展开故事情节。

由于全剧分割成各自独立却又互为因果的三大段落，每一个段落都各有主旨，以下透过对这三个段落的情节及人物形象分析来探究此剧的主题。

（一）报：以武松为主角的情节之主题

武松的角色是生，这里指的应该是"武生"。他出现在第6出《遇赦》、第11出《杀嫂》；第17至21出（《设计》《赚松》《闹浦》《改装》《上山》）则从痛打蒋门神、大闹飞云浦、血溅鸳鸯楼，到改装为头陀上二龙山落草为止，大抵取材于百二十回本《水浒传》的27至31回。③武松的戏份多达7出，大部分内容是小说《金瓶梅》所没有的，增加这些剧情的原因当如陈维昭所言："'文戏'与'武戏'的故事组合正可以构成'一张一弛'的审美张力场，这完全是一种剧场意识的产物。"④

然而作者并非任意撷取《水浒传》中有关武松的内容来凑数，考察这7出故事的剧情发展可以发现，它们以两个重大事件为焦点，即

---

① 林鹤宜《论明清传奇叙事的程式》，徐朔方、孙秋克编《南戏与传奇研究》，武汉：湖北教育出版社，2004年版，第463页。
② 郭英德《明清传奇戏曲文体研究》，北京：商务印书馆，2004年版，第323页。
③ 王利器校订《插图水浒全传校订本》，台北：贯雅文化事业有限公司，1991年版，第423—485页。
④ 陈维昭《清代〈金瓶梅〉戏曲的版本及作者问题考辨》，《文学遗产》，2017年第2期，第161页。

"杀嫂"和"上山",而这两个事件又都和"报仇"有关。

第 6 出《遇赦》是作为武松在第 11 出《杀嫂》的伏笔,为武大报仇后被刺配孟州则是此一事件的结束,而同时又是"上山"事件的开端。《水浒传》里,武松在被刺配孟州的路上曾和张青夫妇交手,然后武松才到孟州,《金瓶梅传奇》将这些情节略过,直接跳到在孟州被张都监设计而入死牢。剧本保留了大闹飞云浦、血溅鸳鸯楼、张青夫妇将他改装为头陀等情节,则都是为了"上山"做铺陈。事实上《水浒传》中武松上山前尚有醉打孔亮以及与宋江重逢等事件,而《金瓶梅传奇》也都略过。反而在上二龙山部分,《水浒传》仅交代:"看官牢记话头,武行者自来二龙山,投鲁智深、杨志入伙了,不在话下。"① 而在《金瓶梅传奇》,则用了《上山》这一整出写武松先与杨志相斗,再由杨志引他上二龙山。这一出是武戏,显然是为了增添热闹气氛而加写的。②

武松杀嫂之后的行事,对小说《金瓶梅》而言是无关紧要的,因此只简单提到武松"投十字坡张青夫妇那里躲住,做了头陀,上梁山为盗去了"③,直接就把武松送上梁山,当然也就不会有大闹飞云浦、血溅鸳鸯楼那些事件了。

《金瓶梅传奇》为强化演出效果,绾合《金瓶梅》和《水浒传》中的武松故事,陈维昭认为"该剧两条线索结合得较为紧密",④ 确实如此。如上所言,这两条线索有一个共同主题,就是"报仇"。在《杀嫂》这一出,武松报仇之前高唱"报仇男子事,不愧是英雄",杀

---

① 王利器校订《插图水浒全传校订本》,第 501 页。
② 武松上二龙山之事在 32 回中按下不表,一直到 57 回才呼应说明,并补叙了施恩、曹正、张青、孙二娘也已经入伙,见王利器校订《插图水浒全传校订本》,第 960 页。这些内容,《金瓶梅传奇》皆无。
③ 闫昭典、王汝梅等校点《新刻绣像批评金瓶梅》(会校本、重订版),第 1249 页。
④ 陈维昭《清代〈金瓶梅〉戏曲的版本及作者问题考辨》,《文学遗产》,2017 年第 2 期,第 162 页。

了潘金莲和王婆之后,道:"今日里除凶报凶于怀□松。"而众人同唱:"呀,这才是英雄举动。"① 而在《闹浦》这一出,则是报自己被诬陷之仇,后来改装投二龙山,也自称是"杀仇避祸"。作者舍弃了小说中的诸多情节,只保留了两个杀仇事件,彰显了"报仇"的主题。

另外值得注意的是,上述两个"报仇"事件,都跟"设计"有关。武松设计骗娶潘金莲再把她杀掉,后来却被张都监设计而入死牢。此一对比相当有趣,一方面表现出武松的细心,另一方面则刻画了他性格中的盲点,也就是当人家对他施以恩惠,他的细心就被蒙蔽了。施恩正是透过"施以恩惠",让武松帮他夺回快活林,而张都监也看准了这一点,他对武松备极礼遇,让武松感动无比:"想他礼意殷勤谁若此?我是个犯法囚人,他是个本管监司。他敬咱气魄真国士,我知恩不酬非君子。"② 正是为了报恩的念头,武松才会落入张都监设下的陷阱,让他差一点失去性命。

杨联陞说:"在游侠的道德标准中,还报的原则是普遍主义的,他是绝对会偿还他所接受的每一餐好心的招待,也会对每个人愤怒的眼光还以颜色……"③ 这里所说的"普遍主义"原则,指的是以"小人"(指平民阶层)为主,而君子(指知识阶层)亦能包容的原则。武松可归游侠之流,"报"的原则在此剧中只能属于武松,而这种原则是可以受到广大观众肯定认同的。

可见《金瓶梅传奇》有关武松的情节不但有平衡"文戏"和"武戏"的作用,就观众而言,也有取得价值认同的作用。

(二)度: 以西门庆为主角的情节之主题

西门庆的角色是小生,清黄旛绰《梨园原》引王大梁论角色云:

---

① 王文章主编《傅惜华藏古典戏曲珍本丛刊》二十四册,第275页、320页。
② 同上书,第279页。
③ 杨联陞著,段昌国译《报——中国社会关系的一个基础》,收入刘纽尼等译《中国思想与制度论集》,台北:联经出版事业公司,1976年版,第368页。

"小生，或作主之子侄，或作良朋故旧，或作少年英雄，或作浪荡子弟，故曰小生。"① 西门庆之称小生，或许因为他是"浪荡子弟"之故。郭英德说："在清初以后昆山腔表演艺术走向成熟时期，小生角色便逐步稳定为扮演青年男性的独立行当，有了确定的年龄限制和相应的性格特征，其动作造型基调是儒雅倜傥、秀逸飞动。"② 西门庆虽然谈不上儒雅，倜傥倒是有的，而且《金瓶梅传奇》中的西门庆已经收敛许多，不像小说中那样狂妄放纵。

在现存的《金瓶梅传奇》中，西门庆第1出《说亲》即现身，异于小说中嫌乔大户没有官职而对于和乔大户联姻不满，在剧本中他欣然答应这门亲事，还准备了千两聘金。第3出《惊儿》得知官哥儿受惊生病，西门庆安慰李瓶儿；第4出《禳解》中李瓶儿病危，西门庆请法师作法禳解；第5出《病嘱》李瓶儿死前与西门庆和吴月娘话别；第7出《庆捐》西门庆死在潘金莲床上；第8出《转胎》万回禅师点出西门庆的前世今生，西门庆共7出的戏份到此结束。

与小说最大的不同是，此剧将胡僧与普净禅师结合为"万回"禅师，出现在第8出《转胎》。而剧中有关西门庆的情节，亦转化为"下凡历劫"或"度脱"母题的叙事模式。

"下凡历劫"母题源于道教神仙故事，但在文学作品中往往与佛教轮回结合。吴光正在讨论"三言""二拍"中的下凡历劫故事时提到："道教谪世说与佛教转世说相糅合，使神仙从空而来从空而去的直接谪降模式演变为神仙谪凡下凡重新投胎模式。"③ 而下凡者也未必是道教的神仙，例如《西游记》中的唐三藏，其前世为如来的二徒弟金蝉子，"因为汝不听说法，轻慢我之大教，故贬汝之真灵，转生东土"。④

---

① 转引自周贻白《中国戏剧发展史》，台北：学艺出版社，1980年版，第787页。
② 郭英德《论戏曲角色的文化内涵》，《戏剧文学》，1999年第9期，第41页。
③ 吴光正《中国古代小说的原型与母题》，北京：社会科学文献出版社，2004年版，第110页。
④ 吴承恩撰，缪天华校订《西游记》，台北：三民书局，1991年版，第884—885页。

下凡历劫母题的叙事模式或称为"谪凡叙述模式",李丰楙归纳其模式为"犯罪被谪→历劫除罪→罪尽重返",之后发展为宗教人物出身、修行故事,其叙述模式转为"出身→修行→返回本身"。① 此外,还会有一位"智慧老人",例如《水浒传》中的九天玄女,《西游记》中的观世音。

所谓"度脱"即"得度解脱"之意,青木正儿首先提出杂剧中的"度脱剧"类型,指的是:"神仙向凡人说法,使他解脱,引导他入仙道的剧作。"② 显然青木正儿指的是道教的度脱剧,其实度脱剧的范围兼包佛、道二教③,而李惠绵更将度脱剧区分为"他力谪仙返本类型""自力超凡入圣类型"。④ 有学者认为:"'完整'的度脱过程所指的是剧中具有'度人者'与'被度者'之存在,其间由度人者对于被度者所做的超度过程与行为,让被度者最终获得领悟,从困厄中解脱出来(悟道升天或回归佛界),唯有完成此一程序,方可称之为'度脱剧'。"⑤《金瓶梅传奇》中的西门庆故事很接近度脱剧中的"他力谪仙返本类型",剧中度人者、被度者、超度行为等,无不具备。

《金瓶梅传奇》中的度人者(即所谓的智慧老人)为万回禅师,他度人的行动包括:先化身为胡僧赠药给西门庆,目的是让他"脱离浊体";西门庆死后,魂魄被恶鬼(指武大、花子虚魂魄)拿入地府受罪,万回禅师从空收其真灵,并向西门庆点明,他的前身明悟尊者

---

① 李丰楙《出身与修行:明代小说谪凡叙述模式的形成及其宗教意识——以〈水浒传〉〈西游记〉为主》,彰化师大国文系《国文学志》,2003年第7期,第106页。
② [日]青木正儿著,隋树森译《元人杂剧序说》,台北:长安出版社,1976年版,第32页。
③ 参见廖藤叶《马致远度脱剧的道教面貌与真实内涵》,台中技术学院《人文社会学报》,2004年第3期,第117页。
④ 李惠绵《论析元代佛教度脱剧——以佛教"度"与"解脱"概念为诠释观点》,《佛学研究中心学报》,2007年第6期,第267—268页。
⑤ 柯香君《论明代之度脱剧——以明杂剧为主要讨论范围》,《问学集》,2002年第11期,第132页。

下凡的目的本为超（度）淫女，不料却迷失了本性。现在要将他再转世一次"方好度还西土"①。而之所以必须再投一次胎，乃是因为西门庆已经"真灵染垢，难速皈依，当再一转，解脱沉迷"②。

　　由上可知剧中有关西门庆的情节是循"出身→修行→返回本身"的下凡历劫（或"他力谪仙返本类型"的度脱）模式，其前身为"明悟尊者"，修行方式是所谓的"遂欲法"，"在风月功名的满足中备尝风月、功名的苦果"③。在这样的叙述模式下，西门庆飞扬跋扈的性格以及纵欲无度的形象被淡化了，情节循着"风月，功名"的苦果发展，从和乔大户结为儿女亲家热闹联姻，到唯一的儿子死了，爱妾李瓶儿死了，他不禁感叹道："欢娱只道能长久，冤孽谁知要拆开。"④但仍不悟，最后自己也死在潘金莲的身上。此时再由度人者指点迷津，并以"他力"将其再次转世，以便"度还"西土，重回本身。

　　卜键曾经依着情节进程，剖析了《金瓶梅》小说中关于纵欲无度的描写，并提出"死亡，纵欲者终极的归宿"的结论，他说："《金瓶梅》的全部情节所努力说明和最终体现的就是：纵欲与死亡。这不是一个陈腐的旧套，而是一个永远新鲜的以生命的代价不断予以证实的人类生存的主题。"⑤这个纵欲与死亡的主题，在小说中主要表现在西门庆身上，但是在《金瓶梅传奇》，有关西门庆纵欲的情节只有1出，此出戏一开始就强调胡僧丹药的效用，而这个丹药在剧中已经成为禅师度化西门庆的工具，强调是为了让他脱离浊体，如此一来，纵欲与死亡的主题在西门庆身上显然已经不存在了。

---

① 王文章主编《傅惜华藏古典戏曲珍本丛刊》二十四册，第257页。
② 同上书，第258页。
③ 吴光正《中国古代小说的原型与母题》，第127页。
④ 王文章主编《傅惜华藏古典戏曲珍本丛刊》二十四册，第239页。
⑤ 卜键《纵欲与死亡——〈金瓶梅〉情节进程的剖析》，张国星主编《中国古代小说中的性描写》，第269页。

（三）情欲的追求：以陈敬济为主角的情节之主题

陈敬济在剧本中称为"小"，这个角色名称相当少见，推测应当是"小生"的省称，为区别于另一位小生西门庆，故称为"小"。

陈敬济在第 2 出《雪诱》即登场，而他一出场就表明对自己婚姻不满的原因在于西门大姐过于老实，"不能畅我情欲"，而"岳父几个爱宠，唯有潘氏金娘每每见我留情"。① 整个有关陈敬济的情节，首先就聚焦在这"情欲"二字，但这里的情欲不再像小说中那样毫无节制，剧中陈敬济的情欲对象就是潘金莲，以及和潘金莲情同姐妹的春梅。

其实在小说中，陈敬济与潘金莲初次发生关系是在第 53 回，但蜻蜓点水，未能尽性，直到西门庆死后的第 80 回陈敬济才真正得手，至于春梅撞见二人偷情则是在第 82 回，剧本将这两件事同时安排在官哥和乔大户女儿订亲之时（第 41 回），提前了约 40 回。这样安排的好处是，可以将陈敬济的情欲关系集中到潘金莲和春梅身上，使主题更为明确。

全剧以陈敬济为主角的情节，集中在最后 5 出。

第 22 出《逼妻》遥接《雪诱》中对西门大姐的不满，剧中陈敬济对大姐大动肝火，原因还是为了潘金莲。他怪大姐不肯借钱，才会让潘金莲被武松所杀，"若是我那恶妻肯与借首饰解当，何必空劳远向，武松焉能赚取？思之不胜痛恨"②，大姐不堪打骂，于是自缢身亡。这段内容和小说有很大的出入：同样是为了娶潘金莲而到东京筹钱，小说中陈敬济从母亲那里骗得两车细软，他并不缺钱，剧本却改为措银不遂；其次，小说中陈敬济和大姐争吵的原因，是因为大姐和冯金宝斗气，他偏听冯金宝而把大姐打了一顿，西门大姐自缢的原因

---

① 王文章主编《傅惜华藏古典戏曲珍本丛刊》二十四册，第 224 页。
② 同上书，第 301—302 页。

在此，跟潘金莲无关。剧本的改动，强化了陈敬济对潘金莲的感情。

其后是 23 出《控济》，吴月娘控告陈敬济害死女儿，敬济因而吃打坐牢，弄得一贫如洗，此出一方面了结陈敬济和西门家的关系，另一方面则是为了和春梅重逢做铺陈。第 24 出《访舅》，之所以称"访舅"，是因为春梅跟周守备说陈敬济是她的兄弟，周守备派张胜四处查访他的"妻舅"。在第 25 出《重逢》，陈敬济向春梅倾诉欲娶潘金莲未能如愿的别情，春梅安慰他说："谁想艰难遇灾，飘零可哀，相逢处泪珠频洒。从（此）鸳鸯重结，花前歌笑，月下舒怀。"① 可见陈敬济对潘金莲确有真情，而春梅对陈敬济也是真心相待。

第 26 出《窃听》是陈敬济和春梅的最后结局，异于小说中张胜杀死陈敬济时春梅逃过一劫，后来才死在周义身上，在此剧中，张胜杀陈敬济之前，春梅已经在和陈敬济交合时"走阴死了"。剧本舍弃了小说中与陈敬济有关的其他女性（如冯金宝、韩爱姐、葛翠屏、孟玉楼等），也舍弃了春梅后来和李安、周义的关系，安排让陈敬济和春梅同时赴黄泉，让他们的情欲不致过于泛滥。

已有不少学者指出陈敬济与潘金莲、春梅的关系具有正面意义，即不受权力及金钱因素的干扰，是纯为情与欲的结合。例如梁丽岚比较陈敬济和西门庆对女人的态度，"前者清美，后者浊丑。前者平等，后者仗势。前者心心相印，后者以金钱或小恩小惠"②。这种分析有一定的道理，然而不能否认在小说中陈敬济和潘金莲、春梅的情欲关系都非常混乱，例如陈敬济在和潘金莲打情骂俏的同时，也和宋惠莲调情逗嘴，潘金莲死后，他娶了粉头冯金宝，又去勾搭孟玉楼，心想："我那时取将来，与冯金宝做一对儿，落得好受用。"③ 在和春梅重逢

---

① 王文章主编《傅惜华藏古典戏曲珍本丛刊》二十四册，第 365 页。
② 梁丽岚《新论陈经济——〈金瓶梅〉研究之一》，《辽宁大学学报》（哲学社会科学版），2000 年第 6 期。
③ 闫昭典、王汝梅等校点《新刻绣像批评金瓶梅》（会校本、重订版），第 1303 页。

后，春梅替他娶了葛翠屏，陈敬济"与这翠屏小姐倒且是合得著，两个被底鸳鸯，帐中鸾凤，如鱼似水，合卺欢娱"①，这也罢了，却又和韩爱姐如胶似漆。这些复杂的男女关系实无"清美"可言，倒不如剧本让陈敬济对潘金莲，以及春梅对陈敬济的关系都变得更为专一。

不能否认剧本也有警世的意味，因为无论是西门庆或陈敬济，他们的纵欲和死亡都是在同一出完成的（第7出《庆捐》和第26出《窃听》）。然而单以陈敬济为主角的部分而言，我们确实看到剧中人物不受出身、权势、钱财的干扰，为一己情欲的追求付出了努力和代价。

除了上述三大主题之外，剧本中不以三个男性主角为中心的情节还表现了一个共同的主题，即世态之炎凉。例如第9出《乖义》写西门庆的十兄弟剩下的八个都不愿去给西门庆拜别送行，这和小说的情节不同，但嘲弄世情的主题相似；又如第13出《盗财》以及第16出《奸逃》，分别写李娇儿盗财而去，以及孙雪儿和来旺从西门府中逃跑，情节和小说略异，但同样是表现了树倒猢狲散的现实。不过，尽管情节改变，但这个嘲讽世态炎凉的主题还是大致沿袭《金瓶梅》小说，并无特殊之处，无足深论。

四、结语

本文首先对收录在《傅惜华藏古典戏曲珍本丛刊》中的乾隆抄本《金瓶梅传奇》中错装、错简的情形一一指明，并加以订正。再透过与小说《金瓶梅》及《水浒传》比较，分析其情节安排及人物形象，从而发现三个与小说相异的创作主题。

---

① 闫昭典、王汝梅等校点《新刻绣像批评金瓶梅》（会校本、重订版），第1379页。

《金瓶梅传奇》现存27（或28）出，内容取材自小说《金瓶梅》及《水浒传》，情节以武松、西门庆、陈敬济为中心分成三大块，再以其他人物穿插其间，将三个主要情节巧妙结合，在结构组织上有其特色。

三个主要情节各有不同的主题：以武松为主角的情节主题在"报"（报仇，报恩），此一主题传达了游侠的行事原则，这个主题在小说《金瓶梅》中是比较欠缺的；以西门庆为主角的情节主题在"度"（度脱，度化），作者创造了"万回禅师"这个人物作为度脱模式的"度人者"，淡化了"受度者"（谪降者）西门庆的纵欲形象，这个主题是小说《金瓶梅》中西门庆转世情节的扩写，也可以说是对西门庆投胎转世为自己儿子的一种诠释；以陈敬济为主角的情节主题为"情欲的追求"，以陈敬济对婚姻中的情欲不能满足为出发点，摆脱金钱、地位及其他物质因素，对爱慕的对象潘金莲展开纯粹的情欲追求，他和春梅的情欲关系也是专一的，剧本简化了小说中陈敬济及春梅复杂的情欲关系，并安排二人在同一时间死亡，使单纯的情欲追求这个主题更为彰显。

除此之外，剧本也承袭了小说《金瓶梅》的嘲讽世态炎凉的主题，例如十兄弟中仅存的八位兄弟的表现，以及李娇儿、孙雪儿从西门府脱逃。但此一主题只是沿袭原著，无足深究。

总体而言《金瓶梅传奇》在情节结构及创作主题两方面皆有特色，在现存与小说《金瓶梅》有关的戏曲中，是值得关注的一部佳作。

作　者：台湾嘉义大学中文系教授

《第一奇书金瓶梅》木版巾箱本叙录

张青松

《金瓶梅》在中国古代文化史上有着非凡的意义。早期传播，主要是以手抄本的形式通过文人之间的传抄来实现的，其中不乏上层文人，如董其昌、袁宏道、袁中道、沈德符、冯梦龙、谢肇淛、沈伯远、屠本畯、王世贞、徐文贞等。有这些名士的推波助澜，刻本遂应运而生，但也被官府及名教中人认定为"市浑极秽之作"，而屡遭禁毁。读者的喜爱使之禁而不绝，逐渐形成了很多的版本系统。作为一部小说，因为"诲淫"，普通读者恐不敢堂而视之，常常隐蔽而观，巾箱本显然更利于阅读和携带，故形成一个特殊的版本系列，盛行于民间。以往学者对《金瓶梅》版本的研究几乎无人涉及这个系列，本文就所收集到的资料，做一个归纳和初步研究，以期填补《金瓶梅》版本传播史的这个空白。

所谓巾箱本，是中国一种袖珍型书籍的特有名称，其中蕴含着中国的历史典故和古典韵味。中国古代刻印的书籍一般尺寸较大，甚至字大如钱，板框之外，天头地脚开阔，除了便于镌刻，更利于阅读和批校，故古人有月下读书的习惯。而巾箱本则反其道而行之，开本极小，便于携带，顾名思义是可以装在"巾箱"里的书本。巾箱者，一般认为是古人放置手巾的小箱子。但手巾为什么非要放入精致的箱中呢？有的学者对此提出质疑，笔者认同以下考证。"巾箱"的"巾"更大的可能是在纸张流行以前，书写用的"缣帛"，用来记录重要文字，或形成典籍文书，放入箱中易于检阅和携带，不易遗失。西汉以后，"巾箱"内所装物品种类丰富，一般为形积较小的贵重之物，有珍藏之书籍、服饰，有御赐之宝物、圣旨，有政府文书、药方、金银珠宝等等。①《北堂书钞》卷一百三十五引《汉武内传》曰："帝又见西王母巾箱中，有一卷小书，盛以紫锦之囊。"《南史·齐衡阳王钧传》载："钧常手自细书写《五经》，部为一卷，置于巾箱中，以备遗忘。"是最早的正史记载。巾箱本在后期更发展为一种科举考生挟带作弊之用的挟带本。

巾箱本没有固定的规格和标准，总的特点是"小"，那么小到什么程度可以称之为巾箱本？南宋陈傅良在《永嘉八面锋》中认为巾箱本长二寸六分，宽一寸七分；清末民初杨守敬《留真谱》记录所见摹刻宋本《礼记》板心高不过三寸许，宽二寸半，一页324字；朱彝尊《经义考》则把巾箱本的板高放宽至"半尺"（五寸）。②元东山书院刊《梦溪笔谈》框高15.5厘米，宽10厘米；清高宗乾隆帝所著《乐善堂全集》交内府刊刻成巾箱本，框高6.3厘米，宽4厘米。巾箱本在小说戏曲中尤为普遍：青柯亭刊《聊斋志异》半框高13厘米，宽9.5厘米；瀛经堂刊《绿牡丹全传》半框高11.6厘米，宽8.1厘米；翼圣堂刻《风筝误》半框高10.2厘米，宽7.8厘米；小嫏嬛山馆刊《长生殿》半框高10.2厘米，宽7.7厘米。综上巾箱本的规格大致相当于现代64开至小32开左右的书籍。

现存《金瓶梅》的版本系统中，明刻本中目前没有发现巾箱本，整个清代《金瓶梅》的流传基本被张竹坡的《第一奇书金瓶梅》所占据，故所见巾箱本皆为第一奇书本。以下所论仅限于传统版刻中的木刻本，而不包括晚清民国由于印刷技术的发展而带来的石印本和铅印本。

---

① 陆华、李业才《"巾箱"考略》，《南北桥》，2011年第1期。
② 袁红军《巾箱本小考》，《兰台世界》，2015年第33期。

《第一奇书金瓶梅》在清代从版式上有大小之分，小版习称之"巾箱本"，因为小巧易于阅读和携带，版本情况也颇为复杂。就笔者所见，以准确牌记而论，巾箱本至少有三类八种。本衙藏板（崇经堂）2种，玩花书屋5种，广升堂1种。插图一般仅为80幅，甚简略，已无崇祯版画之风韵，后来又有将插图简略成20幅人物绣像。以上三类堂号的巾箱本中均有发现板心镌刻"崇经堂"者。据《金瓶梅书录》载，有插图200幅之崇经堂本，未见。故崇经堂本极大可能就是《第一奇书金瓶梅》巾箱本的初刻本，但目前尚未发现有书名页存世的实物，或许就是"本衙藏板"本。比如德国巴伐利亚州立图书馆藏本，虽是翻刻，但书名页完好，其部分叶面板心下端镌刻有"崇经堂"。

一、本衙藏板本（崇经堂本）

1. 甲本。清刻巾箱本。20册，100回不分卷。白纸。尺寸17.8×11厘米，正文半叶板框13×9.6厘米，11行，行25字。夹批小字双行。白口单鱼尾无界栏，四周单边。书名页三栏单边，书眉题：全像金瓶梅；右起：彭城张竹坡批评/第一奇书/本衙藏板。首康熙乙亥谢颐序（重磅宋体字），次顺序为家众杂录、读法、非淫书论、目录、趣谈、杂录小引、寓意说、大略（竹坡闲话）；次插图40叶80幅。板心上镌第一奇书，中为回数，下镌叶码，底端镌有崇经堂。

北京翰海拍卖1996年春季拍卖会拍品一部，钤印：五车堂发兑、姚炜藏书（见图1）。笔者自藏首册一种（见图2），自家众杂录始，前缺失，插图存78幅，颇为精细；读法板心下端逐叶镌刻有崇经堂。甲本颇为少见，存世多为残缺，翰海拍本难得完整，可惜不知所归，无法做出深入研究。根据现有资料，此种版本无论版刻还是插图，均为巾箱本中最优者，或为初刻本，至少是最为接近初刻本的版本。需要注意的是，和甲本书名页的文字结构完全一样的还有一种大版的《第一奇书》，正文的半框尺寸是 20.9×13.9 厘米。只看图片有时不易区分，造成混淆。除了尺寸大小之分，大版的谢颐序为手写草书体，而所有巾箱本的谢颐序均为重磅宋体字。

图 1　翰海拍卖 1996 年春季拍品（本衙藏板甲本）

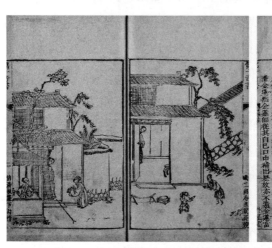

图 2　自藏本（本衙藏板甲本）

2. 乙本。清刻巾箱本。2函24册，100回不分卷。竹纸。正文半叶板框12.7×9.6厘米，11行，行25字。夹批小字双行。白口单鱼尾无界栏，四周单边。书名页三栏单边，书眉无题写。右起：彭城张竹坡批评/第一奇书/本衙藏板。首康熙乙亥谢颐序（重磅宋体字），次顺序为非淫书论、杂录小引、趣谈、家众杂录、寓意说、大略（竹坡闲话）；次绣像20幅，前图后赞；次读法、目录。板心上镌第一奇书，中为回数，下镌叶码，部分叶码下端镌有崇经堂，如第三回首叶。卷端题"第某回"，接回前评，接正文回目。

藏德国巴伐利亚州立图书馆东亚部（见图3）、韩国高丽大学图书馆、韩国首尔大学奎章阁、笔者自藏一部（见图4）。此书没有情节插图，只有20幅单独的人物绣像，前图后赞，是《金瓶梅》插图中首次出现，并且只出现在巾箱本中。乙本应该是根据甲本翻刻，或者改版，保留了甲本的部分板木，简化了插图。甲本和乙本最主要的区别是书名页顶端有无"全像金瓶梅"的题写，以及乙本没有情节插图，只有人物绣像。

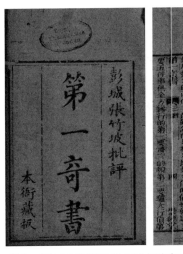 

图3　德国巴伐利亚州立图书馆东亚部藏本（本衙藏板乙本）

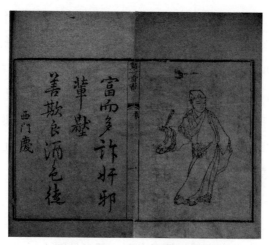

图4 自藏本（本衙藏板乙本）

二、玩花书屋本[①]

1. 甲本。清刻巾箱本。24册，100回不分卷。白纸，尺寸17.3×11厘米，半叶板框12.7×9.6厘米，11行，行25字，夹批小字双行。白口单鱼尾无界栏，四周单边。书名页三栏单边，书眉题"全像金瓶梅"；右起：彭城张竹坡批评/第一奇书/玩花书屋藏板。首康熙乙亥谢颐序，次顺序为趣谈、家众杂录、寓意说、大略（竹坡闲话）、杂录小引、读法、目录；次插图40叶80幅。板心上镌第一奇书，中为回数，下镌叶码。卷端题"第某回"，接回前评，接正文回目。钤印：东洋文化研究所图书、势州四日市山中氏家藏等。藏日本东京大学东洋文化研究所双红堂文库（见图5）。

2. 乙本。清刻巾箱本。4函24册，100回不分卷。白纸，尺寸16.3×11厘米，半叶板框12.5×9.4厘米，11行，行25字，夹批小

[①] 邱华栋、张青松《金瓶梅版本图鉴》，北京：北京大学出版社，2018年版。

字双行。白口单鱼尾无界栏，四周单边。书名页三栏单边，书眉题"全像金瓶梅"；右起：彭城张竹坡批评/第一奇书/玩花书屋藏板。首康熙乙亥谢颐序，次顺序为大略（竹坡闲话）、寓意说、趣谈、读法、目录、家众杂录、杂录小引；次插图40叶80幅。板心上镌第一奇书，中为回数，下镌叶码。卷端题"第某回"，接回前评，接正文回目。孔夫子旧书网（2020年）大学堂书店、永乐书斋各存一套（见图6）。

图5 东京大学藏本
（玩花书屋甲本）

图6 孔夫子旧书网本
（玩花书屋乙本）

甲本与乙本内容基本一致，文字较为清晰，但版刻不同，书名页差别更为明显，说明分属不同刻板。插图略逊于本衙藏板本，应晚于本衙本。

3. 丙本。清刻巾箱本。24册，存上半部10册，序至54回，不分卷。白纸，尺寸16.5×10.7厘米，半叶板框12.5×9.5厘米，11行，行25字，夹批小字双行。白口单鱼尾无界栏，四周单边。书名页三栏单边，书眉题：全像金屏（瓶）梅；右起：彭城张竹坡批评/第一奇书/玩花书屋藏板。首康熙乙亥谢颐序，次顺序为目录、趣谈、非淫书论、杂录小引、家众杂录、大略（竹坡闲话）、寓意说、读法；次插图40叶80幅。板心上镌第一奇书，中为回数，下镌叶码。卷端题"第某回"，接回前评，接正文回目。钤印：路大荒。书前评语、第2回至第12回、18回、22回、25回等，板心下端镌刻有崇经堂（见图7）。

图7　路大荒旧藏（玩花书屋丙本）

此书是著名学者路大荒旧藏，只存半部，但牌记完整，与甲、乙本不同的是，书名页文字风格完全不同，书眉金瓶梅的"瓶"改题为"屏"。板心下端有崇经堂，是所见玩花书屋版本系列中唯一镌刻者，说明玩花书屋本与崇经堂本也存在传承关系。

4. 丁本。清刻巾箱本。木箱装，20册，100回不分卷。白纸，尺寸16.9×10.9厘米，半叶板框12.2×9.5厘米，11行，行25字，夹批小字双行。白口单鱼尾无界栏，四周单边。书名页三栏单边，书眉题：全像金屏（瓶）梅；右起：彭城张竹坡批评/第一奇书/玩花书屋藏板。首康熙乙亥谢颐序，次顺序为目录、趣谈、非淫书论、家众杂录、杂录小引、大略（竹坡闲话）、寓意说、读法；次插图40叶80幅。板心上镌第一奇书，中为回数，下镌叶码。卷端题"第某回"，接回前评，接正文回目。眉间少有墨批。钤印：燕台室、多泪词徒、申三大利（见图8）。

丁本的书名页与丙本完全一样，但内页并非同版，版刻文字稍显凌乱，插图更为简略。板心没有崇经堂的堂号。笔者自藏，十分完好，自日本回流。

5. 戊本。清刻巾箱本。木箱装，24册，100回不分卷。白纸，尺寸16.1×10.8厘米，半叶板框12.2×9.5厘米，11行，行25字，夹批小字双行。白口单鱼尾无界栏，四周单边。书名页三栏单边，书眉题：第一奇书；右起：彭城张竹坡批评/金瓶梅/瓨䁁（玩花）书屋梓。首康熙乙亥谢颐序，次目录、次读法、次插图40叶80幅。板心上镌第一奇书，中为回数，下镌叶码。卷端题"第某回"，接回前评，接正文回目。尾册封底内侧有明治丙戌（1886）日人绿川客渔彰朱笔题跋。全书有朱笔圈点、校改、眉批。钤印：绿川村庄主人、近彰、花外、西冈藏书（见图9）。

图8 自藏本（玩花书屋丁本）

图9 自藏本（玩花书屋戊本）

从版刻情况看，丁本好于戊本。戊本书名页改动很大，书眉改题为第一奇书，"瓨䁁"（玩花）用了两个古字。卷首评语简略很多，仅剩"读法",以朱笔抄录"家众杂录"于书眉,插图版刻风韵全无。但戊本贵在有朱笔题跋和圈点,还提及一种李渔的校本《金瓶梅》,为《金瓶梅》的文献研究留下一点线索。此为笔者自藏,亦自日本回流。另日本国立公文书馆内阁文库、浅草文库各藏有一部。

此丁、戊两部玩花书屋本均有精致的木书箱,制作考究,保存完好。均自日本回流。日本藏书的特点为大多保存较好,干净齐整,很多书名页、牌记赖以保存。国内藏本遗失较多,致使版刻不知来历。日本人对待书籍的爱护值得我们学习和敬重。

三、《醒世奇书正续合编》广升堂本

清刻巾箱本。正编分为元、亨、利、贞,4函24册,23卷100回,首册未编卷。半叶板框12.5×9.8厘米,11行,行25字,夹批小字双行。白口单鱼尾无界栏,四周单边。函套及封面签条题"广升堂第一奇书";书名页板框分三栏,右上题"彭城张竹坡批评";中间大字双行题"醒世奇书正续合编",右五左三;左下双行署"本衙藏板"。板心上镌第一奇书,中为回数,下镌叶码。首谢颐序,次大略、读法、非淫书论、目录、人物绣像20幅,前图后赞。卷端题"第某回",接回前评,接正文回目。序一的书口下端有"何先"的字样,第三卷板心镌有"崇经堂"(见图10)。

图10 孔夫子旧书网拍本(广升堂本)

续编为《续金瓶梅》,版式与正编相同,2函12册,卷首附图,并附续《金瓶梅》引用书目、太上感应篇阴阳无字解序、太上感应篇阴阳无字解。藏西北师范大学图书馆，吴永萍《金瓶梅版本若干问题探析——以西北师大图书馆藏本为例》一文予以介绍。认为序一的书口"何先"为刻工名字。第三卷板心镌有"崇经堂"，说明此广升堂本也与崇经堂息息相关，或为借版或根据崇经堂翻刻。可以看出目前可见所有《第一奇书》巾箱本大约均不出崇经堂本的窠臼。法兰西学院汉学研究所图书馆藏一部，存正编而无续编。吴敢《金瓶梅版本拾遗》著录介绍。另孔夫子旧书网曾经拍卖一部，缺第一册，无续编。

作　者：北京中铁大都公司工程师

删节版《金瓶梅》研究

赵俊杰　赵　辰

一、什么是删节版《金瓶梅》

删节版《金瓶梅》简称"简本《金瓶梅》",这是在繁本《金瓶梅》存在的情况下,清代嘉庆时期由私人书坊雕版印刷,出版发行的一种缩减字数的简本《金瓶梅》小说。为了更加清楚地介绍删节版《金瓶梅》,我们摘取《金瓶梅》删节版与繁本第一回中一段叙述潘金莲的文字作说明。

删节本《金瓶梅》第一回:

却说张大户有万贯家财,年过六十,并无一男半女,妈妈余氏主家婆廊坊中并无清秀使女,大户时常拍胸叹气,妈妈道:"既然如此,我叫媒人替你买了两个使女,一个叫潘金莲,一个叫白玉莲。"玉莲年方二八,乐户人家出身,生得白净小巧。这潘金莲是南门外潘裁的女儿,排行六姐,因他姿色既好,又缠得一双小脚,所以就名金莲。他父亲死了,他娘度日不过,从九岁卖在王招宣府里,习学弹唱。又教他读书写字,他本性伶俐,不过十二三就会搽胭抹粉,品竹弹丝,女工针指,知书识字。梳一格缠髻儿,穿一件扣衫子做张故致,乔模乔样。到十五岁王招宣死了,潘妈妈又将银三十两转卖于张大户家,和玉莲同时进门。

金莲学琵琶，玉莲学筝。后来白玉莲死了，止落下金莲一人，长成十八岁，出落得脸亲桃花，眉弯新月。张大户每要收他，只碍主家婆厉害，不得到手，一日主家婆在邻家赴席，遂暗把金莲唤至房中收用了。大户从此身上添了五件病症。第一腰添疼，第二眼添泪，第三耳添聋，第四鼻添涕，第五尿添滴。后主家婆颇知其事，与大户嚷骂，把金莲苦打，大户因而赔些嫁妆许与武大为妻，因他忠厚又住着宅内房子，早晚便宜。这武大娶了金莲，大户甚是看顾他武大，若卖炊饼出去了，大户便踅入房中，与金莲私会，朝来暮往忽一日大户得阴病死了，主家婆怒会家童，将他两口即时赶出，武大遂又寻了紫石街西王皇亲房子赁内外两间居住，依旧卖炊饼……

以上共计489字。
繁本《金瓶梅》第一回：

却说张大户有万贯家财，百间房屋年约六旬之上，身边寸男尺女皆无，妈妈余氏主家婆严厉。房中并无清秀使女，只因大户时常拍胸叹气道："我许大年纪，又无儿女，虽有几贯家财，终何大用？"妈妈道："既然如此说，我叫媒人替你买了两个使女，早晚习学弹唱，服侍你便了。"大户听了大喜，谢了妈妈，过了几时，妈妈果然叫媒人来，与大户买了两个使女，一个叫潘金莲，一个叫白玉莲。玉莲年方二八，乐户人家出身，生得白净小巧。这潘金莲是南门外潘裁的女儿，排行六姐，因他自幼生的有些姿色，缠得一双好小脚儿，所以就名金莲。他父亲死了，做娘的度日不过，从九岁卖在王招宣府里，习学弹唱。闲常又教他读书写字，他本性机变伶俐，不过十二三就会描眉画眼，傅粉涂朱，品竹弹丝，女工针指，知书识字。梳一格缠髻儿，着一件扣身杉子做张做致，乔模乔样。到十五岁的时节，王招宣死了，潘妈妈争将出来三十两银转卖于张大户家，与玉莲同时进门。大户教他习学弹唱，金莲原白会的，甚是省力，金莲学琵琶，玉莲学筝，这两个同房歇卧，主家婆余氏初时甚是抬举二人，与他金银首饰，装束身子，后日不料白玉莲死了，止落下金莲一人，长成十八岁，出落得脸亲桃花，眉弯新月。张大户每要收他，只碍主家婆厉害，不得到手，一日主家婆在邻家赴席不在，大户暗把金莲唤至房中遂收用了。正是莫讶天台相见晚，刘郎还是老刘郎。大户自从收用金莲之后，不觉身上添了四五件病症。端的那五件？第一腰便添疼，第二眼便添泪，第三耳便添聋，第四鼻便添涕，第五尿便添滴。自有了这几件病后，主家婆颇知其事，与大户嚷骂了数日，将金莲百般苦打，大户知道不容，却赌气倒赔房妆，要寻嫁得一个相应的人家，大户家下人都说武大忠厚，见无妻小，又住着宅内房儿，堪可与他，这大户早晚还要看觑此女，因此不要武大一文钱，白白的嫁与他为妻，这武大自从娶了金莲，大户甚是看顾他，若武大没本钱做炊饼，大户私与他银两，武大若挑担儿出去，大户候无人，便踅入房中，与金莲厮会，武大虽一时撞见，原是他的行货，不敢声言。朝来暮往也有多时，忽一日大户得患阴寒病死症呜呼死了，主家婆察知其事，怒令家童，将金莲武大即时赶出，武大故此遂寻了紫石街西王皇亲房子赁内外两间居住，依旧卖炊饼……

以上共计 792 字。

通过《金瓶梅》第一回关于潘金莲叙述对比，我们可以发现以上两个版本中，繁本比删节版多了 303 字。删节版《金瓶梅》的句式除了少数地方有改动，其他句式与文意，基本与原刊本相同。

二、《金瓶梅》删节版版本考订

《金瓶梅》删节版从目前已经发现的《金瓶梅》版本情况看,均为八卷本,分别为:

1. 徐州朱玉玲女士藏:其版本特征为:济水太素轩刊本,线装,八卷,前后二部,每部一册,一函;纵18厘米,横11.5厘米。首内封;次谢颐序,非手写体,半叶6行,行15字,署"庆岁次丙子清明上浣秦中觉天者谢颐题于皋鹤书舍";次目录,回目四言;次正文。内封分三栏,中间书题:金瓶梅,右一行上刻:第一奇书,左一行下刻:济水太素轩梓;目录书题:金瓶梅奇书;书鼻书题:金瓶梅;正文首页首行书题:新刻金瓶梅奇书。白口,上鱼尾,板心刻卷次、叶次,每卷叶次自为起讫,半叶15行,行32字,无图,无评点。

2. ［日］鸟居久靖《〈金瓶梅〉版本考·异本》:"《新刻金瓶梅奇书》,8卷100回,天理大学藏,8卷8册,木板本,纵20.7厘米,横13厘米,缺封面,刊者、刊年等不详。卷一前面先有谢颐序2页(行格5行,行15字),题作'金瓶梅奇书前部目次'的目录2页,然后进入正文。正文各卷卷首题有'新刻金瓶梅奇书前部(卷五以后称后部)卷某'。行格15行,行32字。当然,诗词及批注、评语等一切被省略,通卷是白文。各卷所收的回数及页数情况如下:卷一(第1—6回计6回)18页,卷二(第7—17回计11回)20页,卷三(第18—33回计16回)18页,卷四(第34—46回计13回)20页,卷五(第47—59回计13回)20页,卷六(第60—72回计13回)20页,卷七(第73—86回计14回)20页,卷八(第87—100回计14回)21页。各回平均一页半,1500字。最短的是第二十二回530字,最长的第一回也不超过6700字。由此可以看出它的简略形式。要之,本书是第一奇书本的摘要本。"

3. 张青松私藏八卷本，与上述八卷本同。

三、《金瓶梅》删节版十二卷本情况介绍

删节版《金瓶梅》十二卷一百回，无作者署名，清刻本，一函八册，半页15行，行30字，板框23.5×12.8厘米。页内无行格，白口，上鱼尾，板心刻"金瓶梅前/后、卷数、页数"，通篇白文，无图无批。藏品存有扉页部分，分作三栏，自右依次为"右上栏第一奇书、中间部分大写金瓶梅三字、左下栏济水太素轩梓"。次谢颐序，方正字体，半页6行15字，末署"嘉庆岁次丙子清明上浣秦中觉天者谢颐题于皋鹤书舍"。次回目作四言文，前部、后部两部分目。内文前部六卷存第一回至第四十六回，其中前部卷一、卷二、卷三、卷四、卷五、卷六分别标目，卷一第一回至七回，卷二第八回至十一回，卷三第十二回至十七回，卷四第十八回至二十四回，卷五第二十五回至三十七回，卷六第三十八回至四十六回。后部六卷存第四十七回至一百回，后部标题不再标卷数，只标有回目，后部第七卷至十二卷卷数标在藏品板心位置，此种情况较为特殊，猜测为私人出版商的疏忽造成。

四、八卷本、十二卷本异同分析

此次发现的稗海堂十二卷本删节版《金瓶梅》，与已知的八卷本同属于《金瓶梅》简本系列小说。分析比较八卷本、十二卷本《金瓶梅》，有如下异同可查：

（一）八卷本、十二卷本相同之处

1. 同属于删节本系列小说

八卷本、十二卷本《金瓶梅》同为一百回简本，在故事的描述

上，与繁本《金瓶梅》相较，无论是故事情节抑或人物性格的刻画，都是一种较为简单的处理办法。在古代小说中，类似的情况存在于《水浒传》《西游记》《三国演义》等名著小说之中，可以说越是伟大的古典小说，阅读者越是趋之若鹜，简本小说出现的概率就会越大。

2. 堂号、序言相同

此简本系列《金瓶梅》，同为清代嘉庆二十一年（1816）序，济水太素轩刊本。这种出版物采用同一堂号，序言情况较为复杂，留待下文考证。

3. 文体结构同为前后两部

八卷本、十二卷本简本《金瓶梅》，在文体结构的处理上，都采用了前部、后部两部分作为小说整体结构的处理手法。

4. 与繁本《金瓶梅》相同

八卷本、十二卷本均保留了小说中性爱情节秽文叙述，这在清代康熙时期开始的禁毁淫秽小说高压政策下，私人书坊是冒着被清政权打击处理的很大风险的。

以上四个特点，体现了简本《金瓶梅》小说的高度相似性，其中的内在关联待考。除以上分析的删节本相同之处外，简本系列《金瓶梅》都是无绣像、无点评、无夹评等版本形式，私人书坊出版的特点就是简单化，其原因有降低出版成本的考量等多方面因素。

（二）八卷本、十二卷本不同之处

1. 卷数不同

八卷本、十二卷本简本《金瓶梅》同为一百回故事，卷数却有八卷、十二卷明显差异，从而可以确定二者分属于不同的两个版本系列。

2. 行格不同

已知的八卷本《金瓶梅》，为徐州朱玉玲女士藏，版本特征为纵18厘米，横11.5厘米。半叶15行，行32字。日本藏八卷本《金瓶梅》，8卷8册，纵20.7厘米，横13厘米，行格15行，行32字。稗海堂藏十二卷100回《金瓶梅》，纵23.5厘米，横12.8厘米，半页15行，行30字。

　　以上叙述了八卷本、十二卷本《金瓶梅》版本之间的异同，通过分析我们可以确认稗海堂藏十二卷本《金瓶梅》与已出现的八卷本版本有明显差异，且不见著录，为新发现《金瓶梅》版本。

　　此次发现的十二卷版本《金瓶梅》，与八卷本《金瓶梅》共同构成删节本系列，简称《金瓶梅》简本系列。这个《金瓶梅》简本系列，目前已共计发现四个版本，《金瓶梅》简本系列的发现，属《金瓶梅》版本研究一个重大发现。

五、八卷本、十二卷本《金瓶梅》版本研究

　　《金瓶梅》简本小说八卷本、十二卷本形成了系列，其中八卷本目前发现的三个版本，行格不同，可以确认为不同的三个版本。分析比较不同版本的《金瓶梅》简本小说，我们可以从版本的优劣、出版时间、内在联系几方面入手，因为这几部简本《金瓶梅》，都属于珍稀之本，原典藏品难以见到，所以要解决以上三个问题，难度很大，稗海堂也只能做个简单分析，以作抛砖引玉之举。

　　1. 八卷本、十二卷本之间的优劣

　　八卷本、十二卷本同属于简本系列《金瓶梅》小说，序言相同，出版堂号相同，文字叙述差异不是很大，因此评价二者之间孰优孰劣，意义与作用不是太大，这只是清代社会私人书坊主一种偷工减料、降低出版成本的行为。其中文人参与创作，有新的故事情节出现的情况不明显，因此相对于繁本《金瓶梅》，二者皆属于劣本之列。

　　2. 八卷本、十二卷本出版先后顺序初探

　　据《金瓶梅》删节版八卷本拥有者、藏书家张青松先生分析，十

二卷本应为最早期刻本，八卷本为后期版本。理论上来说，一般先出现卷数多的版本，后期再作进一步删减，以显示版本之间的差别，此为私人书坊的一种出版行为。稗海堂认可张青松先生的分析，十二卷本《金瓶梅》应为早期删节版《金瓶梅》小说，八卷本则为后期删节版简本《金瓶梅》小说。

3. 八卷本、十二卷本内在关系初探

简本系列《金瓶梅》版本情况比较复杂，不明所以的人，往往会认为这是同一个出版商的出版行为，但按照以往的古代小说出版史看，三个版本的删节版《金瓶梅》应该是同一地区，或者相邻近地区出版商的私下行为，从刻板风格情况看，应属于苏杭地区刻本。三家私人书坊应该处于相同时代或者相临近时代，即清代嘉庆年间至道光年间，时间上不会超过 30 年。因此无论是出版时间还是出版地点，我们认为相距不会太过遥远，并且三家私人书坊有着密切的联系。

笔者多年的收藏实践中，发现一个很有趣的现象，就是同一家出版堂号，存在时间几近相同，但出现的地区不同，如清代光绪时期同为三义堂的出版商，在河北获鹿县有一家，在深州（衡水市）也有一家，同时在获鹿的李村还有一家。这三家三义堂私人出版商，猛一看是分铺或者分堂号，经过稗海堂仔细调研，最终确认三家清代光绪时期河北存在的三义堂，实际上是姨表兄弟之间开设的不同的私人书坊，三家私人书坊三义堂，各自经营又密切联系，形成了以亲戚为主，采用相同堂号，又各自经营的一种连锁关系。

笔者对河北清代社会出版界的考察，为我们研究《金瓶梅》简本系列小说提供了一种思路。济水太素轩是三家私人书坊共同使用的一个堂号，表明这三家私人书坊有着密切的联系，也只有这种密切的联系，才可能促使三个版本《金瓶梅》，在大约相同的时间先后面世，并且造成诸多相同的出版特征。

我们或许可以设想，清代社会某一时期，其中一家私人书坊首先拿到了简本《金瓶梅》出版底本，率先雕版印刷删节版《金瓶梅》，后期两家关系密切的私人书坊，在已有《金瓶梅》简本出版动作的同时，对底本稍作改动，随后也付梓刻板，从而造成今天我们看见的简本系列《金瓶梅》。

  当然这只是一种假设，作为学术论文，是需要严谨的逻辑以及明确无误的证据佐证的，虽如此，大胆假设、小心求证，当是我们学术研究一个基本的方向。简本《金瓶梅》系列，其中的济水太素轩堂号，是我们版本研究突破的一个方向。

作　者：赵俊杰，河北大学文学院兼职教授

    赵辰，三菱日联银行（中国）有限公司北京分行职工

重申"《金瓶梅》传世的第一个信息出现在明万历二十三年"

——再次请教黄霖先生

周钧韬

一、 缘起: 为什么要与权威学者论争

我自1985年研究《金瓶梅》开始,发表的第一篇、第二篇和第四篇论文,都是与权威学者论争的文章,从而在与权威的论争中提出自己的看法,形成自己的理论观点。我发表的第一篇论文的商榷对象就是两大学术权威:美国哈佛大学教授韩南博士和中国台湾学者魏子云教授。

与权威学者论争,在客观上有其必然性。因为权威学者研究的是本学科的最重要的课题,代表着本学科的研究方向和最高成就。但如果后来者一味迷信权威,将其理论视为金科玉律,顶礼膜拜而不敢越雷池一步,那只能避开权威所涉足的本学科的重大研究课题,而去研究权威未涉足的次要课题,那么本学科就只能驻足不前而无以发展。

基于这个认识,在与权威的论争中创新,便成为我较为自觉追求的信条。首先,我在十分尊重权威的前提下,认真学习本学科中的所有权威的全部理论,把握其精髓,这里是来不得半点轻狂的;其次,

将权威们得出理论观点所使用的全部论据，找出来逐条仔细核查，辨其正误与优劣；再次，将权威们根据这些证据得出其结论的思维过程、思维模式进行重新演绎。通过这样反复的推敲、琢磨、掂量，即得出自己的研究结论。我的主要研究成果大多由此而得。我的第一篇"金学"论文《金瓶梅传世的第一个信息——袁中郎致董思白书考辨》①，即开启了我与权威学者论争的先河。三十多年来，我与权威学者论争商榷的文章发表了十多篇。当然有我正确的地方，也有我搞错的地方、失败的地方、得罪于权威的地方，但我认为很有价值，也多有教训。

二、 权威的结论可商量

美国学者韩南先生与中国台湾学者魏子云先生都认为，《金瓶梅》传世的第一个信息出现在万历二十四年（1596）。而我考证确认是万历二十三年（1595）。此文发表后得到王汝梅、孙逊等先生的支持并立即在论著中引用，次年黄霖兄发表《关于金瓶梅传世的第一个信息》② 文，认为我的"论证颇有问题，以往的结论不能推翻"，仍按万历二十四年为是，并对拙文提出驳论。我当时未作答辩，嗣后凡学界谈到成书问题，当然还是"以往的结论不能推翻"。

没有想到，三十多年后的今天，我居然会重新发表旧作（公众号"金学界"，2020年7月26日），重燃战火。更没有想到，黄霖先生居然也将旧作再次发表（公众号"金学界"，2020年7月28日），以示应战。三十年前没有结果的一次论争，又重新吹响了号角。

---

① 周钧韬《金瓶梅传世的第一个信息——袁中郎致董思白书考辨》，《苏州大学学报》（哲学社会科学版），1985年第3期。
② 黄霖《关于金瓶梅传世的第一个信息》，《金瓶梅考论》，沈阳：辽宁人民出版社，1989年版。

双方争论的问题仅为一年之差，需要如此争论不休吗？黄霖兄说得好："这个问题对于探求《金瓶梅》的成书、作者及思想意义的评价等颇为重要。"我也认为，几百年间研究者花了多少时间精力，考证《金瓶梅》成书的诸多问题大体不甚了了，唯有这传世的第一个信息较为清晰，只是双方考证结论差了一年而已。现在双方证据均已摆明，只是如何分析研究这些证据的问题。黄霖也说："我们所用的材料几乎是相同的，关键在于如何理解袁中郎与陶石篑的有关诗文。"如今争论双方的两篇文章，已摆在大家的面前供分析研究，如果有研究者能提供新的证据，则大喜过望矣。

争论的发端，是考定袁中郎致董思白书的作年问题，因为此书的作年即是《金瓶梅》传世的第一个信息出现的确切年代。现将袁中郎《董思白》选抄如次：

> 一月前，石篑见过，剧谭五日。已乃放舟五湖，观七十二峰绝胜处。游竟复返衙斋，摩霄极地，无所不谈，病魔为之少却，独恨坐无思白兄耳。　　（袁中郎：《锦帆集·董思白》）

从这封信可见，袁中郎与陶石篑确实一起游过洞庭，但此游发生于何年何月，袁中郎信上没有写明，这就成了个大难题。

韩南先生《〈金瓶梅〉的版本及其他》认为，此信写于万历二十四年（1596）十月。信中所言："一月前，石篑见过，剧谭五日。已乃放舟五湖，观七十二峰绝胜处。"是指万历二十四年九月袁中郎陪陶石篑"共游洞庭山"之事，根据是陶石篑的《游洞庭山记》。这一点，**魏子云**先生说得更清楚。魏先生在《金瓶梅的问世与演变》① 中说："这一封信，写在万历二十四年十月间。这年，陶望龄（石篑）

---

① 魏子云《金瓶梅的问世与演变》，台北：时报文化出版事业有限公司，1981年版。

曾于九月二十四日到苏州，与袁中郎游谈多日。此事，陶望龄在所写《游洞庭山记》的序文中记有年月，是万历二十四年十月。可以对证上袁氏的这封信。"陶石篑的《游洞庭山记》确实记录了万历二十四年九月见访袁中郎游洞庭山之事，但魏子云先生没有看清楚陶石篑所记的这次访游，与袁中郎致董思白书所谈完全是两码事。请看陶石篑《游洞庭山记》：

> 岁乙未，予再以告归，道金阊。友人袁中郎为吴令。饮中，语及后会，时方食橘，曰："予俟此熟当来游洞庭。"明年夏秋中，中郎书再至，申前约，而小园中橙橘亦渐黄绿矣。遂以九月之望发山阴，弟君奭，侄尔质，曹生伯通、武林僧真鉴皆从。丁巳抵苏，上开元寺。中郎方卧疾新愈，谈于榻之右者三日。壬戌始渡胥口，绝湖八十里，登西山宿包山寺。癸亥步游……甲子取径……乙丑游……丙寅东北风大作，明日雨，又明日大雾……明日登……始涉湖而返，距其往七日矣。
>
> （陶石篑：《歇庵集》卷十三）

此文中陶氏明说，中郎卧疾新愈，谈于榻之右者三日。壬戌日起，陶氏带弟侄数人游洞庭西山达七天之久，未及中郎一词，可见中郎并未陪陶氏同游。这样矛盾就出现了。中郎致董思白书言明，他和陶氏谈了五天后同游洞庭。而从陶氏《游洞庭山记》中看出，他们只谈了三日，以后中郎并没有陪他们同游洞庭。

请问韩南、魏子云先生，你们从陶石篑《游洞庭山记》中哪一句话可以证明袁中郎陪同陶石篑一起游了洞庭？又从陶石篑的《游洞庭山记》中的哪一句话可以证明袁中郎信中所写的陪同陶石篑一起游了洞庭？对此我想你们是无法回答的。1985年我发表商榷文章时，魏子云先生还健在，按照先生脾气，他一定会发表反驳文章，但他没有。

也许他未见，也许他无话可说，也许他不想理睬我这个小人物。

黄霖兄本来是为韩南、魏子云先生辩解的，但其结论大大出乎我的意料。他认为无论是袁中郎的信《董思白》，还是陶石篑的《游洞庭山记》，都无法证明袁中郎陪陶石篑一起游过洞庭。他说："袁中郎的《董思白》根本没有说过与陶石篑同游洞庭……陶氏《游洞庭山记》没说中郎陪他们同游。"这就很有意思了：本来是"一党"，如今分为两派。韩魏派认为，无论是袁中郎的《董思白》，还是陶石篑的《游洞庭山记》，都证明袁中郎陪陶石篑一起游了洞庭。但黄兄认为，无论是袁中郎的《董思白》，还是陶石篑的《游洞庭山记》，都证明袁中郎与陶石篑没有一起游过洞庭。很有意思的是，最后两派殊途同归，都拿陶石篑《游洞庭山记》的作年作为袁中郎《董思白》的作年。于是一起考定了《金瓶梅》传世的第一个信息出现在万历二十四年十月。

如此我们就成了"三派"：

韩魏派认定，袁中郎的《董思白》与陶石篑的《游洞庭山记》，写的是同一次袁中郎陪陶石篑同游洞庭。这个结论是错的，是建立在错误推论上的判断。

黄派正好相反，认为无论是袁中郎的《董思白》还是陶石篑的《游洞庭山记》，都未写到袁中郎陪陶石篑同游洞庭，甚至根本就没有袁中郎陪陶石篑同游洞庭的事情，但他依然用陶石篑单独游洞庭的时间作为袁中郎的《董思白》的作年，这如何能令人信服呢？

周（钧韬）派认为，袁中郎的《董思白》写到袁中郎陪陶石篑同游洞庭的事是真实可靠的，但陶石篑《游洞庭山记》记的是陶石篑兄弟等几人游洞庭的事，袁中郎没有陪同。可以说，袁中郎《董思白》与陶石篑《游洞庭山记》，在游洞庭一事上是风马牛不相及也。因此拿陶石篑《游洞庭山记》的作年来认定袁中郎《董思白》的作年，从而得出《金瓶梅》传世的第一个信息出现在万历二十四年，其错误显而易见。

可以说，以前的考证基本上前功尽弃，我们必须另辟蹊径，另觅新途。

三、"新途"到底在何方

皇天不负苦心人。当我在袁中郎《锦帆集》中找到两条新资料时，立即用在1985年发表的《金瓶梅传世的第一个信息——袁中郎致董思白书考辨》文中。一是袁中郎的《陶石篑兄弟远来见访，诗以别之》诗，二是袁中郎的《西洞庭》文。

袁中郎《陶石篑兄弟远来见访，诗以别之》一诗，是万历二十四年九月陶氏见访游毕洞庭告归时所写的送别诗。是诗写了陶氏见访到告别的全过程：

> 一揖径登床，草草寒暄而。执手不问病，捧腹但言饥。……欲穷人外理，先剖世间疑。五行何因起，天地何高卑？鹄乌何白黑，日月何盈亏？生胡然而至，死胡然而归？天胡然而喜，鬼胡然而悲？事无微不究，语无响不奇。独不及臧否，一切细碎词。玄旨穷三日，清言畅四肢。爱君深入理，恐我倦伤脾。未作经年别，先为五日辞。入宫寻西子，涉水吊鸱夷。七十二螺髻，三万六玻璃……归来为我言，山水见须眉。……一番铜铁语，万仞箭锋机。病得发而减，客以乐忘疲。流连十许日，情短六个时。
>
> （袁中郎：《锦帆集》）

将此诗与陶石篑《游洞庭山记》对照起来读，不难看出，两者同记一事。例如，陶文曰："中郎方卧疾新愈。"袁诗云："执手不问病""恐我倦伤脾""病得发而减"，可见中郎在重病中。万历二十四年八月十三日,中郎得疟疾,一直病了四五个月。陶文曰:"谈于榻之右者三日。"袁诗云:"玄旨穷三日。"两人相见畅谈三日,记载完全一致。另,陶文所记此行"丁巳抵苏""壬戌始渡胥口",到庚午才"涉湖而返",前后约七天。袁诗云:"流连十许日。"如此看来,袁诗与陶文一样,记的是万历二十四年九月陶石篑见访并游洞庭一事。而这一次陶氏游洞庭,中郎有没有陪同呢?前已讲到,陶文没有明说,而袁诗则明说了的。例如,袁诗云,陶氏见访谈了三天后"未作经年别,先为五日辞"。辞者,去游洞庭也。陶氏游了七天,袁诗又云:"归来为我言,山水见须眉。"中郎这些话足以证明,他在万历二十四年九月根本没有陪陶氏兄弟共游洞庭。

袁中郎《陶石篑兄弟远来见访,诗以别之》一诗的出现,进一步证明,韩魏派的"袁中郎致董思白书写在万历二十四年十月"的结论就更没有根据了。韩魏派没有查阅袁中郎《锦帆集》中这首诗,因此不清楚此年(万历二十四年),袁中郎未陪陶氏游洞庭一事,而只根据陶文来考证袁信,故有此误。

那么袁中郎有没有陪陶氏一起游过洞庭呢?有。证据之一是袁中郎致董思白书说得倒很清楚:"一月前,石篑见过,剧谭五日。已乃放舟五湖,观七十二峰绝胜处。"他确实是陪陶氏同游过洞庭的。此外我又发现了一个新证据,即袁中郎《西洞庭》文:

> 西洞庭山,高为缥缈……山色七十二,湖光三万六。层峦叠嶂,出没翠涛,弥天放白,拔地插青,此山水相得之胜也。……余居山凡两日,篮舆行绿树中……天下之观止此矣。陶周望曰:余登包山而始知西湖之小也,六桥如房中单条画,飞来峰盆景耳。余亦谓:楚中虽多名胜,然山水不相遇,湘君、洞庭遇矣,而荒迹绝人烟。
>
> (袁中郎:《锦帆集》)

这是一篇西洞庭山的游记。文中只出现两个人：袁中郎自己和陶周望（即石篑）。而且他们一起面对诸峰，分别作了洞庭西山与西湖、洞庭西山与湘楚山水的对比研究。他们同游过洞庭山，这是确切无疑的了。这次"同游"是哪一年？有人可能会说就是万历二十四年九月的那一次，这显然是不对的。我们只要将这篇袁文（《西洞庭》）与上述陶文（《游洞庭山记》）、袁诗（《陶石篑兄弟远来见访，诗以别之》）作些比较，即可看出其不同之处：

（1）袁文曰："余居山凡两日。"陶文却说"距其往七日矣"（陶文对游西山的每天的活动记之甚详）。两者所记游山的时间差异甚大，足证所记非同一次游山事。

（2）袁文记载游山所见是：层峦叠嶂，出没翠涛，弥天放白，篮舆行绿树中。可见此游天气晴朗，山清水明。袁氏心情大好。而陶文记录游山所见是：丙寅东北风大作，明日雨，又明日大雾，欲去不可，雾稍霁舆与行，湖滨去湖咫尺不能辨。可见此游天气极坏，陶氏十分狼狈。此情此景，两文所记天壤之别，怎么可能是同一次游览呢？

（3）袁文明确记载与陶氏同游，而袁诗又说得分明：袁氏未陪陶氏同游。更可证这完全是两次不同的游览。

万历二十二年（1594）甲子冬，袁氏三兄弟均赴京。十二月，中郎谒选授吴县令。万历二十三年乙未二月，中郎由京赴吴，三月间到任。万历二十五年丁酉春辞官去职，是年三月即离吴暂居无锡。因此，中郎在吴只是万历二十三、二十四年两年时间。在这两年时间中，陶石篑来吴见访中郎共两次。从陶氏《游洞庭山记》中可知，第一次是万历二十三年乙未，"时方食橘"，可见是秋天；第二次即是万历二十四年丙申九月。前已考定，袁、陶同游洞庭，不可能是万历二十四年九月之事，那么二者必居其一，袁、陶同游洞庭，必然是万历二十三年秋天之事。袁中郎致董思白书曰："一月前，石篑见过。"这就是说，是书必然写于万历二十三年秋袁、陶同游洞庭以后的一个月,即万历二十三年深秋。这就得出结论:《金瓶梅》抄本传世的第一个信息,出现在万历二十三年(1595)的深秋季节。

然而,黄霖兄还有话说。作为新证据的袁中郎《西洞庭》文,本人在1985年所写文中已经公布,黄霖兄在1986年发表的文章。他在文中指出:

> 袁中郎《西洞庭》一文也未说与石篑同游。……若中郎与石篑同游,一般会在文中点明……而《西洞庭》明说:"余居山凡两日",不及他人。至于文中所述"陶周望(石篑)曰'余登包山'"四句,乃为中郎行文时的引用文字,当为万历二十四年袁中郎据陶石篑'游竟复返衙斋'无所不谈和出示《游洞庭山记》后所得。……因此,袁中郎的《西洞庭》一文,根本不能证明袁、陶两人于万历二十三年有"一起同游过洞庭"的事情。……因此,袁中郎在《董思白》中透露《金瓶梅》传世抄本的第一个信息,还是在万历二十四年十月,而不是在万历二十三年深秋。

黄霖先生这段反驳文字,让我看得一头雾水。有几个问题需请明示:

(1)袁中郎《董思白》云:"一月前,石篑见过,剧谭五日。已乃放舟五湖,观七十二峰绝胜处。游竟复返衙斋,摩霄极地,无所不谈。"这段文字一般人都能看明白:袁中郎陪石篑游了洞庭。而黄霖先生说没有。我猜想,黄兄的意思是袁中郎与远道而来的至交好友聊了几天后,竟然将其置之不理,独自放舟五湖游洞庭?袁中郎毕竟是"当今名士",阁下把他想得如此不堪,不知是何道理?我相信一向温良仁义好客的黄兄是不屑于此道的。

(2)黄兄说"袁中郎《西洞庭》一文也未说与石篑同游",这就奇了。文中明明出现了袁中郎与石篑两人,他们还一起面对诸峰分别作了洞庭西山与西湖、洞庭西山与湘楚山水的对比。他们一起同游过洞庭山,这还有什么怀疑吗?黄兄的怀疑原来在这里:"陶周望(石篑)曰'余登包山'四句,乃为中郎行文时的引用文字,当为万历二十四年袁中郎据陶石篑'游竟复返衙斋'无所不谈和出示《游洞庭山记》后所得。"

陶周望(石篑)之"余登包山"四句,即为"陶周望曰:余登包山而始知西湖之小也,六桥如房中单条画,飞来峰盆景耳"。黄兄认为是万历二十四年袁中郎据陶石篑"游竟复返衙斋"无所不谈和出示《游洞庭山记》后所得,这近乎天方夜谭了。请问陶石篑是如何向袁中郎出示《游洞庭山记》的?袁中郎是如何把陶周望(石篑)的"余登包山"四句加到自己的《西洞庭》文中去的?此事关系重大,这个是要证据的。

此外,《西洞庭》文中写了陶石篑的"余登包山"四句后,紧接着写道:"余亦谓:楚中虽多名胜,然山水不相遇,湘君、洞庭遇矣,而荒迹绝人烟。"这难道也是袁中郎后来加到《西洞庭》文中去的?或者说袁中郎"独自一人"的自说自话?在洞庭山上仰天长啸,说了"余亦谓:楚中虽多名胜"四句吗?袁中郎《西洞庭》文中的"余亦谓"三字,非常重要。只有陶石篑说了"余登包山"四句后,袁中郎才能说"余亦谓"及后面的四句话。这足以证明当时游洞庭的就是袁中郎与陶石篑两人。黄兄断定袁中郎"作伪"的根据在哪里?也是要证据的。

(3)黄兄最后指出"袁中郎在《董思白》中透露《金瓶梅》传世抄本的第一个信息,还是在万历二十四年十月,而不是在万历二十三年深秋",请问证据呢?我们需要的是证据!证据!证据!

作　者:深圳市文联理论研究处研究员

"仁道"不存：论《金瓶梅》儒家伦理精神的衰废

梅东伟

引　言

东吴弄珠客云："读《金瓶梅》而生怜悯心者，菩萨也；生畏惧心者，君子也；生欢喜心者，小人也；生效法心者，乃禽兽也。"[1] 实际上，对《金瓶梅》思想、精神价值认识的巨大差异自晚明延续至今，"阅读评价势若冰炭"。[2] 不可否认，《金瓶梅》对人物性爱场景和浮华生活的津津乐道，以及小说结局中"万事皆空"的幻灭感，确实影响了小说的思想境界与精神价值。于此，有学者从小说伦理角度提出，《金瓶梅》对人性缺乏充分的信任，对人的命运和境遇缺乏深刻的同情和温柔的怜悯，从中"看不到理想，看不到正义"，所表现出的是一种消极伦理；[3] 也有学者提出《金瓶梅》突出个体之"为己"之贪欲与罪恶，缺乏"理想世界"与"建设理想世界"的力量和精

---

[1] 东吴弄珠客《金瓶梅序》，黄霖编《金瓶梅资料汇编》，北京：中华书局，1987年版，第2—3页。
[2] 曾庆雨《〈金瓶梅〉阅读行动研究》，《河南理工大学学报》（社会科学版），2018年第3期。
[3] 李建军《消极伦理与色情叙事——从小说伦理看〈金瓶梅〉及其评论》，《文艺研究》，2008年第7期。

神。①对于《金瓶梅》的这种价值倾向，研究者或将其归诸作者主观、狭隘的人性观，②或将其与"神话精神"的缺失相联系。③从意义抉发的角度，上述解读并无不妥，但若从《金瓶梅》创作与流传的思想文化语境而言，却颇显隔膜。

有学者提出，《金瓶梅》表达了一种社会转型中的文化忧虑，即因经济崛起而造成了文化衰微。④从明代中后期思想文化发展的态势而言，所谓的"文化衰微"实际上指传统儒家伦理价值观念对社会控制力的减弱，并遭受到种种质疑与批评，甚至陷入困境。⑤《金瓶梅》显然正视并深刻地反映了这种"文化衰微"，因而，从晚明儒家伦理之现实境遇出发，以儒学话语切入《金瓶梅》的精神与思想世界，应更为体贴并达"同情"之理解。儒家文化以伦理为本位，儒学为仁学，"仁"为儒家伦理的核心精神，"爱人"与"生生"观念为仁之两端，《金瓶梅》伦理世界之建构与人物命运结局之结撰，正是以"仁"为"标的"，直面财色欲望冲击下儒家伦理观念的边缘化与伦理精神的衰废。此外，《金瓶梅》之创作、传播与晚明江南特定士人群体关系密切，其中折射出彼此间的精神契合，而这一群体对生活方式的选择和思想倾向，也从侧面印证了《金瓶梅》所反映的晚明时代儒家伦理精神的衰废。

---

① 楚爱华《金瓶梅：神话精神的缺失——以"四大名著"为参照》，《明清小说研究》，2017年第3期。
② 李建军《消极伦理与色情叙事——从小说伦理看〈金瓶梅〉及其评论》，《文艺研究》，2008年第7期。
③ 楚爱华《金瓶梅：神话精神的缺失——以"四大名著"为参照》，《明清小说研究》，2017年第3期。
④ 许建平《〈金瓶梅〉的文化反思：因何经济崛起而文化衰微》，《东南大学学报》（哲学社会科学版），2013年第1期。
⑤ 陈宝良《明末儒家伦理的困境及其新动向》，《史学月刊》，2000年第5期。该文中，陈宝良提出明末是中国思想史上第一次大规模批评儒家传统伦理的时代。

一、孝悌沉沦与《金瓶梅》儒家伦理精神的衰废

毋庸讳言,《金瓶梅》缺乏崇高情感,思想消极,也没有温暖的人性关怀和积极向上的理想追求,但这一叙事情形的出现,与其说是"神话精神"的缺失,毋宁说是儒家伦理精神的衰废,这更为准确并契合晚明之社会文化语境。

儒学是仁学,"仁"是儒家伦理精神的核心价值,是儒学的本体与基本概念,也是儒家伦理的最高范畴和儒家伦理精神的集中表达。孔子以来,经历代学者发挥,"仁"逐渐形成、确定了两个层面的含义,一是"仁爱"之义,二是"生生"之理。儒家之仁爱是以"亲亲"为中心的差等之爱。《论语》载:"樊迟问仁。子曰:爱人。"① 孔子确立"仁"之"爱"的基调;孟子则将这种"爱"推及万物,提出"亲亲而仁民,仁民而万物"②,但正如《中庸》所云:"仁者,人也,亲亲为大。"③ 儒家之"爱人"是有"差等"的,"爱人"乃是由亲近亲人而扩及于民众万物。"仁"之"生生"之理,所强调的是万事万物都具有"生生"之本质,宋明理学把带有血缘"亲亲"之义的"仁"范畴与《周易》"生生"之"易道"相结合,将仁提升到贯穿天地万物的本体地位。王阳明云:"仁是造化生生不息之理","弥漫周遍,无处不是"。④ 这种"生生"之理贯穿于人身上,一是表现为"男女构精,万物化生"的创生性,二是表现为人类自觉、自省和自强不息的向上精神。⑤ 以仁为核心的儒家伦理精神对于中华民族的和谐发

---

① 杨伯峻、杨逢彬译注《论语译注》,长沙:岳麓书社,2009年版,第146页。
② 金良年译注《孟子译注》,上海:上海古籍出版社,2004年版,第293页。
③ 杨天宇译注《礼记译注》,上海:上海古籍出版社,2004年版,第700页。
④ 〔明〕王阳明撰,吴光等编校《王阳明全集》(上),上海:上海古籍出版社,2012年版,第23页。
⑤ 彭玲《仁本体及其特点研究》,《北京师范大学学报》(社会科学版),2018年第4期。

展与社会进步发挥了重要作用,但不可否认的是,程、朱等理学家虽以万物一体之"仁"为核心创新了儒学体系,但在"人道"层面,又侧重于"以爱释仁","进而从爱中推出父子君臣之理,把三纲五常宗法伦理确立为人的本性,提升为天理,导致天人的完全分裂。当朱熹试图以伦理纲常来解释自然世界时又进一步以伦理吞没了生生不息之理"①。儒家伦理精神的这一变化使儒家学者更为注重主体"内向"的道德自觉与面向社会的道德教化,但同时也抑制了主体的生命活力与创生力。至明代中后期,由于经济的繁荣发展、社会意识形态的放松和里甲制度的瓦解,被突然释放的人的生命活力如脱缰之野马,率先于"肉体"上寻求解放。在这一点上,明代中期以后娼妓业的发达便可见一斑,谢肇淛感叹:"今时娼妓布满天下,其大都会之地,动以千百计,其他穷州僻邑,在在有之,终日倚门献笑,卖淫为活。"② 而此际流行的日用类书如《三台万用正宗》,则以大量篇幅记述性事、壮阳、药方等各类与青楼文化相关的事项。在金钱崇拜、价值沦丧与欲望觉醒的情势下,固然会引发"先觉者"对自由、个性与平等的向往与思考,但更多的恐怕是精神迷失与欲望放纵,正如商传先生说,这种因经济繁荣所引发的"社会发展变化中出现的不是人文主义思潮的发展,而是因奢侈与僭越造成的人文精神的缺失。我们知道,人文精神本来是追求自由、平等与博爱的。……虽然有自由与个性的追求,有平等与僭越的行为,但是却缺乏博爱的精神"③。针对这种现实,如果说王阳明从心之良知重新释"仁",凸显其"视人犹己,视国犹家,而以天地万物为一体"④ 的博爱精神,以回应和拯济儒家精神的危困,那么《金瓶梅》则以小说化的呈现方式与王阳明的哲学思

---

① 王国良《明清时期儒学核心价值的转换》,合肥:安徽大学出版社,2002年版,第110页。
② 〔明〕谢肇淛撰,傅成校点《五杂组》,上海:上海古籍出版社,2012年版,第1651页。
③ 商传《走进晚明》,北京:商务印书馆,2014年版,第286页。
④ 向世陵《王阳明仁说的博爱理念》,《哲学研究》,2016年第9期。

辨形成"互文",是阳明学的"现象学"注脚。①

崇祯本《金瓶梅》对儒家伦理精神的衰废有着清醒意识与自觉表达。崇祯本《金瓶梅》也即《新刻绣像批评金瓶梅》,学界认为该版是《金瓶梅词话》删改的成果。②从文本角度,对照"词话本","崇祯本"的回目与内容均有明显变化,其中经常为学者提及的第一回,即由词话本的"景阳冈武松打虎 潘金莲嫌夫卖风月",改定为"西门庆热结十弟兄 武二郎冷遇亲哥嫂",于此学界多有关注。对于这一改写,人们多从结构与思想的照应角度进行解读,在我看来,其中还寄寓小说家深刻的伦理之思。张竹坡称《金瓶梅》"以弟字起,孝字结,一片天命民彝,殷然慨恻"。③张竹坡以儒家伦理解读《金瓶梅》,表彰《金瓶梅》"处处体贴人情天理"④,乃劝惩之作。但我认为,崇祯本《金瓶梅》诚然悌始孝结,却并非托以劝惩,而是直面儒家伦理精神沦丧的象征表达。从"爱人"的角度,儒家之爱是差等之爱,以"孝悌"为本。《论语·学而》云:"孝弟也者,其为仁之本与!"⑤二程与朱熹对此多有阐发,王阳明也说:"有根方生,无根便死。无根何从抽芽?父子兄弟之爱,便是人心生意发端处,如木之抽芽。自此而仁民,而爱物,便是发干生枝生叶。墨氏兼爱无差等,将自家父子兄弟与涂之人一般看,便自没了发端处……"⑥孝悌的沦丧便也意味着儒家"爱人"精神成为"无根之木",人与人之间也就无"爱"可言,或者人与人之间的"爱"是"假爱"。从此出发,重新审

---

① 格非《雪隐鹭鸶——〈金瓶梅〉的声色与虚无》,南京:译林出版社,2014年版,第91页。
② 黄霖《〈金瓶梅〉词话本与崇祯本刊印的几个问题》,《河南大学学报》(社会科学版),2006年第1期。
③〔清〕张竹坡《第一奇书非淫书论》,黄霖编《金瓶梅资料汇编》,北京:中华书局,1987年版,第64页。
④〔清〕张竹坡《批评第一奇书金瓶梅读法》,黄霖编《金瓶梅资料汇编》,第87页。
⑤ 杨伯峻、杨逢彬译注《论语译注》,第1页。
⑥〔明〕王阳明撰,吴光等编校《王阳明全集》(上),第23页。

视崇祯本对第一回的改写，我们会发现，小说家写出了两种"爱"，一是武大兄弟基于"孝悌"之"爱"，二是西门庆与应伯爵等十兄弟的"无根"之爱。小说中，武大兄弟之"爱"真挚淳朴，虽武大猥琐，武二雄壮，但兄友弟恭之情却令人感动；然而，兄弟之"爱"却为情欲间隔，先是武松持身正派，不愿与金莲苟合，不得已搬离武大家门；其后西门庆、潘金莲情事败露，金莲毒杀武大，兄弟"悌"爱失其寄托，在根本上断绝了。与第一回呼应的第一百回回目为"韩爱姐路遇二捣鬼　普净师幻度孝哥儿"，再次揭起"孝悌"，就"悌"而言，这里的韩二捣鬼与文中韩道国也是"嫡亲"兄弟，但却与大嫂王六儿私通，并在本回中与已寡居的王六儿结成夫妻；正与第一回武松坚拒嫂子金莲的色诱形成反照，印证并昭告读者兄弟"悌"爱之情的不复存在。而另一方面，与第一回无父无母的西门庆形成对照的是，西门庆唯一的儿子孝哥儿，出生即无父，却在第一百回中被揭示出是西门庆的转世之身；但为解除冤衍、为父赎罪，只能出家为僧。显然，在小说家看来，若要拯济世道人心，使生命个体"省悟"，得以解脱于欲望横流的财色世界，只有借助佛教，如文中高僧普净对吴月娘云："当初，你去世夫主西门庆造恶非善，此子（笔者注：指孝哥）转身托化你家，本要荡散其财本，倾覆其产业，临死还当身首异处。今我度脱了他去，做了徒弟，常言一子出家，九祖升天。你那夫主冤衍解释，亦得超生去了……"[1]至此，所谓的父（母）子之孝之爱也随着孝哥的出家而不复存在。张竹坡在回评中说到："第一回弟兄哥嫂以'弟'字起，一百回幻化孝哥，以'孝'字结，始悟此书，一部奸淫情事，俱是孝子悌弟穷途之泪。"[2]因此，《金瓶梅》崇祯本的修订者对小说头回的调整，显然不止是艺术结构上的考虑，而是要从根

---

[1] 〔明〕兰陵笑笑生著，王汝梅等校点《张竹坡批评第一奇书金瓶梅》，济南：齐鲁书社，1991年版，第1578页。
[2] 同上书，第1562页。

本上构筑一个完整的、自足的孝悌沦丧的世界。

孝悌乃是"为仁之本",离开了孝悌,所谓的"仁"也就成了无根之木,无源之水;而"无根"的儒家伦理精神,自然也就没有"爱人"的"亲亲"之义与积极向上的"生生"之理,那样的儒家实际上与释教没有什么区别。但张竹坡终究是儒家之徒,所以一方面认为《金瓶梅》的作者宣扬释教之空,"做书者是诚才子矣,然到底是菩萨学问,不是圣贤学问,盖其专教人空也"。① 另一方面又努力发掘《金瓶梅》的伦理教化意义:"《金瓶梅》以空结,看来亦不是空到底的,看他以孝哥结便知。然则所云的幻化,乃是以孝化百恶耳。"② 在这两难之间,最终托出了一种"两可"的立场:"《金瓶梅》是部惩人的书,故谓之戒律亦可。虽然又云《金瓶梅》是部入世的书,然谓之出世的书,亦无不可。"③ 小说家从儒家伦理的角度切入世情生活,却又无法以儒家伦理精神振拔深陷财色欲望的主人公们,最终不得不求助佛教因果报应收拾人物结局,其中透露出这样的讯息:儒家伦理于拯济世道人心的无力和在人们精神世界中的衰废。然而,在儒家伦理精神衰废的世界中,失却"孝悌"根本,没有"亲亲"之义,人与人之间的人伦关系又如何维系,《金瓶梅》所着力表现与建构的正是这样的世界。

二、 财色纽带与《金瓶梅》伦理世界的建构

"真"与"假"是张竹坡在《金瓶梅》的人物批评中经常用到的术语,它主要着眼于伦常关系。所谓"假"也即《金瓶梅》中的伦常

---

① 〔清〕张竹坡《竹坡闲话》,黄霖编《金瓶梅资料汇编》,北京:中华书局,1987年版,第83页。
② 同上。
③ 同上书,第88页。

关系并非建基于血缘亲情之上，其中缺乏"亲亲"之义，是出于"经历"和"权宜"考虑而建立起来的关系，在这些"假"的亲戚中，所谓的父、女、兄弟等西门庆用以表达亲属关系的词汇，"所表达的只是基于利益和权力的暂时结盟"。① 在《金瓶梅》中维系这种"亲戚"关系的纽带包括权力，但主要是财与色。儒家伦理关系以血缘亲情为基础，"亲亲""爱人"之义贯穿始终，而以财色为纽带结成的各种亲戚则显得冷热无常，但无论冷热，始终渗透着人情算计，缺乏温暖的人性之爱。在《金瓶梅》中，以血缘亲情为纽带的伦常之情已经极端边缘化乃至沦丧，而以财色为纽带构筑的人物伦理世界处于小说表现的中心。

以财色为纽带，《金瓶梅》构建了丰富的伦理世界。所谓"财色纽带"，即日常生活中，人伦关系的建立以财色而起、因财色而生，在这种人伦关系中，人们因财而渔色或因色而敛财，但在表面上人与人之间仍维持着传统伦理关系的形式。在《金瓶梅》的伦理世界中，父子、夫妻、兄弟、君臣、朋友"五伦全备"，其中最突出的是夫妻（妾）与朋友，其次是君臣，最后则是父子与兄弟。血缘伦理在《金瓶梅》中是边缘化的，小说家所着力构建的夫妻、朋友的伦理世界则以财色为纽带，其他如由君臣关系衍生而来的官场之中的上级与下级、家庭中的主与仆，这类伦理关系的构建也大都因财色而起。

财色是《金瓶梅》中家庭成员得以聚合、家庭伦理得以建立的纽带。在《金瓶梅》中，西门庆及其妻妾的家庭生活是叙述的中心所在，小说家突出了财色在西门庆家庭成员聚合与家庭伦理构建中的纽带作用。在小说叙述中，自第三回卓丢儿死后，西门庆便开启了"新一轮"的"家庭建设"，它以情色始，以情色终，其间随着西门庆财势的扩张，他的情色欲望也走向顶点。西门庆与潘金莲的邂逅并勾搭

---

① ［美］商伟著，王翎译《日常生活世界的形成与建构：〈金瓶梅词话〉与日用类书》，《国际汉学》，2011年第1期。

成奸，揭起《金瓶梅》围绕财色构建家庭伦理世界的叙事旅程。如果说潘金莲与西门庆得以联系的纽带是热切的色欲，那么孟玉楼与西门庆的结合则是财色相兼，以财为重，薛嫂向西门庆说媒时先论玉楼之财，"手里有一分好钱。南京拔步床也有两张。四节衣服，插不下手去，也有四五只厢子。金镯银钏不消说，手里现银子也有上千两。好三梭布也有三二百筒"①，之后，方赞玉楼貌美。李瓶儿则是最后嫁入西门大家庭的妾室，这一过程可以描述为因色起意，人随财入；西门庆贪图李瓶儿之美貌，李瓶儿渴望西门庆之性欲满足，彼此一拍即合。为嫁给西门庆，李瓶儿先是背着花子虚将大量财物寄存西门庆家中，而对因气致病的花子虚不管不问，花子虚死后，李瓶儿先嫁蒋竹三，因其难餍性欲，再嫁西门庆。至此，在财色的纽结下，西门大家庭"核心"成员聚合完成，形成了一夫一妻五妾的伦理格局。与西门庆因财色而构建家庭相映照，李瓶儿与花子虚、武大与潘金莲、来旺与宋惠莲等家庭，正是因为财或色的匮乏而致夫妇离散、家破人亡。可见，在《金瓶梅》的叙事中，财色已为家庭成立、维系之根本。

在《金瓶梅》的描述中，西门庆的家庭成员是十分复杂的，除了西门庆与他的六房妻妾等家中的"主子"之外，还有庞春梅、玳安等一众婢仆，以及来旺和宋惠莲等各自成家的家人、媳妇。这些不同层次、群体的成员之间，有着复杂的伦理关系，而财色也是其间的主要纽带。如西门庆与家人媳妇宋惠莲、惠元、贲四嫂及奶娘如意儿的偷情，与伙计媳妇王六儿的通奸，与婢女春梅、迎春、绣春、兰香的苟合，从而使财色成为尊卑之外联结他们的又一人伦纽带。而如来保、来旺和韩道国等家人、伙计，以"爹"或"娘"称呼西门庆和吴月娘等人，表面上构建了一种"拟亲属"的家庭关系，本质上是一种商业上的雇佣关系，是"借助于家族伦理的道德力量"，对商业契约的一

---

① 〔明〕兰陵笑笑生著，王汝梅等校点《张竹坡批评第一奇书金瓶梅》，第117页。

种补充，① 但在《金瓶梅》中，这种道德约束力消失殆尽，伙计与西门庆之间已沦为赤裸裸的金钱关系。

　　财色也是《金瓶梅》中结义兄弟、"干"父子（女）、"干"母（子）女等拟亲属关系得以建立维系的纽带。《金瓶梅》开篇第一回即叙西门庆与应伯爵、谢希大等结拜兄弟，直至西门庆死，其间交往始终不绝；西门庆对应伯爵、常时节等人多有帮助，凸显出友朋之义，但究其实，十兄弟之结拜却是以财色为纽带的。十兄弟结拜前后，小说写到两个细节，一是结拜前吴月娘曾告诫西门庆："你也别要说起这干人，那一个是那有良心的行货？无过每日来勾使的游魂撞尸。我看你自搭了这起人，几时曾着个家哩？"② 西门庆不着家，又在哪里？显然是妓院。应伯爵伴西门庆外出，大多在妓院，帮嫖贴食。二是结拜中的"序齿"，众人公推西门庆居长，但实际上应伯爵年龄大过西门庆，西门庆谦虚，应伯爵直说："如今年时，只好叙写财势，那里好序齿？若序齿，还有大如我的哩。"③ 因此，所谓的十兄弟结拜实际上是应伯爵等人对西门庆的攀附、凑趣。西门庆向吴月娘评说应伯爵等人："自我这应二哥这一个人，本心又好又知趣，着人使着他，没有一个不依顺的，做事又十分停当……就是那谢子纯这个人，也不失为个伶俐能事的好人。"④ 知趣、依顺和伶俐正是帮闲之特质。从作为财主的西门庆的角度，他享受帮闲之趣，这种趣味多来自狎妓场合应伯爵等人的调笑与谐谑。应伯爵等人对于西门庆，既为帮闲复为兄弟，"弟"（应伯爵等）所取者"财"，"兄"（即西门庆）所取者"趣"，以"财"易"趣"，实为买卖，则所谓的兄弟之"义"已沦为交易。如此，当一方身死，另一方自然货售别家，而死者所有之物若

---

① 格非《雪隐鹭鸶——〈金瓶梅〉的声色与虚无》，第71页。
② 〔明〕兰陵笑笑生著，王汝梅等校点《张竹坡批评第一奇书金瓶梅》，第16页。
③ 同上书，第25页。
④ 同上书，第16—17页。

能引起新买家之趣味，卖之亦无不可。所以西门庆甫一闭目，应伯爵便投向张二官，并向他推荐"义兄"之美妾李娇儿、潘金莲。西门庆死后，应伯爵对众兄弟一番陈词，更突出他们与西门庆相交以"财"的本意：

> 大官人没了，今一七光景。你我相交一场，当时也曾吃过他的，也曾用过他的，也曾使过他的，也曾借过他的。今日他死了，莫非推不知道？洒土也眯眯后人眼睛儿，他就到五阎王跟前也不饶你我。你我如今这等算计，你我各出一钱银子，七人共凑上七钱，办一桌祭礼，买一幅轴子，再求水秀才做一篇祭文，抬了去，大官人灵前祭奠祭奠，少不得还讨了他七分银子一条孝绢来……①

与"义"兄弟相映照，小说中还描述"干"父子、"干"母女伦理关系的缔结与维持。西门庆加官生子之后，一时声势烜赫，曾被西门庆"梳拢"的妓女李桂姐趋炎附势，携礼至西门庆家中拜"干亲"，李桂姐的理由很简单："爹如今做了官，比不得那咱常往里边走。我情愿只做干女儿罢，图亲戚来往，宅里好走动"，吴月娘欣然接受，"满心欢喜"。② 这一由财色交易转变而来的"父（母）女"关系并没有以亲情取代财色，相反，李桂姐照样常来西门家中卖唱，并且很快李桂姐便又与"父亲"西门庆在藏春坞幽会偷欢。拜西门庆为"干爹"的还有王三官。王三官的寡母林太太与西门庆私通后，为交通之方便，也为威慑地方无赖，遂使三官拜西门庆为父。这一"干"父子关系的构建也因色而起。

《金瓶梅》还叙述了官场中"义"父子关系的缔结，实际是对官

---

① 〔明〕兰陵笑笑生著，王汝梅等校点《张竹坡批评第一奇书金瓶梅》，第1298页。
② 同上书，第480页。

场政治伦理构建的透析。小说中较早提及的"干"父子乃蔡京与蔡状元，蔡京的大管家翟谦在给西门庆的信中称："状元蔡一泉，乃老爷之假子。"① 官员间拟亲属关系是结党营私的一种形式，西门庆也借此攀附上了权倾朝野的蔡京。小说家以翟谦与西门庆的对话，颇为细腻地揭示出西门庆的攀附心态和拜认"干爹"的诀窍：

> 西门庆便对翟谦道："学生此来，单为与老爷庆寿，聊备些微礼，孝顺太师，想不见却。只是学生久有一片仰高之心，欲求亲家预先禀过，但得能拜在太师门下做个干生子，便也不枉了人生一世。不知可以起口么？"翟谦道："这个何难哉！我们主人虽是朝廷大臣，却也极好奉承。今日见了这般盛礼，不但拜做干子，定然允从，自然还要升选官爵。"②

当蔡京看到西门庆的礼目与二十来扛的礼物时，"心下十分欢喜"③。当代社会颇为流行的一句话"有钱便是爹"，其实从蔡京的角度也可以加上一句"送钱便是儿"！所谓的"父子"是以金钱为纽带的。这里实际上触及财货对传统政治伦理的冲击，《金瓶梅》于此多有描述，如第七十六回中，曾接受西门庆馈赠的宋巡按向西门庆咨询当地官员的官声才干，崇祯本评语："黜陟贤否，朝廷矩典，乃咨及市井之人。甚矣，钱神可畏，而官箴可笑也。"④ 当代学者王齐洲在比较了《水浒传》与《金瓶梅》的吏治腐败后指出，《水浒传》中的腐败主要表现为"奸臣当道，邪佞专权，任人唯亲，贪赃枉法"，而《金瓶梅》中的腐败则主要表现为"卖官鬻爵，贿赂公行，用金钱购买权力，用权

---

① 〔明〕兰陵笑笑生著，王汝梅等校点《张竹坡批评第一奇书金瓶梅》，第549页。
② 同上书，第814页。
③ 同上书，第819页。
④ 〔明〕兰陵笑笑生著，齐烟、汝梅校点《新刻绣像批评金瓶梅》，济南：齐鲁书社，1989年版，第715页。

力攫取金钱"。① 金钱左右吏治，官场俨然商场，"几乎所有的官员身上都散发着浓郁的商业气息"。② 官员之间以金钱相结，财货成为官员交通的纽带。

以财色为纽带的人伦关系因财色而热闹，"为己"而"无爱"。在《金瓶梅》中，自第三十一回"蔡太师覃恩赐爵 西门庆生子加官"至第七十九回"西门庆贪欲丧命 吴月娘丧偶生儿"，西门庆生子加官，财势不断扩大，交通蔡京、宋乔年和蔡蕴等朝廷大员；家中，新亲旧戚往来不绝，高官贵戚时时宴饮，丝竹柔声不绝如缕。其间，应伯爵之亲近，李桂姐之认干爹，宋乔年之来拜，清明节之整修祖坟，李瓶儿之葬礼，等等，一派热火烹油景象。然而，热闹之中所贯穿的是小说人物对财色欲望的驰逐，缺乏人与人之间应有的温情与仁爱。仁者爱人，仁者人也，儒家之"仁"包含着"他者优先"的意味，③ 提倡舍己而为人，但在《金瓶梅》中，却不是这样。如西门庆对于性的要求，完全是以自己为中心，他使用各色性器具，服用胡僧药，均为一己之快感，并不考虑对方的感受，如张竹坡就认为，西门庆服用胡僧药后与身处月经期的李瓶儿交媾，是瓶儿致死的重要原因。尤其值得注意的是第二十七回"李瓶儿私语翡翠轩 潘金莲醉闹葡萄架"，西门庆先与已怀孕临月的李瓶儿交媾，李瓶儿忍痛坚持；之后，西门庆又与潘金莲淫媾葡萄架，一番淫乱之后，潘金莲"目瞑气息，微有声嘶，舌尖冰冷，四肢收亸茬席之上"，不禁埋怨西门庆："我的达达，你今日怎的这般大恶，险不丧了奴的性命。"④ 同样，潘金莲自始至终的种种行为，也是以一己色欲之满足为中心的，如她毒杀武大，致死瓶儿母子，乃至偷情琴童、陈经济和王潮儿，无不为

---

① 王齐洲《〈金瓶梅〉：社会转型期的人性考问》，《天津社会科学》，2003年第1期。
② 格非《雪隐鹭鸶——〈金瓶梅〉的声色与虚无》，第30页。
③ 陈来《"仁者人也"新解》，《道德与文明》，2017年第1期。
④ 〔明〕兰陵笑笑生著，王汝梅等校点《张竹坡批评第一奇书金瓶梅》，第418—419页。

此。更为甚者,她视西门为性玩偶,先是在西门疲极之时恐其不举,使其服用三颗胡僧药,西门庆因此致病,但金莲也并不因此爱惜西门庆,就在他病体沉重之际,依然"不管好歹,还骑在他身上,倒浇蜡烛掇弄",西门庆"死而苏生着数次"①。夫妇间尚且如此,其他如西门庆与"兄弟"应伯爵等,西门庆与"义父"蔡京,西门庆与"亲家"翟谦,西门庆与"干女儿"李桂姐,等等,彼此之相交无不为己,自然也就谈不上仁爱之情了。

值得思索的是,无父无母的西门庆以财色纠结起的繁华世界和"欲望天堂"②最终轰然坍塌,他仅有的子嗣孝哥也被普净化去做了和尚,尽管"一子出家,九祖升天",但西门家族毕竟从今而后血脉无存,基于血缘的"亲亲"之义也荡然无存。在小说家的心目中,人们似乎只能以家族消亡的代价才能赎罪,只有借助释教之轮回才能真正得以解脱。那么,已经十五岁的孝哥只能是一个没有思想、意识的木偶,是父亲西门庆因果轮回中的载体——偿还冤怨的载体而已;不必思考,不必挣扎,不必顾念血缘亲情和家族延续。而在不少明清小说中,一个十五岁左右的男子已经能够背负起家庭的责任,如《金瓶梅》中的恽哥。显然,小说为孝哥也为自己卸掉了家庭和社会的责任,让他无所牵挂地走向了空门。《金瓶梅》对孝哥结局的这一定位,渗透着对儒家伦理精神与世情沉浮的深刻理解,也包含着对儒家伦理精神衰废的隐忧与无奈,更是小说家自身的精神选择,而这实际上也是当时部分知识分子的群体性选择。

三、《金瓶梅》与晚明士人群体的精神迷失

实际上,《金瓶梅》并非没有表现儒家仁爱精神的故事情节,其

---

① 〔明〕兰陵笑笑生著,王汝梅等校点《张竹坡批评第一奇书金瓶梅》,第1284页。
② 格非《雪隐鹭鸶——〈金瓶梅〉的声色与虚无》,第44页。

中较为突出者是第九十三回"王杏庵义恤贫儿　金道士孪淫少弟",文中的王杏庵乃忠厚长者,仗义疏财,济拔贫苦;因与陈洪的交谊,王杏庵先后三次扶助、教导落魄街头的陈经济,前两次予其钱粮,教其谋事自救,第三次将其送至晏公庙托身。张竹坡于此情节点评:"此作者一片大经纶。真是看天地伦物,皆吾一体,不肯使一夫一妇不得其所,不化于道者也。"① 然而,陈经济不悔不悟,仍堕入财色欲望,终为张胜所杀。与结局相呼应,小说家实际上在告诉读者,儒家之仁爱是无法振拔人心,不能将人从财色欲望中拯救出来的,唯有依靠释教之轮回报应才能使人心向善,从欲望中解脱出来。《金瓶梅》的这一思想倾向自然是消极的,但却是流行于晚明社会中,并被大量知识分子所接受的,其中既透露出儒家伦理精神的沦丧,也折射了部分"自我边缘化"之士人群落"欲望的焦虑"。

《金瓶梅》的伦理教化表现出浓烈的"宗教化"倾向,它在某种意义上表征着儒家伦理精神的沦丧。这里的"宗教化"主要指儒家的道德教化借助佛教之因果报应展开。《金瓶梅》在叙事伦理上的消极是毋庸置疑的,这或许并非小说家的本意,如李建军所言:"原其本旨,也许的确意在教人束修守善,然而,从叙事效果来看,却是为好成歉——在《金瓶梅》的生动、真切的微观事象里面,阴暗的心理如沉重的阴霾,给人留下特别消极的阅读印象。"② 但在我看来,造成《金瓶梅》伦理消极的原因固然有"阴暗的心理"的因素,但更为根本的却在小说家对人之主体精神的漠视,也即对人的伦理自觉、自省意识的漠视,这一思想倾向的产生与儒学在晚明的变化相关。

明代中后期,阳明心学大行其道,在儒家士人中有着广泛影响。阳明心学强调吾性自足,以自性之良知判断是非,"良知自知""良知

---

① 〔明〕兰陵笑笑生著,王汝梅等校点《张竹坡批评第一奇书金瓶梅》,第1465页。
② 李建军《消极伦理与色情叙事——从小说伦理看〈金瓶梅〉及其评论》,《文艺研究》,2008年第7期。

自救"便是向善之途;然而,阳明后学中却存有混淆理欲的倾向,"以见存之知为事物之则,而不察理欲之混淆;以外交之物为知觉之体,而不知物我之倒置。理欲混淆,故多认欲为理;物我倒置,故常牵己以逐物"。① 这种倾向的实质是不计较事物之善恶、理欲,只是依从本心之好恶行事,以一己之"良知"代替公是公非,已悖离"良知"之本义,而成为个体纵情恣欲之借口。显然,仅仅依靠主体之"自知"和"自觉"已难以达到挽救世道人心的目的。于是,借助宗教的威慑力量,尤其佛教之因果报应,便成为晚明学者思考儒学发展和世俗教化的重要理路。当然,善恶之报并非释教之独享,也是传统儒家伦理思想的重要内容,如《尚书》中的"天道福善祸淫"② 和"惟上帝不常,作善,降之百祥;作不善,降之百殃"③ 之类论述;王阳明的《谕俗四条》也包含有善恶报应之说,阳明之后,将佛老的"报应"思想纳入儒家的"感应"体系中来加以重新诠释,成为晚明儒者大谈"果报"的重要思路。④ 如聂豹云:"报应之说,虽圣贤所不道,而气之感应,祸福如响。"⑤ 王龙溪云:"佛氏谓之因果,吾儒谓之报应。"⑥ 除了理论上的说明之外,他们自我道德践履也往往借助于善恶、因果之报展开,"功过格"在晚明社会的广泛流行便是最好的说明。罗近溪便有过"功过格"的实践,王龙溪的弟子袁了凡更是晚明"功过格"运动的领袖人物,而"功过格"的基本思想是积善以抵过,累功以邀福,带有明显的功利色彩。黄宗羲说:"自袁了凡功过格行,有志之士,或仿而行之,然不胜其计功之念,行一好事,便欲

---

① 罗洪先《答郭平川》,《念庵文集22卷》,清文渊阁四库全书本。
② 李民、王健撰《尚书译注》,上海:上海古籍出版社,2004年版,第116页。
③ 同上书,第125页。
④ 吴震《阳明心学与劝善运动》,《陕西师范大学学报》(哲学社会科学版),2011年第1期。
⑤ 聂豹《双江文集》卷十,明嘉靖四十三年吴凤瑞刻隆庆十年印本。
⑥ 王畿《中鉴答问》,吴震编校整理《王畿集》,南京:凤凰出版社,2007年版,第794—795页。

与鬼神交手为市，此富贵福泽之所盘结，与吾心有何干涉！其甚者，咕咕于禽虫膜拜之习，流转极恶，恃其功过相折，放手无忌者有之矣。"① 既然为善可抵恶行，那么西门庆所宣称的"咱只消尽这家私广为善事，就使强奸了嫦娥，和奸了织女，拐了许飞琼，盗了西王母的女儿，也不减我泼天的富贵"②，也就合情合理了。儒家倡导修、齐、治、平，阳明心学主张激发主体之良知良能提升道德修养，为善去恶应是士人们发自内心的道德自觉，然而，晚明士人却借助因果、善恶报应进行自我警惕，这表明，在世风日下的晚明社会，人心之"良知"已难以激发士人主体之道德自觉，实际上也是儒家伦理所包含的"生生不息"之向上精神的衰废。

《金瓶梅》的流行折射着晚明士人群体的精神迷失，它是儒家伦理精神衰废的必然表现。《金瓶梅》刊行前的传抄与活跃与金陵、苏州、杭州等地的江南文人密切相关，这些人如王稚登、屠本畯、袁中道、李日华、谢肇淛、邱志充、王宇泰、文在兹、冯梦龙、冯梦桢、屠隆和董其昌等，有学者提出，《金瓶梅词话》中铺张细腻的"房中事"正是他们耽于世俗享乐的注脚。③ 实际上，《金瓶梅》不仅是晚明江南文人"求乐自适"人生追求之文学投影，也是他们于此"自适"世界之焦虑与迷失的形象写照。晚明江南文人之"求乐"虽有诗酒风流，但主要还是声色欲望的放纵，如袁宏道所述"真乐"之"五快活"④。其他如征歌度曲、谈禅说道、留恋娈童和游赏山水等，均是这一文人群落"求乐自适"之表达。于此"自适"世界，还时有《金瓶

---

① 黄宗羲《高古处府君墓表》，《黄宗羲全集》第十册，杭州：浙江古籍出版社，1985年版，第266页。
② 〔明〕兰陵笑笑生著，王汝梅等校点《张竹坡批评第一奇书金瓶梅》，第843页。
③ 孙超《论侨易视域中的〈金瓶梅词话〉与晚明江南士风》，《求是》，2016年第4期。
④ 〔明〕袁宏道《龚惟长先生》，钱伯城笺校《袁宏道集笺校》，上海：上海古籍出版社，2018年版，第221—222页。

梅》"现身"其间，在酒场与欢场发挥"佐味之用"，①如袁宏道《觞政》视《金瓶》《水浒》为"觞政"之逸典，"不熟此典者，保面瓮肠，非饮徒也"。②张岱《陶庵梦忆》中记录了友朋欢饮中，艺人以《金瓶梅》剧曲助兴的情景："与民复出寸许界尺，据小梧，用北调说《金瓶梅》一剧，使人绝倒。"③从中可见，《金瓶梅》与袁宏道等人所谓"真乐"的契合。然而，于此"真乐"，罗宗强先生评论道："士之传统中含蓄、高雅之风度气质，正人君子之面相，在他们这里，全然抛却尽尽。他们把一个赤裸裸的'我'字，毫不顾忌地展现人前：我有欲望，我纵欲，我只为满足我的需要，一种自然人性的需要，我要展现的是一个真实的自我，一个自然人性、与生俱来的自我。"④从这一文人群体的经历来看，他们中的大多数都曾经历过科举波折或官场之倾轧，深切体味世风之堕落与人情之伪善，"求乐自适"，尤其肆意的声色欲望成为他们表达自我之真情、真性，对抗名教"流而为伪"的一种方式。正是在此层面上，他们找到了与《金瓶梅》精神上的契合。只是他们以极度的纵欲表达"真我"，将"动物"性视作"真实"人性，是泯灭人与禽兽的区别，人成为"非人"，而本质上却是人之"致良知"或主体向上精神的流荡。由"假道学"到"假人"，再由极端纵欲到"非人"，其中折射出晚明士人的自我迷失。"仁者，人也"，无论"假人"与"非人"都表征着"仁道"精神的边缘化与衰废。

四、结论与讨论

《金瓶梅》叙事伦理消极的问题，实际上是明代中后期以"仁"

---

① 孙超《论侨易视域中的〈金瓶梅词话〉与晚明江南士风》，《求是》，2016年第4期。
② 黄霖《金瓶梅资料汇编》，北京：中华书局，1987年版，第227—228页。
③〔明〕张岱《不系园》，〔明〕张岱著，马兴荣点校《陶庵梦忆·西湖梦寻》，北京：中华书局，2007年版，第45页。
④ 罗宗强《明代后期士人心态研究》，天津：南开大学出版社，2006年版，第431页。

为根本的儒家伦理精神衰废的文学表达。儒家伦理认为，"孝悌"是为仁之本，但《金瓶梅》所展现的却是一个"孝悌"沦丧的欲望世界，小说以财色纽带构筑的"五伦俱备"的人伦世界，是冷漠的、缺乏"爱人""亲亲"之义的；小说以"因果报应"和"孝哥幻化"作为人物的结局，是对家庭、社会责任的回避，也是对仁之积极向上和担当精神的消解与漠视。《金瓶梅》伦理消极的背后，是明代中后期"儒学宗教化"倾向的盛行，也是士人群体精神迷失、"仁道"衰废的社会现实。仍需注意的是，《金瓶梅》所反映的人性冷漠与理想正义缺失等伦理消极的问题，是任何时代都不同程度存在并应予以关注的，尤其在经济、文化快速发展的社会转型期，对财富的过度追求使人们忽略了必要的道德关怀，导致人情冷漠，甚至亲人疏离；物质的丰裕使部分人沉溺声色，缺乏必要的精神追求，丧失应有的社会责任。"仁"的实质，是对人与人关系和人的责任、主体精神的关注，陈来先生说："非宗教的人道主义（仁道）可以成为社会群体的凝聚力和道德基础而无需超越的信仰。"① 而《金瓶梅》则为我们展示了一个"仁道不存"的冷漠的、看不到理想与正义的欲望世界，从社会文化建设的角度，它理应成为今天的一种警示。

作　者：河南大学黄河文明与可持续研究中心副教授

---

① 陈来《仁学本体论》，《文史哲》，2014年第4期。

从《金瓶梅》中婚姻形态描写
看作者婚姻观

赵 茜

《金瓶梅》是中国文学史上第一部由文人独立创作的长篇小说，也是第一部以描写家庭生活为主的小说。作为家庭中重要的人际关系——婚姻关系，是作者描写的重点。小说中呈现了多种多样的婚姻形态，在这种婚姻状态的描写中，透视了当时的种种社会关系，塑造了人物性格，也深刻地反映了作者本人在那个时代中前卫进步的婚姻观念。

在中国古代传统的婚恋观念中，"父母之命，媒妁之言"往往是促成婚姻的首要条件。《管子·形势》中有言"自媒之女，丑而不信"，就是说自行嫁人的女子是没有羞耻、没有信誉的。《礼记·昏义》说："昏礼者，合二姓之好，上以事宗庙，而下以继后世也。"说明当时婚姻的功能不是为了让男女两性出于爱情而结合，而是继承家业，繁衍后代。正是出于这样的目的，在中国古代历代的法律条文中，结婚的双方都失去了选择的权利，决定权理所当然地落入了家族利益的代表——父母的手中。到了适婚年龄由家族安排完成人生大事，往往是多数人婚姻的常态。从提亲到订婚以至于进入新婚洞房，都处于被动的听凭人安排的状态之中，夫妻双方往往是洞房中初次见面的陌生人。正如恩格斯所言："在整个古代社会，婚姻的缔结都是由父母包办，当事人则安心顺从。古代仅有的那一点夫妇的情爱，并不是主观的爱好，而是客观的义务；不是婚姻的基础，而是婚姻的附加物。"

出于家族利益，婚姻当事人完全无法自主的联姻状况，到了宋代更是被"程朱理学"的"三纲"之说进一步合理化与强化。而出现于明代万历年间的《金瓶梅》则在一种新型的社会状态和新的哲学基础上显现出了完全不同于传统的婚恋观念。

一、潘武婚姻：不匹配造成的婚姻悲剧

潘金莲和武大郎的婚姻关系是小说起始便详细加以描绘的，其终结也引发了后续的一系列情节。潘武的婚姻无疑是一场悲剧，婚姻的终结以一场杀人罪行来完成。悲剧何以发生？小说作者详细地描写了事件的过程。溯本求源，则是潘武婚姻的基础不牢。潘金莲是张大户出于通奸的需要许配给武大郎的，这中间，婚姻的当事双方毫无话语权，底层小人物的命运由有权有势的第三方来定夺。张大户出于自私自利的目的指配婚姻，丝毫没有考虑到潘金莲的利益，就造成了这桩荒唐婚姻的不匹配。用作者的话来总结是"自古佳人才子相配着的少，买金的偏撞不到卖金的"①。潘金莲和武大郎的不匹配体现在方方面面：首先是外在条件，小说中描写潘金莲"出落得脸衬桃花，眉弯新月"②，而武大郎则是"三寸丁谷树皮"。其次是才能，王婆介绍潘金莲时说她"百伶百俐，会一手好弹唱，针指女工，百家歌曲，双陆象棋，无所不知"③，而武大郎除了卖炊饼没别的本事。性格上潘金莲机智活泼俏皮，武大郎愚钝老实呆板。这些都造成了潘金莲的心理不平衡，她不仅不爱丈夫，而且极度憎恶他。这样的婚姻状态堪称岌岌

---

① 〔明〕兰陵笑笑生著，王汝梅等校点《张竹坡批评第一奇书金瓶梅》，济南：齐鲁书社，1991年版，第83页。
② 同上书，第82页。
③ 同上书，第105页。

可危。所以当武松出场,潘金莲爱上武松就非常合情合理。其原因也可概括成"匹配"二字,小说中写潘金莲"看了武松身材凛凛,相貌堂堂,又想他打死了那只大虫,毕竟有千百斤气力"①。这段描写是潘金莲眼中的武松,从外形到才能,都得到潘金莲的肯定。可见,潘金莲的择偶观念是"才貌相当",也即"匹配原则"。

《金瓶梅》虽脱胎于《水浒传》,却对《水浒传》情节进行了些微改动。《水浒传》中的武松面对潘金莲的引诱,正义凛然不为所动;《金瓶梅》中却写出了武松的微妙反应,"武松见妇人十分妖娆,只把头来低着"②。可以说,通过这样的描写,作者似乎隐约暗示着武松对潘金莲也并非毫无兴趣,只是在纲常伦理的道德压力下选择了拒绝和回避。《金瓶梅》的改动让这场情感的落空多出了几分遗憾的意味,也复杂化了武松的形象,为后面西门庆的出场埋下了伏笔。潘金莲勾引武松热情满满却惨遭拒绝,那么等到西门庆来勾引她时,她心领神会,积极配合也就十分顺理成章了。小说中虽并未写到潘金莲对西门庆有对武松那种倾心与仰慕,但也写到了潘金莲初见西门庆的印象是"风流浮浪,语言甜净"③。可以说,无论是武松还是西门庆,都符合潘金莲"才貌相当"的要求,加上潘金莲的性格设定,偷情乃至于杀夫就成了某种必然。

可以说,作者在描写潘武婚姻不幸从而造成杀人罪恶时,并没有一味谴责奸夫淫妇的凶狠,而是写出了悲剧发生的根本原因:由于时代和社会的特殊条件造成的不自主的不匹配婚姻是一切的肇始。由此,我们可以窥见作者的婚姻观:一桩稳定幸福的婚姻的基础应该建立在"匹配"的原则上。这在那个仍然把婚姻的主要功能看作是"繁衍后代"的时代背景当中,具有相当先锋的意味。

---

① 兰陵笑笑生著,王汝梅等校点《张竹坡批评第一奇书金瓶梅》,第84页。
② 同上。
③ 同上书,第97页。

二、 潘西婚姻： 不对等婚姻中的人性恶化悲剧

《金瓶梅》作者对于婚姻的认识是深刻的，远远超过同时代的作家。"才子佳人小说"往往以才貌相当、彼此相爱的男女主人公终成眷属来作为一部作品的结局。但《金瓶梅》则写出当时的社会形态下，即使是建立在"匹配原则"上的婚姻，也可能导致不幸的发生。

潘金莲如愿嫁入西门府第，按说实现了她的人生理想，可以跟自己中意的人厮守度日。但西门庆的风流成性，让潘金莲的美梦变成了噩梦。西门家的一夫多妻导致的恶性竞争，也造成了潘金莲性格的进一步黑化。

潘金莲几乎是在进入西门府的同时，就陷入了激烈的妻妾斗争之中，虽然最开始"激打孙雪娥"取得了斗争的初步胜利，但很快西门庆就留恋娼门，冷落了一家妻妾。不甘寂寞的潘金莲私通琴童，被西门庆家法严惩。这种极度的屈辱实际上表明了在两性关系中潘金莲与西门庆的极大不对等：作为一家之主的西门庆可以为所欲为，但作为西门庆妾室的潘金莲必须安于被西门庆独自占有并随意冷落的命运。潘金莲明白了自己必须在这样的一个特定秩序中去寻找自己的生存空间，既然掌控西门庆没有可能，那么打击竞争对手，争取最大限度地占有西门庆，就成为了唯一的路径。流连娼门的西门庆刚被正室妻子吴月娘感召回家不久，又看上了家人来旺的媳妇宋惠莲。潘金莲想尽种种办法，终于将宋惠莲逼上绝路，上吊身亡。这一过程中，作者展示了潘金莲性格的初步黑化[①]。然而，这仅仅只是斗争的序幕。潘金莲的真正对手是最后嫁入西门庆家的李瓶儿。李瓶儿之所以能得到潘金莲梦寐以求的专宠，原因有三：一是李瓶儿嫁入后带来的大笔财物

[①] 田晓菲《秋水堂论金瓶梅》，天津：天津人民出版社，2005年版。

壮大了西门家的声势；二是因为其性格温婉平和，迎合了西门庆的心理需求；三是李瓶儿为西门庆生下了男性继承人——官哥儿。这些优势恰恰都是潘金莲所不具备的。小说中详尽描写了李瓶儿得宠，潘金莲备受冷落之后变态心理愈演愈烈的过程。李瓶儿母子的存在成了潘最大的心病。最终潘金莲以阴险卑鄙的手段，吓死官哥儿；又出言讥讽，进一步气死李瓶儿。然而李瓶儿死后奶妈如意儿的上位，又让潘金莲开始新的斗争。

小说写到此处，作者笔下的潘金莲仿佛陷入了恶性循环，每当身边出现竞争对手，她总是要不择手段地加以铲除，而西门庆则不会停止自己猎艳的脚步①。如果不是因为西门庆纵欲而亡，这个恶性循环的程序似乎永无终结。正因为潘金莲在打击竞争对手时人性恶化，无所不用其极，她也给自己日后的命运埋下了祸因。李瓶儿临死之前对吴月娘的叮嘱，直接造成了月娘在西门庆亡故之后对潘金莲的发卖。潘金莲落入武松之手，在跟武松成亲的梦想中被其开膛破腹，武松替武大郎报了仇。暴尸街头成了潘金莲最后的悲惨终局。

潘金莲和西门庆的婚姻悲剧导致的人性恶化，是小说描写的重点。作者通过这样的家庭生活境况，写出了不对等婚姻状态下人性的必然的可悲的异化：人成了他人和自我的刽子手。在作者看来，一夫多妻的不对等婚姻形态中，并没有真正的幸福可言。

三、孟李婚姻：理想的婚姻形态

孟玉楼是整本小说中唯一获得幸福结局的女性。这跟作者对其性格的设定有关系，孟玉楼才貌不下潘金莲，却不像潘金莲那般狠毒残忍。她理性平和，巧妙地避开了斗争的锋芒，和方方面面都保持着友

---

① 侯文咏《没有神的所在——私房阅读〈金瓶梅〉》，北京：华文出版社，2010年版。

好的关系，在妻妾斗争中保全了自己。孟玉楼的幸福是在西门庆死后才开始的，她和李衙内的婚姻成为了小说中不多见的亮色。小说也通过孟李婚姻，写出了幸福婚姻的要件。

（一）建立在自主意识上的婚姻

孟玉楼和李衙内的相识，是清明节给西门庆上坟之后，在杏花村酒楼饮酒时巧遇。小说中写李衙内"忽抬头看见一族妇人在高埠处饮酒，内中一个长挑身材妇人，不觉心摇目荡，观之不足，看之有余，口中不言，心中暗道：'不知是谁家妇女，有男子没有？'"① 这边孟玉楼则是"看见李衙内生的一表人物，风流博浪，两家年甲多相仿佛，又会走马拈弓弄箭，彼此两情四目都有意，已在不言之表"。② 两人可谓一见钟情。小说在写到两人的相遇过程中，着意强调了彼此之间的相互钟情乃是"才貌相当"，建立在匹配的原则基础之上，并无金钱或者权势的考量参与其中。这样由自主意识主导的婚姻，其感情基础是稳固的。经过李衙内积极谋划，找媒人说合求亲，有情人终成眷属。小说回目的标题是"孟玉楼爱嫁李衙内"，在小说肉欲横流的描写中，难得地出现了一个"爱"字，爱字代表着婚姻双方情感上发自内心的彼此认同，也代表着作者对于这种自主自愿婚姻的认可。

（二）婚姻中的专一和对等

孟玉楼嫁给李衙内后也遭遇了争宠斗争，只是孟玉楼的竞争对手是个非常可笑的，自不量力的陪房丫头，在容貌才智上都不是孟玉楼的对手。孟玉楼也没有像潘金莲那样采取非常激烈的手段去打压对方，而是很有策略地以退为进，让对手自曝其短，最后被扫地出门。争宠斗争中，李衙内也毫不犹豫地站在孟玉楼一边，表现出对婚姻和

---

① 兰陵笑笑生著，王汝梅等校点《张竹坡批评第一奇书金瓶梅》，第1145页。
② 同上书，第1157页。

情感的专一态度。正是因为夫妻同心，一场家庭斗争很快烟消云散，让孟李的婚姻成为了实际上的一夫一妻。这种夫妻关系是平等的，使得孟玉楼和李衙内能更加琴瑟和鸣，情深意笃。小说设置了"玉簪儿"这样一个丑角式的人物形象，其愚蠢疯癫的行为更加反衬出孟玉楼的聪慧和理性。此情节也写出了李衙内和西门庆的根本不同，西门府第中的妻妾斗争之所以残酷残忍，恰是由于西门庆的不专一不专情，相比之下李衙内的处理就十分果断，立场分明，让孟玉楼得到了支持，成为最后的胜利者。

（三）危机中的信任和坚持

孟李的婚姻也经历了考验，陈敬济因为想霸占玉楼而上门勒索，玉楼不得已先委曲求全，事后与丈夫商量，布下圈套反将陈敬济送官。当勒索事件发生时，李衙内丝毫没有怀疑妻子曾跟陈敬济有私情，正是这份信任让他和孟玉楼商量之下一起布下反杀之计，使得一场危机可以平安渡过，让企图害人的陈敬济自食其果。而后陈敬济案件偶然被翻案，损伤了李衙内之父李通判的脸面。面对家人休妻的压力，李衙内表现出了令人动容的坚决："宁把儿子打死爹爹跟前，并舍不得妇人。"①小说此处张竹坡评语为："写玉楼得所托矣。"最后李通判在妻子的劝告下，将儿子儿媳送归老家了事。危难之中，李衙内对孟玉楼的信任和坚持，体现出了患难见真情的内涵。

孟玉楼与李衙内的婚姻，虽着墨不多，却道出了作者对于幸福婚姻的要素的理解：建立在匹配原则、彼此钟情的基础之上；婚姻中夫妻双方保持对等和尊重，专一和忠诚；彼此信任，意志坚定，方能经受住考验，得到真正的幸福生活。

正如俄国伟大的现实主义作家托尔斯泰所言：幸福的家庭是相似

---

① 兰陵笑笑生著，王汝梅等校点《张竹坡批评第一奇书金瓶梅》，第1174页。

的，不幸的家庭各有各的不幸。《金瓶梅》通过否定两种不幸的婚姻形态，写出了幸福婚姻的要素：自主，忠诚，信任，坚持。这种婚姻观念在明代思想文化解放运动中，是知识分子对于当时社会婚姻形态的一种积极思考，它应和了现代人对于婚姻的认识和期待①。从这个意义上讲，说《金瓶梅》是一部具有现代意义的小说，是丝毫不为过的。

  作　者：东北师范大学人文学院副教授

---

① 叶楚炎《明清通俗小说婚姻叙事研究》，北京：生活·读书·新知三联书店，2019年版。

西门庆：齐泽克哲学视野下的"怪物"

——《金瓶梅》经典人物形象再探

谭楚子

在中国古代文学形象历史长廊中，西门庆这个人物形象似乎是个"异数"。多年之前即有著名学者，曾就小说内蕴之异常丰富性因而阐释亦具无限可能性由衷感言——说不尽的《金瓶梅》……想必这个西门庆形象的奇峰突兀、复杂丰赡应是"说不尽"的重要原因之一。不同于非白即黑二元泾渭分明的此前诸多叙事笔法（如西门庆形象原生态经典文本《水浒传》），《金瓶梅》中的西门庆，似乎每次总能给人以一种用言语难以穷极的阅读体验——他处事干练，亦正亦邪，深谙社情人生，熟悉职场官场江湖规则；垂涎美色，不择手段，尽收彀中，乐此不疲，却也同时不加掩饰偶尔流露出真切的情意……细读《金瓶梅》原典，除了为引入故事而套借《水浒传》鸩杀武大这一伤天害理情节之外，我们发现此西门庆远非彼西门庆——"不错，这是一个坏小子！然而却是一个人人都喜欢读的坏小子，因为他冲击你最底层的隐秘心思，为你乏味而苦闷的精神世界打开一扇新窗。坏小子通常不为传统道学所喜所容，但他却总能收到意味复杂的艳羡与嫉恨。不管你从他那里读到了什么，你都没有读错，因为坏小子，只是逼使你直面自己的青春与欲望的点火器。"① 明季嘉隆万年间士子淫靡、民风堕落、道德虚伪、纲纪崩坏,西门庆,作为这一"典型环境中的典型人物"形象,恰似齐泽克政治哲学视野下的"怪物",不仅消解了皇统专制体制主流意识形态诸多虚妄无当的禁忌道统与说教,而且更令人称奇的是,以其雄性动物性"强行突入"为隐喻契机,道出了压抑甚夥的晚明知识分子希图灵魂释放飞升、肉身纵欲销魂的心声。然而鉴于缺失先进价值资源引领,这一隐喻注定沦为幻影一现的镜花水月,彼时也根本不可能出现社会转型乃至文化与文艺复兴的新质登临。

一

与西方传统的规范政治哲学（如以著《正义论》《政治自由主义》等作的罗尔斯为代表的）相对,以齐泽克为代表的当代欧美激进政治哲学之一支——怪物政治（另一支为以拉克劳为代表的话语政治）认为,所有规范都是话语性的,并无任何本体论基础,纯然由权力所支撑。这意味着,一切所谓"普遍规范"皆有其例外,亦皆有可能被逾越。拉康（Jacques Lacan）把规范的基础,叫做"大他者"（the Other）:大他者是符号性的、话语性的,然而它却始终在努力僭称绝对（the Absolute）,譬如以"社会法则""上帝""理性""历史规律"等面目出现。所有规范,都没有绝对地基,尽管规范政治哲学始终在寻找这样的地基。所有人类的共同体秩序,都是"符号性秩序"（symbolic order）,这意味着它们并没有终极的稳定性。针对规范政治哲学,激进政治哲学提出:任何普遍规范都结构性地存在例外,任何自我总体化-恒固化的政治秩序,都可以被激进地打破。因为任何

---

① 谭楚子《荒诞世界凡俗生灵汲汲神往之喜剧盛筵》,《河南理工大学学报》（社会科学版）,2018年第4期,第45—53页。

背后依靠其特定故事"崇高化"讲述操作支撑着的所谓普遍规范，与"大他者"普遍性位置之间都无一例外存在结构性缺口。说到底，人类的政治世界，就是由话语构成其坐标："世界即是关于人类的一整个话语建构，它既不立基于任何外在于它的形而上的必然性——既不以上帝也不以某种'本质性的形式'为地基，也不立基于某种'历史的必然法则'。"①

有鉴于此，齐泽克激进政治哲学认为，争夺话语建构权的"话语性斗争"充其量只能导致既有秩序的局部变化，甚至帮助它实现自我修补从而使其更加稳固，而无法开创真正全新的政治格局。真正撕裂既有秩序的力量，只能来自拒绝话语建构的怪物（monster）。齐泽克认为拉康论述提到的真实（the Real）即是一个"怪物"：真实是符号秩序-人类文明的否定性参照，是它的创伤性刺入；在符号秩序中拒绝被符号化的一切"怪物"，都是真实的刺入；怪物，即业已符号化历史化人类文明自身其上罅隙的遽然敞开。怪物之所以成其怪物，乃是因其越出符号秩序坐标边界、拒绝被话语纳入其中、拒绝主流话语故事讲述而使然。因此，人类文明才有怪物，动物王国没有怪物。于是，在共同体秩序中刺出的，是"一种非自然的怪物性"。② 由此，我们即将《金瓶梅》第一男主人公西门庆，这一当时华夏文明共同体——16世纪中后期明代——刺出的"怪物"，置于齐泽克政治哲学视野之下做一番考察。

兰陵笑笑生《金瓶梅》诞生的明季嘉隆万年间，正是中华帝国政治深刻变局和历史文化独特转型的关键时期。在这"天崩地坼"的时代，其文化发展态势突变甚于渐进——王学的分化，党社的褊狭，商业精神的大众化和休闲生活的普适化乃至士商关系的错位和学术精神

---

① Ernesto Laclau. *Emancipations*. London, New York: Verso, 1996: 122-130.
② Slavoj Zizck, trans. by Thomas Scott-Railton. *The Most Sublime Hysteric: Hegel with Lacan*. Cambridge: Polity, 2014: 176.

的衰微，儒道释三教的合流，特别是狂禅的推波助澜，催生激荡出晚明文艺思潮的狂飙，艺术风格和价值取向更加多元化和个性化。士人的复杂心态，也多从当时文艺思潮的深刻激变和文化发展的多元走向中表现出来：有的崇尚经世致用，积极担当社会文化的历史责任；有的避世退守，隐逸山林而独善其身；有的则悠闲自适，纵情美色而乐以忘忧。与此同时，市民阶级经济地位崛起，文化权力由精英阶层下移至普通知识分子，呈现出前所未有的文化景观。随着明代中后期商业经济的繁荣，政治钳制松动，社会生活趋向奢靡，在士人艺术个性得以较为全面释放的同时，也助长了他们享乐人生、纵情肉欲的心态。诸如造园听戏、习诗赏曲、收藏古玩、鉴赏书画、金屋藏娇、宿花眠柳、偎红倚翠、流风溢韵的奢靡享乐，乃其乐此不疲之人生美快之事！诚如钱谦益所言：

> 世之盛也，天下物力盛，文网疏，风俗美。士大夫闲居无事，相与轻衣缓带，留连文酒。而其子弟之佳者，往往荫藉高华，寄托旷达。居处则园林池馆，泉石花药。鉴赏则法书名画，钟鼎彝器。又以其间征歌选伎，博簺蹴踘，无朝非花，靡夕不月。太史公所谓游闲公子，饰冠剑，连车骑，为富贵容者，用以点缀太平，敷演风物，亦盛世之美谭也。①

奢靡风气的熏染，使一些新富流连于戏台园林之所，悠游于都市山野之间，徜徉在娇娃美媛软玉温香之怀，吟风弄月，玩赏光景，纵乐人生。"高堂大厦，罔思身后之图；美食鲜衣，惟顾目前之

---

① 〔清〕钱谦益《瞿少潜哀辞》，载《牧斋初学集》卷七十八，上海：上海古籍出版社，1985年版，第1690页。

计。"① "江南富翁，一命未沾，辄大为营建，五间七间，九架十架，犹为常常耳。曾不以越分为愧，浇风日滋，良可慨也！"② 钱谦益即为其"红粉知己"柳如是大兴土木，"筑绛云楼于半野堂之西，房珑窈窕，绮疏青琐"，堪称美轮美奂；内中列陈，更其精妙绝伦；调谑情动，香艳四溢，乐得鱼水之欢：

> 旁蒐古金石文字，宋刻书数万卷。列三代秦汉尊彝环璧之属，晋唐宋元以来法书、名画，官哥、定州、宣城之瓷，端溪、灵璧、大理之石，宣德之铜，果园厂之髹器，充牣其中。君于是乎俭梳静妆，湘帘棐几。煮沉水，斗旗枪，写青山，临墨妙，考异订讹，间以调谑，如李易安在赵德甫家故事。③

暴富的新兴市民阶级和商人们也早已不满足于唯守"贾道"通利蓄财扩大利润，而是努力通过"儒术"或其他途径以博取功名涉足官场，同时亦附庸风雅结交文人墨客……陈继儒即尝谓："新安故多大贾，贾啖名，喜从贤豪长者游。"④

纵观这一时期，"晚明实在是一个复杂而且多变的时代，一方面各种知识、思想与信仰都在这个时代'你方唱罢我登场'，出现了相当自由的空间。但是，另一方面，在这种'烂熟'和'辉煌'的下面，也掩盖了当时并不能自我诊断和自我疗救的深刻病症，变化多端的思想界似乎无法寻找到一个有效的药方"。"在王学近百年的冲击

---

① 〔明〕钟化民《救荒图说》，载〔清〕张海鹏编《墨海金壶》，上海：上海博古斋刊印社，1921年版，第1421页。
② 〔明〕唐锦《龙江梦余录》卷四，明弘治十七年郭经刊本，今藏上海图书馆。
③ 〔清〕顾公燮《柳如是》，甘兰经点校《丹午笔记》，南京：江苏古籍出版社，1999年版，第93页。
④ 〔明〕陈继儒《冯咸甫游记序》，载《晚香堂小品》卷一十三，明崇祯年间刊本，今藏上海图书馆。

下，思想界确实已经相当混乱了……然而，无论历史如何评价王学，我们相信，至少明代中后期王学在士人中的盛行，给中国的知识、思想与信仰世界带来的是一种自由的风气——一方面，由于人们趋向于怀疑主义的思路，原本一统的意识形态被各种怀疑态度瓦解，思想世界出现了前所未有的裂缝，知识阶层逐渐建构了相当宽松的言论空间；另一方面，由于陆王之学更加尊重心灵的'最终裁判权'，所谓'东海西海心同理同'，则使人们趋向相对主义犬儒主义真理观，这就为一个新的多元思想世界提供了基础。"① 正是在这一特定文明"共同体"——政治-文化-社会符号覆盖之下，西门庆旁逸"刺出"，粉墨登场。

二

按照此前若干批评家的意见，《金瓶梅》中的西门庆是"官僚、恶霸、富商三位一体"，是"封建势力的代表"。不过，从根本上说，西门庆实际上主要是一个商人，他的人生遭际主要是以商业活动为中心的。

作为中国 16 世纪后期的一个商人，西门庆是强悍的，充满了野心和兽性，《金瓶梅》里其他的男性人物形象皆不能望其项背——花子虚徒然继承了一份庞大的家产，但其为人怯弱，毫无作为；陈经济猥亵卑劣，没有自立能力；或许西门庆的伙计韩道国，具备混迹商圈江湖的大多才能和手段，但其心机有余而魄力不足。作者处处突显他的主人公——当然这并不妨碍他也写到西门庆像常人一样对灾祸到来充满恐惧，听到亲家杨洪被划为杨戬党羽可能牵连到自己就吓得丢魂失魄，连李瓶儿也不敢去娶了。进京路上过黄河，在沂水镇遇到大

---

① 葛兆光《中国思想史第二卷：七世纪至十九世纪中国的知识、思想与信仰》，上海：复旦大学出版社，2000 年版，第 435—436 页。

风，夜宿荒败古刹，困窘的苦境令其顿感人生的无常。西门庆办事精明、果决，多次化险为夷，可是作者写他在处理家事纠纷中，就常常显得十分昏昧，优柔寡断，经常被蒙蔽——在作者看来，这种貌似矛盾的性格，亦如他的道德、感情的种种矛盾一样，都不过是他作为常人在不同生活情势中的表现，所以作者也就如实写出。无疑这是《金瓶梅》的天才作者不期然而然开创出的中国小说艺术向生活的回归，这一忠实生活的创作指向也为我们提供了一例生动具体的齐泽克理论"怪物"个案。

从不大的中药铺起家，短短的七八年时间，西门庆由小本业主变成了豪贾巨富，不管手段多么卑劣和无耻——资本积累总是从头到脚每个毛孔都滴淌着血和肮脏的东西——西门庆无疑可以说是当时一个精明的商人。马克思曾经给予欧洲前资本主义的商人很高的评价，认为他们是中世纪世界"发生变化的起点"①。明代中后期的中国商人西门庆，在他崛起之时，也曾表现过非凡的野性力量和进攻姿态。这不仅表现在他对财富的追求和对异性的占有（这一点下面还要分析），更表现在他对封建社会结构和秩序的破坏。当西门庆的事业达到顶峰，色胆包天地到了"世代簪缨"的招宣府去奸占林太太的时候，似乎大有手提钱袋强闯贵族小姐、太太密室的欧洲资产阶级暴发户的气概。当然到头来西门庆和他的事业灰飞烟灭，其依附者亦皆如花落木枯而败亡。大多阅读者将西门庆的结局解读为"纵欲身亡"，认为这是"恶有恶报"。这种解读固然可以满足传统读者的道德情感，但显然是对世界及人生的肤浅理解与可笑的宿命认知。不要忘记，中国封建社会从来就是一个大一统的专制的皇权社会，这就决定了西门庆——这个显然是不屑主流意识形态故事讲述、无视专制话语权建构的"怪物"——最终必然不见容于当下政治规范与体制。当然，以上

---

① ［德］卡尔·马克思《资本论》第三卷，载中共中央马恩列斯著作编译局译《马克思恩格斯全集》第二十七卷，北京：人民出版社，1963年版，第435页。

命题换一种说法也可表述成：在皇权专制话语建构之下，中国商人从来都只能以充当官员阶级的附庸作为交换条件，来换取保障自己在一定限度内的生存和发展。但商人也必然因此迷失自我，并最终逃脱不了整体失败的命运。当西门庆拜蔡太师为干爹，为当上了提刑千户而志得意满的时候，他实际上就已经失去了独立存在的依据。西门庆的覆亡悲剧，早已包含在他这一体制外的"怪物"自身运动的轨迹之中，至于他以哪种方式自我完成，不过是小说家根据彼时自己的认知和创作需要的安排而已。

当然，这绝不是说，纵欲丧身是对西门庆人生命运的非历史把握，恰恰相反，作者描写西门庆放纵自己种种恶劣的欲望和以纵欲方式结束生命是完全符合历史和生活逻辑的。基于前述晚明的社会生活现实和流行的观念心理，产生西门庆这样的人物没有丝毫奇怪。套用一句经典文论术语，西门庆倒真应该算是"典型环境中的典型性格"呢！

与拉克劳关于话语性霸权斗争带来社会变化的见解不同，在齐泽克看来，恰恰是在应对作为共同体之创伤性伤口的"非自然怪物性"时，我们才不断持续地符号化，才有人类文明真正实质性的变化更新。（当然鉴于华夏斯土特定国情之特殊性——用于引领封建皇权专制社会走向更高层级社会形态之社会转型的信仰资源、政治资源及价值资源的结构性先天缺失，《金瓶梅》问世之际的嘉隆万明代晚期，尽管有着极其繁荣甚或畸形繁华的商品经济，但却根本无法从内部自然创生出这种"真正实质性的变化更新"——诞生出一个崭新的资本主义的世界，甚至这种过度繁荣的商品经济背后的真正运作机制，是否可算作"资本主义的萌芽"，都值得大大商榷——揆诸史料，今天已然能够查阅到的文献上早就记载，至少自汉代以降，"溥天之下，莫非王土，率土之滨，莫非王臣"的历代中国专制皇朝的后期，几乎无一例外都会呈现出都市商品经济的高度繁荣；而当临近岌岌可危行将崩溃的皇朝末期,甚至会出现畸形的繁华①——难道这些都可以被认为是"资本主义的萌芽"?答案显然不是。)任何一种"具体内容的肯定性阐述",皆由激进的否定性"怪物"所产生,皆是否定性取得其肯定性存在的一种形式。换言之,你不可能讲自己的"故事"就能改变既有秩序,因为你的故事总是已经显在或隐在、部分或全部地由既有符号秩序设定好了;只有通过整个地拒绝讲故事,才能产生真正全新的故事。这就是齐泽克的辩证法。良药就在伤口中,反过来,没有伤口就不会产生真正的药。瓦格纳(Richard Wagner)歌剧《帕西法尔》的最终讯息,被齐泽克多次引用:"只有刺出创口的矛,才能治愈创口。"② 从拒绝讲既有规范政治的故事的视角出发,西门庆是一个真正的怪物,是一个你之前从未听过其故事的恐怖之物。只有不讲故事的怪物,才有可能阻断人类文明的陈腐延续。从拉康主义精神分析所说的"被禁绝的主体"(the barred subject)出发,齐泽克提出:怪物才是真正的主体。主体内含"无限性的深渊",它"并不是另外一个拥有着丰富内在生命的人类个体,在那内在生命里充满着诸种个人性的故事,这些故事被自我讲述以获取一个有意义的生命体验"。③ 诚然,西门庆这个"拥有着丰富内在生命的人类个体",他始终拒绝以往主流话语故事讲述,只为自己"故事的自我讲述获取一个有意义的生命体验"而上窜下跳乐此不疲。那么,我们究竟该怎样评价这样一个人物呢?

三

若从道德批判的角度看,西门庆无疑是一个非善之人。作者经常

---

① 金观涛,刘青峰《兴盛与危机——论中国社会超稳定结构》,香港:香港中文大学出版社,1992年版,第 342—344 页。
② Slavoj Zizck and Glyn Dally. *Conversations with Zizck*. Cambridge:Polity,2004:65.
③ Slavoj Zizck. *Violence:Six Sideways Reflections*. London:Profile,2009:38-39.

谴责他"浪荡贪淫",骂他是"富而多诈奸邪辈,欺善压良酒色徒"。西门庆号"四泉",不言而喻,作者是在隐寓说他"酒色财气"都占全了(与之相对,纨绔子弟王三官号"三泉",显然比他逊色多了)——中国古代从来认为这四者是一切恶德恶行的泉源,《金瓶梅》的开篇就是攻评酒色财气的《四贪词》。但正如"四泉"亦可以暗喻"妻财子禄"一应俱全一样,作者对西门庆的态度也有很多使人乍一读感到复杂困惑的地方。比如他写西门庆为人贪婪,见利忘义,心黑手辣,为了满足自己的欲望,不顾任何礼法,什么都敢干,并不担心人间的报复和地狱的惩罚,可是又写他有时并不吝啬,心肠很热,捐钱修庙、印经书不必说,对周围的人也很关心大度。帮闲常时节是一个底层贫民,房主催租,老婆在家断炊多时,应伯爵为他求告西门庆,西门庆不仅给了十二两银子救急解困,还为他后来找到的房子付了三十五两买房钱,余下的十五两也一并给了常时节,"开小本铺儿,月间撰的几钱银子儿,勾他两口儿盘揽过来就是了"。所以作者又说他"仗义疏财,救人贫难",是个"散漫好使钱的汉子"。再如作者写西门庆充满兽性,对女人只有粗俗的占有欲,搞了那么多乱七八糟的女人,但有时又写他像个"情痴",很有人情味。李瓶儿临死的时候,他不理会潘道士说房子里有怨鬼的告诫,也不嫌死人的血腥污秽与垂死的恶形,捧着死尸脸对脸地哭,之后竟悲伤到寝食皆废的地步。

这种看起来像是矛盾的描写,曾经让批评家们左右为难,或者怀疑作者的道德意识,或者将其归于创作的失误。不过,也说不定毛病出在我们自己的批评范式上,也许是我们的历史意识和审美观念应付不了这种文学现象。文学批评和对象以及创作主体之间经常是有距离的。从不同的认知意向出发的分析架构,都只能说明作品的一部分内容和意义,或许具有相对的真理性,然而往往是以"过滤"掉作品的其他方面的内容和意义为代价的。即如我们自作聪明地分析西门庆是一个中国16世纪后期商人的典型,并试图从社会学的角度证明这一典型的某种有中国特色的认识或历史象征意义的时候，实际上可能与作者创作时的想法毫不相干，至少，我们实际已经省略了这一典型其他内涵和美学的意义。不是吗？在晚明的文化情势下，《金瓶梅》作者不再以神或其他超人作为描写对象，而是把其目光投向当代人的现实生活，难道不包含他对人、人性、人生问题的大胆思考和探索吗？

确实，中国古代很少有小说家能像《金瓶梅》作者那样，对人世间最平常的生活现象——穿衣吃饭、性、死亡以及社会交往等有着如此浓厚的描写兴趣，这说明作者真正执着于人间的生活，也体现了作者对人的本质、人性问题的某种思考。正因为他敢于正视现实，直面人生，所以才敢于赤裸裸地描写"人的恶劣的情欲"，西门庆的形象突出的就是这一点。"人们以为，当他们说人的本性是善的这句话时，他们就说出了一种很伟大的思想，但是他们忘记了，当人们说人的本性是恶的这句话时，是说出了一种更伟大的思想。"[①]《金瓶梅》的作者不可能认识到"恶是历史发展的动力借以表现出来的形式"[②]，他的创作只反映了他对这类问题的直观认识：一方面恶给社会带来灾难；另一方面，恶又表现为对陈旧刻板生活的冲击，因而给历史和生活带来新鲜的内容和活力。这就是他为什么一方面对恶欲和恶行不时加以道德的训诫和宗教的论证——除了这些，他实在没有其他理论武器；另一方面，又对传统道德所完全斥责的恶，如经商谋利、贪婪好色等行径带着一种不无欣赏的态度进行描摹，对西门庆当时传统道德观念中的所谓"恶人"，竟显露出如此巨大的表现兴趣。对此我们平心而论，不能不说由于作者立足生活，并未完全以道德成见看人，故而发现了人、人性的复杂，每个人本身便是一个世界，交织着善恶，言

---

① [德] 恩格斯《路德维希·费尔巴哈和德国古典哲学的终结》，《马克思恩格斯选集》第四卷，北京：人民出版社，1972年版，第233页。
② [德] 卡尔·马克思《哥达纲领批判》，载中共中央马恩列斯著作编译局译《马克思恩格斯全集》第十九卷，北京：人民出版社，1963年版，第35页。

语、行动、心理经常是矛盾和变化的。今天我们咀嚼品味人生的同时深度细读原典，可深入一步对作者、作品、书中人物有一个清醒的、全面的阐释与认知。突出个案当然是以西门庆为关涉主体的《金瓶梅》中的性描写。

西门庆这一齐泽克哲学视野下枉视传统礼法、消解皇统主流话语"怪物"的突出表征，即是对女性的永无休止的占有和蹂躏。与此一体化的性描写确是《金瓶梅》研究绕不过去的话题。羞耻感的产生与乱伦禁忌的产生一样，是文明的起点。《金瓶梅》及《金瓶梅词话》每回回前回末皆充斥着或多或少以儒家对此教化为核心的诗词等类散韵文字训诫语句。孔孟将羞耻之心看成是人禽大别之一，不过儒家没有解释羞耻之心是如何产生的。《旧约》的说法将羞耻的萌发看作是智慧的结果。夏娃受蛇的引诱，偷食智慧树上的果子，结果眼睛看见了羞耻，所以需要将自己的身体遮挡起来。《旧约》中的这一神谕，与其说是解释了羞耻心的产生，不如说是猜测到了智慧可能的邪恶。人有羞耻之念的确是人和动物十分不同的地方。动物交媾不避同类，人若效仿，则被视为形同猪狗。若从生物社会学角度分析，其实高等哺乳动物性交性事皆不避同类，我们似不能简单化地将之理解为缺乏羞耻之感的自然行为，而是需要深究一下该行为在动物社会的意义。事实上，经过与同类同性的殊死格斗，胜利争得了交配权的雄性不避同类性事性交，是一种权力的炫耀与展示。任何炫耀与展示都要有对象，垂头丧气的失败者就成为傲慢的胜利者炫耀的对象。透过胜利的炫耀，同时也震慑过气失败者，由此建立动物社会的秩序规则：妻妾美色一概归强者享用，失败者只有一旁观看继而落荒而遁的份。当然，这种胜利者的优越情势长远来看注定是短暂的，它必然招致同类关系的全面紧张。处于下风的失势者无时无刻不在筹划反扑，一旦夺权成功，原独裁者必定死无葬身之地，妻妾尽收新王毂中，一轮新的肉宴炫欢再度张幕……明朝中晚期知识分子异端思潮迭起、士子淫靡、民风堕落，时袁中郎得观《金瓶梅》由衷感慨，称《金瓶梅》"云霞满纸，胜于枚生《七发》多矣"[①]！调风弄月，寄情山水，逍遥世外，啸傲林泉原本就是中国文化男权中心话语体系超越生命虚无之艺术化审美化理想人生价值取向，在这一话语体系中，惶惶漂泊无所归依的男权灵魂在娇媛红颜的温柔之乡抑或恍若天阙的造化仙境得以同样憩息并徜徉。销魂——逍遥，纵欲床笫寄情美女——啸傲林泉寄情山水，本质情怀及心灵结构竟然完全同构！[②] 可以想见，西门庆这一浑不理会道统纲纪、强行突入、肆意抽拽的"怪物"无疑给了皇朝末年灵魂放逐肉欲压抑的士子才人以莫大之代入性满足补偿！西门庆以其雄性动物性"强行突入"为隐喻契机，道出了压抑甚夥的晚明知识分子希图灵魂释放飞升、肉身纵欲销魂的心声。

结　　语

在对规范政治哲学的挑战中，当代激进政治哲学发展出了两大路向——话语政治与怪物政治，两者都强调规范政治哲学背景下的"符号性秩序"共同体缺乏绝对地基，故此会结构性地受到激进挑战与抗拒，从而不断产生政治革新。然而在抗争的位置和方式上，与拉克劳话语政治"符号秩序"建构更迭不同，齐泽克聚焦来自"符号秩序"之外以怪物独体为政治主体的真实刺入从而实现革故鼎新。以此原理剖析《金瓶梅》原典文本，其中心人物西门庆恰似齐泽克政治哲学视野下的"怪物"，他蔑视礼法，拒斥皇家道统主流话语故事建构，以强行突入之态肆行抽拽，经商不择手段……西门庆的身上带有中国16

---

① 〔明〕袁宏道著，钱伯诚笺校《袁宏道集笺校》（卷六），上海：上海古籍出版社，1979年版，第273页。
② 谭楚子、朱军《〈金瓶梅〉历代遭禁深层肇因探微》，《河南理工大学学报》（社会科学版），2018年第1期，第83—91页。

世纪商业暴发户的鲜明特征：对于金钱、权势、异性的占有欲如此强烈地成为他人生行为的内驱力和性格的支点。当他崛起之时，曾表现过非凡的野性力量和进攻的姿态。他肆无忌惮地践踏一切传统的社会规范、道德准则，在他的金钱面前，圣贤偶像、法律尊严、女性贞操，都失去了圣洁的光辉。西门庆以他的行为表现了对皇权专制社会全部秩序的侵扰和破坏，甚至凭借金钱顺利跻身于以维护专制政治秩序为职能的官僚行列，其能量竟能令制度和法令的作用颠倒——然而鉴于中国大一统皇权专制体制深层结构的稳固性以及用于彼时社会转型理论准备的思想资源、价值资源和信仰资源的天然缺失，西门庆如此"怪物"，虽然部分消解了专制体制主流意识形态诸多虚妄无当的禁忌道统与说教，并以其雄性动物性"强行突入"为隐喻契机，道出了压抑甚夥的晚明知识分子希图灵魂释放飞升、肉身纵欲销魂的心声，但到头来这一隐喻注定沦为幻影一现的镜花水月，也根本不可能出现社会转型乃至文化与文艺复兴，"这是历史的必然要求与这个要求事实上根本不可能实现之间的悲剧"①。

作　者：江苏省徐州市徐州图书馆研究员

---

① [德] 弗里德里希·恩格斯《反杜林论》，载中共中央马恩列斯著作编译局译《马克思恩格斯选集》第三卷，北京：人民出版社，1972年版，第315页。

鸡尖汤·金镯子·乔五太相貌

——浅议红楼得金瓶壶奥

马瑞芳

《金瓶梅》以一个家庭为中心,饮食男女写社会,细枝末节看人情。用小细节、小物件寄寓人生大悲欢、大道理,是《金瓶梅》教给《红楼梦》的。曹雪芹写《红楼梦》,《金瓶梅》提供了世情小说全面详尽的家底,提供了教科书般写作妙诀。脂砚斋说《石头记》深得金瓶壶奥,是恰当地指出两部世界名著之间的文学渊源。

用鸡尖汤做大文章

先看看曹雪芹怎么从兰陵笑笑生那儿讨来一碗汤做大文章的秘诀。

《红楼梦》第三十五回"白玉钏亲尝莲叶羹　黄金莺巧结梅花络",贾宝玉挨打之后想喝小荷叶小莲蓬汤,围绕一碗汤,小说出现一系列精彩情节。这种写法受到红学家大力赞扬,但是,它是曹雪芹的发明创造吗?不是,是兰陵笑笑生首先在《金瓶梅》推出一碗汤上话人生,曹雪芹学了去。

潘金莲入西门府不久,就用一碗银鱼汤,调唆西门庆打了孙雪娥，这是兰陵笑笑生一碗汤上话人生的牛刀小试，后来春梅用一碗汤做的文章更高明。她用一碗鸡尖汤保护自己深藏的人生大机密，一碗汤害死三条人命。

潘金莲、春梅和陈经济私通，被孙雪娥向吴月娘告发，吴月娘让薛嫂卖掉春梅。春梅进守备府后得宠，生儿子后做守备夫人。孙雪娥被来旺盗拐，事发后当官发卖，春梅把孙雪娥买进守备府，本来是出于报复心理，想折磨对头寻开心。陈经济出现之后，孙雪娥成了春梅心腹大患。

陈经济和泼皮刘二争风吃醋，刘二把陈经济打一顿，扭送守备府。周守备升堂，下令打不守清规的陈道士。恰好张胜抱着小衙内看审案。"那小衙内看见走过来打经济，在怀里拦不住，扑着要经济抱。张胜恐怕守备看见，忙走过来。那小衙内亦发大哭起来，直哭到后边春梅跟前。"① 周守备听说陈道士是春梅的"表弟"，想请他进后堂与春梅相见，春梅却不急于相见，因为还不能见。春梅想："剜去眼前疮，安上心头肉。眼前疮不去，心头肉如何安得上？"② 孙雪娥是"眼前疮"，陈经济是"心头肉"。"眼前疮""心头肉"是两个有深刻内涵的对应词。陈经济不过是潘金莲命春梅"也睡一睡"才勾连上，怎么会成了"心头肉"？秘密藏在小衙内身上。周守备"喜似席上之珍，过如无价之宝"的小衙内，像赳赳武夫的后代吗？一点儿都不像。小衙内什么样儿？"貌如冠玉，唇若涂朱"。陈经济什么样儿？在他的同性恋伙伴眼中是"齿白唇红，面如傅粉"。两人的外貌描写是同义词重复。小衙内和陈经济像一个模子刻出来的。更耐人寻味的是，小衙内见到陈经济就要他抱，不抱就哭，这叫什么？父子天性。蒲松龄虽然在《夏雪》中把《金瓶梅》叫"淫史"："若缙绅之妻呼'太太'裁

---

① 兰陵笑笑生著，梅节校订《金瓶梅词话》（梦梅馆新校十八开本），台北：里仁书局，2020年版，第1591页。
② 同上。

数年耳，昔惟缙绅之母始有此称，以妻而得此称者，惟淫史中有林、乔耳。"① 但是《聊斋志异·王桂庵》写寄生"襁褓认父"，我怀疑恰好是蒲松龄从兰陵笑笑生这儿学了一手。兰陵笑笑生没有直接写周守备的小衙内是向陈经济"襁褓认父"，但从蛛丝马迹看，周守备的小衙内就是陈经济的儿子！是春梅被卖时，在薛嫂包庇下，跟陈经济自在"坐个房"的结果。也就是说，春梅跟陈经济珠胎暗结进守备府生了小衙内。这样一来，相比于春梅和陈经济不是表姐弟，小衙内的身世更是惊天动地的大秘密，而可能揭开秘密的人，就是孙雪娥。

孙雪娥是春梅命中魔星。在西门府，孙雪娥一出手，就把春梅、潘金莲、陈经济轰出西门府；在守备府，如果孙雪娥再出手，定会洞穿春梅严守的机密，把春梅的春梦击碎。所以春梅设计摆布孙雪娥。她见到陈经济后就躺在床上装病。要孙雪娥做鸡尖汤，先大骂"精水寡淡"，孙雪娥精心改做，春梅又嫌咸，把汤泼了。孙雪娥不识时务地咕哝一句："姐姐几时这般大了，就抖搂起人来！"② 春梅立即派人抓来孙雪娥，亲手揪打问罪，把孙雪娥剥去内衣打得皮开肉绽，再叫来薛嫂把孙雪娥卖进低级妓院。春梅替潘金莲报了仇，也为自己跟陈经济重新私通，为保护儿子的身世秘密扫除了障碍。这么重要的"人生大计"，居然就是靠一碗鸡尖汤完成。最终陈经济、张胜、孙雪娥都死在这碗汤上。

认为春梅靠一碗鸡尖汤掩盖血统的天大机密，认为周守备的小衙内其实是陈经济的儿子，是不是我爱看西方侦探小说产生了臆想？还真不是。小说有文本依据。《金瓶梅词话》第八十八回"潘金莲托梦守御府 吴月娘布施募缘僧"，吴月娘在永福寺巧遇春梅，回到西门府，薛嫂来了，对众人说春梅"如今有了四五个月身孕"。孙雪娥马上说："他卖守备家多少时，就有了半肚孩子？"明确对春梅孩子的来

---

① 任笃行集校《聊斋志异》，济南：齐鲁书社，2000年版，第1564页。
② 兰陵笑笑生著，梅节校订《金瓶梅词话》，第1594页。

历表示怀疑，接着，兰陵笑笑生写了这样几句话："不因今日雪娥说话，正是从天降下钩和线，就地引起是非来。"这段话清清楚楚地说明，正是孙雪娥掌握着春梅和陈经济私通的机密，掌握春梅儿子血统秘密的草蛇灰线，引起春梅用鸡尖汤害死三条人命的轩然大波。

而婴儿血统在小说布局中起作用，是《金瓶梅》奇兵突出的武器。潘金莲制造李瓶儿儿子血统不正的舆论，结果《金瓶梅》真正血统不正的是潘金莲不能出生的儿子和春梅的儿子。陈经济向春梅汇报守备府的张胜包占孙雪娥。为了保住儿子身世的秘密，春梅设计杀张胜，张胜听到，杀了陈经济。张胜被周守备乱棍打死。张胜死了，孙雪娥只好上吊。陈经济、张胜、孙雪娥三个成年人丧命的根源，都是春梅儿子的身世秘密。而按封建宗法制规定，不管什么女人生儿子，名义上都属嫡妻，也就是说，不管什么女人替陈经济生儿子，孩子嫡母都是西门大姐。这样一来，春梅的儿子、周守备名义上的小衙内，其实是西门庆的外孙。世界何等的小！西门庆占有那么多女人，他的两个儿子，一个夭亡，一个出家，他的外孙，则随别人的姓。封建社会讲究"不孝有三，无后为大"，西门庆三个男性继承人的命运，是小说家按照善恶有报对恶人做的严厉惩罚。

《金瓶梅》写的似乎是鸡毛蒜皮，鸡零狗碎，可是一碗鸡尖汤竟然能负荷这么重大的人生问题，写出令人触目惊心的腥风血雨。一碗汤牵涉三条人命，多不可思议！而用一碗汤写人情世态，《红楼梦》做得也非常精彩。贾宝玉挨打后要喝小荷叶小莲蓬汤，先是王熙凤找做汤的模子，薛姨妈叹息，你们府上真是想绝了，一碗汤还有这么多的讲究，接着，王熙凤借这碗汤讨好贾母，薛宝钗等纷纷表演，贾宝玉终于要喝这碗汤，却偏偏是金钏的妹妹玉钏送来，而金钏是因为贾宝玉投井而死。贾宝玉只顾讨好玉钏，把汤泼到自己手上，他没有喝成这碗汤，反而问玉钏烫到手没有，傅试家的婆子恰好来请安，两个婆子的对话，又对贾宝玉的个性做独到描绘。如果说《金瓶梅》的鸡尖汤做得令人毛骨悚然,那么《红楼梦》的小荷叶小莲蓬汤就做得令人心情愉悦。但是《红楼梦》是从《金瓶梅》学的,这一点没有疑义。

而用婴儿血统做文章,《红楼梦》的例子也是人人皆知,王熙凤害尤二姐,秋桐是马前卒,秋桐最常骂的,就是尤二姐的孩子还不知是什么野种。而不管是用一碗汤做人生大文章,还是用婴儿血统做妙文章,都是《金瓶梅》给《红楼梦》提供的借鉴。

用金镯子做妙文章

《红楼梦》擅长用小物件做妙文章。平儿的虾须镯就在大观园引出了不大不小、对描写人物相当有用的系列事件。大观园诗人芦雪庵赏雪联诗,平儿揎拳撸袖参加烤肉时摘下的虾须镯不见了。王熙凤说:不用找。我知道在哪儿。王熙凤怀疑是邢岫烟的丫鬟因为穷,没见过世面,偷了镯子。不久,袭人去给母亲送葬,晴雯晚上起来吓麝月冻病了,晴雯吃了药正发牢骚说大夫不会看病时,平儿来了,和麝月到一边说悄悄话。晴雯很不高兴,对贾宝玉说:她们一定是议论我病了不出去。贾宝玉说,平儿不是那样的人,我去听她们说什么。这一探听,就听出了平儿对贾宝玉、对怡红院的深情。原来是怡红院的小丫鬟坠儿偷了平儿的金镯子,怡红院婆子发现,向平儿告发,平儿悄悄来告诉麝月,瞅机会找个理由打发小蹄子出去就算了。晴雯那蹄子是块爆炭,不要告诉她。晴雯眼里揉不进沙子,立即发作,把坠儿轰了出去。坠儿母亲不服,麝月和坠儿母亲拌嘴。袭人回来后,因她不在怡红院就处理坠儿,把对晴雯的不满暗记在心。平儿对王熙凤说,她的镯子没丢,是她不小心掉到雪地上,雪化了就找到了。王熙凤信以为真。像虾须那么细一只小镯子,却画出几个人物的个性,王熙凤的势利思维,平儿的善良宽厚,晴雯的疾恶如仇,麝月的口舌伶俐。红学家分析这段情节常说，曹雪芹真了不起，滴水照见太阳，小物件做妙文章。而曹雪芹一只金镯画人生的妙招，正是照猫画虎从兰陵笑笑生那儿学的。

《金瓶梅》早就拿金镯子做过描绘人物、写人物关系的妙文章。西门庆生子当官后，应伯爵介绍李三和黄四借高利贷。李三、黄四把头一批利息送来，用四只金镯子算一百五十两银子，西门庆拿到金镯子，兴冲冲去给李瓶儿看，潘金莲想看，他不理，惹得潘金莲很不高兴，西门庆把金镯子交给李瓶儿，富婆李瓶儿顺手丢给儿子做玩具。过了一会儿，西门庆想到要把金镯子做本钱，继续钱生钱，来找李瓶儿要金镯子，发现丢了一只。西门庆要拿狼筋拷打西门府丫鬟，西门府丫鬟人心惶惶，乱成一团。潘金莲趁机说怪话：你们家就是沈万三，也不能拿金镯子给孩子当玩具！惹恼西门庆。而金镯子是李娇儿的丫鬟夏花偷的。

几只金镯子，写出西门庆的奸商品性，他先是因为放出的银子这么快换来黄澄澄的金子高兴，一转身就想到，金子不能白放在那里，得钱再生钱，打算把金镯子作价退给李三、黄四，继续生利钱。几只金镯子，写出李瓶儿的富婆特点，价值一百五十两银子的金镯子，李瓶儿顺手丢给官哥当玩具，丢了一只都没发现。几只金镯子，写出潘金莲无孔不入的妒忌，她既嫉妒西门庆有什么事都和李瓶儿说，更嫉妒富有的李瓶儿，尤其嫉恨被西门庆当成眼珠子的儿子。几只金镯子，还写出丽春院前后婊子李娇儿和李桂姐人品的龌龊。夏花明明是小偷，李桂姐却教给她：不仅可以继续偷，还得把偷来的交给你娘（李娇儿），也就是说李娇儿实质也是个小偷。西门庆一死，李娇儿立即从吴月娘的箱子里偷走五锭二百五十两银子。西门庆明明已下令卖掉夏花，李桂姐强词夺理几句话，西门庆就改变主意，把夏花留下，一方面说明李桂姐在西门庆跟前得宠，一方面说明西门庆管家没原则，没是非观念。这几只金镯子，在同一回当中，还起到一个微妙作用，西门庆这个暴发户的儿子拿来当玩具的是四只纯金镯子，跟官哥订娃娃亲，大张旗鼓到西门府来炫耀养大东宫娘娘的乔五太太，送给官哥的"贵重"礼物，也是只镯子，兰陵笑笑生却故意地，好像专门要挖苦这个"皇亲"，给这镯子加了限定词："镀金"。就这两个字，把冉冉上升的暴发户和下坡路营生的自吹"皇亲"，调侃性地加以对比。可以想象：兰陵笑笑生拿着狼毫笔写上"镀金"两字的时候，多么得意。苏联作家马卡连柯说过，一个用得其所的字，能给人以力。兰陵笑笑生下笔如千钧。

区区金镯子，能负荷这么多深刻蕴意，兰陵笑笑生太有才了。

《金瓶梅》里边的金镯子重几两，既是商人西门庆放高利贷的利钱，又成了他再放高利贷的本钱，《红楼梦》的虾须镯分量不重却非常精致，因为那颗珠子相当名贵，是贾琏通房丫鬟的装饰品，它们性质不同，但都被小说家用来做出写世态人情、写人与人之间关系的好文章。当年我看过一个中国搞思想教育的电影，好像叫《忘记就意味着背叛》，有个细节我记忆犹新：有小朋友对列宁说，你跟马克思写文章总是你抄我的，我抄你的。列宁说，马克思在前，当然是我抄他的了。不用说，清代作家曹雪芹写金镯子这一手绝活，是向明代作家兰陵笑笑生学的。

乔五太太外貌和银回回壶

如果注意兰陵笑笑生似乎信笔一写的乔五太太外貌，更会觉得兰陵笑笑生了不起。

中国古代小说家描写人物外貌公式化情况十分普遍，女的不是沉鱼落雁，就是闭月羞花，男的不是潘安之容，就是宋玉之貌。《红楼梦》对林黛玉和王熙凤外貌的描写横空出世，被认为是神来之笔、不同凡响。林黛玉眼睛和眉毛的描写且不论，王熙凤的眼睛和眉毛描写是特殊的褒中寓贬写法："一双丹凤三角眼，两弯柳叶吊梢眉。"① 丹凤眼本来很美，以"三角"修饰就带上邪样；柳叶眉很俏，以"吊梢"修饰就带上凶相。红学家不知道写过多少文章分析曹雪芹写人的绝妙高招。其实对人物外貌做褒中寓贬描写的始作俑者仍然不是曹雪芹，而是兰陵笑笑生。

《金瓶梅词话》第四十三回"为失金西门庆骂金莲　因结亲月娘会乔太太"，与西门庆结娃娃亲的最有脸面的乔五太太到西门府来了，兰陵笑笑生写她的外貌用了这样两句话："眼如秋水微浑，鬓似楚山云淡"②，什么意思？眼如秋水，是形容眼睛明亮好看，但是加上"微浑"的限定词，意思就完全不一样了，就一点儿也不好看，眼睛混浊了，迷蒙了，看东西不清了。鬓似楚云是头发浓密非常黑，但是加上"云淡"的限定词，就是形容老太太头发已经半秃。乔五太太是《金瓶梅》再次要不过的角色，但是她的出现，不仅相当有哲理意思，而且对她褒中有贬的外貌描写，居然影响到《红楼梦》描写主要人物，太神奇了。

杯水起波澜，是兰陵笑笑生的拿手好戏，也是兰陵笑笑生开创的人情小说的重要章法。在《三国演义》《水浒传》《西游记》里边，是找不到这类所谓琐碎文章的。

孟玉楼的小物品银回回壶出现在小说结尾，是《金瓶梅》布局讽世大章法。

西门庆死了，孟玉楼清明节上坟时跟知县的儿子一见钟情，接受李衙内求婚。李知县派快手到西门府抬孟玉楼的床帐嫁妆，好像再现西门庆借兵卒到杨家抢孟玉楼箱笼场景。孟玉楼又把她的财富全部带到县令家。兰陵笑笑生笔尖轻轻一荡，写了这么一笔："玉楼止留下

---

① 冯其庸重校评批《红楼梦》，沈阳：辽宁人民出版社，2005年版，第41页。
② 兰陵笑笑生著，梅节校订《金瓶梅词话》，第648页。

一对银回回壶，与哥儿耍子，做一念儿，其余都带过去了。"①

"银回回壶"这件似乎普通生活用品的出现，我认为是写颇有心计的人物孟玉楼的点睛之笔，也是《金瓶梅》布局讽世大章法。

那么"银回回壶"是什么？陈诏先生的《金瓶梅小考》解释是阿拉伯银质茶壶："按明人著作中，凡来自阿拉伯国家的东西，均加'回回'二字，如回回教、回回历、回回青、回回石头等。此处写'银回回壶'，或者是来自阿拉伯国家的银质茶壶，或者是我国自制的阿拉伯国家式样的银壶。"

陈诏的《金瓶梅小考》对诠释《金瓶梅》多有建树，但他解释银回回壶是阿拉伯茶壶，却是不熟悉回族生活习惯的误读。小说本身写得明白，孟玉楼的银回回壶是留下"与哥儿耍子"，叫小孩玩。穆斯林家庭最讲究的礼节之一是喝茶，第一盏茶给哪个喝，非常重要，而茶壶绝对不能拿给孩子玩儿，茶壶也不成对。孟玉楼拿给孝哥玩的"银回回壶"，是净壶，是冲洗下身用的。穆斯林民众讲卫生，伊斯兰教信徒净身有大净小净之分。大净，是星期五（主麻日）到清真寺礼拜前全身沐浴；小净，是在家里拿净壶冲洗下身。净壶形似茶壶却绝非茶壶。我为什么知道这些事？因为我是回族，我母亲的陪嫁就有这种净壶，我姥爷虽然是银行家，但我母亲的陪嫁净壶是不是银的，已经没法考证。

"银回回壶"成了孟三娘留给孝哥的念想，而孝哥是西门庆再世为人，多有反讽意味！孟玉楼的日常生活用具都是银制的，可以想象布商遗孀有多少值钱物品！但孟玉楼留给西门庆继承人的唯一财宝，竟是一对用来冲洗下身污秽的净壶！花样翻新玩了那么多女人的西门庆，再世为人，得好好用银回回壶冲洗下身，最后，干脆去做和尚。这简直是黑色幽默。

---

① 兰陵笑笑生著，梅节校订《金瓶梅词话》（梦梅馆新校十八开本），第 1545 页。

再来点儿牵强附会吧：到了诗情画意的《红楼梦》当中，壶也可以用来写人世沧桑。贾宝玉跟晴雯的死别惹起多少人的热泪，贾宝玉到晴雯表哥家时，晴雯正口渴得要命，叫了半日也没个人来，一见贾宝玉，就叫他赶快倒杯茶来。宝玉看到炉台上有个黑沙吊子，不像茶壶，到桌上拿个碗，又大又粗，也不像茶碗，未到手先闻到油膻气，贾宝玉拿水冲了两次，再用壶里的水洗一遍，才斟上半碗，绛红的，也不像茶。晴雯说："快给我喝一口罢，这就是茶了，哪里比得了咱们的茶。"宝玉尝了一尝，"并无清香，且无茶味，只一味苦涩"，晴雯却像得了甘露，一气都灌下去了。宝玉看到晴雯喝那样差的茶水竟然如饮甘露，不禁感慨："往常那样好茶，她尚有不如意之处。"① 未来贾宝玉还会发出更深感叹，可能仍跟茶有关，可能抄家败落之后的贾宝玉也得喝这种低档的茶，用这种低档的茶壶，或者连这样的茶壶也用不上，因为他连饭都没得吃了。曹雪芹可能也要用小壶做哲理文章，可惜我们看不到了。

一粒沙中看世界，半瓣花上说人情，《金瓶梅》对《红楼梦》的影响广泛、深刻，教科书一般，我在拙著《中国古代小说构思学》② 中曾举出《金瓶梅》对人情小说构思的贡献表现在八个方面：三寸金莲、猫儿狗儿、绾顶金簪、南京拔步床和银回回壶、俗曲、服饰饮食、婴儿血统、李瓶儿之死。这些方面都给了《红楼梦》深刻影响。本文举的几个例子不过是冰山一角。

作　者：山东大学文学院教授

---

① 冯其庸重校评批《红楼梦》，第1364页。
② 马瑞芳《中国古代小说构思学》，济南：山东教育出版社，2016年版。美国学术出版社英文版行将出版。

《金瓶梅》的构想

——以容与堂刊《李卓吾先生批评忠义水浒传》为线索*

川岛优子

绪　　论

在为数众多的《水浒传》版本中，容与堂刊《李卓吾先生批评忠义水浒传》乃现存最古老的完本。① 正如该书书名所示，其中附有署明末思想家李卓吾（1527—1602）的评语。对此，周勋初曾指出："批点诗文，古已有之；批点小说，则是从李贽开始的。"② 如其所述，将戏曲小说与诗文同视为文学作品，并加以品评的行为兴于明末。在此期间，除了上述"李卓吾"评点的《水浒传》之外，还刊行了一批以其为卖点的作品，其中包括《李卓吾先生批评西游记》《李卓吾先

---

* 本稿内容译自拙论《容与堂刊〈李卓吾先生批評忠義水滸伝〉の評語に関する考察——"画"を中心として——》（《東方学》第136辑，2018年），并加入了补充。本研究成果属于日本学术振兴会科学研究费补助金基盘研究（C）《中国通俗小说の批评に関する研究》（研究课题编号：20K00370）的一部分。

① 中国国家图书馆（下称"国图本"）、日本国立公文书馆内阁文库、日本天理大学附属图书馆藏有容与堂刊《李卓吾先生批评忠义水浒传》的完本。本稿使用了国图本的影印本《明容与堂刻水浒传》（上海人民出版社，1975年），并参考了以该影印本为底本点校的《容与堂本水浒传》（上海古籍出版社，1988年）。文中的引用尽可能还原了正文的圈点和旁批，而省略了眉批和回末总评的圈点以避其繁杂。

② 周勋初《中国文学批评小史》，武汉：长江文艺出版社，1981年版。

生批评北西厢记》等。《李卓吾先生批评忠义水浒传》（下称"容与堂本"）卷首依次刻有如下几篇文章：《批评水浒传述语》《梁山泊一百单八人优劣》《水浒传一百回文字优劣》《又论水浒传文字》《忠义水浒传叙》（国图本无该叙）。该书正文附有圈点、旁线、眉批和旁批。各回末则附以"李秃翁曰""李和尚曰""李卓吾曰""李赞曰"等起首的总评。在这些附加的符号、文字中，圈点、旁线、眉批和旁批在读者阅读时会随文本内容一同映入眼帘，从而起到一定的导向作用。其中，又属一二字的眉批、旁批最为醒目。对此，白木直也指出："容与堂本（笔者注：此处指眉评旁批）多一二字者……此乃全书之特色。较之费数言至十数言为评者，一、二字评中多有动人心魄，不意间传其真切之处。"①

笔者考察了容与堂本中的一字评，并按出现次数进行了整理。其结果如下：画（373）、妙（308）、是（172）、佛（103）、趣（52）、真（32）、痴（32）、恶（28）、奇（22）、好（19）、腐（13）、高（11）、删（10）、贼（9）、通（7）、蠢（6）、俗（5）、肖（3）、密（3）、智（2）、雅（2）、野（2）、诈（2）、多（2）、不（2）、莽（2）、怕（2）、巧（1）、屁（1）、韵（1）、咳（1）、有（1）、廉（1）。② 由此可见，容与堂本的一字评十分丰富，而其中被使用最多的则是高达373次的"画"字。

据此，本文将以容与堂本中的"画"字评为主要考察对象，对"李卓吾"如何阅读《水浒传》、如何评价《水浒传》、容与堂本的李卓吾评拥有何种意义展开论述。

---

① ［日］白木直也《一百二十回水浒全伝の研究—其の"李卓吾評"をめぐって—》，《日本中国学会報》，1974年第26集。
② 为了把握大致倾向，笔者在此姑且略去了"妙人""真巧""都好""大是"等二字以上的评语，而只统计了能够明显判断为一字的评语。所有统计结果依据的是影印本中能够辨认的内容。

一、关于"画"

首先，我们必须弄清"画"为何意。① 例如，第十三回描述周谨与杨志比试射术的文字处附有眉批曰："形容周谨杨志比箭处如画。"此处的"画"作"绘画"之意。又如第二十三回描写武松打虎的文字处有眉批曰："又画武松打虎了。恐画也没有这样妙。"此处的"画"字亦作"绘画"或"描绘"之意。从上述两例可以推测，一字评中出现的"画"亦有赞其描写生动如画之意。

上文已经提到，"画"字应当具有赞其描写如画的含义。那么，该字具体用于评价容与堂本中的何种内容呢？在第五回中，有一段关于鲁智深容姿的韵文描写："……嘴缝边攒千条断头铁线，胸脯上露一带盖胆寒毛。……"在文字右侧，附有圈点和"画"字旁批。本书插画中的鲁智深形象（卷五图）正与此相符，诚可谓描写如画。

然而，诸如此类用于静态描写的"画"在数量上极少，而绝大多数针对的是动态描写或登场人物的台词、动作。例如，第九回写到林冲行至发配地沧州后，因起初并未贿赂看守而遭到辱骂。在接过林冲递来的银子后，看守又一改恶态，好言相对。

> 正说之间，只见差拨过来问道："那个是新来配军？"林冲见问，向前答应道："小人便是。"那差拨不见他把钱出来，变了面皮，指着林冲骂道："你这个贼配军，见我如何不下拜，却来唱喏。你这厮可知在东京做出事来，见我还是大剌剌的。我看这贼配军，满脸都是饿文，一世也不发迹。打不死，拷不杀的顽囚。

---

① "画"的写法在原书中分为三种："畫""畵"和"昼"。上海古籍出版社刊行的点校本统一作"畫"。据笔者考察，三种写法在意思表达上并无相异，因此本稿统一写作"画"。

> 你这把贼骨头，好歹落在我手里，教你粉骨碎身。少间叫你便见功效。"林冲只骂的一佛出世，那里敢抬头应答。众人见骂，各自散了。林冲等他发作过了，去取五两银子，赔着笑脸告道："差拨哥哥，些小薄礼，休嫌小微。"差拨看了道："你教我送与管营和俺的，都在里面。"林冲道："只是送与差拨哥哥的。另有十两银子，就烦差拨哥哥送与管营。"差拨见了，看着林冲笑道："林教头，我也闻你的好名字，端的是个好男子。想是高太尉陷害你了。虽然目下暂时受苦，久后必然发迹。据你的大名，这表人物，必不是等闲之人，久后必做大官。"

在上引场景中，看守的台词和动作处被附上了圈点和多个"画"字。眉栏有两个批语写道："传神。"该回回末总评亦为看守的生动描写送上了赞美之词："李卓吾曰：施耐庵、罗贯中真神手也。……至差拨处，一怒一喜倏忽转移，咄咄逼真，令人绝倒。"

紧接着在第十回中，林冲在发配地沧州与曾经施以过援手的李小二相逢。一日，后者发现自己经营的酒店里来了两个从都城赶来陷害林冲的官差后，不禁慌张起来。

> 李小二应了，自来门首叫老婆道："大姐，这两个人来的不尴尬。"老婆道："怎么的不尴尬？"小二道："这两个人语言声音是东京人。初时又不认得管营，向后我将按酒入去，只听得差拨口里讷出一句高太尉三个字来。这人莫不与林教头身上有些干碍。我自在门前理会。你且去阁子背后听说甚么。"老婆道："你去营中寻林教头来认他一认。"李小二道："你不省得。林教头是个性急的人，摸不着便要杀人放火。倘或叫的他来看了，正是前日说的甚么陆虞候，他肯便罢。做出事来，须连累了我和你。你只去听一听再理会。"老婆道："说得是。"便入去听了一个时辰，

> 出来说道："他那三四个交头接耳说话，正不听得说甚么。只见那一个军官模样的人，去伴当怀里取出一帕子物事，递与管营和差拨，帕子里面的，莫不是金银。只听差拨口里说道：'都在我身上，好歹要结果了他性命。'"正说之间，阁子里叫将汤来。

上文描绘的李小二夫妻二人与其说在为林冲着想，不如说是为了让自身免受牵连而想方设法大事化小。此处，李小二及其妻子的台词几乎都被附上了圈点和"画"字评。其后，李小二向林冲通风报信，并劝说林冲冷静行事，林冲听后愤怒而出，李小二夫妻不禁捏了两把汗。在李小二劝说的台词和夫妻二人的反应处同样可见"画"字评，而眉栏处有批语道："描画李小二夫妻两个无不入神。"对此，该回回末总评亦写道："李翁曰：《水浒传》文字原是假的，只为他描写得真情出，所以便可与天地相终始。即此回中李小二夫妻两人情事，咄咄如画。"李氏认为，对于李小二夫妻的描写显示出了《水浒传》的真正价值。

从以上数例引用可以看出，"画"字侧重于评价活灵活现的人物描写，对于一些反映出"真情"，并如实刻画出人物形象的内容给予了关注。

若"画"字如上所述是用来评价人物描写之逼真，那么"妙"和"趣"等其他一字评又与之有何种差异呢？对此，笔者谨举第十回中的一处文字描写予以说明。面对从都城赶来将自己置于死地的陆虞候、富安和帮助二人的看守，林冲选择了杀而快之。

> 林冲骂道："奸贼，我与你自幼相交，今日倒来害我，怎不干你事？且吃我一刀！"把陆谦上身衣服扯开，把尖刀向心窝里只一剜，七窍迸出血来，将心肝提在手里。回头看时，差拨正爬

将起来要走。林冲按住喝道："你这厮原来也恁的歹。且吃我一刀！"又早把头割下来，挑在枪上。回来，把富安、陆谦头都割下来，把尖刀插了，将三个人头发结做一处，提入庙里来，都摆在山神面前供卓上。再穿了白布衫，系了搭膊，把毡笠子带上，将葫芦里冷酒都吃尽了，被与葫芦都丢了不要，提了枪，便出庙门投东去。走不到三五里，早见近村人家都拿着水桶钩子来救火。林冲道："你们快去救应，我去报官了来。"提着枪只顾走。

该场景中，可以看到"佛""画""趣""妙（更妙）""密"的旁批。"佛"字批主要出现在杀人的场景中，另一部分则主要集中于评价鲁智深的行为举止。在讲述其大闹五台山的第四回，"佛"字总共出现了五十二次，是一个略微特殊的评语。而"画"则附在了描述看守落荒而逃的文字处，与上文数例中评价人物描写的用法保持一致。"趣"应当是针对林冲将"三个人头发结做一处，提入庙里来"供奉的奇趣性而作的评价。附于"近村人家都拿着水桶钩子来救火"一句的"密"字则极为少见。通观全书，笔者仅见三例。此处或赞其描写周到。此外，该场景中还有三处"妙"字评。林冲在结果了三人性命后，整装待发，"将葫芦里冷酒都吃尽了""被与葫芦都丢了不要"。引号中的内容分别被附上了"妙"字评。除了"妙"字外，书中亦有诸如"妙人""妙语"的评价。从内容判断，当是用来评价人物行动、台词之"风趣""机智"。在以上段落中，林冲在职场起火，身负命案的危难关头，将酒饮尽后（以一去不复返之态）向东而行，"妙"字当指其行动。第三个"妙"则附在林冲面对赶来救火的村民谎称自己去报官而金蝉脱壳的行动上。总体上，容与堂本中的"妙"字评多在登场人物发挥"演技"时出现。作为绝佳示例，第十六回写吴用假扮酒贩，骗杨志一行人喝下蒙汗药后，智取生辰纲的描写被附上了诸多"妙"字。如此，不同的一字评在使用上都有着明确的区分。

以上，笔者通过容与堂本《水浒传》中的数例描写，对该书中出现次数最多的一字评"画"的用途进行了分析。"画"字用于评价写实而又不失生动的描写，并大多附于人物描写处。其中，又尤其多用于评价以绘声绘色之言行传递出登场人物内心活动的文字。评者"李卓吾"似乎将《水浒传》看作一幅描绘人生百态的画卷，而以"画"字赞其精雕细琢之功。除了"画"字外，容与堂本还频繁使用了诸如"传真""传神""逼真""丹青""肖像""点缀"等与绘画相关的词语，并在评语中引用了画家"顾虎头""吴道子"之名。"李卓吾"以"画"评书之意可见一斑。①

二、"画"的对象

通过上节分析，我们已知"画"字用于评价逼真的人物描写。然而，通观全书，该字在全百回的故事中存在使用频度的差异。在第二十一回（91次）、第二十四回（42次）、第二十五回（28次）、第四十五回（20次）中，该字的出现次数远超他回，而这四回的内容皆是围绕"淫妇"展开的。第二十一回、第二十四回至二十六回、第四十五回至四十六回分别写了阎婆惜、潘金莲和潘巧云与情夫私通，先后被宋江、武松、杨雄三人所杀。以下，笔者将通过书中的数例描写对其中的评语进行具体分析。

第二十四回篇幅很长，洋洋万言内容用去了三十五页的篇幅。即便如此，该回中圈点之多反而比他回更为醒目。尤其在前半部分的内容中，圈点集中落在了武松对潘金莲的言行上。

---

① 自古以来，诗文中便可见"如画""逼真"之语例。据李桂奎、黄霖《中国"写人论"的古今演变》（《文史哲》2005年第1期）所述，将原本评价绘画的"逼真""传神"等词语引入戏曲小说批评的先驱者当属李贽。

次日早起，那妇人慌忙起来，烧洗面汤，舀漱口水。叫武松洗漱了口面，裹了巾帻，出门去县里画卯。那妇人道："叔叔画了卯，早些个归来吃饭，休去别处吃。"武松道："便来也。"径去县里画了卯，伺候了一早晨，回到家里。那妇人洗手剔甲，齐齐整整，安排下饭食。三口儿共桌儿食。武松是个直性的人，倒无安身之处。吃了饭，那妇人双手捧一盏茶，递与武松吃。武松道："教嫂嫂生受，武松寝食不安。县里拨一个土兵来使唤。"那妇人连声叫道："叔叔却怎地这般见外。自家的骨肉，又不伏侍了别人。便拨一个土兵来使用，这厮上锅上灶地不干净，奴眼里也看不得这等人。"武松道："恁地时，却生受嫂嫂。"

武松搬来与武大、潘金莲二人同住首日，金莲便满心欢喜地为武松打点起居。在县里当差的武松出门后，她又准备起了中午的饭菜。面对谦恭的武松，潘金莲以同是自家人为由，极尽所能嘘寒问暖。对此，圈点避开了武松的描写，而集中附于潘金莲的台词及动作描写处。眉栏处亦可见评语"处处传神"。一日，对武松心生爱慕的潘金莲终于按捺不住心中的欲火而向其发起了攻势。

那妇人将酥胸微露，云鬟半亸，脸上堆着笑容说道："我听得一个闲人说道，叔叔在县前东街上，养着一个唱的，敢端的有这话么？"武松道："嫂嫂休听外人胡说，武二从来不是这等人。"妇人道："我不信，只怕叔叔口头不似心头。"武松道："嫂嫂不信时，只问哥哥。"那妇人道："他晓的甚么？晓的这等事时，不卖炊饼了。叔叔且请一杯。"连筛了三四杯酒饮了。

此处，潘金莲借坊间传闻以试探武松心意，而圈点则集中在了前者的台词上，眉栏处可见评语"无一处不画"。

然而，试图拨动武松春心的潘金莲最终还是遭到了严词拒绝，并在回家后向武大哭诉自己的不满。针对一言不发搬去别处的武松、惊慌失措的武大和忿忿不平的潘金莲，眉栏处批道："将一个烈汉、一个呆子、一个淫妇人，描写得十分肖象，真神手也。"三人的言行处也多被附上了圈点。

其后，武松奉知县之命将要前往东京。启程之前，他来到武大家中与其道别。错会武松再访之意的潘金莲，以浓妆艳抹、衣冠齐楚之姿翘首相迎，然而事与愿违，金莲又被武松泼了一盆冷水。

> 那妇人听了这话，被武松说了这一篇，一点红从耳朵边起，紫涨了面皮，指着武大便骂道："你这个腌臜混沌。有甚么言语，在外人处说来，欺负老娘。我是一个不带头巾男子汉，叮叮当当响的婆娘。拳头上立得人，胳膊上走的马，人面上行的人，不是那等搠不出的鳖老婆。自从嫁了武大，真个蝼蚁也不敢入屋里来，有甚么篱笆不牢，犬儿钻得入来。你胡言乱语，一句句都要下落。丢下砖头瓦儿，一个也要着地。"武松笑道："若得嫂嫂这般做主最好。只要心口相应，却不要心头不似口头。既然如此，武二都记得嫂嫂说的话了，请饮过此杯。"那妇人推开酒盏，一直跑下楼来，走到半胡梯上发话道："你既是聪明伶俐，恰不道长嫂为母。我当初嫁武大时，曾不听得说有甚么阿叔，那里走得来。是亲不是亲，便要做乔家公。自是老娘晦气了，鸟撞着许多事。"哭下楼去了。

恼羞成怒的潘金莲对武大叱责一通后，又冲着武松放了两句怨词詈语。此处，大量的"画"字被附在了金莲的对话上，眉栏亦喝彩道："传神传神，当作淫妇谱看。""无不如画。何物文人，乃敢尔尔。"

若对第二十四回中的"画"字评（及其相关的圈点和眉批）进行集中考察，便会发现在该回的前半部分中，其评价对象主要集中在潘金莲（及武松、武大的相关反应）处，而后半部分则逐渐转移至王婆（与西门庆）、郓哥的描写上。回末总评亦再次肯定了登场人物个性鲜明、跃然纸上的描写："李生曰：说淫妇便像个淫妇，说烈汉便像个烈汉，说呆子便像个呆子，说马泊六便像个马泊六，说小猴子便像个小猴子，但觉读一过，分明淫妇、烈汉、呆子、马泊六、小猴子光景在眼，淫妇、烈汉、呆子、马泊六、小猴子声音在耳，不知有所谓语言文字也。"从该回中大量的圈点、眉批、旁批和回末总评可以想象出"李卓吾"在批阅时的兴奋之状，而相同的倾向也存在于第二十一回和第四十五回中。

然而，在一些描写英雄豪杰神勇身姿的文字处，笔者却并未找到像上文这般用于评价人物描写逼真的"画"字。例如，虽然"画"字散见于第二十一回的宋江、第二十四回至第二十五回中的武松与淫妇的对话中，但遍观他回中有关二人英姿的描写，却未能觅得"画"字的身影。① 在上文所引数例中，"画"字曾用于评价看守和经营酒店的夫妇二人。从整体上看，"画"字亦明显倾向于评价小人物的传神写照。② 这些所谓的小人物包括小吏（狱吏、护卫、刽子手、验尸官等）、村长、工匠、囚犯、女佣、男佣、掮客、老鸨、妓女和店员。其中，淫妇及其周遭之人的描写尤为值得一提。在作品的后半段，上文列举的这些小人物逐渐退场，而"画"字评也随之骤减。回末总评

---

① 在第二十三回、第三十一回中，虽然一些武松的言行处附有"画"字评，但其描写与英雄相去甚远。例如，武松乘着酒兴对酒店主人胡搅蛮缠或打虎之后精疲力竭等言行虽非英姿，但却因写实而"画"。此外，鲁智深、林冲、宋江、李逵等人物的相关描写亦反映出同样倾向。

② 容与堂本卷首所载《水浒传一百回文字优劣》同样表达了相同的观点。该文除了提到潘巧云、潘金莲两名淫妇和王婆，还列举了数位小官差之名，并赞其描写得"情状逼真"。

也接连叹道："此回文字不济，不济！"（第七十回）"文字至此，都是强弩末了。妙处还在前半截。"（第九十八回）

在第二十四回的总评中，李卓吾说道："若令天地间无此等文字，天地亦寂寞了也。"书中围绕在英雄豪杰周围的是一些毫不掩饰自己的淫心、惕心、贼心、黑心，忝颜偷生的小人物。然而，正是这些名不见经传的小人物令读毕《水浒传》的李卓吾备受感动。

三、 容与堂本李卓吾批评的视角

在分析了容与堂本对于人物批评的视角后，笔者又对其他版本的情况进行了调查。众所周知，《水浒传》有数种带批的版本。仅李卓吾一家，便有容与堂本、袁无涯刊《李卓吾批评忠义水浒全传》（下称"全传本"）、芥子园刊《李卓吾评忠义水浒传》（下称"芥子园本"）、无穷会刊《李卓吾评忠义水浒传》（下称"无穷会本"）四种存世。① 此外，金圣叹批点的《第五才子书施耐庵水浒传》（下称"金圣叹本"）则为后世和日本带来了巨大影响。

例如，针对围绕潘金莲展开的第二十四回至第二十五回的内容，全传本和金圣叹本各留下了大量评语。② 然而，在上引潘金莲与武松的"对手戏"中，容与堂本的圈点倾向于避开后者的言行，而附于前者一人之上。与此相对的是，全传本、金圣叹本的批点则并未出现类似容与堂本的明显偏向。

此外，在评价作品描写的"画"字使用上，全传本、金圣叹本中

---

① 因芥子园本、无穷会本与全传本的批语多为一致（详见佐藤炼太郎《李卓吾評〈忠義水滸伝〉について》，《東方学》第 71 辑，1986 年）。需要指出的是，无穷会本中并非没有独自的批语），本文权且使用全传本作为代表。
② 本文所用《水浒传》为《明清善本小说丛刊》所收《李卓吾批评忠义水浒传全书》（天一出版社，1985 年），《古本小说集成》所收《第五才子书水浒传》（上海古籍出版社，1990 年）。文中所言《水浒传》回数则据容与堂本。

虽皆可见"如画""活画""活现"等评语，但其数量却不如容与堂本中的"画"字评那般突出，所针对的描写也和容与堂本不相一致。例如，第二十一回写到阎婆惜将装有金子的招文袋藏在被中，不愿交还宋江："妇人身边却有这件物倒不顾被，两手只紧紧地抱住胸前。"对此，容与堂本仅在阎婆惜的动作描写处附上了圈点和"画"字，而金圣叹本不仅在此处附有圈点，更为随后"宋江扯开被来，却见这鸳带头正在那妇人胸前拖下来"这一紧迫场面附上了圈点，并评以"如画"二字。又例如第十回写到林冲在自身负责看管的草料地"仰面看那草屋时，四下里崩坏了，又被朔风吹撼，摇振得动"，全传本和金圣叹本为全句都加上了旁点，并分别赞曰："情景逼真""如画，便画也画不来"。而容与堂本不仅不见批语，更是未加一圈一点。在此之上，针对第二十一回中有关阎婆惜居室的详细描写，全传本评以"画出房屋器具来，先布景，后着人，一一如见"。金圣叹本则为其加上了大量圈点和旁点，并批道："真是闲心妙笔。"与之相对的是容与堂本却只有"可删"等评价，可谓大相径庭。简而言之，面对人物描写和写景（状况或风景）如"画"的描写，全传本和金圣叹本皆予以了关注，而容与堂本则只留意于前者。如上所述，三者虽同为一作，但关注点却不尽相同。

　　诸如上述在容与堂本中受到"画"字评价的小人物描写，在全传本和金圣叹本中则多被附上了完全不同的评语。例如，在第二十五回中，毫未察觉自身面临毒杀危机的武大在面对即将半夜"投毒"的潘金莲时，依旧憨厚地拜托道："却是好也，生受大嫂，今夜醒睡些个。"在容与堂本中，武大的台词因反映出恰如其分之"呆气"而被附上了"画"字批。对此，全传本和金圣叹本则分别使用了"可怜""可怜语"作为评价。在其后潘金莲毒杀武大的场景中，全传本又接连批道："是痛是恨""狠毒甚"。此外，在容与堂本的第二十一回中，阎婆惜的台词多被附上了"画"字，而金圣叹本在同处则批以"丑"

"丑语"。诸如此类的差异不胜枚举，从中可以看出全传本、金圣叹本在批评的态度上与容与堂本存在明显不同。

上述倾向亦可从回前或回末总评中窥得一二。针对第二十四回的内容，容与堂本的总评如上文中的引用所示，为该回中栩栩如生的人物描写送上了赞词，而全传本和金圣叹本却分别评论道："……淫秽之事，可为世俗垂戒者，幸有武都头之利刃在。""写淫妇心毒，几欲掩卷不读。"从中透露出后二者对淫事的劝诫和嫌恶之意。

《水浒传》各家之评的指向性与各本原文的差异也有着关联。笠井直美曾指出："杨定见本（笔者注：全传本）对原文进行了不少改动。其中尤以微调诗句或韵文的用字以及插入新诗为最。结合上述改动及书中评语，评者突出或抹去了好汉们的凶恶一面，或强调其正义，或强调反派之'恶''毒'。从中显示出该本的强烈指向性，即试图让读者将好汉与反派的敌对关系理解成一个'好人'VS'坏人'的图式。"① 此外，佐高春音亦曾指出潘巧云和裴如海的称呼在金圣叹本中被统一成了"淫妇""贼秃"。② 通过上述研究，我们可以确认各本（原文及批评的性质）有着不同的视角和指向性。

在后世版本的映衬下，容与堂本的中立态度可谓显露无遗。③ 更严谨地说，容与堂本并不以善恶的价值观审视《水浒传》中的各色人物，而是向读者指出，那些毫不掩饰自身欲望或情感的小人物形象正是《水浒传》的精髓所在。

---

① ［日］笠井直美《〈水浒〉における"対立"の構図》，《東洋文化研究所紀要》，1993年第122号）。
② ［日］佐高春音《〈水浒伝〉の人物呼称に見える待遇表現》，《日本中国学会報》，2016年第68集。需要补充的是，容与堂本对潘巧云和裴如海二人亦使用了贬称。然而，正如佐高在其论文中所述："裴如海的称呼并未被统一为'贼秃'，书中存在'贼秃''和尚''海阇梨'混用的情况。""其使用区分的基准不明。"
③ 笠井在注①所引论文中亦指出容与堂本的描写"较为中立且不含价值判断"。

四、 容与堂本和《金瓶梅》

众所周知,《金瓶梅》源自《水浒传》第二十四回至第二十六回所写之事。然而,笔者认为《金瓶梅》与《水浒传》的关系之深要远超至今为止的一般认识。笔者曾在《〈金瓶梅〉的构思——从〈水浒传〉到〈金瓶梅〉》(《金瓶梅研究》第 8 辑,中国文史出版社,2005年)一文中考察了《金瓶梅》和《水浒传》的异同,并指出《金瓶梅》有意识地模仿了《水浒传》的构成,并在使用相同框架的情况下对后者的内容进行了颠覆。在《水浒传》中,"英雄"们因种种万不得已的理由而聚义梁山泊,最终形成了以宋江为首的好汉集团,而《金瓶梅》则讲述了"淫妇"们向西门庆家中聚集的故事。对《水浒传》而言,《金瓶梅》中的"淫妇"们不过只是一些"英雄"的刀下之魂。然而,《金瓶梅》并没有止步于让《水浒传》中的人物登场,而是从根基上以《水浒传》为母体,并且在利用了该书整体结构的情况下,将故事的表里进行了转换。这都要归功于《金瓶梅》的作者将目光投向了《水浒传》中的"淫妇"(潘金莲、阎婆惜、潘巧云),并决定创作以她们为主人公的故事。需要补充的是,《金瓶梅》描写的并不只是淫妇。诸如西门庆这般的恶徒,王婆、薛嫂这般的媒婆,以应伯爵为首的奉承者,妓女男娼,女佣男仆等小人物在穷奢极欲之下而无所不用其极之态亦尽收书中。另一方面,英雄好汉或贤妻良母却不曾登场。[①] 虽然《金瓶梅》在故事的大框架上采用了因果报应一说,但书中并没有绝对的善恶对立。从某种意义上来说,若言容与堂本展现出的批评视角为《金瓶梅》的世界观打下了基础亦非夸大其词。

[①]《水浒传》中的英雄好汉武松在《金瓶梅》中一怒之下杀伤无辜,横抢武夺他人财物,而西门庆正妻吴月娘乍看之下虽为贤妇,却亦有性烈如火、尊己卑人之处。

虽然《金瓶梅》作者参考的《水浒传》向来被认为属于百回本系统，①但笔者认为其答案并非是容与堂本，而是在该本之前存在的另一种文本。据容与堂本卷首所收《忠义水浒传叙》中的"庚戌仲夏"四字推测，该书的初刻本当刊行于万历三十八年（1610）。另一方面，在现存的《金瓶梅》版本中，历史最为悠久的是收录了万历四十五年（1617）序的《金瓶梅词话》。然而，从袁宏道于万历二十四年（1596）所写下的书简中，我们可以得知《金瓶梅》在当时已通过抄本受到传阅，②并且作者至少已经写出了该书的前半部分。佐藤晴彦曾对《金瓶梅词话》中的异体字进行过分析，并指出："书中所用字词并非万历以后的语言现象，而应当早于在此之前的嘉靖年间。"③"《金瓶梅》作者应当使用了类似本残卷（笔者注：推定于嘉靖年间所作的《水浒传》残卷。现藏于中国国家图书馆。以下称"嘉靖本"）的版本作为底本。"④《金瓶梅》所据底本也理应是上文提到的"嘉靖本"，抑或是"嘉靖本"、容与堂本的祖本。⑤

然而，即便事实如此，也并不意味着容与堂本与《金瓶梅》之间毫无关系。虽然在明代就已出现了《水浒传》李卓吾评伪作说，⑥但据袁中道的《游居柿录》记载，袁氏于万历二十年拜访李卓吾时，后者"正命僧常志抄写此书，逐字批点"。从中可知，李卓吾确曾批点

---

① ［日］大内田三郎《〈水浒传〉と〈金瓶梅〉》，《天理大学学报》，1973年第24卷。
② 袁宏道在写给董其昌的书信中询问道："《金瓶梅》从何得来？伏枕略观，云霞满纸，胜于枚生《七发》多矣！后段在何处，抄竟当于何处倒换？幸一的示！"
③ ［日］佐藤晴彦《〈水浒伝〉は何時ごろできたのか？—異体字の観点からの試論》（アジア遊学131《水滸伝の衝撃》，日本勉誠出版，2010年）。
④ ［日］佐藤晴彦《国家図書館蔵〈水滸伝〉残巻について—"嘉靖"本か？》，《日本中国学会報》，2005年第57集。
⑤ 关于《水浒传》诸本间的关系，详见小松谦《〈水浒传〉诸本考》，《京都府立大学学術報告》（人文），2016年第68号。
⑥ 见钱希言《戏瑕》卷三《赝籍》等。

过《水浒传》。① 我们无法确证袁中道所见李评是否与容与堂本中的李评相一致，但通过对比《金瓶梅》和容与堂本，我们可以对另一个问题加以探讨，即后者的批评所反映的视角与前者的世界观有着不容忽视的共通点。从成书年代来看，不能否定容与堂本中的批评受到了《金瓶梅》叙述视角影响的可能性。在袁宏道评价的推动下，《金瓶梅》在以抄本形式传播的阶段便开始成为文人之间的话题，李卓吾本人或是容与堂本的评者"李卓吾"都很有可能读过该书。② 也许《金瓶梅》和容与堂本之间并不存在直接的影响关系，倘若如此，两书对于率性而活的小人物们持有共通观点的这一事实便更能够证明《金瓶梅》的诞生或容与堂刊《李卓吾先生批评忠义水浒传》的面世乃时代之需求，而绝非突发情况下的偶然产物。在考虑明末这一时期下盛行的俗文学创作、评点和出版的意义时，以上现象亦需得到重视。

结　　论

本文以容与堂刊《李卓吾先生批评忠义水浒传》的一字评为考察对象，通过分析其中使用次数最多的"画"字，解明了李卓吾以何种视点阅读《水浒传》以及其评价的对象。书中的主角是一众英雄豪杰，而配角则是一些小人物。"画"字虽为评价描写出色之语，但却并未出现在描写主角们英姿飒爽的内容中。与此相反，一些配角的言行却明显受到了"画"字青睐。尤其在有关"淫妇"及其周遭之人的描写中，"画"字的使用次数更是遥遥领先于他处。从中可以看出，"李卓吾"认为小人物的描写才能够表现出人类的欲望和感情，而

---

① 《游居柿录》卷九记载道："记万历壬辰夏中，李龙湖方居武昌朱邸。予往访之，正命僧常志抄写此书，逐字批点。"
② 例如，据沈德符《万历野获编》卷二十五记载，麻城的刘承禧曾持有《金瓶梅》的完本。李卓吾的活动据点正是该书记载中的麻城。

《水浒传》的真正价值或许在于塑造出了这些"淫妇"形象。无独有偶，通过与此共通的视角写成的作品正是《金瓶梅》。

　　提起《水浒传》，人们倾向于将目光投向拥有巨大影响力的金圣叹本。李卓吾的批评虽然在版本研究或李卓吾研究中被用作资料，但是学界对其批评本身却未给予足够的关注。然而，每个附带批评的作品都如其字面所示，是由一个个圈点旁点、眉批旁批和原文组成的"带批"篇章构成的独特世界。这些作品的面世为新作诞生提供了契机，而新作面世后，又可能为既存作品的解读带来新的视点。在研究小说时，应将上述可能性纳入考虑范围。类似的现象可能在明末发生了连锁反应，因此我们或有必要对小说批评进行重新审视。

　　作　者： 日本广岛大学文学研究科讲座教授

《金瓶梅》中生育叙写多样化的思考

伏 涛

怀孕、生育是大多数女性人生之旅上必有之事，安胎、堕胎、小产是女子可能之事。小说是现实生活的反映，按理说怀孕、生育之事在小说中应有不少叙写，事实上却并非如此，其原因恐怕是这一叙写容易涉及性这一敏感问题。怀孕是性生活的可能结果，是生育的必然前提。在避孕观念淡薄、绝育手段落后的时代，女性意外怀孕、多孕司空见惯。《金瓶梅》是世情小说的开山之作，其中对怀孕等相关描写相对于其他类型小说要多一些。《金瓶梅》产生的时代是一个肉欲横流的时代，其中西门庆就是一只典型的"大公鸡"，他有一妻五妾，四个通房丫鬟，九个姘妇，三个妓女，共二十二个女人。他让与其"有事"的女人极有怀孕的可能，小说中因他怀孕的有李瓶儿、吴月娘、潘金莲、庞春梅怀孕则不是西门庆功劳。

《金瓶梅》中怀孕叙写起码包含三重对比：一是怀孕者与未孕者的对比；二是正当怀孕与非法怀孕的对比；三是正当怀孕之间以及非正当怀孕之间的对比。第一个层面的对比具体说就是怀孕生育者吴月娘、李瓶儿、潘金莲与未孕者孟玉楼、李娇儿的对比，未孕为孟玉楼的再嫁、李娇儿的重操旧业提供了方便与可能。第二个层面的对比写出各自的性格命运及人生走向的不同。第三个层面是吴月娘和李瓶儿怀孕生子的对比，以及潘金莲的怀孕堕胎和庞春梅的怀孕生育的对比。在此，我们先将吴月娘与李瓶儿的怀孕生育进行比较。

一、吴月娘、李瓶儿的正当怀孕与生育

李瓶儿和吴月娘是西门庆一妻五妾中正常怀孕并为之生子者。李瓶儿怀孕、生子官哥给西门庆带来好运,官哥的夭亡随之便是李瓶儿的去世,接着就是西门庆的纵欲身亡。官哥的出生与夭折伴随着西门府的兴盛与衰败,体现的是一夫多妻制下女人争宠的极端与惨烈。孝哥是西门庆的投胎转世,他的到来便是西门庆的离去,他的皈依寺庙是作者因果轮回思想的体现,其中"盖为世劝"之意显著。

(一)李瓶儿的怀孕生子

李瓶儿是《金瓶梅》中人生极其不幸的一位。她历经坎坷走进西门府中,曾一度得到西门庆的宠爱,她的怀孕生子比较顺利,怀孕、生子过程写得较为细致、具体。下面先观其怀孕。

> 只听见西门庆向李瓶儿道:"我的心肝,你达不爱别的,爱你好个白屁股儿。今日尽着达受用。"良久,又听的李瓶儿低声叫道:"亲达达,你省可点掮罢,奴身上不方便。我前番吃你弄重了些,把奴的小肚子疼起来,这两日才好些儿。"西门庆因问:"你怎的身上不方便?"李瓶儿道:"不瞒你说,奴身上已怀临月孕,望你将就些儿。"西门庆听言,满心欢喜,说道:"我的心肝,你怎不早说?既然如此,你爹胡乱耍耍罢。"①

李瓶儿怀上身孕是西门庆和她做爱时被潘金莲偷听到的,这符合潘金莲爱偷听的性格,便于揭示三者之间的关系,也因此促进情节的

---

① 刘辉、吴敢辑校《会评会校金瓶梅》,香港:天地图书有限公司,2014年版,第567页。

进一步发展。这能看出以下几点：首先，西门庆爱李瓶儿白皮肤是爱极情浓时说出的，对于爱偷听的潘金莲来说此乃现场直播，令其妒火中烧；其次，西门庆望有子息的心声在"满心欢喜"中道出；再次，可见其更爱李瓶儿的原因所在。从李瓶儿角度看，她怀孕并未及时告诉西门庆，这既是其低调、隐忍性格的体现，也是以退为进的策略使然，其中恐怕还有预防不测，怕遭人毒手的戒备心理。由此夫妻性生活能感觉到彼此的不平等。李瓶儿性格的温顺于此显见。"瓶儿生子，此处安根"①，这是李瓶儿地位强化的过程，也是西门庆走向兴旺的过程，同时这也为李瓶儿生病伏脉。后者告诉我们，夫妻生活中必须注意健康与节制。从潘金莲角度看，她偷听西门庆与李瓶儿做爱，此乃性格使然，也源于嫉妒争宠，从根本上看，这是不合理的一夫多妻的婚姻制度造成的。潘金莲可恶的偷听之举背后也有些许可怜与可悲。让她真切地听到西门庆的浪言，这也是其之后努力的方向，为了吸引西门庆，她特意在洗澡水里放花，想用花香味来吸引西门庆更多的"雨露"。从李瓶儿的私语中得知其在怀孕上捷足先登，这让潘金莲更加妒忌，展开疯狂攻击。

下面我们再看李瓶儿生育情景：

> 良久，只听房里呱的一声，养下来了。蔡老娘道："对当家的老爹说，讨喜钱，分娩了一位哥儿。"吴月娘报与西门庆。西门庆慌忙洗手，天地祖先位下，满炉降香，告许一百二十分清醮，要祈子母平安，临盆有庆，坐草无虞。这潘金莲听见生下孩子来了，合家欢喜，乱成一块，越发怒气，迳自去到房里，自闭门户，向床上哭去了。……蔡老娘收拾孩子，咬去脐带，埋毕衣

---

① 刘辉、吴敢辑校《会评会校金瓶梅》，第567页。

胞，熬了些定心汤，打发李瓶儿吃了，安顿孩子停当。月娘让老娘后边管待酒饭。临去，西门庆与了他五两一锭银子，许洗三朝来，还与他一匹段子。这蔡老娘千恩万谢出门。当日，西门庆进房去，见一个满抱的孩子，生的甚是白净，心中十分欢喜。合家无不欢悦。晚夕就在李瓶儿房中歇了，不住来看孩子。①

这是男性视角下生育的外围描写，西门府中第一个男孩的出生让阖府上下乱成一团，其中西门庆、吴月娘、潘金莲反应最为强烈。

西门庆爱妾生子值其加官进爵之际，喜悦之情难以言表，此时，他突然感到人生的希望，因此透露出好丈夫、好父亲的迹象。

吴月娘，作为主家婆，六娘生养，她同样开心。在关键时候有大姐风范，对李瓶儿照顾有加。这与其出身有关，也是角色使然。几家欢乐几家愁，全家欢乐之时西门庆冷落了潘金莲，让她成了零余人——一个人"向床上哭去了"，泪水中透出心中的委曲，她那好强性格、阴暗心理于此得到彰显。此性格与心理有其生活的依据，是其性格的自然展开。在难以与李瓶儿抗衡的情况下，她开始采用卑劣手段，置李瓶儿母子于死地，这实在为人所不齿。

李瓶儿生子，吴月娘、潘金莲的不同态度与表现符合各自的身份、性格，这恰如培根所言"地位决定性格"。作者让小说中主要女性性格在怀孕抒写中得到彰显。

（二）吴月娘的怀孕、小产与生育

西门庆"只为亡了浑家，无人管理家务，新近又娶了本县清河左卫吴千户之女，填房为继室"②。西门庆前妻为他留下一个女儿西门大姐，随着家业日趋兴旺，更需要儿子来继承门楣，这是传统社会中的

---

① 刘辉、吴敢辑校《会评会校金瓶梅》，第629—630页。
② 同上书，第61页。

约定俗成，西门庆也是这么认为的。对此，吴月娘亦心知肚明，故而她对怀孕生子一事看得很重。

  且表吴月娘次日起身，正是二十三日壬子日。梳洗毕，就教小玉摆着香桌，上边放着宝炉，烧起名香；又放上《白衣观音经》一卷，月娘向西皈依礼拜，拈香毕，将经展开，念一遍，拜一拜，念了二十四遍，拜了二十四拜。圆满，然后箱内取出丸药，放在桌上，又拜了四拜，祷告道："我吴氏上靠皇天，下赖薛师父、王师父这药，仰祈保佑早生子嗣。"告毕，小玉汤的热酒倾在盏内。月娘接过酒盏，一手取药调匀，西向跪倒，先把丸药咽下，又取来药也服了。喉咙内微觉有些腥气，月娘闭着气一口呷下，拜了四拜，当日不出房，只在房里坐的。①

  这把吴月娘拜求子息的虔诚庄重描写得活灵活现，惟妙惟肖。这是信佛者在向观音求子，仪式感很强。在小说第五十三回中，西门庆酒醉回家，直奔月娘房里来，搂住月娘就待上床，月娘要他明日进房，应二十三日壬子日服药行事，便不留他。届时，"小玉薰的被窝香喷喷的，两个洗澡已毕，脱衣上床……这也是吴月娘该有喜事，恰遇月经转，两下似水如鱼，便得了子了"②。小说家安排她怀孕，也让她小产，后又让她怀孕生子孝哥，这是《金瓶梅》中怀孕生育最为烦琐者，也是最波折者。这能看出心诚可以感动佛祖，吴月娘生子情景写得甚为具体。

  不一时，蔡老娘到了，登时生下一个孩儿来。这屋里装柳西门庆停当，口内才没气儿，合家大小放声号哭起来。蔡老娘收裹

---

① 刘辉、吴敢辑校《会评会校金瓶梅》，第1055页。
② 同上书，第1056页。

孩儿，剪去脐带，煎定心汤与月娘吃了，扶月娘暖炕上坐的。月娘与了蔡老娘三两银子，蔡老娘嫌少，说道："养那位哥儿赏了我多少，还与我多少便了。休说这位哥儿是大娘生养的。"月娘道："比不得当时，有当家的老爹在此。如今没了老爹，将就收了罢，待洗三来，再与你一两就是了。"①

西门庆一命归西，府中便发生了天翻地覆的变化，从接生婆的劳务费就能看出不同。正妻吴月娘生子远不如六娘李瓶儿生子，冷字陡起，"伤心煞人"。"可怜月娘扯住恸哭了一场，干生受养了他一场，到了十五岁，指望承家嗣业，不想被这老师幻化去了。"②"当下，这普净老师领定孝哥儿，起了他一个法名，唤做明悟。"③吴月娘夫亡子去，"后就把玳安改名做西门安，承受家业，人称呼为西门小员外。养活月娘到老，寿年七十岁，善终而亡。此皆平日好善看经之报"④。

（三）李瓶儿和吴月娘怀孕生育之对比

李瓶儿、吴月娘先后为西门庆生子，一是小妾，一是正妻。一生官哥，一生孝哥。对她俩的怀孕生育，作者作了较为详细的描写。可贵的是，真正做到"犯而不犯"。

在怀孕上，李瓶儿是"自然"怀孕，而吴月娘则借助于药丸。李瓶儿怀孕一次，吴月娘怀孕两次。李瓶儿怀孕一次正常生子，吴月娘第一次怀孕后小产，第二次怀孕后生下孝哥。李瓶儿怀孕是在和西门庆做爱时说出，被潘金莲听到。这里能看出李瓶儿的小星地位与温柔性格。吴月娘的怀孕是正常的公布，这是大娘地位使然。

---

① 刘辉、吴敢辑校《会评会校金瓶梅》，第 1700 页。
② 同上书，第 2087—2088 页。
③ 同上书，第 2088 页。
④ 同上书，第 2088—2089 页。

在生育叙写上，李瓶儿生官哥与吴月娘生孝哥也形成对比。对脐带的处理，李瓶儿生养时接生婆"咬去脐带，埋毕衣胞"，吴月娘生产时则是"剪去脐带"，前者用牙"咬去"，显得更加认真投入，后者用剪刀"剪去"，则略显粗疏。老娘婆接生时动作上的细微差别即可看出她的世俗，也在昭示着西门府的兴衰与由盛而衰时的世态炎凉。给李瓶儿接生时正是西门府如日中天之时，而给吴月娘接生时却是西门庆一命归西之际，兴衰之间只是一口气，对这一点主家婆吴月娘认识得很清楚。在给接生婆劳务费上也能看出门道，生官哥时，西门庆给的是一锭五两银子，管待酒饭，还主动答应洗三时给一匹缎子。而吴月娘生孝官时给蔡老娘三两银子，勉强应允洗三时给一两银子。家道兴替只在瞬息之间，在细微的不同中写出盛衰的差别，透出的是人情世故，凸显的是作者的细腻文心。

伴随官哥到来的是西门庆的仕途好运，孝哥带走的是吴月娘晚年准备相依为命的亲子。官哥关联着道观与道士，孝哥去往的是寺庙，追陪的是和尚。小哥俩一个夭折一个出家，对西门府来说这是其根苗的失去，随之而来的是富贵荣华的烟消云散。此中含有作者对道教与佛教的理解与依恋，透出的是思想的虚无与心魂的纠结。

二、潘金莲、庞春梅的非法怀孕与结局

庞春梅本是吴月娘身边丫鬟，潘金莲嫁入西门府中，她被安排伺候潘金莲，彼此十分投缘，很快成了生死姐妹。潘金莲拉庞春梅下水，庞春梅愿意助纣为虐，彼此沆瀣一气，狼狈为奸。潘金莲、庞春梅都曾是西门庆的女人，后来均成了陈敬济的胯下之物，最后都因淫荡而跌下悬崖，万劫不复。她俩均未能为西门庆怀上身孕，却在偷情中怀上姐夫陈敬济的歪种。相同的是非法怀孕，不同的是前者因此被杀，后者却由此固宠。

（一）潘金莲的有心栽花与无意插柳

为了赢得西门庆更多的关注，或说为了得到西门庆给予更多的性满足，更是为了在西门府中站稳脚跟，聪明要强的潘金莲费尽心机。她忍气吞声，献媚取宠，她联合庞春梅结成攻守同盟。偷听中得知西门庆性趣所在，为此她做出了努力。惊悉李瓶儿怀孕，她决心迎头赶上，在母因子贵的时代，潘金莲很想为西门庆怀上身孕，生下子息。她多方打听，吸取大娘的经验，也从薛姑子那里引进丸药，准备如法炮制。遗憾的是，她的如意算盘落空源于吴月娘一次无意的干扰，表面上是潘金莲性格强势与方法不当，本质在其不自量力。她在封建婚姻制度对妻妾地位规定的硬墙上碰壁，试图越界中撞得头破血流。西门庆那段时间一直在外面闲逛，家里的卓丢儿七病八痛也不关心过问，在吴月娘的提醒与批评下那天晚上西门庆到卓丢儿房中照顾她，而那正是潘金莲安胎选定的日子，因为这次错过，潘金莲未能为西门庆怀上身孕，这可谓有心栽花花不活，当然这也是作者有意的安排，因为像潘金莲这样的歹毒女人，作者不能让她谬种留传，一旦怀孕生子，接着的情节就不好安排，也不符合作者一贯坚持的果报思想。

潘金莲后与陈敬济怀上孩子，却可谓无意插柳柳成荫。正值生命旺季，欲火正盛。西门庆这个"播种机"客户太多，实在有点招架不住，忙不过来，糠多嚼不烂，结果是也只能是老太婆喝稀粥——里一半，外一半，故而让潘金莲的"土地"一度"荒芜"，这给俊俏风流的后生小子陈敬济提供了机会。两人早就眉来眼去，心有灵犀，后值吴月娘去泰山烧香许愿，这对烈火近干柴的淫妇浪男便有了今宵良缘，成了生死冤家。

> 单表金莲在家，和陈敬济两个就如鸡儿赶蛋相似，缠做一处。一日金莲眉黛低垂，腰肢宽大。终日恹恹思睡，茶饭懒咽，

叫敬济到房中说："奴有件事告你说，这两日眼皮儿懒待开，腰肢儿渐渐大，肚腹里挓挓跳，茶饭儿怕待吃，身子好生沉困。有你爹在时，我求薛姑子符药衣胞，那等安胎，白没见个踪影。今日他没了，和你相交多少时儿，便有了孩子。我从三月内洗身上，今方六个月，已有半肚身孕。往常时我排磕人，今日却输到我头上。你休推睡里梦里，趁你大娘未来家，那里讨贴堕胎的药，趁早打落了这胎气。不然，弄出个怪物来，我就寻了无常罢了。再休想抬头见人。"敬济听了，便道："咱家铺中诸样药都有，倒不知那几样儿坠胎？又没方修合。你放心，不打紧处，大街坊胡太医，他大小方脉，妇人科都善治，常在咱家看病，等我问他那里赎取两贴，与你下胎便了。"妇人道："好哥哥，你上紧快去，救奴之命。"……敬济得了药，作辞胡太医到家，递与妇人，妇人到晚夕煎汤吃下去，登时满肚里生疼，睡在炕上，教春梅按在肚上，只情揉揣。可霎作怪，须臾坐净桶，把孩子打下来了。只说身上来，令秋菊搅草纸倒在毛司里。次日，掏坑的汉子挑出去，一个白胖的孩子儿。（第八十五回"吴月娘识破奸情春梅姐不垂别泪"）①

潘金莲与陈敬济偷情，这是丈母娘与女婿间的苟且，虽年龄相仿，但身份角色不允许他们胡来，这就是乱伦。他们只想鱼水之欢，不想也不能怀孕生子。由于彼此情投意合，你来我往，一不小心弄出孩子来了。潘金莲找来陈敬济说明情况，本着"谁经手谁负责"的原则，陈敬济倒也"有担当"，并未"睡里梦里"，积极响应堕胎。"常言：好事不出门，恶事传千里。不消几日，家中大小都知金莲养女婿，偷出私孩子来了。"② 吴月娘回来后得知，合该有事，又碰个正着，他

---

① 刘辉、吴敢辑校《会评会校金瓶梅》，第 1790—1791 页。
② 同上。

俩无言以对。吴月娘趁机整顿家风，清理门户。她立即找来王婆，把潘金莲卖掉，潘金莲因此走向命运的深渊。

潘金莲本来很想怀上西门庆的孩子，以此稳固其家庭地位，但造化弄人，很好的计划被打乱。西门庆"移情别恋"之际，正是潘金莲欲火难灭之时。她因此和陈敬济勾搭上，后被吴月娘人赃俱获，抓住把柄。对于潘金莲而言这是咎由自取，对于吴月娘来说则是出师有名。冲动就是魔鬼，潘金莲的淫荡让她走向地狱之门。

潘金莲想怀上西门庆的孩子，这是女性争宠的渠道，我们能感受到在女性没有话语权的社会中潘金莲的可怜与可悲。从她和陈敬济偷情中我们能看出触碰道德底线的危险，也能看出一夫多妻制的不合理，这种不合理让情、性分离，让燃起的欲望之火得不到及时、正确的浇灭。这样烧毁的就不仅仅是伦常，更燃及自身。

（二）庞春梅偷情怀孕与固宠周府

庞春梅是潘金莲的死党，在小说第八十二回"陈敬济弄一得双"中，"两个正干得好，不妨春梅正上楼拿盒子取茶叶，看见。两个凑手脚不迭，都吃了一惊。春梅看恐怕羞了他，连忙倒退回身了"①。后被潘金莲叫回，妇人道："你若肯遮盖俺们，趁你姐夫在这里，你也过来和你姐夫睡一睡。我方信你。你若不肯，只是不可怜见俺们了。"②"那春梅把脸羞的一红一白，只得依他，卸下湘裙，解开裤带，仰在凳上，尽着这小伙儿受用。"③ 这是潘金莲拖庞春梅下水，还是庞春梅欢喜领受？下文中能够看出，先是潘金莲威胁封口，后来庞春梅也甘愿享受。第八十三回"秋菊含恨泄幽情，春梅寄柬谐佳会"中因为吴月娘戒备，陈敬济与潘金莲约会不便，春梅成其蜂媒蝶使，"俺

---

① 刘辉、吴敢辑校《会评会校金瓶梅》，第1750页。
② 同上。
③ 同上。

娘为你这几日心中好生不快，逐日无心无绪，茶饭懒吃，做事没人脚处。今日大娘留他后边听宣卷，也没去，就来了。一心只是牵挂想你，巴巴使我来，好歹叫你快去哩"①。"就和春梅两个搂抱，按在炕上，且亲嘴咂舌，不胜欢谑。"② 后陈敬济与潘金莲约会得手，妇人便叫春梅："你在后边推着你姐夫，只怕他身子乏了。"③ 那春梅真个在身后推送，"三人出作一处"④。"三个整狂到三更时分才睡。"⑤ 庞春梅在劝慰潘金莲时曾经说过："人生在世，且风流了一日是一日。"⑥ "因见阶下两只犬儿交恋在一处，说道'畜生尚如此之乐，何况人而反不如此乎？'"⑦

"大娘又使丫头绣春叫进我去，叫我晚上来领春梅，要打发卖他，说他与你们做牵头，和他娘通同养汉。"⑧ 薛嫂道："春梅姐说，爹在日曾受用过他。"妇人道："受用过二字儿！死鬼把他当心肝肺肠儿一般看待，说一句听十句，要一奉十，正经成房立纪老婆且打靠后，他要打那个小厮十棍儿，他爹不敢打五棍儿。"⑨ 这大概也是春梅任性的原因。"周守备见了春梅，生的模样儿比旧时越又红又白，身段儿不短不长，一对小脚儿，满心欢喜，就兑出五十两一锭元宝来。"⑩ 第九十六回"春梅游旧家池馆"时，月娘道："他周爷也好大年纪，得你替他养下这点孩子也够了，也是你裙带上的福。"⑪ 第九十七回"假弟妹暗续鸾胶"中守备领人出巡，陈敬济在守备府中，"春梅又使月桂、

---

① 刘辉、吴敢辑校《会评会校金瓶梅》，第1767—1768页。
② 同上书，第1768页。
③ 同上书，第1769页。
④ 同上。
⑤ 同上。
⑥ 同上书，第1799页。
⑦ 同上书，第1795—1796页。
⑧ 同上书，第1798页。
⑨ 同上书，第1799页。
⑩ 同上书，第1811页。
⑪ 同上书，第2002页。

海棠后边取茶去,两个在花亭上,解珮露相如之玉,朱唇点汉署之香"①。第九十九回"不想一日,因浑家葛翠屏在娘家回门住去了,他独自个在西书房里寝歇。春梅蓦进房中看他。见无丫鬟跟随,两个就解衣在房内云雨做一处"②。两人交媾之际密谋处置张胜,春梅说:"等他爷来家,交他定结果了这厮。"③ 张胜巡夜听到,先下手把陈敬济杀了。

"那时金哥儿大了,年方六岁,孙二娘所生玉姐,年长十岁,相伴两个孩儿,便没甚事做。谁知自从陈敬济死后,守备又出征去了,……只是晚夕难禁独眠孤枕,欲火烧心。因见李安一条好汉,只因打杀张胜,巡风早晚,十分小心。"④ 对李安大献殷勤,送了一包衣服,又是一锭五十两大元宝。李安知道其意图及时逃离。后来,"春梅见统制日逐理论军情,干朝廷国务,焦心劳思,日中尚未暇食,至于房闱色欲之事,久不沾身,因见老家人周忠次子周义,年十九岁,生的眉清目秀,眉来眼去,两个暗地私通,就勾搭了。朝朝暮暮,两个在房中下棋饮酒,只瞒过统制一人不知"⑤。"这春梅在内颐养之余,淫情愈盛,常留周义在香阁中,镇日不出。朝来暮往,淫欲无度,生出骨蒸痨病症。逐日吃药,减了饮食,消了精神,体瘦如柴,而贪淫不已。……不料他搂着周义在床上一泄之后,鼻口皆出凉气,淫津流下一滗口,就呜呼哀哉,死在周义身上,亡年二十九岁。"⑥

庞春梅是"三淫妇"中唯一的一位丫鬟出身后做妇人者,她的淫与李瓶儿不一样,李瓶儿有让人同情之处,庞春梅则显得主动,似无

---

① 刘辉、吴敢辑校《会评会校金瓶梅》,第 2025 页。
② 同上书,第 2059 页。
③ 同上。
④ 同上书,第 2071 页。
⑤ 同上书,第 2074 页。
⑥ 同上书,第 2076—2077 页。

可怜之处。她和潘金莲亦有不同，被张大户受用，潘金莲是受害者，被送给武大郎这也是命运的不公，潘金莲身上有一个由好到坏的转变过程，从可惜可怜到可悲可恶的嬗变。而庞春梅及时享乐，成了女性纵欲的典型。在其情事流变中，我们也能看出地位卑微的丫鬟身上那份自尊与孤傲，以及走向堕落，走向沉沦的轨迹。她的变坏是恶劣环境使然，她曾是西门庆泄欲的工具，有地位后，她开始疯狂地寻找泄欲的工具，从被动变为主动。她和陈敬济藕断丝连，勾引虞候李安不成，又与家人周义勾搭，淫欲无度，纵欲身亡。小说中将其结局写得和西门庆非常相似，西门庆是在潘金莲穷追不舍下脱精而亡，庞春梅是主动性爱中得了骨蒸痨死在周义身上。她和西门庆是《金瓶梅》中最为典型的因纵欲而身亡者，堪称"女西门"。

（三）潘金莲和庞春梅怀孕之对比

同样是怀孕，小说家成功地写出彼此的同异，在此丰富性的前提下，更加可贵的是其复杂性与深刻性。小说家既写出怀孕、小产、堕胎、生育、夭折等，又写出怀孕的前因后果，怀孕的正当与非法。借助怀孕写出各自性格的不同与人生命运走向的差异，体现的是作家爱憎分明的善恶观，其中流露鲜明的是作者浓厚的迷信思想和因果轮回思想，这是传统落后思想的借尸还魂，其中劝人为善的诉求是值得肯定的。

在非法怀孕的书写中首当其冲的是潘金莲，为了争得在西门府中的地位，她殚精竭虑，无所不用其极。在争取怀孕的过程中写出一夫多妻制下的女性悲哀，在争风吃醋中彰显其人格的低下与心理的阴暗。在西门庆"照顾不过来"的情况下她违背人伦，与女婿勾搭成奸。在彼此十分疯狂的情况下，在避孕技术不发达的时代，这一对奸夫淫妇一起走向不归路。在命运捉弄下，在性格带来的宿命中，潘金莲成了淫妇的样本，遭到世人的唾弃。

庞春梅如果怀的是西门庆的种，那她可能由丫鬟升为小妾，和潘金莲平起平坐，事实上她却因和陈敬济偷情而怀上身孕，这是她离开西门府的理由。她不仅在潘金莲、陈敬济之间蜂媒蝶使，而且还直接参与其中。庞春梅的怀孕先是被教唆的结果，后成飞蛾扑火的结局。这里也似乎告诉我们老夫少妻在性生活上的差距，以及正常性满足的必要与重要。嫁到周守备家的庞春梅正是其性欲旺盛的年龄，周守备由于政事殃掌，荒于夫妻生活，这也是她红杏出墙的原因。

同样是非法怀孕，同样怀的是陈敬济的种，潘金莲因为时间不当而败露，随之被逐出西门府，从而走向命运的深渊。庞春梅却因时间巧而成其入守备府后固宠的资本。这成功地写出非法怀孕的同而不同，让人感受到的是：一样的淫妇，不一样的命运。在对庞春梅形象塑造中作者颇费心力。作者让她从吴月娘身边来到潘金莲身边，让她离开西门府走到守备府，让她怀孕，也让她生育，并母因子贵，红极一时。庞春梅在肉欲横流的世界里放纵自我，最后走了一条女版西门庆的道路，结束其短暂而又疯狂的一生。她的故事，尤其是她的怀孕告诉我们，环境对一个人的影响。告诉人们上帝要你灭亡，首先让你疯狂的道理。

结　　论

吴月娘第一次怀孕后小产，再怀孕生了孝哥。这是信佛的回报，此中流露的是作者因果报应思想。李瓶儿是有缺点的好人，她虽有水性杨花、随波逐流的一面，但其本性善良，怀孕生子时的她俨然贤妻良母。作者让她怀孕生子体现的是对她的同情态度，作者好人思想于此显见。吴月娘和李瓶儿生育时接生场景写出西门府的由盛转衰与接生婆的世俗。潘金莲、庞春梅和姐夫陈敬济的偷情怀孕，写出一夫多妻制的罪恶与封建末世肉欲横流以及道德沦丧。在此同而不同的怀孕叙写中，写出纵欲的悲剧与伦理纲常的不可越界。同样是不正当的怀孕，小说家写出其结局的不同，潘金莲堕胎后被逐出去，很快结束其悲剧的一生。庞春梅因子固宠而享受一段人生的荣华富贵，后纵欲身亡。在各自叙写与多重对比中，小说家借助女性的怀孕生育写出各自的性格与命运，在末世乱相的背后是作者道德重塑的热望与盖为世戒的救世婆心。

作　者：吉林师范大学副教授

略论《金瓶梅》里的真实
自然与自然主义

程小青

"以真理为基础"是法国小说家左拉自然主义的出发点。"从亚里斯多德到布瓦洛的全部文学批评已在阐说这个原则,即一部作品都应该以真理为基础。这种主张鼓舞了我,并给我提供新的论点。……自然主义意味着回到自然;相应地在文学方面,自然主义是回到自然和人;它是直接的观察、精确的剖解、对存在事物的接受和描写。作家和科学家的任务一直是相同的。双方都须以具体的代替抽象的,以严格的分析代替单凭经验所得的公式"[①]。左拉的这番见解可以帮助我们深刻理解《金瓶梅》的艺术表现。

一、以真实为基础而生动自然的《金瓶梅》

《金瓶梅》是实践"以真理为基础"的作品,是按照生活的本来面目来描写生活的作品。正因为是生活的本来面目,所以不作主观纯化,所以更能接近真理。因为更真实,更丰富,尊重真相,不作矫饰,不作绑架式的束缚,使形象是其所是,所以自然,所以生动。

其一,为表现真实的人物,《金瓶梅》写人是复杂的、个性化的。不像《三国演义》那样是类型化的、单一性的人。西门庆是恶人,但他身上也有闪光点。他对跟随自己的穷朋友大方周济,救人于急难。

---

① 左拉《戏剧中的自然主义》,转引自伍蠡甫主编《西方文论选》(下卷),上海:上海译文出版社,1979年版,第245—246页。

当常时节衣食无着、狼狈不堪时，西门庆对前来说事儿的应伯爵道："今日先把几两碎银与他拿去，买件衣服、办些家活盘搅过来。待寻下房子，我自兑银与你成交，可好么？"①此处写西门庆这个流氓式的人物也有怜悯之心。

后来西门庆进了大笔的钱，就将五十两银子赠予常时节买房子，做生意，让他一家免于颠沛流离：

> 西门庆因问伯爵道："常二哥说，他房子寻下了，前后四间，只要三十五两银子就卖了。他来对我说，正值小儿病重了，我心里正乱着哩，打发他去了。不知他对你说来不曾？"伯爵道："他对我说来。我说你去的不是了，他乃郎不好，他自乱乱的，有甚么心绪和你说话。你且休回那房主儿，等我见哥，替你提就是了。"西门庆听了，便道："也罢，你吃了饭，拿一封五十两银子，今日是个好日子，替他把房子成了来罢。剩下的，教常二哥门面开个小本铺儿，月间撰几钱银子儿，勾他两口儿盘搅过来就是了。"（第六十二回）

恶人西门庆也有些许善行，帮闲应伯爵也存一念之善，都表现得合情合理，毫发毕现。这正是呈现真实的人，完整的人。因为真实不虚，所以更自然而生动。

其二，为表现生活的本来面目，而寄寓时俗，写下层，写小事。第六回"王婆打酒遇大雨"，写王婆为西门庆和潘金莲做帮闲：

> 且说婆子提着个篮子，拿着一条十八两秤，走到街上打酒买肉。那时正值五月初旬天气，大雨时行。只见红日当天，忽一块

---

① 本文均引自兰陵笑笑生著，梅节校注《梦梅馆校本金瓶梅词话》，台北：里仁书局，2007年版。

> 湿云过处,大雨倾盆相似。……那婆子正打了一瓶酒,买了一篮鱼肉鸡鹅菜蔬果品之类,在街上遇见这大雨,慌忙躲在人家房檐下,用手巾裹着头,把衣服都淋湿了。等了一歇,那雨脚慢了些,大步云飞来家。进入门来,把酒肉放在厨房下。走进房来,看见妇人和西门庆饮酒,笑嘻嘻道:"大官人和大娘子好饮酒!你看把婆子身上衣服都淋湿了,到明日就教大官人赔我!"西门庆道:"你看老婆子,就是个赖精。"婆子道:"我不是赖精,大官人少不得赔我一匹大海青!"

这一段王婆打酒遇大雨,似乎与小说的情节关系不大,但由此写出这个下层妇女的艰辛,她"笑嘻嘻"地要西门庆赔衣服的精明,也是描画出她的度日艰难,无依无靠。这样写底层,活灵活现地表现了生活的真实面貌。

《金瓶梅》是寄寓时俗的作品,"正是这种俗能给人身临其境、亲睹亲闻之感"[①]。

其三,为表现原生态的真实语言,《金瓶梅》采用家常口语。

第六回"王婆打酒遇大雨",写王婆"等了一歇,那雨脚慢了些,大步云飞来家",一个"大步云飞来家",极富表现力,文采飞动,精妙绝伦,把王婆此时慌张的神韵展现无遗,她的可怜、可悲、可恶也跃然纸上。

第九回"西门庆计娶潘金莲",写潘金莲刚被娶进门,与众妻妾见面时,仔细打量众人,"不转睛把众人偷看。……这妇人一抹儿都看到在心里"。一个"偷看",一个"一抹儿",把潘金莲的心机、聪明以及心量狭窄暴露无遗,为她下文的一系列嫉恨行为作了铺垫。

第七回"杨姑娘气骂张四舅",为孟玉楼改嫁,两个各怀心思的

---

① 黄霖《金瓶梅讲演录》,桂林:广西师范大学出版社,2008年版。

亲戚一番对骂：

> 那张四在旁，把婆子瞅了一眼，说道："你好失心儿！凤凰无宝处不落。"只这一句话，道着这婆子真病，须臾怒起……骂道："张四，你休胡言乱语！我虽不才，是杨家正头香主。"……张四道："我不是图钱，争奈杨宗保是我姐姐养的！有差迟，都是我！过不得日子，不是你！这老杀材，搬着大，引着小，黄猫儿黑尾！"姑娘道："张四，你这老花根，老奴才，老粉嘴！你恁骗口张舌的，好淡扯！到明日死了时，不使个绳子扛子！"张四道："你这嚼舌头老淫妇！挣将钱来焦尾靶！怪不得恁无儿无女！"

"好失心儿""凤凰无宝处不落""图钱""搬着大，引着小，黄猫儿黑尾"，这些都是纯粹的俚语，是原生态的完整的民间口语，表现人物追魂摄魄，令人如闻其声，如听其语。

其四，为写生活的真相，暴露丑恶和痛苦。

对丑恶、痛苦的表现如何产生艺术效果，亚里士多德说："事物本身看上去尽管引起痛感，但惟妙惟肖的图像看上去却能引起我们的快感，例如尸首或最可鄙的动物形象。"[1] 除了作者惩恶扬善的主观态度，表现上惟妙惟肖是《金瓶梅》产生艺术效果的另一个关键。"惟妙惟肖的图像看上去却能引起我们的快感"。《金瓶梅》里西门庆、潘金莲、应伯爵之流的恶行，社会的黑暗不公、弱者的可怜、人生的悲苦，作者都"万丝迎风而不乱"[2]地如实表现，有深度，有广度，以令人窒息的真实震撼人心，精妙的形式描绘传神，自然而生动，由此产生强烈的艺术感染力。《金瓶梅》的暴露里有讽刺，有激愤，有调

---

[1] 亚里士多德著，陈中梅译注《诗学》，北京：商务印书馆，1996年版。
[2] 引自欣欣子《金瓶梅词话序》，见梅节校注《梦梅馆校本金瓶梅词话》，台北：里仁书局，2007年版。

侃，也有悲悯。第六十二回"西门庆大哭李瓶儿"，写李瓶儿濒死的场景，真实深入而细致，把死亡的狰狞面目暴露无遗，深刻地反映人世间的悲苦，寄寓了作者悲天悯人的情怀：

> 初时李瓶儿还扎挣着梳头洗脸，还自己下炕来坐净桶，次后渐渐饮食减少，形容消瘦，下边流之不止，那消几时，把个花朵儿般人儿，瘦弱得不好看，也不起的炕了，只在裀褥上铺垫草纸。恐怕人进来嫌秽恶，教丫头烧下些香在房中。西门庆见他胳膊儿瘦的银条儿相似，守着在房内哭泣，衙门中隔日去走一走。

随后又写花子虚来索命，西门庆含悲买棺木，潘道士作法，李瓶儿临终嘱咐。最后写到吴月娘眼中濒死的李瓶儿形象：

> 月娘道："眼眶儿也塌了，嘴唇儿也干了，耳轮儿也焦了，还好甚么？也只在早晚间了。他这个病，是恁伶俐，临断气还说话儿！"

一片愁云惨雾，把死亡的恐怖和痛苦的全貌淋漓尽致地传达出来，令人心生畏惧和怜悯。笑笑生没有像一般的作者那样把死亡隐藏起来，使它扑朔迷离，或进行主观绑架式的"典型化"，而是任由对象真实自然地展现，读者看到了一幅次第展开的真实画卷，细腻而真切感人。因为是真实而自然的展现，它产生了自然生动的艺术效果。

二、《金瓶梅》的自然主义展现

为实现自然真实地表现对象，《金瓶梅》具有科学实验式的自然主义写实倾向。"它是直接的观察、精确的剖解、对存在事物的接受和描写"①。

---

① 伍蠡甫主编《西方文论选》（下卷），第246页。

第四十二回写西门庆与乔家结亲：

> 大妗子道："咱这里少不的立上个媒人，往来方便些。"月娘道："他家是孔嫂儿，咱家安上谁好？"西门庆道："一客不烦二主，就安上老冯罢。"于是连忙写了请帖八个，就叫了老冯来，教他同玳安拿请帖盒儿，十五日请乔老亲家母、乔五太太，并尚举人娘子、朱序班娘子、崔亲家母、段大姐、郑三姐来赶席，与李瓶儿做生日，并吃看灯酒。一面吩咐来兴儿拿银子早往糖饼铺，早定下蒸酥点心，都用大方盘，要四盘蒸饼：两盘果馅团圆饼，两盘玫瑰元宵饼；买四盘鲜果：一盘李干、一盘胡桃、一盘龙眼、一盘荔枝；四盘羹肴：一盘烧鹅、一盘烧鸡、一盘鸽子儿、一盘银鱼干。又是两套遍地锦罗缎衣服，一件大红小袄儿、一顶金丝绉纱冠儿，两盏云南羊角珍灯，一盒衣翠，一对小金手镯，四个金宝石戒指儿。十四早装盒担，教女婿陈经济和贲四穿青衣服，押送过去。乔大户那边，酒宴管待，重加答贺。回盒中，回了许多生活鞋脚。俱不必细说。

这里出现的多个亲戚，只见其形，不见其声，是为了完成这个场景而安排的。人物和事实流水账单式的完整的写实，展现了一幅风俗画卷。

> 此一传者，虽市井之常谈，闺房之碎语，使三尺童子闻之，如饫天浆而拔鲸牙，洞洞然易晓。虽不比古之集理趣，文墨绰有可观。

为了完整展现"市井之常谈，闺房之碎语"，笑笑生在一些场面采用了自然主义写实手法。

怎么阅读这些自然主义的描写？它们都是纯然照相式的表现吗？并非如此。《金瓶梅》里这些风俗画式的展现，《金瓶梅》里的性描写，有些时候显得多余，有些时候却是有意味的、能够表现人物心迹的。如西门庆与潘金莲、李瓶儿等人的交欢描写，都能够反映他们的内心世界和性格特征。

《金瓶梅》这些高度写实的笔墨，大多数是与作品的内在真实有关的。"当你用你的眼睛去观察一个看得见的人的时候，你在寻找什么呢？你是在寻找那个看不见的人。……所有这些外表都不过是条条的道路，通向一个中心；你走进这些道路，只是为了到达那个中心；而那个中心就是真正的人。"①

作　者：福建工程学院人文学院副教授

---

① 泰纳《〈英国文学史〉序言》，伍蠡甫、胡经之主编《西方文艺理论名著选编》，北京：北京大学出版社，2008年版。

性爱与救赎:《金瓶梅》中"雪"之叙事意义

李晓萍

一、前言

《金瓶梅》的回目中有五回与"雪"相关,雪是一种自然景物,然而出现在《金瓶梅》的回目当中,似乎有其特别的用意。本文即从以"雪"为回目的部分入手,讨论在这些情节当中"雪"在叙事意义上的作用;其次,《金瓶梅》中出现了两个"雪洞",一个是西门庆与宋惠莲的性爱之所,另一个是荐拔中冤鬼的雪洞禅师所在的雪涧洞,两者在小说的叙事意义上是否也存在着关联。

二、扫雪烹茶:雪景的日常性书写

在《金瓶梅》的回目中,有五回的命名与雪相关,分别是"吴月娘扫雪烹茶"(第二十一回)、"潘金莲雪夜弄琵琶"(第三十八回)、"元夜游行遇雨雪"(第四十六回)、"西门庆书房赏雪"(第六十七回)与"西门庆踏雪访爱月"(第七十七回)。

第二十一回吴月娘的扫雪烹茶,主要的背景是西门庆在李桂姐处大发脾气而归家,返家见因李瓶儿婚事而与其冷战许久的吴月娘,竟然在向天祝祷希望西门家能早得子嗣,西门庆深受感动而与吴月娘和

好。家中的众妾为了恭贺两人和好而凑份子设置酒席,请西门庆与吴月娘赏雪:

> 月娘令小玉安放了钟箸,合家欢饮。西门庆把眼观看帘前那雪,如捋绵扯絮,乱舞梨花,下的大了。端的好雪。但见:初如柳絮,渐似鹅毛。刷刷似数蟹行沙上,纷纷如乱琼堆砌间。但行动衣沾六出,只顷刻拂满蜂须。衬瑶台,似玉龙鳞甲绕空飞;飘粉额,如白鹤羽毛接地落。正是:冻合玉楼寒起粟,光摇银海眩生花。吴月娘见雪下在粉壁前太湖石上甚厚。下席来,教小玉拿着茶罐,亲自扫雪,烹江南凤团雀舌茶与众人吃。正是:白玉壶中翻碧浪,紫金杯内喷清香。(第二十一回)

这个段落的赏雪,主要表达了夫妻之间的和乐,正如书中所言"鱼水相逢从此始,两情愿保百年谐"。只是《金瓶梅》中的赏雪,配合着西门庆商人的身份,充满着世俗性的特质,不同于文人雅文化中赏雪的逸趣。原本是夫妻和乐的聚会,李铭来替李桂姐当说客,在词话本中细写西门庆招呼他"一碟鼓蓬蓬白面蒸饼,一碗韭菜酸笋蛤蜊汤,一盘子肥肥的大片水晶鹅,一碟香喷喷晒干的巴子肉,一碟子柳蒸的勒鲞鱼,一碟子奶罐子酪酥伴的鸽子雏儿",李铭走到旁边"三扒两咽,吞到肚内,舔得盘儿干干净净",这些肉食和李铭的吃相,正好消解了赏雪在雅文化中的意象,正如韩晓、魏明所言,"这个扫雪烹茶的场景早已偏离了轩冕典雅的内蕴,成为市井家庭琐碎而又尖锐的生活矛盾的展厅。踏雪寻梅、赏雪吟诗、扫雪烹茶本都为脱俗清逸的经典雅事,然而在《金瓶梅》中却都缺失了高雅纯净的精神升华,只剩下披着喧嚣外衣的虚伪空虚"。[①]

---

① 韩晓、魏明《论〈金瓶梅〉中雪场景的文化反讽》,《华侨大学学报》(哲学社会科学版),2005年第3期,第90页。

《金瓶梅》开始的第一场大雪,就是一场嫂嫂企图勾引小叔的场景。武松刚和武大相认,在潘金莲的坚持下搬来同住,过了一个月多,正好是十一月,"只见四下彤云密布,又早纷纷扬扬,飞下一场瑞雪来"。在这大雪的天气,潘金莲早早打发武大出门卖炊饼,在家簇了一盆炭火,买了一些酒肉,在家等武松归来,心中暗想"我今日着实撩逗他一逗,不怕他不动情"。然而武松是个"顶天立地的噙齿戴发的男子汉",将潘金莲骂了一场。潘金莲一直以自己的外貌自傲,以为下嫁武大实是委屈,见到武松才认为寻到了真姻缘,但反被武松大骂收场,受损的自信心在碰到西门庆之后又再次燃起。只是嫁入西门家之后,随着李瓶儿生了官哥,潘金莲也尝到了被冷落的滋味,词话本第三十八回描写了潘金莲在雪夜中等待西门庆的情景:

> 潘金莲见西门庆许多时不进他房里来,每日翡翠衾寒,芙蓉帐冷。那一日把角门开着,在房内银灯高点,靠定帏屏,弹弄琵琶。等到二三更,便使春梅瞧数次,不见动静。正是:银筝夜久殷勤弄,寂寞空房不忍弹。在床上和衣儿又睡不着,不免取过琵琶,横在膝上,低低弹了个"二犯江儿水"以遣其闷:闷把帏屏来靠,和衣强睡倒。猛听的房檐上铁马儿一片声响,只道西门庆来到,敲的门环儿响,连忙使春梅去瞧。他回道:"娘错了,是外边风起落雪了!"妇人于是弹唱道:听风声嘹亮,雪洒窗寮,任冰花片片飘。

西门庆当时在夏提刑家饮酒,因为下雪而提早归家,返家后直接进了李瓶儿的房中,天气寒冷而要李瓶儿筛来葡萄酒喝,两个人就着一些酒菜,桌下放着一架小火盆在那里吃酒。潘金莲在房中冷冷清清,怀抱着琵琶,"待要睡了,又恐怕西门庆一时来;待要不睡,又是那盹困,又是那寒冷",只好拥衾而坐。又唤春梅去看西门庆是否归家,春梅回道西门庆归家之后径至李瓶儿房中吃酒了,潘金莲"听了如同心上戳上几把刀子一般,骂了几句负心贼,由不得扑簌簌眼中流下泪来"。雪夜弹琵琶的潘金莲,充满着闺怨气息,对应的李瓶儿房中的情热,下雪天更映衬了潘金莲的心寒。①

小说快行至中段的第四十六回"元夜游行遇雨雪",在情节对应中有"由热转冷"的作用。《金瓶梅》中元宵节是常被书写的节日之一,第四十六回中吴月娘带领着众妾往自己娘家过节,在郁大姐唱"一江风"的时候:

> 正唱着,月娘便道:"怎的这一回子恁凉凄凄的起来?"来安在旁说道:"外边天寒下雪哩。"孟玉楼道:"姐姐,你身上穿的不单薄?我倒带了个棉披袄子来了,咱这一回夜深不冷么?"月娘道:"既是下雪,叫个小厮,家里取皮袄来咱们穿。"

玳安便叫琴童儿回家拿皮袄,琴童儿也没有回禀吴月娘就直接回家取皮袄。吴月娘稍后方才记起潘金莲并无皮袄,问了才知道玳安找了琴童儿跑腿回家去了,因为李桂姐央留夏花儿的事,吴月娘已经对玳安有些不满,此时更加发作起来,对玳安数落了一番,吴大妗子打圆场,要玳安快回家去拿李智典当的皮袄给潘金莲。第四十六回的这番雪天争吵,对应着的是第七十五回吴月娘与潘金莲的大吵。潘金莲在李瓶儿过世之后,私下向西门庆要了李瓶儿生前穿的皮袄,这件皮袄蛮值钱的,连西门庆都说:"贼小淫妇儿,单管爱小便益儿。他那件皮袄,值六十两银子哩!油般大黑蜂毛儿,你穿在身上是会摇摆。"吴月娘对于西门庆给这件皮袄有些不满,对着西门庆说:"他现放皮袄不穿,巴巴儿只要这皮袄穿。早是他死了,你指望这皮袄;他不

---

① 参见刘伟利《论〈金瓶梅词话〉中的"雪"意象》,《齐齐哈尔大学学报》(哲学社会科学版),2018年第1期,第98页。

死，你只好看一眼罢了！"大概是这件皮袄的价格真的不低，让吴月娘有些不满，后来在与潘金莲吵架的时候，她又重新再提了这件事："一个皮袄儿，你悄悄的就问汉子讨了穿在身上，挂口儿也不来后边题一声儿！都是这等起来，俺们在这屋里放水鸭儿？就是孤老院里，也有个甲头！"吴月娘认为家中的衣物财物，作为正妻的她是有分配的权力的，潘金莲私下向西门庆索要坏了规矩。第四十六回中雪天的皮袄，要至第七十五回才成为吴月娘与潘金莲争吵的原因，也为二人后来的不合埋下伏笔。

第六十七回与第七十七回与雪有关的回目，都以西门庆作为主体。第六十七回中西门庆回到书房"一面觑那门外雪，纷纷扬扬，犹如风飘柳絮，乱舞梨花相似"，但西门庆并无文人赏雪的雅致，在他与应伯爵、温秀才的饮酒行令中，充满着一种恶意的俗趣。他故意说应伯爵的号"南泼"，乃是因为"他家孤老多，到晚夕统子掇出屎来，不敢在左近倒，恐怕街坊人骂，教丫头直掇到大南首县仓墙底下那里泼去，因起号叫做'南泼'"。在赏雪的雅境中，西门庆的话语确实破坏了赏雪的美感，不过，应伯爵的"头上只小雪，后来下大雪来了"，却准确地预示了小说中西门庆的运势，接下来的他随着身体的走下坡，而自身的欲望却不消减，至第七十七回"踏雪寻爱月"中，还一径地想要希望有机会能一亲王三官娘子的芳泽，他自身的生命也最终被不加节制的欲望压垮，而走向了生命的尽头。

三、巫山云雨：雪洞里的春情

《金瓶梅》第一回中就以雪天当作潘金莲诱惑武松的场景，以天气之冷反衬潘金莲对武松之情热，而这冷天却也隐隐地对应了潘金莲终至死亡的下场。在五个以雪为回目的段落里，第二十一回、第三十八回与第七十七回也都伴随着性爱的场面，而以寒天作为背景写性爱的场面，在《金瓶梅》中最突出的便是第二十三回西门庆与宋惠莲在雪洞中的偷情。

西门庆在大冷的天想找个房间与宋惠莲偷情，所以私下向潘金莲询问是否能出借房间，潘金莲很聪明地回答："我就算依了你，春梅贼小肉儿他也不容他在这里。"明明是自己不想出借房间，却用春梅作为借口。于是西门庆只好退而求其次，要潘金莲帮忙在雪洞中生个火盆：

> 西门庆道："既是你娘儿们不肯，罢！我和他往那山子洞儿那里过一夜。你吩咐丫头拿床铺盖，生些火儿。不然，这一冷怎么当。"金莲忍不住笑了："我不好骂出你来的，贼奴才淫妇，他是养你的娘？你是王祥，寒冬腊月行孝顺，在那石头床上卧冰哩。"西门庆笑道："怪小油嘴儿，休奚落我。罢么！好歹叫丫头生个火儿。"金莲道："你去，我知道。"当晚众堂客席散，金莲吩咐秋菊，果然抱铺盖、笼火，在山子底下藏春坞雪洞儿里。①

宋惠莲在众人离开以后，在仪门站了一会儿见没有人，便一溜烟往山子底下去了：

> 这宋惠莲走到花园门，只说西门庆还未进来，就不曾扣角门子，只虚掩着。来到藏春坞洞儿内，只见西门庆早在那里头秉烛而坐。婆娘进到里面，但觉冷气侵人，尘嚣满榻。于是袖中取出两个棒儿香，灯上点着，插在地下。虽故地下笼着一盆炭火儿，还冷的打竞。……良久，只见里面灯烛尚明，婆娘笑

---

① 兰陵笑笑生著，梅节校注《梦馆梅校本金瓶梅词话》，台北：里仁书局，2009年版，第325页。

声说西门庆:"冷铺中舍冰,把你贼受罪不济的老花子,就没本事寻个地方儿,走在这寒冰地狱来了!口里衔着条绳子,冻死了往外拉。"①

这场偷情的场景,安排到冷如寒冰地狱的雪洞当中进行,欲望的热和天气的冷再次冲突在一起,使得这场偷情的背后透着无穷的寒气。宋惠莲在接下来又讲出了让读者更为心惊的话,当着西门庆的面,她竟比较起自己和潘金莲的小脚,还说"昨日我拿他的鞋略试了试,还套着我的鞋穿。倒也不在乎大小,只是鞋样子周正才好"(第二十三回)。不仅说潘金莲的脚比她大,而且还进一步说潘金莲的脚缠得不够美,让一向以金莲小脚艳冠群芳的潘金莲,在外面偷听到时"气的两只胳膊都软了,半日移脚不动,说道:'若教这奴才淫妇在里面,把俺们都吃了他撑下去了!'"(第二十三回)此时潘金莲就觉得西门家若让宋惠莲待下去,则自己只怕无立锥之地,便动了要除去宋惠莲的心。而此时的宋惠莲自己尚不知道已得罪潘金莲,潘金莲是绝容不下一个脚比她更美的女人留在西门庆家里的。

在接下来的元宵节里,宋惠莲与陈敬济嘲戏,甚至又当众套着潘金莲的鞋穿,显示自己的脚比潘金莲更小更美,对潘金莲进行了公然的挑衅。潘金莲自然不能容忍宋惠莲长远地待在西门家,宋惠莲自言"口里衔着条绳子",似乎也成为自己的下场的预言。宋惠莲在得知来旺递解徐州之后,觉得自己害来旺遭此命运实属不该,这是她和潘金莲最大的差别,潘金莲为了要嫁给西门庆谋害了武大,但宋惠莲却觉得自己的偷情不该累及来旺。潘金莲知道宋惠莲的弱点,故意使孙雪娥去刺激宋惠莲,宋惠莲"忍气不过,寻了两条脚带,栓在门楹上,自缢身死"。当初在雪洞中的话语,似乎替她自己的结果做了预言。

---

① 兰陵笑笑生著,梅节校注《梦馆梅校本金瓶梅词话》,第325—326页。

雪洞中那场寒冰地狱里的性爱，炽热的性爱背后，透露着死亡的气息。

宋惠莲与西门庆这场雪洞中的性爱，衍生出的影响至宋惠莲过世之后仍然继续着。在第二十七回著名的葡萄架事件中，"那春梅早从右边一条小道儿下去，打藏春坞雪洞儿穿过去，走到半中腰滴翠山丛、花木深处，欲待藏躲，不想被西门庆撞见，黑影里拦腰抱住"，可见葡萄架也在雪洞附近。葡萄架性爱引出的两部分的情节，一是潘金莲因为遗失了金莲鞋，要秋菊去花园里找鞋，结果秋菊却在雪洞里找到了宋惠莲的鞋子：

> 秋菊道："还有那个雪洞里没寻哩。"春梅道："那个藏春坞是爹著煖房儿，娘这一向又没到那里。我看寻不出和你答话！"于是压着他，到藏春坞雪洞内。正面是张坐床，傍边香几上都寻到，没有。又向书籆内寻……良久，只见秋菊说道："这不是娘的鞋！"在一个纸包内，裹着些棒香儿与排草，取出来与春梅瞧："可怎的有了，刚才就调唆打我！"春梅看见，果是一只大红平底鞋儿……妇人拿在手内，取过他的那只来一比，都是大红四季花段子白绫平底绣花鞋儿，绿提根儿，蓝口金儿。惟有鞋上锁线儿差些，一只是纱绿锁线，一只是翠蓝锁线，不仔细认不出来。妇人登在脚上试了试，寻出这只比旧鞋略紧些，方知是来旺儿媳妇子的鞋。（第二十八回）

这只宋惠莲的金莲鞋，让读者重新在宋惠莲死后回想到雪洞中的那场性爱，而这寻鞋的事情，又引出陈敬济从小铁棍处拿到潘金莲在葡萄架下遗失的鞋，拿来与潘金莲要求"拿一件物事儿"与他交换，后来潘金莲拿了一条用过的旧汗巾给了陈敬济，让陈敬济有了一个私情的表记。

再接下来雪洞也成为潘金莲与陈敬济调情的场所，在第五十二回中陈敬济与潘金莲就在雪洞中调情：

> 那金莲记挂着敬济在洞儿里，那里又去顾那孩子。赶空儿两三步走入洞门首，教敬济，说："没人，你出来罢。"敬济便叫妇人进去瞧蘑菇："里面长出这些大头蘑菇来了。"哄的妇人入到洞里，就折叠腿跪着，要和妇人云雨。

雪洞从此成为潘金莲与陈敬济偶遇调情的场所，在第五十五回中写"潘金莲打扮的如花似玉，乔模乔样，在丫鬟伙里，或是猜枚，或是抹牌，说也有，笑也有，狂的通没有些成色。嘻嘻哈哈，也不顾人看见，只想和陈敬济勾搭。每日止在花园洞内踅来踅去，指望一时凑巧。敬济也一心想着妇人，不时进来寻撞，撞见无人便调戏，亲嘴砸舌做一处。只恨人多眼多，不能尽情欢会"。

雪洞在《金瓶梅》里是一个外界与闺房的交界地带，家里的内妇与外男可以在此处偶遇。甚或至于在第三十六回中蔡状元与安进士留宿的地方，即为藏春坞的雪洞，西门庆派了画童与玳安两个小厮答应。在第五十二回西门庆见到李桂姐就拉着她到藏春坞的雪洞里，两人巫山云雨时又被应伯爵撞见，可见雪洞处于一个内外之防的交界地带，兼具西门庆"自己的房间"的作用。西门庆虽然是偌大西门家的主人，但由他想和宋惠莲偷情需要和潘金莲借房间的行为看来，他其实似乎是没有自己的房间的，后来只好到这雪洞内与宋惠莲偷情。在《西游记》第四十八回中雪洞是赏雪之所，"那里边放一个兽面象足铜火盆，热烘烘炭火才生；上下有几张虎皮搭苫漆交椅，软温温纸牌铺设"，一个赏雪的雅兴之所，在《金瓶梅》中成了暗藏春情的性爱之所。

四、 雪洞里的救赎：宗教的慈悲

在第八十四回中吴月娘在西门庆过世之后，前往碧霞宫还愿，遭遇殷天锡的调戏，为躲避殷天锡在雪涧洞遇到了雪洞禅师。在第二十三回中雪洞是西门庆与宋惠莲的性爱之所，到了小说最后出现的雪洞禅师，却是代表着宗教的救赎力量：

> 吴大舅一行人，两程做一程，约四更时分，赶到一山凹里。远远树木丛中有灯光，走到跟前，却是一座石洞。里面有一老僧，秉烛念经。吴大舅问："老师，我等顶上烧香，被强人所赶，奔下山来，天色昏黑，迷踪失路至此。敢问老师，此处是何地名？从哪条路回得清河县去？"老僧道："此是岱岳东峰，这洞名唤雪涧洞。贫僧就叫雪洞禅师，法名普静，在此修行二三十年。你今遇我，实乃有缘。休往前去，山下狼虫虎豹极多。明日早行，一直大道，就是你清河县了。"……次日天不亮，月娘拿出一匹大布谢老师。老师不受，说："贫僧只化你亲生一子，作个徒弟，你意下何如？"吴大舅道："吾妹止生一子，指望承继家业，若有多余，就与老师作徒弟。"月娘道："小儿还小，今才不到一周岁儿，如何来得？"老师道："你只许下我，如今不问你要，过十五年才问你要哩。"月娘口中不言："过十五年再做理会"，遂含糊许下老师。①

吴月娘只想着暂缓十五年，便随口允下。十五年后逃难投靠云离守的途中，竟又遇到雪洞禅师普静，向她要求带走孝哥出家去，吴月娘不

---

① 兰陵笑笑生著，梅节校注《梦馆梅校本金瓶梅词话》，第1454页。

舍给，普静禅师以梦的方式让吴月娘开悟。在梦中吴月娘一路投奔云离守，却被云离守要求与其成亲，一生坚守贞节的吴月娘自是不从，云离守愤而杀了孝哥，吴月娘大惊而醒：

>月娘见砍死孝哥儿，不觉大叫一声。不想撒手惊觉，却是南柯一梦。唬的浑身是汗，遍体生津。……吴月娘梳洗面貌，走到禅堂中礼佛烧香。只见普静老师在禅床上高叫："那吴氏娘子，你如今可省悟得了么？"这月娘跪下便参拜："上告尊师，弟子吴氏，肉眼凡胎，不知师父是一尊古佛。适间一梦中，都已省悟了。"老师道："既已省悟，也不消前去。你就去，也不过如此，倒没的丧了五口儿性命。合你这儿子有分有缘，遇着我，都是你平日一点善根所种，不然定然难免骨肉分离。当初你去世夫主西门庆，造恶非善，此子转身托化你家，本要荡散其财本，倾覆其产业，临死还当身首异处。今我度脱了他去，做了徒弟。常言一子出家，九祖升天。你那夫主冤愆解释，亦得超生去了。你不信，跟我来，与你看一看。"于是叉步来到方丈内，只见孝哥儿还睡在床上。老师将手中禅杖向他头上只一点，教月娘众人看，——忽然翻过身来，却是西门庆，项带沉枷，腰系铁索。复用禅杖只一点，依旧还是孝哥儿，睡在床上。月娘见了不觉放声大哭，原来孝哥儿即是西门庆托生！①

《金瓶梅》中只有吴月娘是在妇德上无亏损的干净女性，也因为她的善根，让她有了以梦启悟的机会。西门庆未完成的悟道旅程，在吴月娘身上实践了。梦境中展演着吴月娘接下来投奔云离守后的遭遇，既然前行则孝哥性命不保，倒不如让普静禅师带走以保存性命。

---

① 兰陵笑笑生著，梅节校注《梦馆梅校本金瓶梅词话》，第1694—1695页。

五、 结论

　　《金瓶梅》中以"雪"为场景的部分不少，除了作为日常景物之外，"雪"和情节的对应也有着密切的关系。吴月娘的"元夜遇雨雪"，感觉"怎的这一回子凄凉凄凄的起来"，恰好是小说由盛而衰的关键，接下来官哥的死亡，李瓶儿、西门庆与潘金莲的死亡，正好应了应伯爵所说的"头上只小雪，后来下大雪来了"。雪天也常是《金瓶梅》中性爱场景的背景，而最终为众鬼荐拔的雪洞禅师，也暗示着欲望的两面性，既是死亡也是救赎的力量。

　　　　　　作　者：台湾金门大学通识教育中心助理教授

《金瓶梅》建筑研究的缘起

李 辉

经历几番寒暑，《金瓶梅建筑研究》一书完成最终修订，即将付梓于同济大学出版社，这是国内首部基于建筑学专业，从不同视角对小说《金瓶梅》中的城市、住宅、园林等实体空间深入探讨的学术专著，并从经济、礼仪与制度等角度分析与建筑相关的社会文化现象。这部书的基础是十年前笔者博士研究成果的一部分，但与这部小说最初的结缘，可以追溯到将近三十年前。

我的硕士专业是建筑历史与理论，主要方向是中国建筑史，师从吴光祖先生，但更多的课由路秉杰先生教授。路先生思路非常活跃，涉猎很广，一门建筑文献课，从萧统《文选》中的相关篇目，到白居易的《池上篇》，当然到后来也包含了《金瓶梅》与《红楼梦》。我本科属理工，但当年同济大学对中国建筑史研究生的古文要求很高，作为入学考试的三门专业课之一，需要用繁体字完成一篇文言文作文，因此后来入学后，对于这门课更有亲近感。在这门课程的进行过程中，大约是1993年底，买到了戴鸿森先生校点的《金瓶梅词话》。在同济红楼的研究室中，路先生带着我读了其中很多与建筑相关的段落，后来很晚我才知道，其实他当时更关注崇祯本那二百幅版画的内容。

在随后很长时间中，与《金瓶梅》没有更多的接触，但我一直知道，那里面的建筑内容是一个巨大的宝藏，只是由于特殊原因，少人问津。直到2007年底，在与我当时的博士生导师、同济大学的常青院士讨论论文选题时,才又打算开启尘封已久的这份夙愿,记得那是经历了很长时间的不同选题论证后一直没有进展的一个傍晚,我提出了《金瓶梅》的建筑研究,竟然马上获得了常老师的认可。当时一扫数月来选题困惑的阴霾,自此开始了更加艰辛的求索之路。艰辛的起始,来自一个非文科专业的研究者对于小说与建筑关系的解读。

建筑是一个容器,它所容纳的最重要的东西就是人的活动。建筑的空间布局形态决定了故事的发生与发展细节,同时刻录着所有人类活动的印迹。当这些印迹通过时间的属性串联在一起时,就成为一个故事。当代叙事学认为,"叙事"是指"采用一种特定的言语表达方式——叙述,来表达一个故事。换言之,即'叙述'+'故事'"。① 用更加直白的方式表述,叙事的过程就是"讲故事"。建筑符合所有的叙事主体特征,因此建筑本身就存在表义叙事功能。

另一方面由叙事学分析可以看出,小说与建筑有着结构上的共通性。其实在西方人的视野里,叙事文学与建筑在本源上有着一致的表达方式。蒙田说:"我不知道别人是否有过我一样的情况:当我们的建筑师们自豪地讲起壁柱、下楣、挑檐、考林辛、多利安式建筑以及诸如此类的行话术语时,我总会情不自禁地想起阿波里东宫;实际上,我发现,那原来就是我厨房门上的那些毫无价值的条条块块。……当你听人说起替代、隐喻、讽喻这类语文学的名词时,不是觉得在说某种罕见陌生的字眼吗?可这都是用来描述你的贴身丫环喋喋不休地说的那堆废话的。"② 冯纪忠先生在谈到《离骚》的时候,虽然不曾直白地表述其与建筑的可比性,但毫无疑问从某些隐性的角度看,这二者是可以共通的。③ 蒙太奇(montage)本是建筑语言,后被借以为某种叙述方式;而"建筑是石头的史书"这句话则表明建筑不同寻常的

---

① 徐岱《小说叙事学》,北京:商务印书馆,2010年版,第6页。
② [法]蒙田著,潘丽珍等译《蒙田随笔全集》,南京:译林出版社,1996年版,第343页。
③ 冯纪忠《屈原·楚辞·自然》,《时代建筑》,1997年第2期,第14—16页。

叙事能力。

就社会发展而看,随着生产力的进步,各种劳动的专业分化与协同合作越来越细致,从某种意义上讲,这种社会分工是整个社会文明的一个标志。但作为历史研究,却不得不把视野重新回归到社会分工细化前的某个时期,以那个时代的角度来审视客观事物,才能得出与历史更切近的结论,这种历史也更加真实。"绘画、音乐、文学、精神分析、建筑和理论,都属于同一种探究式的运动。……今天的学院界乃至整个世界都被隔断,分割成各种技术、各个专业的区域。"① 正是现代性的社会分工造成了这样的"隔断",而反观历史,在中国古代这样截然分明的专业分工是不存在的,作为知识承载者与传播者的古代文人,在他们的视野里,建筑与文学从本质上讲,一直都是一种东西。并且,由于某种特殊的原因,小说会以更写实的方式来讲述历史。"比起历史政治论述中的中国,小说所反映的中国或许更真切实在些。"② 也正因如此,清代学者张竹坡才认定《金瓶梅》"全得《史记》之妙也",甚至断言"《金瓶梅》是一部《史记》"③。

其实联系着文学叙事与建筑叙事的东西并不复杂,那就是人,或者更加具体化一些,是人的身体。通过前文的讨论能够看出,人物是文学与建筑共同的叙事要素,并且当使用限制视角的时候,叙事者寄身建筑之中,以自己的身体去感知,这样的感知结果综合了多层次的体验,通过有组织的语言表达出来,成为文学叙事的一部分。法国当代建筑师鲍赞巴克(Christian de Portzamparc)与法国当代小说家索莱尔斯(Philippe Sollers)在一次涉及建筑可否不用语言思考的对话

---

① [法]鲍赞巴克、索莱尔斯著,姜丹丹译《观看,书写:建筑与文学的对话》,桂林:广西师范大学出版社,2010年版,第177页。
② 王德威《想像中国的方法:历史·小说·叙事》,北京:生活·读书·新知三联书店,1998年版,自序。
③ [清]张竹坡《批评第一奇书金瓶梅读法》,黄霖编《金瓶梅资料汇编》,北京:中华书局,1987年版,第75页。

中，前者说"当我们设计建筑时，我们用身体思考"，后者说"当我们写作时，我们一样用身体思考"①。身体，成为沟通不同的叙事方式最直接也最本质的纽带。

在研究小说空间叙事的时候说过，小说作者心中空间的物化流于笔端便成为一个精确的空间文本。在这个空间文本中，不论是社会、地域内容还是景观、建筑、陈设以至人物的装束等，都成为可资引用的相对客观的素材。并且，更重要的，这些内容并不是简单的一个场所介绍，当人物参与其中，发生一些故事，这些空间更为本质的一些属性才能被释放出来。如大观园的布局，虽然是一个物化的东西，但其并非一个简单的平面描述，它与宝、黛、钗之间的故事有着一种双向互动的关系，这种关系既表现在当初分别选择特别的居所，也表现在由这些居所促成的相关情节。正如任何的小说叙事不能脱离人，任何的建筑研究（可看作是反方向的建筑叙事）也不能离开人，人的参与使得建筑最终成为"建筑"。这种人物在建筑环境中的活动，才是建筑最本质的生命力。戏剧作为文学的延伸，也有一定的建筑属性，如苏州人把昆曲当作可听的园林，把园林视作可游的昆曲，就是这种类比。

中国建筑从历史上讲，不是一个完全具有自主性的封闭体系，它有着典型的"模糊性"特征。② 作为文化的一个表现形式，中国古代建筑是开放的，它保持着在文化整体上的"一贯性"，其"固有属性是隶属制度、文化或者人的活动的，而没有明确的如住宅具有居住属

---

① [法]鲍赞巴克、索莱尔斯著，姜丹丹译《观看，书写：建筑与文学的对话》，第80页。
② "模糊性"的概念引自侯幼彬先生《建筑的模糊性》一文，侯先生的文章主要是在普遍的"建筑"层面上来论述"模糊性"问题，但相对于西方建筑有着明确外延边界的、具有完善自主性的"建筑"概念而言，中国古代建筑更表现出其存在方面的模糊性。详见侯幼彬《建筑的模糊性》，《建筑理论》编委会《建筑理论·历史文库》（第1辑），北京：中国建筑工业出版社，2010年版，第14—27页。

性这种建筑概念。'随类相从'的意义和西方的概念及今天的理解有很大的差别"①。在文化上，中国建筑与其他各种表现形式都有着极密切的关系，它作为中国古代生活中众多器物的一种，从而与其他内容并置于叙事文学之中。

当然，从另一方面审视，小说的记录与专业历史的记录有着很多的不同。首先是范围不同，层次不同，小说的作者通常有着更广阔、更深厚的空间体验，这是有别于专业人员的一种视角；其次，小说作者所关注的细节也不同于专业的历史研究人员，而这其中的一些细节对于建筑文化是有着强烈含义的；再次，小说作者的眼界更趋近于普通的人对建筑的体验与感知，而建筑空间的存在意义，本质上不应仅是专业人员的评判与体悟，而应是大多数社会成员在社会普遍的文化背景下的认同；最后，小说的作者对于建筑空间的讨论往往带有感情色彩。这种情绪化的表达，虽然在某种意义上讲可能曲解建筑的本义，但更多的时候，这样的感情色彩可以看作是社会文化对建筑文化的一种矫正。由此可看出，小说作者使用他的文字语言，对建筑语言做出了更加通俗化的诠释。

更加重要的，也是奠定了研究最基本可行性的，是中国古代小说有别于当代小说及西方古典小说的创作特质。从中国古代小说的缘起看，并不存在明确的虚构与非虚构界限，而是一开始就呈现出"文史不分家"的观念。《史记》作为中国最初的纪传体史书，一直被当作中国文人写作的典范，甚至成为带有终极意味的评价标准。一方面，《史记》作为散文写作的极佳范例，在中国文学史上享有特殊的地位，以至鲁迅评价其为"无韵之《离骚》"②，以极言其文学性；另一方面，历代文人很容易将优秀的散文作品（中国古代的"散文"包含虚

---

① 陈薇《关于中国古代建筑史框架体系的思考》，《建筑师》，1993 年第 6 期，第 19—22 页。
② 鲁迅《鲁迅全集》（第九卷），北京：人民文学出版社，2005 年版，第 435 页。

构叙事的小说）称为"太史公言"——比较公认的清代研究者张竹坡直指"《金瓶梅》是一部《史记》",并且分析"《史记》有独传,有合传,却是分开做的。《金瓶梅》一百回共成一传,而千百人总合一传,内却又断断续续,各人自有一传"。① 由此可以看出,中国古代的散文——包括史传与小说——创作,并没有刻意区分虚构与纪实。与之相比照的,西方一开始就以 fiction 与 non-fiction 来指代"小说"与"纪实文学",这样的观念也深刻影响着当代中国人对于小说的理解。

正由于古代中国文人对于"虚构与纪实"的模糊,在正史的写作中会有着大量文学性的铺陈与渲染,而在小说创作中则特别强化其虚构背景下的"真实性"。为了实现这样的强化,小说作者会将更多的写实笔墨集中于对故事中客观物质环境的细致刻画上,以取得读者对于故事"真实性"的认同。这样的刻画,主要基于作者所生活的真实环境,并在此基础上适当添加他对于所描述的时间、空间的合理想象。从这种意义上讲,中国古代小说对于物质环境的描写偏偏具备了超出当代小说及西方古典小说的真实性。

《金瓶梅》对于中国小说历史来讲,无疑有着独一无二的位置,这在相关的著述中都有着明确的论证。把这部小说作为一个研究中国古代建筑历史的素材,也有着其不可替代的客观原因。《金瓶梅》能够作为建筑史研究的文本,有着以下一些特征:

1. 《金瓶梅词话》是我国第一部由文人独立创作的长篇白话小说作品

中国古代小说的发展经历了一个相对漫长的过程。在明代开始出现的长篇小说中,《三国演义》《水浒传》《西游记》都有着相对较长的传播史,小说故事经历了很长时间的发展与演变而最终成形,属于

---

① 黄霖编《金瓶梅资料汇编》,第75页。

"集体创作"或"世代累积"型作品。① 但《金瓶梅》有着截然不同的创作方式,它是由某个文人在相对较短的时间内独立完成的一部作品②。那些"世代累积"型的作品由于创作的过程中有大量不同生活背景的人员参与,并且经历了不同的时代,因此在对于建筑环境的描述上会有所不同,这都会影响一个统一、完整的建筑空间的形成。由于《金瓶梅》不存在这样一个经历代加工和再创作的不断累积过程,所以其描述的会是一个更加贴近作者本人的生活体验的统一、完整的场景,从而少去由于时间、空间因素而不断附会的内容。

另一方面,长篇小说有着相对更大的空间场景容量,因此作者会构思并铺陈出一个更加广阔的故事发展空间。这些空间有着一个统一的延展脉络,空间层次的发展有着连续的、平顺的过程,因此有着物质空间上的可信度。并且,随着故事的发展,某些特定空间会反复出现,都为研究者的验证提供了可能。这种特性,使得长篇小说有着短篇小说及笔记等文体所难以比拟的优越性。并且,白话小说又有着更加强的真实性,"我们可以同意华特所说:'以不同的文学形式模拟现实,在程度上有重要的差别;形式写实主义使小说模拟时空确定的个人经验,较之其他文学形式更为直接切实。'若把这理论应用到中国小说,我们必须承认,除了许多例外,大体上白话小说,亦即所谓采用形式写实主义的小说,对现实世界的模拟,较之文言小说要深刻得多"③。

---

① 对于这三部长篇小说的创作过程,文学史上已经基本达成共识。相关内容可参见北京大学中文系《中国小说史》,北京:人民文学出版社,1978年版,第89—151页。
② 对于"文人独立创作"一说,文学界至今也有着不同看法,如徐朔方著文《〈金瓶梅〉的写定者是李开先》,称其非个人创作,而是由文人写定的,类似看法也有许多。但黄霖详细地论述了《金瓶梅》问世与版本传播方面的一些相关问题,认为它是由单一文人在短时期内创作的结果。详见黄霖《金瓶梅讲演录》,桂林:广西师范大学出版社,2008年版,第15—29页。就笔者研究过程中的认识,除去小说第五十三至五十七回所谓"陋儒补以入刻"的若干章节,其余大部分的叙述在建筑空间的表达上是比较连贯的。
③ [美]韩南著,王秋桂等译《韩南中国小说论集》,北京:北京大学出版社,2008年版,第10页。

因此，这种由文人独立创作的长篇小说作品，会有着更加清晰的时代性与地域性界定，为进一步的研究提供相对较为明确的建筑场景轮廓。

2. 《金瓶梅词话》在小说的叙事结构上，突破了先前小说的线性结构，是一个网状结构

在叙事学研究中，叙事结构可以被视作一种框架结构，在此基础上，故事或叙事的顺序和风格被展现给读者、听众或者观察者。叙事结构的组成有很多种方式，在小说发展史上，受到中国古代说唱艺术的影响，故事发展的脉络不可能在一个比较广阔的空间范围上展开，因此会采用单一线性的结构，如明代早期的长篇小说中，《水浒传》《西游记》是典型的单一线性结构，《三国演义》是多条线索构成的复合线性结构，而《金瓶梅词话》则第一次表现出一个更加多维度的网状结构。① 宁宗一说："我读《金瓶梅》，愿意把它看作是一个有许多窗口的房间，从不同窗口望去，看到的是不同的天地，有不同的人物在其中活动。"② 叙事结构是故事情节不断发展的脉络，在故事发展相互穿插的过程中，小说所表现的物质空间也不断经历着这种穿插。因此，这样的网状结构无疑能够全面铺陈一个丰富多样的社会场景，为研究者从不同角度展开工作提供一个全面的平台。

3. 《金瓶梅词话》表现的是相对比较真实的明代市井生活的面貌

以前的历史研究，包括建筑历史研究，更多地关注于当时社会中占主导地位阶层的物质与思想方面，亦即主流文化的研究。但若从绝对的数量与丰富程度而言，非主流文化在整个社会文化的发展进程中，起着不可替代的作用。因此对于这类内容的研究，是一个必不可

---

① 参见郭英德《〈金瓶梅〉的叙事艺术》，傅光明主编《点评〈金瓶梅〉》，济南：山东画报出版社，2007年版，第14—27页。
② 宁宗一《我读金瓶梅》，古耜选编《悟读金瓶梅》，北京：京华出版社，2008年版，第148页。

少的方面。近些年来，中外建筑理论学者对于市井文化作用下的建筑与空间给予了很多的关注。研究者普遍认为，小说《金瓶梅》"广泛地反映了晚明社会中的宗教、迷信、习俗、饮食、服饰、医药、建筑等诸多问题，是名副其实的一部百科全书式的作品，而且小说在描写诸多情况时，都使之成为小说艺术的有机组成部分"。[①] 因而对于探究明代中后期的社会文化中的市井建筑空间，这部小说提供了大量而多层次的素材。

另外，就叙事的可信度而言，市井生活状况较少触及当时政治文化的焦点区域，所以在叙事过程中较少使用正史惯常使用的所谓"曲笔"的方式，素材更加直接，更加真实。叙事过程中的直接与真实无疑会很大程度上带来其所描绘空间的真实性。这些都是相同时期的某些政治题材小说所不可比拟的。

4.《金瓶梅词话》有着明代晚期的两百幅版画，而且与其篇章回目相互对应、彼此作解

明清小说有着绣像本的传统，但很多是后世补刻的，相距的时间比较长。如《金瓶梅词话》这样基本始于当时并完整保留至今的小说版本为数不多。这些版画按篇目故事所排，与相应篇目的内容有着直接的对应关系，因而可以作为小说文本的一个最直观的注释。对于小说所涉及的内容，文字中的叙述可以在图像中找到直观描绘，图像中的刻画也可以在文字中找到对应描述。这些相互可以验证的图文模式，对于研究当时社会的城镇、园林、建筑、家具、服饰以至仪式场景等与空间相关的内容都有着不可替代的作用。

当然，小说毕竟是虚构的叙事作品，不能完全当作史实来使用。在研究建筑环境的时候，经常会碰到的问题，便是小说的场景是断裂的。中国古典小说并没有西方相对成熟的小说的那种连贯性，中国人

---

① 黄霖《金瓶梅讲演录》，第231页。

的模糊性思维也加剧了这种跳跃性。"总的来说，明清小说家很少注意情绪与气氛的联系，以至于极少能将叙述、对话和描写融为一体。要介绍一个新场面，小说家或许对那地点的描述相当精心，但在此后的叙述中，却极少对描写的细节做一重新提示，以至于在那一场面中的人物各干各的事情，几乎跟他们的背景脱离了联系"①。因此，在研究的过程中会发现彼此不连贯的地方，甚至有些自相矛盾，这都会很大程度上影响对于研究主体的把握。

建筑学的研究过程中，会不自觉地使用西方所提供的方法作为最根本的途径，毕竟建筑作为一个学科，是源自西方。建筑理论的研究，也会自觉不自觉地走西方的路，因为西方建筑理论已经成为一个完整的体系，有着一种理论统一性。"但中国的传统文化背景与西方文化发展的背景，从历史经验、心理结构到思维方式，都具有很大的差异。所以，东西文化并不是可以通过简单的套比即可完成从传统向现代的跃进的。以西方建筑学为参照系的发展道路，事实上使得传统建筑的研究与建筑事实貌合神离"②。中国建筑有着与西方完全不同的文化属性，虽然形式与体量等纯视觉也是中国古代建筑所追求的一个方面，但显然中国更加重视隐藏于其背后的文化因素。——这些方面的错位也在一定程度上影响研究过程中所能达到的理论深度。

由于众所周知的研究对象的特殊性，在研究过程中可资引用的专业资料相对贫乏，因此整个工作不得不从最初的资料整理做起。在论文写作过程中，某些相对成熟的研究成果自然可作为资料进行引注，但此类多为非专业研究，更多的专业性研究不得不列举一些必要的基础资料。另外，正如文中所述及，小说文本与版画属于两个不同的系统，现整合在一篇论文中，会局部出现一些重复引用的资料。这些都在一定程度上影响了论文的整体性。

---

① ［美］夏志清著，胡益民等译《中国古典小说》，南京：江苏文艺出版社，2008年版，第15页。
② 毛兵、薛晓雯《中国传统建筑空间修辞》，北京：中国建筑工业出版社，2010年版，第6页。

总体而言，本研究为《金瓶梅》中的相关建筑研究完成了一些基础性工作，并探索了从空间叙事的角度以小说文本为素材进行建筑专业研究的方法。

在这项研究临近结束的时候，我又非常幸运地得到了复旦大学黄霖先生的指点。在先前的研究过程中，已经通过资料文献的阅读，从包括黄老师在内的众多师长处受到文学学术方面的滋养，但能直接从老师这里得受真传，一定收获了全然不一般的东西。后更加有幸，作为访问学者拜在黄师门下，特别是受老师引荐，参与每一年的《金瓶梅》国际研讨会，更是从更多良师益友处受教，使自己对《金瓶梅》的建筑研究步入了一个新的层次。而《金瓶梅建筑研究》的出版，正是自己前期工作的一个小结，无疑也驱使着自己进入一个新的研究层次。

作　者：中国美术学院副教授

《金瓶梅》第三十九回的结构[*]

田中智行

引　言

《金瓶梅》的版本大致可分为三种。一般认为,其中被通称为词话本的《新刻金瓶梅词话》(十卷,一百回)最大程度地保留了文本被作者完成时的原始姿态。词话本中,除去残本,有国立北平图书馆旧藏本(现存台湾)等三本。由词话本修订而来,被称为崇祯本的《新刻绣像批评金瓶梅》(二十卷,一百回)收藏于北京大学图书馆等处。清康熙三十四年(1695),经张竹坡(竹坡为号,本名道深,1670—1698)评点的《皋鹤堂批评第一奇书金瓶梅》出版。由于该版本的文本基本以崇祯本为范本,可以说《金瓶梅》的版本实质上有词话本和崇祯本两种。

无论是词话本还是崇祯本,全书都由一百回构成。关于《金瓶梅》的结构,大塚秀高在《从玉皇庙到永福寺》一文中指出,重要事件常常发生在与"九"相关的章回中。[①]虽然大塚秀高对此没有详细说明,但确实,从第九回武松想杀西门庆为兄长报仇反而误杀他人,

---

[*] 本文系科学研究费补助金(17K13423)资助课题研究阶段性成果。本文原载日本《东方学》2010年第119辑,翻译大部分由张滢同学完成,在此表示感谢。

[①] [日]大塚秀高《从玉皇庙到永福寺——〈金瓶梅〉的构想(续)》,见《东洋文化研究所纪要》,1999年第137册,第65页。关于回数和故事的关系,参考了Andrew H. Plaks, *The Four Masterworks of the Ming Novel*, Princeton: Princeton University Press, 1987, pp. 73–74.

故事完全脱离《水浒传》独自展开，第十九回住在西门庆家隔壁的花子虚的妻子李瓶儿，历经波折，终于来到西门庆家。第二十九回吴神仙拜访西门庆，为西门庆和妻妾们相面并预言了各人的未来。此外，第四十九回从胡僧处得到春药的西门庆，在第七十九回中因该药死亡（第五十九回，那时西门庆的独子官哥死于潘金莲的奸计）。西门庆死后，家道衰落，妻妾们除了正妻吴月娘以外，或是离家出奔，或是死于非命。故事结尾，西门庆去世的同时，吴月娘生出的遗孤孝哥出家，就此家族血脉断绝。

本文所探讨的第三十九回同属于"九"系列的章回，描写了与整个故事框架有关的重要事件，但是因为以相对隐晦的形式来表现，所以较易被忽略（本文第四部分引用了与该回相关的大塚秀高的见解）。同时，该回明确采用了前后两部分互相照应的对偶结构，这一点也值得关注。在诗文的对句中，两个句子在语法和构思上相互照应，并且通过两句的共鸣，可以得到与单独阅读一句时的不同的乐趣。该回的结构与此类似，通过有意识地解读该回内部的对偶结构，可以更明确且综合地理解这一章回。

虽然在全篇中第三十九回定位的重要性不言而喻，但长篇小说并不是只凭框架就能完成的。该回是长篇小说的重要组成部分，本文的目的是，明确该回即使在单独的章回中也有可以堪称完整的构思表现，以期探究作者的小说写作手法。

一、 该回概要

为方便论述，先就第三十九回概要作一个详细的叙述。以下论述所依据的文本基本以词话本为主（参考国立北平图书馆旧藏书的影印本）。

该回的开头引用了薛逢的《汉武宫辞》（《全唐诗》卷五百四十

八），在简单概括了第三十八回故事的始末后，从东门外的道观——玉皇庙的吴道官让弟子到忙着准备年末礼品的西门庆家里去拜访开始。西门庆想起了曾经儿子官哥出生之际许下了一百廿分醮，于是决定在玉皇大帝的生日——正月初九打醮，并给官哥求个法名。政和七年（1117）正月初九，一大早西门庆就戴着冠带，和随从一起赶去玉皇庙，在山门前下了马。文中以华丽优美的骈文描绘了在到宝殿之前的玉皇庙的样子。在宝殿里迎接西门庆的吴道官是一个"魁伟身材，一脸胡须，襟怀洒落，广结交，好施舍"的人。到了松鹤轩，相互问候了一阵，听了从深夜开始的仪式的相关消息后，西门庆又被领上道坛，听着道士们宣读祷文，看了许多召请神明用的"文书符命"（道士介绍仪式文书和道符的台词滔滔不绝）。鼓声响起，吴道官向众神发出召请的文书，登上道坛召唤神将。此处以骈文描写了围着祭坛上香的西门庆眼中道坛的样子。再来到松鹤轩，西门庆的结拜兄弟应伯爵和谢希大来送祝贺的礼金，却被西门庆拒绝了。大家一边和赶来的其他人吃早饭，一边听吴道官请的说书人讲"鸿门会"。仪式告一段落，西门庆正和吴道官说官哥胆小怕生，所以今天没有带他来，相熟的妓院里的小优李铭和吴惠带着礼物赶来了。吴道官把点心、素斋、酒、官哥的道衣和一一开载法事节次的宛红纸一起送到西门庆的家里。

　　这一天正好也是潘金莲的生日，西门庆不在家，为了给潘金莲庆祝生日，除了西门庆的夫人们，吴月娘的嫂子、潘金莲的母亲等也聚在吴月娘的房间里。女人们看到玉皇庙送来的物品一阵兴奋。潘金莲发现送来的文书上除了正妻吴月娘和官哥的母亲李瓶儿以外，没有别的夫人们的名字，因此十分不快。不久入夜了。前一天晚上，西门庆为了第二天的仪式准备，没有吃荤菜和酒，没能和西门庆一起庆祝生日的潘金莲在门口等着他回来，但黄昏时分回来的却是西门庆的女婿陈敬济。听到仪式还没有结束，生气的潘金莲向陈敬济大发牢骚，陈敬济向潘金莲磕头赔罪。

女人们关上仪门，点上蜡烛，听两个尼姑"说因果，唱佛曲"。虽然没有题目，原文中也并未称其为"宝卷"，但相当于后来的《五祖黄梅宝卷》的开头部分，是关于禅宗的三十二祖（中国的五祖）——弘忍的故事。岭南乡泡渡村的张员外想出家入寺，八位夫人挽留他说："到了冥间，我们替你承担你的罪孽。"（大意，下同）张员外心生一计，把灯吹灭。女人们慌忙让丫鬟点灯，员外拿出刀，说是其中有人吹灭了灯，企图杀死自己夺取财产。女人们说："如果杀了我们，我们就在冥府向阎王告状，收了你的魂。"员外冷笑道："连吹了灯都不承认的人怎能到冥府里替我担罪。"夫人们听后皆沉默不语。于是张员外便出家入了黄梅山（讲到此处稍作停顿，女人们热闹地吃着素菜和点心等）。据说员外虽成了四祖（道信）的徒弟，但是因为上了岁数，得不到真正的妙法，无法普渡众生。张员外向在浊河边洗衣服的千金小姐打了个招呼，希望能借他个房子，千金小姐应了一声，张员外便跳进了河里（潘金莲困了，李瓶儿听说儿子醒了，两人都回到各自房间）。河上漂过来一个大桃子，千金小姐因为吃了这个桃子而怀了孕——故事讲到这已是四更，鸡开始叫了。月娘让尼姑们收起"经卷"，女眷们四下散去，回到了各自的屋子。月娘让尼姑王姑子和她一起睡，让她把故事的结尾讲个大概。怀着不知是谁的孩子的千金小姐差点被哥哥杀死，幸运的是千金小姐逃走后生下了五祖。之后又经历了些事，五祖出家并修成正果，超度母亲升天——月娘听了，越发笃信佛法。该回最后以将宝卷评为"空话""尼僧化饭粮"的诗作结。

二、该回内部的对偶结构

在《金瓶梅》中，很多回都被明确划分为前后两部分，且前半部分和后半部分相互映衬，对此浦安迪以第十五回和第六十九回为例进行论述。① 例如，在描写元宵节的第十五回中，前半部分写了西门庆的夫人们看花灯的样子，后半部分刻画了前往妓院的西门庆和结拜兄弟们的模样。浦安迪认为，此处开始是雍容华贵的妇女与那些俗不可耐的妓院女流相对照，但这一差异很快便被相似点所取代，该回整体上描绘了元宵节如梦似幻的热烈氛围，成功地呈现出一幅瑰丽的小说画面。②

本文论述的第三十九回，首先，从结构上看，前半部分是醮仪，后半部分是宣卷，可以看出道教和佛教是相互对立的；其次，容易看出参与者的性别，前半部分打醮时的参与者都为男性，后半部分听宝卷故事的只有留在家中的女性。关于故事发生的场所，醮在大街东门外的道观中举行，宣卷则是在关上了仪门后外人无法进入的吴月娘的房间里进行③，两者形成鲜明对比。词话本中这一回的回目是"西门庆玉皇庙打醮　吴月娘听尼僧说经"，如实地反映了上述的对偶结构。

张竹坡评论《金瓶梅》时，在第三十九回的总评中指出了该回内部明显的对偶结构：

> 篇末偏于道家法事之后，又撰一段佛事，使王姑子彰明较著，谈一回野狐禅，与上文道事相映成趣也。然而三十二祖投胎，又明为孝哥预描一影，则孝哥生几露而西门死几发矣，可畏哉！

没有证据表明张竹坡知道词话本的存在，一般认为张竹坡是就崇祯本

---

① 同前述 Plaks 著述，第 88—95 页。
② 同上书，第 92 页。参见［美］浦安迪著，沈亨寿译《明代小说四大奇书》，北京：中国和平出版社，1993 年版，第 63—64 页。
③ "月娘分付小玉把仪门关了"（一四 a）。此外，暂停宣卷休息时，吴月娘看到进来的惠秀（词话本和崇祯本都误写为"惠香"）问道："仪门关着，你打那里进来了？"（一七 a）。

的文本对该书进行评论。由于崇祯本把第三十九回的回目改为"寄法名官哥穿道服　散生日敬济拜冤家"①,张竹坡可能并不知道上述的词话本的回目。这意味着尽管没有回目的暗示,但张竹坡的眼里明显能看得出该回前后两部分的对比。

以下在第三至第五部分中,将从三方面进一步阐释第三十九回前后两部分的对偶结构。

三、 社会性和身体性

一方面,该回所描写的两场宗教仪式形成了鲜明对照。前半部分描写的道教仪式,同样出现在《金瓶梅》的母体《水浒传》第七十一回中(据容与堂本所述,下同)。描写一百零八好汉声势浩大地举行罗天大醮的骈文,几乎全被挪用于《金瓶梅》第三十九回中(九 a—九 b)。《金瓶梅》中有关醮仪的描写,可以说是从《水浒传》中得到了灵感。描绘玉皇庙的骈文(三 b—四 a)也是结合了《水浒传》第四十二回、第五十三回、第一百回中的骈文作成(分别描写了九天玄女的宫殿、罗真人的紫虚观、拜祭宋江等人的靖忠庙)②。

列举召请神将时所需的大量仪式文书和道符的内容(该说明占第三十九回篇幅的一成左右),至少部分还是以一些文献为基础摹写的。例如,在"早朝""午朝""晚朝"的仪式中需要向神明奏请的表笺的部分内容如下所示:

---

① 关于词话本和崇祯本回目不同的论考,有[日]荒木猛《关于〈金瓶梅〉各回的回目和标题诗——围绕〈金瓶梅〉的作者像》,《佛教大学文学部论集》,2000 年第 84 号。
② 关于《金瓶梅》骈文的研究,见[日]荒木猛《金瓶梅研究》,日本思文阁,2009 年版,第二部第四章《〈金瓶梅〉的素材(4)——关于骈文》、[日]川浩二《斗和闹的故事——〈水浒传〉〈金瓶梅〉中骈文的叙述机能》,《中国文学研究》,2002 年第 28 期。

此一字,早朝头一遍,转经高上神霄玉真王南极长生大帝;第二遍转经,高上碧霄东极青华生大帝;第三遍转经,高上青雷(霄)九天应元雷声普化天尊;午朝第四遍转经,高上玉霄九天雷祖大帝;第六遍转经,高上泰霄六天洞渊大帝;晚朝第七遍转经,高上紫霄深(渌)波天主帝君;第八遍转经,高上景霄青城益算可干司丈人真君;第九遍转经,高上绛霄九天采访使真君,九道表笺。(八 a。"第五遍"被遗漏)

芮效卫指出在《金瓶梅》的英译本注释中,《无上九霄玉清大梵紫微玄都雷霆玉经》中记载的"神霄九宸"与此处叙述的顺序一致①。正统《道藏》洞真部本文类中相应的道经记录如下(补充了数字编号,译文省略):

大帝曰:吾为(1)高上神霄玉清真王长生大帝,其次则有(2)东极青华大帝,(3)九天应元雷声普化天尊,(4)九天雷祖大帝,(5)上清紫微碧玉宫太乙大天帝,(6)六天洞渊大帝,(7)六波天主帝君,(8)可韩可丈人真君,(9)九天采访真君,是为神霄九宸。

据《道藏提要》记载,《无上九霄玉清大梵紫微玄都雷霆玉经》是北宋末期雷法(使役雷神的咒术)理论化时期的经典,记述了雷霆的理论、作用和掌管雷政的官僚机构。②《金瓶梅》在这前后也列举了大量由仪式文书和道符所召唤的神灵的名讳,不仅有位居高位的神明,还

---

① David T. Roy (tr.). *The Plum in the Golden Vase*, vol. 2, Princeton: Princeton University Press, 2001, p. 569, n. 64. 芮效卫猜测《金瓶梅》遗漏了"第五遍转经,高上琅霄上清紫微碧玉宫太乙大天帝"。关于出现了这些神名的其他道教经典,参考了梅节校勘《金瓶梅词话校读记》,北京:北京图书馆出版社,2004 年版,第 184 页。
② 任继愈主编《道藏提要》,北京:中国社会科学出版社,1991 年版,第 16—17 页。

包括传送文书和护卫道坛的众神，以期待神明们能各尽其责，使仪典得以顺利完成。由列举的神名中我们可以得知的是诸神的一种社会机构。

另一方面，后半部分所引用的宝卷以故事和歌谣为主，是叙述佛教故事的说唱文学的一种形式。据辻 Rin 所述，虽然尼姑读讲宝卷是当时女性文化的重要组成部分，但知识分子却认为这是女性的鄙陋风俗，对此十分鄙夷。[①] 如上所述，该回引用的内容相当于之后的《五祖黄梅宝卷》，比起现存的清代文本保留了宝卷更加古老的形式。[②] 当然形式上是以五祖为主人公，但从第一节所述的梗概也可以看出，宝卷的故事里有许多女性出场。吃了浊河中漂来的桃子而意外怀孕的千金小姐的样子，按三言、四言的韵文格式所作的歌谣如下（一八 b）：

> 千金说，在绣房，成其身孕。
> 心中悔，无可奈，忍气吞声。
> 一个月，怀胎着，如同露水。
> 两个月，怀胎着，才却朦胧。
> 三个月，怀胎着，才成血饼。
> 四个月，怀胎着，骨节才成。
> 五个月，怀胎着，才分男女。

---

① [日] 辻 Rin（辻リン）《宝卷的流传和明清女性文化》，见中国古籍文化研究所编《中国古籍流通学的确立——流通的古籍，流通的文化》，雄山阁，2007 年版。
② [日] 泽田瑞穗《关于〈金瓶梅词话〉所引的宝卷》，《增补 宝卷的研究》图书刊行会，1975 年。原载于《中国文学报》，1956 年第 5 册。光绪元年（1875）发行本《五祖黄梅宝卷》的影印被收录于第 30 册《宝卷》初集，太原：山西人民出版社，1994 年版。此外，关于《金瓶梅》中宝卷的论考，有蔡国梁《宝卷在〈金瓶梅〉中》，《金瓶梅考证与研究》，西安：陕西人民出版社，1984 年版。原载于《河北大学学报》1989 年第 1 期；王利器《〈金瓶梅词话〉与宝卷》，中国金瓶梅学会编《金瓶梅研究》（第三辑），南京：江苏古籍出版社，1992 年版；车锡伦《〈金瓶梅词话〉中的明代宣卷——兼谈〈金瓶梅词话〉的成书过程》，《俗文学丛考》，太原：学海出版社，1995 年版。

六个月，怀胎着，长出六根。

七个月，怀胎着，生长七窍。

八个月，怀胎着，着相成人。

九个月，怀胎着，看看大满。

十个月，母腹中，准备降生。

打醮时所使用的文书和道符的引文描写了由拥有各自职能的神明们组成的社会机构，与此相对，宝卷描写了女性怀胎时发生的有机变化①。虽然引用的都是宗教性的文本，但分别具有社会性和身体性，该回将志向不同的东西组合起来。当然，这也是反映了打醮和宣卷的真实情况的结果，同时，以上不同形象的组合跟围绕打醮和宣卷的环境的组合——一是西门庆为了炫耀财富举行醮仪；一是夜灯下女性在亲密空间内讲宝卷——相互照应。可以说是该回对偶结构的巧妙之处。另外，我们在男性主人公西门庆的人物形象里也可以看出社会性和身体性这两方面的描写。作者从人类社会机构中行事精明的西门庆和闺房中的西门庆两个角度来刻画这一形象。

四、 一对伏笔

前后两部分分别暗示了西门庆两个儿子的命运。

在前半部分描写的醮仪中，官哥得到了"吴应元"这一法名。大塚秀高认为该法名通"无应愿"，芮效卫则认为通"无应元"或"无因缘"。② 此处作者的想法暂且不论，这是一个"暗示官哥短命和西门

---

① 该韵文与《五车拔锦》等日用类书中的字句一致，见［日］小川阳一《从日用类书研究明清小说》，研文出版，1995年版，第37—41页。

② 同前述大塚秀高论文，第64页。此外，同前述 Roy 译著，第571页，注80。芮效卫认为本回后半部分潘金莲读"吴应元"时没有读"应"（或装作不会读"应"），读成了"吴什么元"，暗示了"无什么缘"。

庆家族没落"① 的不吉利的名字。

在暗示这一点上，根据上面引用的张竹坡的回评，后半部分吴月娘听的宝卷中描写的投胎也表示西门庆死亡的同时吴月娘生下孝哥。也有观点认为听着宝卷的女人们犯困后陆续离开，表明了西门庆死后女人们各自出奔的情景。② 大塚秀高将《五祖黄梅宝卷》的情节整理为"作为无父之子出生的五祖听了四祖宣讲佛法后修成正果，之后使母亲得度升天"，认为这是"吴月娘接受了普净（僧侣的名字，引用者注）的请求，让西门庆的遗孤孝哥出家，自己从而得享天寿的日后谈的伏笔"，并且，据宣卷和打醮在同天进行这一情节，认为"三十九回是《金瓶梅》从以道教为中心转变为以佛教为中心的分水岭"（大塚秀高认为《金瓶梅》的情节，前半部分以玉皇庙和潘金莲为中心，后半部分以永福寺和吴月娘为中心）③。

第二点（即从道教到佛教的分水岭）与《金瓶梅》全书结构相关，此处暂且不论。关于第一点（即日后谈的伏笔），第七十五回小说的叙事者做出如下叙述——孝哥不久后出家而没有继承家业，是因为吴月娘怀着孝哥时听了宝卷《生死轮回之说》④。这里直接提及的是之前第七十四回吴月娘听《黄氏女卷》的事，作者在第三十九回中可能也有同样的结构上的意图（不仅暗示孝哥的诞生，也暗示其出家）。进一步说，吴月娘怀上孝哥是由于喝了王姑子准备的怀胎药，而且吴月娘正是在该晚听完宝卷睡觉的时候向王姑子求取怀胎药（此处跳过该回至第四十回开篇）。

取法名的仪式和讲宝卷的场面，唯独被放在第三十"九"回里，

---

① 同前述大塚秀高论文，第64页。此外，同前述Roy译著，第571页，注80。芮效卫认为本回后半部分潘金莲读"吴应元"时没有读"应"（或装作不会读"应"），读成了"吴什么元"，暗示了"无什么缘"。
② 田晓菲《秋水堂论金瓶梅》，天津：天津人民出版社，2003年版，第127页。
③ 同前述大塚秀高论文，第64—65页。
④ 第七十五回一a至一b。

主要是因为上述作为伏笔的重要性。第二十九回登场的吴神仙根据众人的面相预言了西门庆和妻妾们的将来,第四十九回西门庆从胡僧处得到的药导致了他的死亡,而官哥的法名和宝卷故事也间接暗示了门第兴盛的西门庆一家的未来。同时,前半部分(醮)和后半部分(宝卷)分别是官哥和孝哥命运的暗示,这一伏笔也是根据该回对偶结构来提示的。

张竹坡在《批评第一奇书金瓶梅读法》中认为"《金瓶梅》是两半截书,上半截热,下半截冷。上半热中有冷,下半冷中有热"(第八十三条),张竹坡已察觉到在《金瓶梅》前半部分热闹的场面中,已暗中植入故事结局的预兆。

五、 对偶结构和小说写作手法

该回前后两部分的叙述在写作手法上具有相似之处。此前指出了作为对句的表述内容的对应,本节将探讨对句的语法的平行,即该回前后两部分表达构想的一致性。①

该回在叙述听了宝卷的吴月娘越发笃信佛法后,以批评该宝卷为"空话""尼僧化饭粮"的诗作结。笔者曾经将这一结尾作为线索,认为宣卷的场面将读者引入宝卷原文营造的宗教氛围中,让读者能感同身受地理解吴月娘的沉溺。② 鉴于该回的对偶结构,本文对此重新进行探讨。

如上所述,根据当时知识分子的言论,宣卷一般被当作蛊惑良家妇女的不良风习,和该回结尾的诗有着相同的主张。在接下来的第四

---

① 关于本节部分内容,在已发表的英文论文中做了初步的预估。Tomoyuki Tanaka, "An Examination of the Emotions in *Jin Ping Mei*: Perceptions of the 'Moods' and their Expression", *Ming Qing Yanjiu*, 2005 (发表于 2006 年), pp. 94 – 97.

② [日] 田中智行《〈金瓶梅〉的快乐观——通过比较词话本和崇祯本各自导入部分来看》,《东京大学中文中国文学研究室纪要》,2004 年第 7 号,第 67—69 页。

十回中，叙事者这样说道：

> 看官听说，但凡大人家，似这样僧尼牙婆，决不可抬举。在深宫大院，相伴着妇女，俱以讲天堂地狱，谈经说典为由，背地里说釜（条）念欵，送暖偷寒，甚么事儿不干出来。十个九个都被他送上灾厄。（第四十回四b）

也就是说，《金瓶梅》中叙事者的主张并非与当时知识分子的一般言论大相径庭。《金瓶梅》的独特之处在于，在引导这一主张的同时，提示读者去理解备受非难的宣卷的本来模样。

如果只是批判性地描写宣卷，即使不引用宝卷原文，也必有传递批判意图的方法。事实上，在崇祯本《金瓶梅》的同处，宝卷原文的引用被简单的情节介绍所替代。① 且陆大伟就丁耀亢的《续金瓶梅》指出，以肯定的态度描写宣卷的场面时会引用宝卷的全文，而在描写"喇嘛女僧"举行仪式时，给读者呈现的仅是把该教说当成邪教的叙事态度的相关叙述，并未提及教说的内容。② 两者在不允许观点相左的说话人直接发表议论这一点上是共通的。

与此相对，词话本《金瓶梅》第三十九回的叙事者（至少形式上）保留了自己的意见，很大篇幅都引用了尼姑所说的宝卷的内容，直到该回结尾的诗中才明确了批判的态度。确实，被称为"空话"的引用的宝卷是荒唐可笑的，情节展开十分唐突，登场人物——特别是

---

① ［日］田中智行《〈金瓶梅〉的快乐观——通过比较词话本和崇祯本各自导入部分来看》，《东京大学中文中国文学研究室纪要》，2004 年第 7 号，第 69 页。
② 参见 David L. Rolston, "Oral Performing Liteirature in Traditional Chinese Fiction: Nonrealistic Usages in the Jin Ping Mei Cihua and Their Influence", *Chinoperl Papers* 17, 1994, p. 44. 此外，有陆大伟《中国传统小说中说唱文学的非写实性引用——〈金瓶梅词话〉的模型及其影响》，中国金瓶梅学会编《金瓶梅研究》，（第四辑），南京：江苏古籍出版社，1993 年版，第 239—240 页。

与前后所描写的《金瓶梅》的人物相比——缺乏生气和实在感。实际上，虽然潘金莲等人因为犯困先去睡觉了，但不看到结尾处就不知道叙事者要求读者对于宝卷要持批判态度。的确，宝卷整体上充满了宗教性文本独有的神秘氛围，以至于难以注意到情节和人物描写的稚拙，在宣卷的同时，读者也渐渐被置于忐忑不安的情绪中。

该回对偶结构中，与后半部分宝卷的引用相对应的前半部分，是被张竹坡在夹批中评价为"逼真如画"的祝文（原文"斋意"）和滔滔不绝的有关文书和道符的说明。根据官哥的法名和其夭折可以判断，召唤众多组织复杂的神明来举行仪式是无用的，该情节也和大篇幅引用宝卷的原文后将其断定为"空话"的手法相通。和宝卷不同，关于打醮虽然其间已经介绍"吴应元"这个不吉利的法名，可是一般来说，因为用很大篇幅来描写仪式的细节，至少在初次阅读时是很难注意到这三个字是有着致命含义的。

总之，如果回顾故事的始末，打醮还是宣卷，不论是哪种宗教仪式，毋庸置疑的是作者并非为了宣扬而进行描写。但是作者并非一开始就暴露出批判的态度，而是让读者接触打醮时体现被召唤的神仙们的秩序的社会机构以及宝卷原文渲染的神秘氛围，从而直面宗教仪式的强大说服力。这样的表达构想的共同点也是该回对偶结构的体现之一。

六、多元表现——对偶结构的活用

以上从几个方面解释了该回的对偶结构。最后一节将论述该结构也适合于作者从两个角度对事物进行描写的表达意愿，对偶结构不止局限于外在表现，还与作者独有的表现手法相辅相成，从而推动故事情节的展开。

首先，最能体现作者多元描写的具体例子是关于打醮和宣卷的参与者们是如何捕捉和应对这些宗教仪式的描写。

如上所述，该回前半部分的很大篇幅都在叙述打醮的细节，此处需要注意的是，长篇叙述的这一过程并没有体现出西门庆对于仪式的宗教内涵以及相关知识的了解和关心。第四十回中，打醮结束后回到家的西门庆被问起具体情况时，回答的也都是些让吴道官破费了的以及和亲戚、结拜兄弟们喝酒喝到半夜等社交方面的话，而并非仪式的实质内容（二 b）。但是西门庆正是因为衷心祝愿儿子平安幸福才一掷千金，在此基础上只不过是把仪式委托给举行仪式的专家罢了。此处，打醮既是宗教仪式又是社交（包含权势的炫耀），从这两方面对打醮进行捕捉和描写。

后半部分的宣卷中，插入了宝卷读到中途时女人们热闹地食用夜宵的场面："你老人家陪二位请些儿。""我的佛爷，不正当家！""这碟里是烧骨朵儿，姐姐你拿过去。只是害怕你能帮到我。"把众人笑得不得了。月娘道："奶奶，这个是头里庙上送来的托荤咸食，你老人家只顾用，没关系。"

对神秘宝卷原文的引用就此中断，读者被拉回到现实——当然《金瓶梅》本身是虚构的——一个有欢笑有味觉的现实世界。宣卷作为宗教活动和妇女们娱乐活动的两面性被明确描写出来。

从事物的两面进行描写的多元表现，衔接了该回的前后两部分，与对偶结构相辅相成、自成风趣。也就是吴道官把礼物送到西门庆家时的场面，礼品中包含了为官哥定做的小孩子用的道服。打醮的最后，道服和羹果等一起被送到主人不在的西门庆家。关于这件道服的叙述如下：

> 哥儿的一顶黑青缎子绡金道髻，一件玄色纻丝道衣，一件绿云缎小衬衣，一双白绫小袜，一双青潞绸衲脸小履鞋，一根黄绒线绦，一道三宝位下的黄线索，一道子孙娘娘面前紫线索，一付银项圈条脱，刻着"金玉满堂，长命富贵"，一道朱书辟非黄绫道

符，上书着"太乙司命，桃延（康）合康（延）"八字，就扎在黄线索上，都用方盘盛着。

和叙述仪式文书及道符时相同，为了官哥而准备的一套道士用的服装和饰品，以及保佑富贵长生的护身符，一边记述一边被详细地列了出来。当这些东西送到西门庆家里时，女性们"都乱出来观看"：

> 金莲便道："李大姐，你还不快出来看哩，你家儿子师父庙里送来了①，又有他的小道冠髻道衣儿。噫，你看，又是小履鞋儿。"孟玉楼走向前拿起来手中看，说道："大姐姐，你看，道士家也恁精细，这小履鞋白绫底儿，都是倒扣针儿方胜儿锁（绡）的，这云儿又且是好。我说他敢有老婆，不然怎的扣捺的恁好针脚儿。"吴月娘道："没的说，他出家人那里有老婆，想必是雇人做的。"

道服和饰品的宗教意义被忽视，相反工艺和装饰的巧妙成为话题，且对话朝着诸如道士也有妻子吗等稍显意外的方向发展。这里我们可以发现对同一对象的不同角度的两种视线。这种视线的导入，也让叙事者很自然地由该回前半部的男性世界转变为后半部的女性世界，让人印象深刻。作者特有的多元表现与对偶结构相结合，使小说情节的发展更加生动鲜明。可以说该回的对偶结构不仅是故事的框架，也是作者充分发挥自身表达意愿的容器。

---

① 崇祯本添了"礼"字，改为"送礼来了"。

小　结

　　以上，对第三十九回的结构和从中读解出的艺术特质进行了论述。该回不仅是长篇小说中作为"九"回系列的重要组成部分，同时，该回由于其细致的对偶结构、前后两部分的相互照应以及作为单独章回有着独立的构思表现，成为《金瓶梅》中令人印象深刻的一回。重新总结如下，前半部分描写的是男性在外举行醮仪（道教），通过仪式文书和道符的列举，展现了作为神明秩序的机构（社会性）。与此相对，后半部分描写的是妇人房间里只由女性们进行的宣卷（佛教）。这里所说的宝卷以韵文的形式描写了千金小姐的怀胎和生产（身体性），令人印象深刻。此外，前后两部分分别暗示了西门庆两个儿子的未来。在小说写作手法上，两者在叙事者没有明确表态的情况下，引用宗教性文本让读者不明所以这一点上是共通的，构思表现的一致也与对偶结构相呼应。前后两部分氛围的落差，象征性地于女性们从完全不同的角度评论道士祈祷官哥的长生富贵而送去的道服处得以体现。此处，作者特有的多元表现手法在对偶结构中取得了巧妙的效果，可以看出该回的结构也符合作者的表达意愿。

　　实际上，第三十九回与前后几回相比篇幅明显加长。现将前后两回的页数与该回进行比较：

　　第三十七回……十二页半

　　第三十八回……十二页半

　　第三十九回……十九页

　　第四十回　……九页半

　　第四十一回……十页半

与下回的第四十回相比，第三十九回的篇幅实际上是其两倍。如果作者尽可能使每一回的篇幅均等，第三十九回或许会从我们不知道的位置开始、结束。反过来说，对于作者而言，即使第三十九回比前后章回的篇幅长很多，也必须是现在的形式。究其原因，或许是因为该回紧密的一体性，以及必须将暗示西门庆儿子命运的内容安排在第三十"九"回中。

虽然本文仅对百回长篇小说的一回进行考察，但仍有很多问题尚待解决。尤其是关于打醮和宣卷，因为本文主要对小说中的表达进行分析，所以无法探讨作品中描写的仪式在多大程度上反映了当时的实际情况，也无法明确指出哪些部分是有意的虚构，对此今后将作进一步的探讨。

作　者：日本大阪大学言语文化研究科准教授

《金瓶梅》西门庆府邸的厅堂叙事

孟欣誉

作为古代家庭小说开端的《金瓶梅》，以西门庆府邸为中心，描绘了明代中后期的世态人情。府邸的厅堂空间，浓缩了广泛的社会文化意义。关于厅堂的位置，还有一些有待商榷的问题。作品中提到最多的两个厅是"前厅"和"后厅"，此外还曾提到"中厅"，它们分别处于不同的空间。张竹坡的《西门庆房屋》[①]中列举了西门庆府邸的一些建筑，但是并未提到厅堂建筑。孟庆田的绘图[②]中，只有第二层的一个大厅。刘文佼、李树华[③]的绘图中，第二层的厅明确标明是"前厅"，但也未提到后厅。诸葛净[④]曾提到，"前厅与第四进上房院落之间布局不详"，认为可能有一座后堂。韩晓[⑤]认为张竹坡漏掉了两个厅，一个是前厅即花园前面的大厅，另一个是后厅即花园后面的仪门之内的小厅。综上，关于前厅和后厅的位置关系，还未有明确结论。作品中的描述较为模糊，根据影壁的描绘，后厅应当位于第三层。第

---

① 〔清〕张竹坡评点，王汝梅等校点《张竹坡批评〈金瓶梅〉》，济南：齐鲁书社，1991年版，第6—7页。
② 孟庆田《〈红楼梦〉和〈金瓶梅〉中的建筑》，青岛：青岛出版社，2001年版，第182页。
③ 刘文佼、李树华《〈金瓶梅〉中"西门府庭园"模型之建立（上）》，《华中建筑》，2016年第5期，第146页。
④ 诸葛净《厅：身份、空间、城市——居住：从中国传统住宅到相关问题系列研究之一》，《建筑师》，2016年第3期，第74页。
⑤ 韩晓《中国古代小说空间论》，黄霖等著《中国古代小说叙事三维论》，上海：上海书店出版社，2009年版，第320页。

二十一回，后厅明间举办家庭宴会，宴会中吴月娘"见雪下在粉壁前太湖石上甚厚"，于是下席来扫雪、烹茶，可见后厅明间前有粉壁、太湖石。粉壁即影壁，一般是指正对着门口而设的墙壁，有时会设在门内两侧，正对着上房，比如第四层有影壁。第二十一回，西门庆曾躲在影壁后面，看吴月娘在天井烧香礼拜。因而后厅明间前面有影壁，说明后厅在单独一层，应当位于第三层。另外，中厅只出现一次。第七十五回，后厅摆设宴席，伶官乐人在"前厅仪门里东厢房那里听候""中厅、西厢房与海盐子弟做戏房"①，此时中厅承载了类似于厢房的功能，应当是建筑内部相对隐私性的空间。

笔者从厅堂的功能、布局为出发点，探讨《金瓶梅》厅堂空间的叙事特点和文化内涵。

一、厅堂的宴会功能

（一）举办盛大的宴会

府邸的厅堂是较为正式的会客场所，在这里举办的宴会更具有仪式性、官方化的特点。首先，厅堂上的座次安排，充分体现官员的身份等级关系。第三十一回的宴会上，官员之间互相让座次，刘、薛内相坐于席面的左右两旁，其次才是夏提刑、周守备、荆都监等众人。在迎接本县四宅官员时，薛内相也居于首座。刘、薛内相并没有具体官职，但受朝廷之命，分别管理皇庄、砖厂。他们趁机牟取利益，扩展势力。刘内相拥有一座规模宏大的私家园林，薛内相更是经常与西门庆混在一起，显示出明代宦官的腐败。第七十六回，在迎接侯石泉的宴会上，众官两旁陪坐，宋御史居主位。宋御史是"巡按监察御

---

① 〔明〕兰陵笑笑生著，戴鸿森校点《金瓶梅词话》，北京：人民文学出版社，1985年版，第759页。

史",侯石泉在升职前是"山东巡抚都御史"。二人的官职不同,明代,巡按的职位是高于巡抚的。关于巡按,《明史》记载:"巡按则代天子巡狩,所按藩服大臣、府州县官诸考察,举劾尤专,大事奏裁,小事立断。"① 因而,巡按受皇帝直接派遣,具有监督举劾的权力。"嘉靖以后,巡按权大长,巡抚以事相争,朝廷往往庇按罪抚。"② 可见,当时巡按的职权要大于巡抚。此时,侯石泉升职为太常卿。太常卿是正三品的官职,但宋御史的职位依旧更高些。侯石泉来到府邸时,"众官都出大门前迎接",只有"宋御史在二门里相候",其他官员来时,西门庆慌忙出来迎接,而宋御史却"慢慢才走出花园角门"。可见宋御史的身份非同一般,且高于参加这场宴会的众位官员。第六十五回,西门庆在厅堂接待巡按、巡抚率一省官员以及钦差黄太尉。按照官员品阶,厅上的座次为:黄太尉坐大插桌,巡抚、巡按陪坐在观席的两张小插桌,两边是布按三司,八府官都在厅外棚内两边。而本县的守备、都监等官员则坐在客位内。花园卷棚内,管待下边跟从执事人等。此时,厅堂成为宴会中心。可见,空间的座次安排,充分体现了官场的礼仪特点。

其次,厅堂上的宴席划分不同的规格,呈现出明代官方宴席的要求。接待黄太尉的宴会规模可谓空前绝后,宴席的规格分为"大桌面""平头桌面"和"散席"。大桌面的规格是"肘件、大饭、簇盘、定胜、方糖、五老锦丰、堆高顶",平头桌面是"五果五菜"。《宛署杂记》中记载的"会试场上下马二宴"③,有"大看席"和"小看席"之别,比如像鹅这样的食物,只有大看席上才有。西门庆在宴请朝廷委派的黄真人时,也曾是"大桌面""平头席面"和"散席"三种规格。来自京城的黄真人,是有名的道教人员,他的身份更具有特殊

---

① 〔清〕张廷玉等撰《明史》,北京:中华书局,1974年版,第1768页。
② 林乾《论明代的总督巡抚制度》,《社会科学辑刊》,1988年第2期,第87页。
③ 〔明〕沈榜《宛署杂记》卷十五,北京:北京古籍出版社,1982年版,第155页。

性。黄真人身上戴着"金带",古代腰带中"三品金钑花,四品素金"①。可见,席面划分不同的规格,更是为突出黄真人身份的政治性,显示出厅堂空间的正式性和官方化。

再者,宴会上声乐演奏围绕厅堂进行,但位置有所不同。通常,厅上是细乐表演,即管弦乐演奏,它们区别于锣鼓等音响较大的乐器。戏曲表演也在厅上进行,并且表演者要按照一定的顺序依次到厅上演唱。一般正戏前表演笑乐院本,其次是小优唱清曲或者海盐弟子的演唱。而鼓乐队的表演地点相对固定,一般在厅阶下,不需要进入厅内。鼓乐演奏有时在门口,它以打击乐器为主,又融合笙笛箫管等多种乐器,成为迎送礼仪的重要部分。《释名》言:"陈,堂途也,言宾主相迎陈列之处也。"② 陈,便是指厅堂到大门首的途径,是迎客之处,也是鼓乐表演的空间。古代大户人家还会在门内设有专门的"鼓乐厅"。可见演奏地点显示出鼓乐表演的礼仪性质,《明史》中曾言"军门设铜鼓数十,仪节详密"③,便指出鼓乐是古代的一种仪式表演。项阳曾指出"鼓吹乐亦为礼乐的有机构成"。④ 而鼓乐演奏渲染气氛,显示场面的隆重,更具有仪式感。因而鼓吹乐队一般在迎客、送客时演奏,作为开场和散场的标志性音乐。文中常写到"前厅鼓乐响动",便意味着府邸来客。鼓乐表演有时也会在正宅的其他空间,比如迎接巡抚时便在二门内,"两边俳长乐工鼓乐笙笛箫管方响,在二门里伺候的铁桶相似"⑤。当然,有时在重要的节日,鼓乐演奏也会转移到府邸的大门外,或是在四下通透的花园聚景堂处。从厅堂到大门首,显示出鼓乐的室外演奏特点,而以厅堂为中心的鼓乐表演更成为宴会的

---

① 〔清〕张廷玉等撰《明史》,第1637页。
② 毕沅疏证《释名》,北京:中华书局,1985年版,第170页。
③ 〔清〕张廷玉等撰《明史》,第4735页。
④ 项阳《礼乐·雅乐·鼓吹乐之辨析》,《中央音乐学院学报》,2010年第1期。
⑤ 〔明〕兰陵笑笑生著,戴鸿森校点《金瓶梅词话》,第765页。

重要部分。

（二）厅堂表现出独特的政治意味

正如巴赫金在《小说理论》中谈到，客厅是小说事件发生的重要处所。他曾举例在"复辟和七月王朝的客厅沙龙中，有着政治生活和实业生活的晴雨表"，"反映新的社会等级的各层次"，"揭示出生活中新主人——金钱的无所不在的权力。"① 西门庆府的厅堂空间，表现出独特的政治意味。

首先，西门庆的厅堂显示出装饰搭配的不协调之感。象征着贵族阶级的装饰品，与"肥皂色起楞的桌子""泥鳅头的交椅"相比，显得格格不入。对于厅堂，最显眼的两件装饰品，是屏风与铜锣铜鼓，它们体现了西门庆的政治欲望。厅的正面摆放一座"三尺阔、五尺高可桌放的大螺钿描金大理石屏风"。文震亨《长物志》载，"屏风制之最古，以大理石镶下座，精细者为贵"②，可见这架屏风属于上等的装饰品，应伯爵称"五十两银子还没处寻去"。这座屏风是白皇亲家拿来当的，应当属官家之物。除了屏风，西门庆还收了两架铜锣铜鼓。古代的铜锣铜鼓是权力和富贵的象征，本属于宫廷之物。一般在高级官员府内才会拥有，二品官何太监的府内便有铜锣铜鼓，为迎接西门庆，特意抬到厅上表演。西门庆所收的这架铜锣铜鼓，"雕刻云头""硃红彩漆，都照依官司里的样范"，可见是较为珍贵的一类装饰品。其实，在明代中后期的市面上，这类珍贵的物品已经大幅度贬值。文中提到铜锣铜鼓与大理石屏风共当了30两银子，其中，谢希大提到铜锣铜鼓"少说也有四十斤响铜，该值多少银子"？《大明会典》中记

---

① ［苏联］巴赫金著，白春仁、晓河译《小说理论》，石家庄：河北教育出版社，1998年版，第444页。
② 〔明〕文震亨著，陈植校注《长物志校注》，南京：江苏科学技术出版社，1984年版，第243页。

载了相关物品的收税要求,其中"响铜每斤、连五纸每千张……各一贯"①,高寿仙对此进行物价估算,认为响铜1斤,0.18两银子②。可见这个价格是很低的,若只根据响铜重量,也就值7.2两银子。《宛署杂记·经费上》记载:"铜锣四面,价一两四钱;大鼓四面,重幔皮彩画,价二两四钱。"③当然西门庆的这架铜锣铜鼓是官府制品,价格应该更高些。但应伯爵、谢希大口中的价格,显然夸张很多。西门庆最初并不想收,出于生意人,自然知道这是"下坡车儿营生",崇祯本此回的回目改为"应伯爵劝当铜锣",可见这架铜锣铜鼓虽然已贬值,但是仍具有贵族的代表性。此时的西门庆正处在"官兴正新,财念方浓之时"④,他善于利用解当铺的生意和金钱优势,将大厅装扮出更加高贵的气派。西门庆以此彰显自己的社会地位,同时表明了他试图挤进上层社会的官场野心。

鼓乐演奏需要专业负责吹打的乐工,明代富裕的官员家庭,通常会有私人的鼓乐表演团队,王皇亲府有鼓乐表演的戏班,西门庆会提前到王皇亲府内预订乐工。乐工的数量根据宴会规模来决定,元宵节宴会上,六位乐工负责铜锣铜鼓的表演。而在一些大型宴会,人数多至二十人。蔡太师府有二十四人一班的女乐工,负责日常的鼓乐演奏。凡是"早膳、中饭、夜燕,都是奏的",反映了蔡太师府的奢华靡靡现象。

其次,厅堂空间便成为西门庆宴请官员、开拓人脉关系的重要场所。厅堂后期频繁接待高级官员,其中很多宾客都与京城蔡太师有密切关系。比如蔡知府是蔡太师的第九子,蔡御史、安忱是蔡太师的假

---

① 〔明〕李东阳纂《大明会典》(明万历刊本),香港:文海出版社,1985年版,第40—41页。
② 高寿仙《明代北京三种物价资料的整理与分析》,《明史研究》(第9辑),合肥:黄山书社,2005年版,第106页。
③ 〔明〕沈榜《宛署杂记》,第132页。
④ 〔清〕张竹坡评点,王汝梅等校点《张竹坡批评〈金瓶梅〉》,第656页。

子，宋御史是"蔡攸之妇兄"，以至于西门庆到东京时，受到京城各方官员的热情款待，并且进入皇宫、面见皇帝，彰显出西门庆不断扩大的官场势力。厅堂空间不仅见证了西门庆的官场之路，更见证了其他官员的官场晋升之路。工部安郎中两次借府请客，第一次是在第七十二回，安郎中与宋松泉、钱龙野、黄泰宇四人作东，迎请九江大尹蔡少塘。第二次是在第七十七回，安郎中与雷兵备、汪参议作东，宴请"新升京堂大理寺丞"的"杭州赵霆知府"。第五十二回，"西门庆在夏提刑家吃酒，宋巡按曾送礼与他"。之后，宋御史在第六十五回，参与迎请六黄太尉的酒席。整场宴会，由宋巡按做东主持。第七十六回，宋御史"同两司作东"，在厅堂上迎请新升为太常卿的侯石泉。荆都监更是得知西门庆与宋巡按的关系后，趁此机会贿赂西门庆推举自己。结果在第七十八回，荆都监顺利晋升为"东南统制兼督漕运总兵官"，来到西门庆府道谢。此时厅上"兽炭顿烧，暖帘低放"，两名小优歌唱。前厅宴席转变为私人化和随意性的小酒席，体现二人之间的私下交易关系。西门庆的厅堂宴会，成为官员交往和官职晋升的媒介，更具官场政治色彩。

　　官员们的借府请客，会向西门庆送一些分资，但是分资都很少。安郎中第一次的分资为八两银子、四盆花草、两坛金华酒。但第二次却只给了二三两银子的分资，连应伯爵都说"三两银子勾做甚么，哥少不得赔些儿"。宋巡按迎请六黄太尉送了大红彩蟒、酒、羊等物资和八府的一百零八两银子。但这次宴会实际花费上千两银子，宋巡按的分资显然是杯水车薪。可见清河县官员借助自己的官场地位，利用西门庆的财富和官场名声，拓宽自己的官场势力。迎请六黄太尉时，正值李瓶儿去世不久。西门庆犹豫"有服在家，奈何奈何"时，黄主事的一句"如其不纳，学生即回松原，再不敢烦渎矣"，西门庆立刻唯命是从，可见西门庆强烈的官场欲望，正因如此，他也已完全被各府官员控制在其中。身份和势力背后，更隐藏着复杂的官场关系。

金钱的交换，使传统的私人家庭空间更具社会公共性质，呈现出清河县官员们的趋炎附势之态。可见，西门庆府的厅堂成为连接东京与清河县的权力空间，具有政治表征性。由此看来，厅堂上挂着的"承恩"牌匾，更显讽刺之意。

二、厅堂的祭祀功能

（一）举行祭祀活动

古代的丧葬礼仪，具有严格的空间要求。《礼记·檀弓上》记载："饭于牖下，小殓于户内，大殓于阼，殡于客位，祖于庭，葬于墓，所以即远也。"[①] 由内而外，体现了古代丧礼的空间特性。随着时代的发展，祭祀场所集中，小殓、大殓、殡祭等仪式，一般都在厅堂空间完成。此时，厅堂便布置成为祭祀亡灵的灵堂。前厅停放灵柩，设围屏，"收灯卷画，盖上纸被，设放香灯几席"。灵柩的停放地点，体现了长幼有序、尊卑有别的人伦思想。官哥死后，灵柩停放在前厅西厢房内。西门庆死后，灵柩便停放在大厅上。李瓶儿死后，她的灵柩也停在了"大厅正寝"，这显然违反了古代的礼仪规范。孙希旦曾指出，古代"嫡妻死于正室，则殡、祭皆于正室；妾虽摄君，其死犹在侧室，则殡、祭皆于侧室也"[②]。从这一点来看，妻妾殡祭的主要空间应当设置在居室内。妾的地位最低，其祭祀空间更不应当在大厅正寝。李瓶儿的葬礼上，西门庆不止一次地破坏礼仪规范，他曾在李瓶儿的题旌上写"西门恭人李氏柩"，连应伯爵都提醒他"见有正室夫人在，如何使得"！可见，在西门庆心中，李瓶儿拥有与正室比肩的地位，

[①]〔元〕陈澔注《礼记集说》，上海：上海古籍出版社，1987年版，第37页。
[②]〔清〕孙希旦撰，沈啸寰、王星贤点校《礼记集解》，北京：中华书局，1989年版，第709页。

她的葬礼围绕厅堂而举行,隆重而盛大。

小殓不注重灵堂的装饰,主要是指对逝者身体的处理,比如铺衣衾、抿目。小殓之后,便开始对灵堂进行整体的布置。灵前摆放各类器物,比如彝炉商瓶、烛台香盒,这类器物又称为明器。《礼记·檀弓下》记载:"其曰明器,神明之也。"① 因而,明器又有供奉神明之意。李瓶儿的葬礼时,西门庆特意请锡匠、银匠打造金银器物,其中有三付银爵盏,价值十两银子。大殓"抬尸入棺",之后,灵前"贴'神灯安真'四个大字",并开始悬挂影身像、题名旌。李瓶儿灵堂上的影身像是一副半身影,画像上李瓶儿"头戴金翠围冠,双凤珠子挑牌,大红妆花袍儿"。大红袍是比较正式的穿着,通常是女性在成亲时才会穿,日常生活中只有吴月娘会穿。第二十回会亲宴上,李瓶儿"身穿大红五彩通袖罗袍儿",之后没再穿过,这幅影身像显然是她嫁入府内时的新娘打扮,彰显其华丽富贵的姿态。可见,从小殓到大殓,灵堂的布置更加庄严和完整。一般在下葬回灵之后,徐先生回到前厅祭神洒扫,"各门户皆贴辟非黄符"。至此,厅堂空间的祭祀仪式完成。

《金瓶梅》中有些府邸的厅堂,承担了祭祖功能。比如王招宣府的后堂,供养着祖先王景崇的影身像。另外,古代的厅堂建筑,具有不同的营造形式,比如佛堂、明堂、享堂等。西门庆府邸的佛堂,平时吴月娘会到此处烧香礼拜。第三十九回,李瓶儿曾到佛堂为官哥烧经疏。佛堂供奉佛像,是向神明祈祷祝愿之地。西门庆家的祖坟建有白玉石凿的神路明堂,摆放"香炉烛台"供祭奠。周守备府内有供奉祖先的画堂,祖坟上也有"享堂"建筑。享堂是古代祠堂的主体部分,一般建在士大夫家中。因而,无论是家宅还是祖坟,都体现出传统的厅堂建筑具有居丧祭祀的功能和寓意。

---

① 〔元〕陈澔注《礼记集说》,第51页。

（二）沟通人神的中介空间

厅堂上的宗教法事，使其成为沟通人神的中介空间，体现了敬畏生命的宗教精神。官哥和李瓶儿去世时，徐先生都要在前厅"祭神洒扫"。第七十六回，阴阳徐先生在厅堂上，烧纸还愿心。第五十三回，施灼龟在前厅点龟板，前厅要"点烛烧香，舀净水，摆桌子"，西门庆"拿龟板对天祷告，作揖，进入堂中，放龟板在桌上"。

厅堂上的祭祀活动，最隆重的便是设坛法事，张泽洪曾提到"建坛地点的选择，是坛仪首要之务"[①]。古代的斋坛地点更要"择净地"，"要选择洞天福地、靖庐名山、玄坛宫观，曾是战场、屠坊、刑狱、冢墓等秽恶之地不可建坛"。尽管这是针对古代大型的郊祀而言的，但却说明设坛地点尤其重要。再者，坛场本身需要设立在较高处，《礼记·檀弓上》："吾见封之若堂者矣。"郑玄云："堂形四方而高。"[②]《长物志》："梁用球门，高广相称。"[③] 因而在民间宅邸中，厅堂便是设坛地点的最佳之选，符合明净、严肃、威仪的特点。另外，居室明间具有一定的礼仪性质，因而潘道士曾在李瓶儿居室的"明间朝外设下香案"，焚香、焚符，但正式的解禳法事，仍需要在高达宽广的厅堂内进行。

第六十六回，黄真人曾在灵堂上进行炼度荐亡仪式。这场仪式程序烦琐，需要提前一天在厅上铺设坛场，正面"悬挂斋题二十字"。次日五更，在厅堂"讽诵诸经敷演生神玉章"。日高时分，厅堂上设"经筵法席"，"大红销金桌帏，妆花椅褥，二道童侍立左右"，"行毕午香"。"天色渐晚"时，进行水火炼度。时空的特殊安排，体现这场

---

① 张泽洪《论道教斋醮仪礼的祭坛》，《中国道教》，2001年第4期，第18页。
② 〔汉〕郑玄注，〔唐〕孔颖达疏《礼记正义》卷八，北京：北京大学出版社，1999年版，第293页。
③ 〔明〕文震亨著，陈植校注《长物志校注》，第27页。

仪式的隆重性。此时，厅堂成为超度亡灵仪式之地，从道像、法席、道童等布置要求来看，此时的厅堂更相似于寺庙道观里的大殿。另外，厅前大棚内，"搭高架，扎彩桥，安设水池火沼，放摆斛食"，"李瓶儿灵位另有几筵帏幕，供献齐整，旁边一首魂幡；一首红幡，一首黄幡"。由此，整个设醮活动都围绕厅堂的内外空间而进行。直到门首烧箱库，是仪式的最后一个步骤。从厅堂到门首，体现了道场仪式的完整性和空间特点。而厅堂无疑是最核心的祭神场所，如果没有五间规格的大厅，似乎很难在家中举行规模如此庞大的宗教仪式。

　　有时，较为简单的坛场也会设在其他场所。潘道士的灯坛法事，设在花园聚景堂内部，"用白灰界画"，"以黄绢围之"，"四下皆垂着帘幕"。法事更呈现出非现实空间的神异色彩，其间，"一个白衣人领着两个青衣人从外进来，手里持着一纸文书，呈在法案下。潘道士观看，却是地府勾批，上面有三颗印信，唬的慌忙下法座来，向前唤起西门庆来"。此时，阴曹地府的鬼神聚集到此处。半封闭的厅堂空间，完成了现实空间与超现实空间之间的相互转换。这场仪式是为李瓶儿解禳祷神，也是李瓶儿临死前的预兆，其演义方式比较简单。其中祭物仅"以五谷枣汤，不用酒脯，只用本命灯二十七盏，上浮以华盖之仪，余无他物"。李瓶儿断气时，女僧在花园卷棚内布设道场，"讽诵《华严》《金刚》经咒，礼拜血盆宝忏，洒花米，转念《三十五佛明经》，晚夕设放焰口，施食"，"尼僧也不打动法事，只是敲木鱼、击手磬、念经而已"。花园厅堂"堂庭宽广，院中幽深"，也常用来布置宗教法事。有时，道场也会设在门首，第七十九回僧人在门首挑着纸钱做道场。此外，即使是房屋面积较小的宅子，也可以相对从简做道场活动。比如武大郎去世后，道人来家中铺陈道场。武松家是上下两层共四间的小楼房，并没有厅堂建筑，道场活动也非常简单。事后，西门庆仅付给僧人"数两散碎银钱、二斗白米斋衬"，可见这场活动极其简易和敷衍。相比之下，《金瓶梅》中烦琐且正式的祭神活动，一般都在正宅的厅堂或宫观中进行。西门庆为官哥寄名时，到玉皇庙请吴道官做坛场，吴道官特意"开大殿"为西门庆铺设坛场。

　　佛道思想认为，人死后会转化为神灵。灵堂的设置，便体现了安息魂灵、祭拜神明的功能，包含着尊重死者和敬畏生命的意义。而在此空间之下，又处处讽刺贪婪之徒。在西门庆的灵堂上，潘金莲与陈经济不停地逗笑玩闹，"或在灵前溜眼，帐子后调笑"，李娇儿更与李铭在灵堂帐子后面，偷运财物。种种行为，再一次揭露了这座贪欲府邸内在的罪恶。而宗教法事，又使厅堂进一步转换为聚集神灵、人神互通的中介空间。正如王其钧在《传统民居的人界观念》中所言，民间住宅的厅堂"间接反映了天国、冥府、人间这三个境地"[①]，体现了厅堂的人界观念。同时，宗教活动又使厅堂空间成为超度之地。黄真人为李瓶儿举行的度亡仪式，便是对其罪行的救赎。在府邸空间当中，唯有厅堂最具有类似于寺庙所承载的宗教精神。它通过各类宗教活动，超度魂灵又警示人之贪欲。

三、 前后厅的空间布局与性别色彩

　　从府邸的布局来看，厅堂处于正宅的中心位置。以厅为界限，府邸划分了不同区域。《仪礼·聘礼》："公侧袭受玉于中堂与东楹之间。"郑玄："中堂，南北之中也。"[②] 这里的中堂便是指处于住宅正中位置的厅堂。陈经济在西门庆府中监督修建花园时，有明确规定他"非呼唤不敢进入中堂"。陈经济住在厅前的东厢房内，可自由活动的范围，便限制在厅前。换言之，在未经西门庆的允许下，陈经济不能

---

① 王其钧《传统民居的人界观念》，《华中建筑》，1997年第2期，第107页。
② 〔汉〕郑玄注，〔清〕张尔岐句读，朗文行校点《仪礼》，上海：上海古籍出版社，2016年版，第197—200页。

进入厅以及厅后的空间。这一规矩被打破,是由于陈经济被吴月娘叫去上房吃饭。当西门庆回家后,陈经济从后门偷偷溜走。张竹坡曾言:"月娘之罪可杀矣。"① 借此痛批了吴月娘的行为,认为她是促使潘、陈偷情的幕后推手。这种严格的规范要求,体现了封建社会对男女有别的礼制要求。从礼制角度,男女冲破空间界限私下会面,的确不符合规范要求。从叙事上来说,作者充分利用这种空间礼制的破坏,来推动剧情的进展。正由于这一次见面,潘金莲和陈经济才得以第一次近距离相见的机会。

后厅最接近内院,具有较强的隐私性。家庭聚会和招待女客,一般都是在后厅。比如妻妾生日时,基本围绕在后厅和上房。西门庆陷害来旺时,在衙门故意说他拿刀杀入了"后厅"。进入后厅相当于进入了妻妾的内院,这显然犯了空间的伦理禁忌。显然"后厅"是一个较为敏感的空间,具有鲜明的性别色彩。通常后厅摆放正式的酒席,当西门庆在场时,女性亲戚都会转移到月娘居室内。后厅与前厅承担了不同的功能。一般来说,前厅是以男性为主导的场所,在日常生活中,妻妾很少到达前厅。这展现出封建家庭"男主外,女事内"的伦理规范。

但若是招待有一定身份的女客,前厅也会摆设宴席,此时模糊了前厅和后厅的性别色彩。第四十二回,因与西门庆结为亲家,乔五太太来到西门庆府内赴宴。乔家与朝廷关系密切,不仅祖上是世袭指挥使,而且东宫贵妃娘娘是乔五太太的亲侄女。这场宴会的举办空间从大厅延伸至花园。先是在前厅招待,又在后厅明间内"摆设下许多果碟儿,留后座",花园聚景堂内也摆放宴席。时间从白天持续到"三更天",可见,这场宴会的性质和规模更像是接待一位官员,而非普通的女客。与此相似的是,在迎接蓝氏的宴会上,应伯爵、吴大舅等

---

① 〔清〕张竹坡评点,王汝梅等校点《张竹坡批评〈金瓶梅〉》,第274页。

男客在花园内，而女客却在前厅。蓝氏是"内府御前生活所蓝太监的侄女儿"，明代中后期宦官专权，蓝氏身份显然高于荆统制娘子、张团练娘子、云指挥娘子等女客，连西门庆也要亲自到厅上行拜见礼。空间的安排，体现了人物身份的特殊性。庞春梅当上守备夫人后再次回到府邸，吴月娘也是"迎接至前厅"。由此可见，根据女性的社会身份，接待空间也有不同的选择。

另外，李瓶儿的葬礼比较特殊。葬礼期间，女客常在前厅观戏。第六十三回，乔大户娘子等"众堂客女眷祭奠，地吊锣鼓，灵前吊鬼判队舞，戟将响乐"①，之后众人再到后厅"待茶设席"。此时前厅仅提供了观看戏剧演出的地点，后厅负责设宴款待。晚上，吴大妗子、孟大姨等本家姊妹，都与男客在前厅设宴观戏。李瓶儿三七时的晚上，"乔大户娘子与众伙计娘子与月娘等伴宿，在灵前看偶戏"②，而西门庆与应伯爵等人则"在棚内东首，另设围屏饮酒"，此时乔大户娘子等女客占据前厅，男客反而在棚内。此时，葬礼围绕灵堂而设，为彰显葬礼的隆重性，前厅相对放宽了尊卑观念。不过尽管在前厅，男女宾客也不能同席，具有一定的间隔距离。

空间内部的划分方式，体现了"男女有别"的伦理观。围屏、帘子、榻子、软壁，成为厅堂内部划分区域的重要隔断物。第六十三回，厅上李瓶儿的灵前围着围屏，男客的宴席用垂帘围着，可向外观戏。吴大妗子等女性亲朋好友在"厅内左边吊帘子"看戏，春梅等丫鬟在"厅内右边吊帘子"看戏。此次宴会，宾客竟与家庭的女性、丫鬟都聚集在前厅看戏，这种情况只出现过一次，显示出李瓶儿葬礼的隆重。厅堂面积较大，隔断物将空间隔开，划分不同的活动空间。第二十回，厅上举办李瓶儿的婚宴，而孟玉楼、潘金莲、李娇儿和吴月娘都在大厅软壁后偷听。软壁前是李瓶儿的盛大婚宴，软壁后是众妻

---

① 〔明〕兰陵笑笑生著，戴鸿森校点《金瓶梅词话》，第601页。
② 同上书，第614页。

妾好奇又嫉妒地偷看和议论。在接待蓝氏的宴会上，西门庆不停地从"大厅格子外往里观觑"。对于这一行为，作者批评道："西门庆但知争名夺利，纵意奢淫，殊不知天道恶盈，鬼录来追死限临头。"封建社会下，男女之间讲求"非礼勿视"，西门庆因不断地僭越和违背空间的伦理界限，成为他贪欲丧命的前兆，体现了作者对于理与欲的空间性表达。

余　　论

在古今中外的文学作品中，厅堂空间都承载了重要的叙事作用。西门庆府邸的厅堂空间，体现出一定的空间叙事策略，如空间的共时性和历时性特点。共时性表现在厅堂上的偷窥和偷听行为。妻妾们常常隔着围屏偷看前厅发生的事件，比如会亲宴上，前厅举办宴会，妻妾们在围屏后面偷看和议论。此时，围屏前后形成两个空间，构成共时性叙事。空间的共时性延缓了叙事节奏，拓展了空间表现力。再者，空间包含着时间意义，厅堂从繁荣到荒凉的变化，使空间发挥了历时性的叙事特点。西门庆死后，厅堂空间关闭，此后只有庞春梅重游府邸时打开过一次。厅堂由盛到衰的过程，象征着这座府邸的罪恶与救赎。

作　者：曲阜师范大学硕士生

《金瓶梅》疑难词辨析（二）

——与杨琳先生商榷

孟昭连

起　手

那汉王刘邦原是泗上亭长，提三尺剑，碭砀山斩白蛇起手，二年亡秦，五年灭楚，挣成天下。①（万历本第一回）

白维国："起手，开始（工作或事业）。"杨文认为白注"未确，应为起事、起义"。②

孟案："起手"，白注"开始（工作或事业）"，含义简洁丰富，由"起"字强调了"开始"之义，非常准确。杨文否定白注，可能与《汉语大词典》对"起手"的释义有关。《汉语大词典》"起手"条下共列了三个义项，分别是：①动手或下手。②起事；起义。③起头；开始。白注选择了第三项"起头，开始"，而杨文认为正确的选择应该是第二项，所以他要用"起事；起义"之义来为"起头；开始"

---

① 以下全部例句的文字与断句，皆取自杨琳先生相关文章。
② 杨琳《〈金瓶梅词话〉疑难校释（1）》，《文化学刊》，2017 年第 4 期，第 33 页。

纠误。

但问题是，选择第二项"起事；起义"真的就比白注准确吗？我看未必。查《汉语大词典》"起事"条，下列三个义项：①办事。②起兵，发动武装斗争。③生事；挑起事端。实际上还不止这三种含义，如《施公案》："光祖听他一番言语，将路径切记清楚，便起手一刀，将王八杀死。"这里的"起手"是"抬手"之义。另外武术中还有"起手""收手"的说法，是指两种招式，"起手"是指开始的动作，"收手"是指结束的动作。《汉语大词典》所列三项，很可能都是从这两种含义上引申的，以示事情的开端。因为做任何事都要用手，所以手动起来就代表事情的开始，故口语中又有"动手"一词，其义与"起手"完全相同，都是泛指事情的开始。而在"起事"的三个义项中，只有第二项是"起兵，发动武装斗争"，另两项并无此义。白注在三个义项中，不选价值观比较明确的"起义"，而选择了含义比较中性的"起手，开始（工作或事业）"，自有他的考虑。"起事"与"起义"并不是完全同义的两个词，"起事"是大概念，"起义"是小概念，杨文将包含三个义项的"起事"与单义项的"起义"并列，本身就有逻辑不清、概念混淆之嫌，怎能比白注更准确呢？

"十捉八九"？"十捉八九着"？

老身这条计，虽然入不得武成王庙，端的强似孙武子教女兵，十捉八九，着大官人占用。（第三回）

杨释：梅节将"十捉八九着"连读，致使"大官人占用"上下没有着落。今谓"着"应属下读，义为教、让。张相："着（十七），犹教也；使也。"《汉语大词典》："着，教，使。""着大官人占用"是说让大官人占有享用。①

孟案：《金瓶梅》此例，梅节校本认为"大官人占用"一语不顺而删去了，根据是这句话在《水浒传》中的对应文字是："老身那条计是个上着。虽然入不得武成王庙，端的强似孙武子教女兵，十捉九着。大官人，我今日对你说……""大官人"三字属下句，且并无"占用"二字。其后的崇祯本删去"大官人占用"五字，应该也是对照《水浒传》原文后的决定。梅节本如此处理，应该说是有根据的，起码不是什么错误。但杨琳先生认为"大官人占用"不应该删，"大官人占用"所以"没着落"，是梅节断句错误所致，只要将"十捉八九着"的"着"属下句，作"着大官人占用"就行了。可惜的是，杨的断法固然使下句有"着落"了，却使上句的"十捉八九"没有"着落"了，未免有顾此失彼之嫌。

"十捉八九着"多作"十捉九着"，是个固定短语，广为人知。"孙武子练女兵"的典故历史悠久，但与"十捉九着"连用而作"孙武子练（教）女兵——十捉九着"，构成一个歇后语形式，最早就是出现在王婆的这句话里。后来由于运用广泛，这个歇后语被收入数十部成语、典故、俗语等各类词典，如：

> 十捉九着：比喻十分有把握。《水浒传》二四回："老身那条计，是个上着……端的强如孙武子教女兵，十捉九着。"②
> 孙武子教女兵，十捉九着：孙武，春秋齐人，以兵法求见吴王。吴王以女兵试之。初教时，众女嬉笑，不成队伍。孙武乃斩两小头。众惊慎，再教，无人敢嬉笑。用作歇后语，表示老谋深算，非常有把握。《水浒全传》二四"老身那条计，是个上着；虽

---

① 杨琳《〈金瓶梅词话〉疑难校释（4）》，《文化学刊》，2017年第10期，第47页。
② 王涛等编著《中国成语大辞典》，上海：上海辞书出版社，2008年版，第638页。

然入不得武成王庙,端的强似'孙武子教女兵十捉九着'"。①

在检索古今文献得到的150余个相关结果中,全部是"十捉九着"或"十捉八九着",没有一处是将"着"断在下句的,因而杨琳先生的断句法也就显得格外别出心裁。其实,"十捉九着"是一种固定的构词方式,是在"捉着"的基础上添加数字而成的。"捉着"是动补式构词,中间可以加字,如加"不"变成"捉不着",这两种形式在《水浒传》《金瓶梅》中都有:

你做的勾当,我亲手来捉着你奸,你倒挑拨奸夫踢了我心!

(《水浒传》第二十四回)

限十日内定要捉拿各贼解京。若还捉不着正身时,都要刺配远恶军州去。

(《水浒传》第十六回)

半月前,地方因捉不着武松,禀了本县相公,令各家领去葬埋。

(《金瓶梅》第八十八回)

加"十""九"则变成"十捉九着",其意是"捉十个人,九个可以捉到",比喻极有把握;《金瓶梅》改为"十捉八九着",虽然语气上降低了一点儿,但把握仍然很强。不管如何,这个"着"是万万丢不得的,若将"着"断为下句,虽然"着大官人占用"勉强可通了,而"十捉八九""十捉九"就不成话了。与"十捉九着"构词方式相同的还有"十料九着""十有九着",如:

---

① 许少峰编《简明汉语俗语词典》,北京:海潮出版社,1993年版,第508页。

他得空必然逃遁，没处追寻，须准备着他。晚生虽是胡猜，十有九着。

（《荡寇志》第七十四回）

人也高兴了，精神也好了，转出来的念头都是十料九着。

（《七剑十三侠》第二十九回）

另外还有大家口语中更常说的"十拿九准"或"十拿九稳"，末字的"着""准"或"稳"若都删掉，变成"十料九""十拿九"，岂不惹天下人笑？窃以为，创新是好事，但这个"创新"首先要保证大家都能看得懂，在此基础上再出新意。若是抱着"世人皆醉我独醒"的盲目自信，在古代典籍的整理中故作新解，那就与杨琳先生文中多次主张的"社会性"原则差之甚远，既不负责任，最后也得不到大家的认同。

提

待我买得东西，提在卓子上。（第三回）

杨释：梅节（2004），"提在桌子上，'提'《水浒传》作'摆'。第四十三回'韩玉钏儿、董娇儿两个，摆着衣包儿进来'，'提'则误'摆'。本书底本'摆'简作'把'，故误'提'。"此说非是。"提"有掷扔义。《集韵·霁韵》："提，掷也。"《金瓶梅词话》第十二回："潘金莲在房中听见，如提在冷水盆内一般。""提在卓子上"谓扔在桌子上，放在桌子上。①

孟案：梅节本将"提"改为"摆"，这种处理是妥当的。其一，

---

① 杨琳《〈金瓶梅词话〉疑难校释（4）》，《文化学刊》，2017年第10期，第48页。

《水浒传》的对应文字是"摆",那么据《水浒传》来纠正,这是不同版本校勘时可以选择的处理方式。其二,梅节举《金瓶梅》第四十三回"摆着衣包儿进来",说明书中有"摆""提"因形近致误的例子,这也很有说服力。"摆着衣包儿"明显不通,而在此前第四十二回说到韩玉钏儿与董娇儿时,"只见两个唱的,门首下了轿子,抬轿的各提着衣裳包儿笑进来",正是"提着衣裳包儿",可见第四十三回的"摆着衣包儿"之"摆"是误字。《金瓶梅》共出现动词"提"三十余处,大多是"提刀""提拳""提篮儿""提酒提茶"之类,都不能理解为"掷、扔"。"摆"在《金瓶梅》中共出现了12次,两次为"摆在房中""摆在面前",其余十条皆为"摆在桌子上"。若杨释"提在桌子上"是对的,那么其余几例的"摆在桌子上"都是错的吗?更何况,"待我买得东西,提在卓子上"是王婆与西门庆定"十光计"时说的话,到了第三天,王婆与西门庆按计行事,有下面这段描写:

> 不多时,王婆买了见成肥鹅、烧鸭、熟肉、鲜鲊、细巧果子归来,尽把盘碟盛了,摆在房里桌子上。看那妇人道:"娘子且收拾过生活,吃一杯儿酒。"那妇人道:"你自陪大官人吃,奴都不当。"那婆子道:"正是专与娘子浇手,如何都说这话?"一面将盘馔都摆在面前。三人坐下,把酒来斟。(第三回)

王婆按照前天说的,把东西买来,"摆在房里桌子上",紧接着又是"将盘馔都摆在面前",连续两次使用了"摆在"。那么我们要问杨琳先生:同一件事,究竟是王婆嘴里的"提在桌子上"对,还是此处作者笔下的"摆在桌子上""摆在面前"对?为什么兰陵笑笑生在"开言欺陆贾"的王婆嘴里塞入一个"提,掷也"的文言词儿,却在自己的笔下改成大白话"摆"字?你觉得《金瓶梅》作者在修辞上有必要搞这样的时空穿越吗?它要起到什么艺术效果呢?

杨文还进一步举第十二回"潘金莲在房中听见，如提在冷水盆内一般"为例，以证"提，掷也"，更为荒唐。如果这里的"提"是掷、扔义，那么"潘金莲……如扔在冷水盆内一般"是何意？是"潘金莲扔"还是"潘金莲被扔"？一个大活人扔在河里尚可理解，扔在"水盆内"就不可思议了。"提在冷水盆内"一语，《金瓶梅》共出现了四次，主语两次是西门庆，一次是孟玉楼，一次是潘金莲。此处的"提"只是一种比喻，并非实际的动作，亦即"提心吊胆"之"提"，它只是一种想象的动作，不能理解为现实的人体动作。担心、害怕都是心理活动，严格讲用外化的实际动作"提心""吊胆"来比喻，终归还是一种想象。心如何"提"？胆如何"吊"？还有平时口语中常说的"悬着心"，"心提到了嗓子眼"（书面语是"提心在口"，如元无名氏《朱砂担》第二折："则听的声粗气喘如雷吼，唬的我战战兢兢提心在口。"）也都是这种情况。若把这些词中的"提"解释为"掷、扔"，"提心吊胆"变成了"扔心掷胆"又如何理解？因此，用"如扔在冷水盆内一般"这种比喻修辞手法，来证明"提在桌子上"这种实际的人体动作，属于举证不当，只能起到反效果。《水浒传》中除了一处"提在冰窨子里"，还有两处"提在九霄云外"，也都是从"提心吊胆""悬心"变化而来，而且更为夸张，这都是表示担心、恐惧心情的修辞方法，是一种约定俗成，同样不可把此处的"提"理解为"扔"。非要固执地用追寻"本义"的训诂学方法来解决修辞学问题，不但徒劳无益，反会贻笑大方。

东挨西补

妇人道："怎的不与他寻个亲事？与干娘也替得手。"王婆道："因是这等说，家中没人，待老身东挨西补的来，早晚也替他寻下个儿。"（第三回）

孟案：杨文不同意梅节用粤语作"频扑"来解释"摈补"是对的，但认为白维国的解释"脱离原文，未得其义"则为无根之说。① 白氏认为"东摈西补"即"东拼西凑"，释作"多方拼凑挪借"是符合作品情节特定情景的。杨文把"东摈西补"的主语安到了王婆的儿子身上，理解为"东边不要他了就到西边去补缺，意为辛苦打工"，显然把王婆的儿子理解为现代的"民工"，东奔西跑，到各个工地上求职，东边的工地不要，就到西边的工地上去，西边工地不要再找另外一家。原文明明是"王婆道：'因是这等说，家中没人，待老身东摈西补的来，早晚也替他寻下个儿。'""东摈西补"的主语是"老身"即王婆，杨文却将这一句翻译为"王婆意为等她东奔西跑打工的儿子回来，给他找个媳妇"，笔者实在不明白，王婆的一句大白话，反被杨文翻译得不知所云了！问题出在哪里？其实就出在杨文又犯了寻求本字本义的"训诂瘾"，非要将"摈"理解为"摈弃、排斥"的所谓"本义"，这才引发了他的想象能力，不惜把"东摈西补"的主语挪到王潮儿头上，并假借现代民工打工的情景，虚构了东边工地上"摈弃"他，就到西边工地上去"补缺"，四处奔忙的场景。其实，白维国先生在解释"东摈西补"为"多方拼凑挪借"（银钱）的时候，又引了《金瓶梅》第三十七回王六儿的话作为证据，也相当有说服力。这一回写西门庆经冯妈妈牵线，趁韩道国送女儿到东京，与其妻王六儿相见。二人有如下对话：

> 妇人道："也得俺家的来，少不得东拼西凑的，央冯妈妈寻一个孩子使。"西门庆道："也不消。该多少银子，等我与他。"那妇人道："怎好又费烦你老人家？自惩累你老人家还少哩！"西门庆见他会说话，心中甚喜。

---

① 杨琳《〈金瓶梅词话〉疑难校释（4）》，《文化学刊》，2017年第10期，第48页。

二人对话的内容是：王六儿埋怨女儿不在了，家务只好亲自动手。西门庆趁机讨好她，主动提出为她买个丫头帮忙干家务。王六儿说要等丈夫从东京回来，还要想法凑钱，才能买个女孩。西门庆认为那倒没必要，该花多少钱，自己会付的。王六儿赶紧表示感谢，假意说又要您老人家费钱，平时麻烦您老人家还少咋的？

如果笔者的理解不错的话，这里说的是花钱买丫头，与王婆要为儿子娶媳妇，目的是近似的；王六儿说要"东拼西凑"，与王婆要"东摈西补"，都是为了筹钱，方法也是相同的，所以不可能像杨文所说，"'东摈西补'与'东拼西凑'含义迥异"。让我们再看《红楼梦》第八回的相似情节：

> 因是儿子的终身大事所关，说不得东拼西凑，恭恭敬敬封了二十四两赘见礼，带了秦钟到代儒家来拜见。

这一回说的秦邦业为了让儿子秦钟到贾府家塾里去跟读，虽非如王婆为儿子娶妻，毕竟也是儿子的终身大事，所以也要东拼西凑地借银子，作为见面礼。

其实，与"十捉九着"是一种数字构词方式一样，"东……西……"也是一种构词方式，中间填补的字含义都大同小异，所以构成的成语意思也相差无几。起码在古代小说戏曲中，"东拼西凑"及相似的成语，如"东挪西凑""东补西凑""东集西凑""东掇西凑"等，虽然用字偶有不同，但都是与银钱相联系的，是指东家借西家挪凑够一定数量的银钱。如：

> 过了两月，又近吉日，却又欠迎亲之费，六老只得东挪西凑，寻了几件衣饰之类，往典铺中解了几十两银子，却也不够使用。
>
> （《初刻拍案惊奇》第十三卷）

银子没有批回，怎么回去销得了差？自然说不得东补西凑，将银子送他，方才能领批回。

(《李公案》第十九回)

惠卿东集西凑，不过万金，却好上海的罗迦陵夫人晋京，开口便答应一万。

(《清朝三百年艳史演义》第九十三回)

那热心做官的人，还管甚么小费，就使要许多贿赂，也不惜东掇西凑，供奉党人。

(《唐史演义》第七十一回)

举了如此多含义大同小异的成语，回过头再来看杨琳先生对"东摈西补"的解释，完全不符合书中的情节，让人感觉不知所云。究竟是因为读不懂故事导致对"东摈西补"的解释错误，还是执着于"摈"的本义而导致对故事内容理解的偏差？可能兼而有之。

睡不倒的

见如今老身白日黑夜只发喘咳嗽，身子打碎般睡不倒的只害疼。(第三回)

杨释：这里的关键是"睡不倒的"作何理解。如果理解为躺不倒，文意难通，既然身子打碎了一般（犹言"散了架"），岂不正应躺倒在床上吗？怎么反而躺不下？今谓"倒的"为"到地"的音借。《汉语大词典》中"到地"："犹地道。周详。"举例为清文康《儿女英雄传》第二十七回："不想张金凤他小小一个妇人女子，竟能认定性情，作得这样到地！"又"道地"："实在；合适。"举例有明冯梦龙《双雄记·村翁闹妓》:"阿呀,这就不道地了,小娘家极怕纱帽,你戴去时节,只道乡宦来捉官身,怎肯放好的出来。"《金瓶梅词话》的句子应断为:"身子打碎般睡不倒的,只害疼。""睡不倒的"是说睡不踏实,睡不好觉。①

孟案:杨琳先生说"这里的关键是'睡不倒的'作何理解"是对的,但恰在这一点,他理解错了。他认为"睡不倒的""理解为躺不倒,文意难通",并提出反问:"既然身子打碎了一般(犹言'散了架'),岂不正应躺倒在床上吗?怎么反而躺不下?"这两个反问因不明事理导致逻辑不通!"应躺倒"与"躺不倒"是矛盾的吗?杨琳先生显然认为是矛盾的,但凡有生活常识的人都知道二者并不矛盾,有时反而是因果关系。众所周知,长期生病卧床的人常生褥疮,所以病人相当难受,有时只好趴着睡。那么一个浑身像被打碎了只害疼的人,难道就能躺得下吗?结论显然是清楚的。古代医书记载,有很多病都能导致躺不下,如:

(1) 若水气盛而浸胎,则必喘而难卧。②

(2) 舟车神丸,治水停诸里,上攻喘咳难卧,下蓄小便不利。③

(3) 既喘且嗽,身自难卧。④

这些例子中的"难卧"不就是王婆口中的"睡不倒"吗?连病因都是一样的,"喘咳""既喘且嗽"不就是王婆说的"发喘咳嗽"吗?由此可见,王婆口中看似随意的一句话,不但有生活常识的根据,甚至还

---

① 杨琳《〈金瓶梅词话〉疑难校释(4)》,《文化学刊》,2017年第10期,第48页。
② 〔清〕吴谦《妇科心法要诀》,北京:中国医药科技出版社,2017年版,第65页。
③ 〔清〕吴谦等编《删补名医方论》,北京:人民卫生出版社,1963年版,第78页。
④ 〔清〕陈士铎《辨证录》,北京:中国中医药出版社,2007年版,第182页。

有医学文献作证明,今日读者见此能不生敬畏之心乎?

若依杨释,"倒的"是"到地"的音借,又依《汉语大词典》说"到地"即"道地",绕了两个圈子才解释为"周详",那么我们就用替代法验证一下这种理解是否正确:

> 见如今老身白日黑夜只发喘咳嗽,身子打碎般睡不道地(周详),只害疼。

请问,何谓"睡不道地""睡不周详"?如何才算"睡得道地""睡得周详"?汉语从古到今,从口语到书面语,睡觉有用"道地""周详"来修饰的吗?

其实,杨琳先生一开始就将"倒的"连为一个词就是错的,接着又循着寻找本字本义的训诂学套路,把"倒的"说成是"到地"的音借,下面又不厌其烦地引《汉语大词典》释义及举例,纯属横生枝节,无的放矢,离题就愈来愈远了。其实,此"倒"与"不"的关系更密切,"睡不倒"应该连在一起,与之对应的是"睡得倒"(或"睡倒"),类似几十年前现代汉语研究界讨论的"打不跑"与"打得跑"的关系。这种词相当多,如"吃不完""看不清""弄不好""管不住"等,它是动补结构的双音词的否定形式,即在动与补两个词素中间加否定词"不"字,它与"不"字在前的否定形式"不吃完""不看清"的意思不同,"不吃完""不看清"偏重于主观上不去做,而"吃不完""看不清"则偏重于客观上做不到。所以,在"身子打碎般睡不倒的只害疼"一句里,不是主观上不想睡床上,而是由于浑身疼睡不下去。正是在这一关键点上,杨琳先生理解反了。"睡不倒的"之"的",只是一个语气助词,并无实义,当然也不是"地"的音借。

不要来

> 便来拔开拴，叫声"不要来！"武大却待揪他，被西门庆早飞起脚来。（第五回）

杨释："不要来"无人作解，然理解为寻常"别来"之意，则不知所云。……这些用例中的"不要来"肯定不是别来我跟前的意思。……我们认为"不要来"就是"不要命的来"之类说法的省略。①

孟案：《金瓶梅》中的"不要来"一语，需不需要加注释？各本都没加，因为此语并非"不知所云"，而是一句大白话，与现代口语并无区别，大人孩子都懂的，当然不需要加注释。但杨琳先生不这么看，他认为必须加，原因是这个"不要来"不是"别来"之意，而是"不要命的来"的省略。而且他认为不止《金瓶梅》中的"不要来"，还举了《水浒传》《说唐全传》相似用法的"不要来"，认为都是"不要命的来"的省略，都应该加注。依此，则不但《金瓶梅》诸版本的整理者，连各种版本的《水浒传》《说唐金传》的整理者，都没读懂"不要来"的真正含义；当然还包括数百年来千千万万的读者！换句话说，只有他一人读懂了"不要来"，并舍我其谁地担当起了注释的使命，作出了"'不要来'就是'不要命的来'之类说法的省略"的结论。为了证明这一点，他以1985年至2008年出版的几部现代作品为例，这几本书中的"不要命的来""不要命的上来""不要命的来拼""不要命的过来"这种句子。也就是说，他是用现代小说人物口中的"不要命的来"，来证明西门庆口中的"不要来"是省略。

---

① 杨琳《〈金瓶梅词话〉疑难校释（5）》，《文化学刊》，2018年第4期，第41页。

从训诂考证的学理上说，在同时代的作品，甚至在同一作品中寻找例证，才有更强的说服力。要证明"不要来"是"不要命的来"的省略，最好在同时代的作品中找到"不要命的来"这种"没省略"的例子，以说明当时文人笔下确实有这种说法，在此基础上才有可能推测"不要来"是其省略句。如果同时代的作品中没有这种例子，后世的例子不是完全不可以，但前提是前后两个例子之间确实存在着"省略"或其他关系。事实上，无论《金瓶梅》还是《水浒传》，"不要来"并非孤例，只要将这些例子相互对比考察，"不要来"的真正含义就能显示出来。《金瓶梅》中的"不要来"来自《水浒传》，而《水浒传》除了上举两例，还有多例：

婆子道："唐二，你不要来打夺人去。要你偿命也！"
（第二十回）

却要安排些酒食点心请他。第一日你也不要来。……这光便有三分了。这一日你也不要来到。 （第二十三回）

轿夫，只在这里等候，不要来，少刻一发打发你酒钱。
（第四十五回）

这三处有四例"不要来"，都是"别来"的意思，绝非"不要命的来"的省略。这里理解的关键是"不要"究竟是动词还是助动词的否定形式。"不要命"中的"不要"是动词的否定形式，后面的宾语是名词"命"；而以上诸例中的"不要"是助动词的否定形式，后面的宾语是动词"来"，这里的"不要"都与"别"相通，"不要"都可替换为"别"，而原意不变。

另外，《水浒传》《金瓶梅》等小说中还有很多"不要走"或"不要去"的例子，结构与"不要来"完全相同，加以对照分析也有助于我们理解"不要来"的真正含义。如：

这边史进见了，便从树林子里跳将出来，大喝一声："都不要走！"掀起笠儿，挺着朴刀，来战丘小乙。

（《水浒传》第五回）

刘唐赶上来，大喝一声："兀那都头不要走！"雷横吃了一惊……

（《水浒传》第十三回）

你往那里去？若是往前头去，趁早儿不要去。

（《汇评全本金瓶梅》第七十六回）

咬金道："呀，你叫朱登，乃是野贼种，不要走，照爷爷的斧吧。"

（《说唐全传》第六十三回）

这几例"不要走"或"不要去"，将"不要"替换为"别"，变成"别走""别去"，在文中的意思显然没有丝毫变化，仍然是一种劝告、阻止的语气，与"不要来"完全相同，当然也不可能是"不要命的走"或"不要命的去"的省略。

从文意与语气上看，"不要来"是让对方别靠近自己，是一种劝止与警告的强烈语气；而"不要命的来""有种的过来"是故意挑逗对方与自己决斗，是一种激将的语气。二者在语意与语气上几乎是完全相反的，所以"不要来"不可能是"不要命的来"的省略。更何况，根据具体的语境，大部分时间并非是你死我活的决斗现场，如前举《水浒传》中的三例，首例是阎婆惜对唐二说的，虽然话中有"偿命"之类的话，但阎婆惜并非是激将唐二来跟自己打架。第二、第三例分别是王婆对西门庆、杨雄对轿夫说的，更不可能是"不要命的来"的意思。因此，"不要来"并非"不知所云"，更不能不分青红皂白地把"不要来"都看成是"不要命的来"的省略形式。

大　谢

　　王婆道:"若得大官人抬举他时,十分之好。"西门庆道:"待他归来,却再计较。"说毕,大谢起身去了。(第二回)

　　杨释:根据文意,西门庆似没有"大谢"王婆的必要。梅节:"'大'崇本作'作',水浒作'相'。"①

　　孟案:文本的校勘,按照校勘学的要求,先对校,次本校,再他校,最后是理校。以《金瓶梅》的校勘整理而言,以万历本作底本,参以崇祯本、《水浒传》对应情节,这种方法显然是无可挑剔的正确选择。梅节先生校注言"'大'崇本作'作',水浒作'相'",说明"大"是万历本原文,而崇祯本改为"作",《水浒传》对应文字则是"相"。如何选择?若"大谢"讲得通则不必改,若不通或虽通而不好,则可在"作"与"相"中作出选择。白维国、卜键校本即作"大谢",说明他们认可万历本原文,认为没必要动。梅节先生校订的《金瓶梅词话重校本》认为"大"不如"作",采用了崇祯本的"作谢",同样无可厚非。他们都没采用《水浒传》的"相谢",因为"大谢""作谢"皆通,故不用"相谢"是可以的。如果有校勘者认为"相谢"最好,而且《金瓶梅》此处情节毕竟是来自《水浒传》,让它回归原貌,仍然是可以的。问题就在于,这几种处理方法都是有根据的,虽可能有优劣之别,但都是符合校勘原则的,不是无中生有的乱校乱改。令人不解的是,杨琳先生对三种可行的选择都不满意,偏偏说"大"是"答"的音借,因此"大谢"要改成"答谢"才好。当

---

① 杨琳《〈金瓶梅词话〉疑难校释(2)》,《文化学刊》2017年第6期,第44页。

然，如果有根据，能说出理由来，用"答谢"亦可，但断然肯定"'大'当是'答'的音借"就不需要根据吗？

根据杨琳先生对"文意"的理解，他认为"西门庆似没有'大谢'王婆的必要"，所说的"文意"自然是相关的故事情节及作者要表达的想法。那么，为了更准确地理解"文意"，现将相关情节压缩征引如下：

> 这西门大官人自从帘下见了那妇人一面，到家寻思道："好一个雌儿！怎能勾得手？"猛然想起那间壁卖茶王婆子来，堪可如此如此，这般这般，撮合得此事成，我破几两银子**谢他**，也不值甚的！于是连饭也不吃，走出街上闲游，一直径蓦入王婆茶坊里来，便去里边水帘下坐了。王婆笑道："大官人，都才唱得好个大肥喏！"……西门庆又道："你儿子王潮，跟谁出去了？"王婆道："说不的，跟了一个淮上客人，至今不归，又不知死活。"西门庆道："都不交他跟我，那孩子倒乖觉伶俐！"王婆道："若得大官人抬举他时，十分之好。"西门庆道："待他归来，都再计较。"说毕**大谢**，起身去了。约莫未及两个时辰，又蓦将来王婆门首帘边坐的，朝着武大门前半歇。……西门庆笑："我问你这梅汤，你都说做媒，差了多少！"王婆道："老身只听得大官人问这媒做得好，老身道说做媒。"西门庆道："干娘，你既是撮合山，也与我做头媒。说道好亲事，我自**重重谢你**！"王婆道："看这大官人作戏！你宅上大娘子得知，老婆子这脸上，怎乞得那等刮子！"……西门庆道："若是好时，与我说成了，我自**重谢你**！"王婆道："生的十二分人才，只是年纪大些。"

这一段写的是西门庆初见潘金莲，就为其美色所迷倒，马上想到要设法弄到手，而且立刻就想到了卖茶的王婆，并在心中进行了一番

"如此如此，这般这般"的策划，马上决定："撮合得此事成，我破几两银子谢他，也不值甚的！"也就是说，当西门庆刚刚萌生了勾引潘金莲的念头，就同时打算要用银钱开路，感谢王婆。读过《金瓶梅》的人都知道，西门庆勾引女人，不是靠的甜言蜜语，而是直接以金钱为武器，且表现极为豪爽大方；对朋友亦是如此。而王婆在向潘金莲介绍西门庆时，也强调他"家中钱过北斗，米烂陈仓""黄的是金，白的是银，圆的是珠"。如果把西门庆理解成吝于银钱，"不见兔子不撒鹰"，只会以美言欺骗女性，不但是对西门庆的误读，也是对《金瓶梅》的误读。西门庆认为，如能得到潘金莲，不但"破几两银子谢他，不值甚的"，他还主动提出将王婆出门在外的儿子王潮儿弄回来，放在自己身边干事。当王婆答应为其牵线做媒后，西门庆当即又连续两次表示："说道好亲事，我自重重谢你！""与我说成了，我自重谢你！"那么，在同一场合，为了同一件事情，西门庆对王婆先后说了"大谢""重重谢你""重谢你"，有区别吗？何以"大谢"是"没必要"，而"重谢"与"重重谢"是应该的呢？

即使从杨琳先生擅长的训诂学角度来看，"大谢"亦未有不妥。考"重"字，本就有"大"的含义，故二字可联词为"重大"。《礼记·儒行》："引重鼎不程其力。"郑注云："重鼎，大鼎也。"《吕氏春秋》："天下重物也，而不以害其生，又况于它物乎？"高诱注："重，大。物，事。""重物"即大事。龚自珍《病梅馆记》："遏其生气，以求重价。""重价"即大价钱。其他如"重资"即数量很大的钱财，"重罪"即大罪，"重柄"即大权，"重德"即大德，如此之类不胜枚举。作为训诂专家，杨琳先生何以不知"重"即"大"厚此薄彼而否定"大谢"肯定"重谢"耶？

作　者：南开大学文学院教授、博导

方言唯一性

——以"七担八柳""凹上了"为主语料

陈明达

杨国玉先生大作《〈汉语大词典〉误收〈金瓶梅词话〉词条校释》①观点明确,分析详尽,足见功力深厚。大作给了笔者一个方言与讹刻对话的机会,笔者想就方言唯一性问题提出不同的见解和大家切磋一下,不当之处,请多多指教。

从沈德符到鲁迅,没有人否认《金瓶梅》有方言,所以《金瓶梅》有方言不是问题,问题是"哪里的方言"?这就给我们考证作者多了一条思路。去年,在石家庄,雷勇先生在小组总结发言时说,用方言考证作者是危险的。说明一下,这不是原话,是大意,所以没有加引号。雷先生的说法,笔者不敢苟同。首先,这是个伪命题,到目前为止,没有一个考证者这样做,都是综合运用的,方言只是证据链中的一环。其次,方言的唯一性可以确定地域的唯一性,它不能确定作者是谁,却能排除不是该地域的作者。郑振铎、鲁迅两位老先生是始作俑者。且先不讨论他们说方言是哪里的,他们就是用方言一票否

---

① 杨国玉《〈汉语大词典〉误收〈金瓶梅词话〉词条校释》,载《第十五届(石家庄)国际〈金瓶梅〉学术研讨会论文集》(上册),石家庄:河北人民出版社,2020年版,第215—232页。

决作者的。从时序上看，郑振铎先于鲁迅发声。他在《谈〈金瓶梅词话〉》中说："但我们只要读《金瓶梅》一过，便知其必出于山东人之手，那末许多的山东土白，决不是江南人所得措手于其间的。"鲁迅上演的是幽默小品，情节大反转。在山西介休县大革印村发现《金瓶梅词话》之前，鲁迅讲课时是对王世贞赞誉有加："同时说部，无以上之，故世以为非王世贞不能作。"（《中国小说史略》）《金瓶梅词话》在介休重出江湖，鲁迅从 A 面翻到了 B 面，他说："还有一件，是《金瓶梅词话》被发见于北平，为通行至今的同书的祖本，文章虽比现行本粗率，对话却全用山东的方言所写，确切的证明了这决非江苏人王世贞所作的书。"（《〈中国小说史略〉日本译本序》）你看，都是以方言"一票否决"的。假如，雷勇先生要提醒新手上路的话，应该以郑振铎、鲁迅两人为鉴，不要重蹈覆辙。前车倒了千千辆，后车到了亦如然。所以，用方言考证作者并不危险，挪用郑振铎、鲁迅等名家垫背而省略考证过程，这才是最危险的傲慢与偏见。套用一句不恰当的流行语，即"没有考证的结论就是'乔太守乱点鸳鸯谱'——不靠谱"。

方言土语本不神秘，大俗即大雅，方言理论研究很专业，使用方言很自然。小于 50 岁的人笔者不敢保证，大于 50 岁的人应该都是在使用方言中长大的。"少小离家老大回，乡音无改鬓毛衰。儿童相见不相识，笑问客从何处来"，即使"少小离家老大回"，人都不认识了，母语乡音还是铭刻在心。实际上，书中方言是否自己使用的开卷即知，有"老乡见老乡，两眼泪汪汪"的亲切感。所以，只要不装睡，是心知肚明的。"盗用"徐复岭先生"只要肯面对实际，在学术上不存在偏见的话，就不应该徒劳无益地狠'咬'住×××说不放了"。[①]

[①] 徐复岭《〈醒世姻缘传〉作者丁耀亢说平议》，见徐复岭《醒世姻缘传作者和语言考论》，济南：齐鲁书社，1993 年版，第 107 页。

杨国玉先生大作《〈汉语大词典〉误收〈金瓶梅词话〉词条校释》，提到的字词有些与郑振铎的结论"有许多山东土话，南方人不大懂得的，崇祯本也都已易以浅显的国语"有高度关联，被崇祯本或删或改，这也提供给我一个阐释"方言唯一性"的平台，因为郑振铎的这一结论，笔者已有拙文《〈金瓶梅〉"易以浅显的国语"的是"山东土话"吗》评点，这次只讨论杨文提到的关联字、词。先论证是方言借字还是错字讹刻，如果是方言，再论证是否如郑振铎所说是山东方言？感谢张惠英、孟昭连、褚半农等前辈开疆拓土，使我快捷找到方言所对应的唯一地域的线索，希望拙文能为方言研究添砖橛、加瓦楔。

七担八柳

《金瓶梅词话》第十四回："因与众人在吴道官房里算帐，七担八柳缠到这咱晚。"

《汉语大词典》中"七担八挪"："一再耽搁拖延。"

杨国玉先生在《〈汉语大词典〉误收〈金瓶梅词话〉词条校释》一文中认为："从此处语境看，其意在于'担搁'，"'柳'正应为'擱'（搁）草书形讹"[①]。

这样，杨文确定了两件事：一是讹刻；二是否定与方言关联。还可以确定，如果是方言，绝不会是杨先生那里的，不然"青梅竹马"怎么这么生分呢？

区区"七担八柳"四个字，就有"担、柳"两个"砂镫语"，至今没人猜对。两个字的来龙去脉不同，所以需分别讨论。"担"且放下，先"抑'柳'"。

---

① 杨国玉《〈汉语大词典〉误收〈金瓶梅词话〉词条校释》，见《第十五届（石家庄）国际〈金瓶梅〉学术研究会论文集》，第218页。

我们先看一下之前诸名家的释义。

王利器主编《金瓶梅词典》:"担、柳(同绺)是就计量而言,担是大与多的量词,柳是小与少的量词。七担八柳即七多八少、七大八小之意。"①

陶慕宁校注《金瓶梅词话》:"形容数目错杂、头绪纷繁。"②

白维国编《金瓶梅词典》:"形容大小数目纷杂。柳,绺。"③

魏子云著《金瓶梅词话注释》:"意即七事八事杂七杂八的。"④

李申著《金瓶梅方言俗语汇释》:"'七、八'表示多;'担、柳'系'耽、留'的同音字。七耽八留即多有耽搁。"⑤

王、陶、白三家认为"七担八柳"是指账目混乱,魏子云先生的不好定性,只有李申先生和杨国玉先生一样指时间,虽然理解不同,但除了杨先生都不认为是错字。

笔者班门弄斧,僭越妄评。王、陶、白三家虽然不知"担、柳"准确意思,但认为"七担八柳"是指账目混乱,思路正确。"七担八柳缠到这咱晚",从此处语境看,很明显,"缠"在"耽搁"的位置,履行"担阁"的职责,"担""柳"是"缠"的原因。

郑振铎在《谈〈金瓶梅词话〉》中说"有许多山东土话,南方人不大懂得的,崇祯本也都已易以浅显的国语",但他没有说明"南方人不大懂得的""山东土话""七担八柳"为什么没有"易以浅显的国语"。据笔者分析,改定崇祯本者,不是不想改,而是面对七担八柳,根本不知它是哪里的土话,一头雾水,无处下手改,删掉又影响情节,只好不动它,让它保留原貌。为什么这么说,让证据说话,"改定者"本着谨慎原则,那就是:在可以删改的地方动土。《金瓶梅词

---

① 王利器主编《金瓶梅词典》,长春:吉林文史出版社,1988年版。
② 陶慕宁校注《金瓶梅词话》,北京:人民文学出版社,2000年版。
③ 白维国编《金瓶梅词典》,北京:中华书局,1991年版。
④ 魏子云《金瓶梅词话注释》,郑州:中州古籍出版社,1987年版。
⑤ 李申《金瓶梅方言俗语汇释》,北京:北京师范学院出版社,1992年版。

话》第六十五回回首诗"残月云边悬破镜,流光机上柳飞梭"为一个"柳"字,不惜重起炉灶,换了整首诗。按郑振铎的说法,这"柳"字应是"山东土话",但奇怪的是,这一次没有人赞同郑振铎的说法,包括山东人,他们甚至没有把"柳"往方言方向思考,都认为是误刻。比如:

陶慕宁校注《金瓶梅词话》第821页:"掷,原作'柳',酌改。"戴鸿森校点:"'掷',原作'柳',参酌诗意改。"①

梅节校勘《金瓶梅词话校读记》第301页:"柳飞梭,'柳'戴改'掷'。"②

张鸿魁编著《金瓶梅字典》第314页:"柳(五)当作掷 zhi,草写形近讹。残月云边悬破镜,流光机上～飞梭。"③

孟昭连著《金瓶梅诗词解析》第382页:"残月云边悬破镜,流光机上掷飞梭。""柳"径改"掷"。④

这里就有了一个有趣的问题,杨先生说"阁"容易讹作"柳",上述诸人说"掷"容易讹作"柳"。笔者要说的是,不管他们意见如何相左,有一点是相同的,就是都不识"柳",都忘了《金瓶梅词话》中有方言。当然,"七担八柳""流光机上柳飞梭"外人左看右看,"唯是风马牛不相及也",看不出它们是方言。也许有人认为笔者说的是孤证,不能确定它们是方言,非也。黄霖先生从日本找回的《玉娇梨缘起》资料,证实《金瓶梅词话》作者还著有《玉娇丽》,两书可以互证,两书可以证明方言同一,方言可以证明两书为同一方言,可以验证"缘起"并非空穴来风。所以,"土著"说"柳"是方言记音字,近代吴方言区造了个形声字"扨"权当本字,可称为吴方言"普

---

① 〔明〕兰陵笑笑生著,戴鸿森校点《金瓶梅词话》,北京:人民文学出版社,1985年版。
② 梅节校勘《金瓶梅词话校读记》,北京:北京图书馆出版社,2004年版。
③ 张鸿魁编著《金瓶梅字典》,北京:警官教育出版社,1999年版。
④ 孟昭连《金瓶梅诗词解析》,长春:吉林文史出版社,1991年版。

通话"。略举几例如下。

闵家骥、范晓、朱川等编《简明吴方言词典》第64页:"抑,动词。搅拌:～浆糊。"①

朱彰年等编著《宁波方言词典》第193页:"抑。〈动〉①搅;搅拌▷～鸟窠▏～浆糊。②用棍棒等把高处或远处的东西划下(过)来▷羽毛球打到屋头顶了,用晾竿～其下来。"②

傅国通《方言丛稿》第210页:"抑,搅拌。"③

阮咏梅《温岭方言研究》第45页:"柳绺口搅拌[？Liw⁴²]"。④

孟自黄等《义乌方言》第121页:"抑,搅拌。"⑤

杨葳、杨乃浚编著《绍兴方言》第213页:"抑,捣糊状物。"⑥

从上述各家来看,①"抑,搅拌"南部吴语几乎共用;②有"柳飞梭"的意思;黄岩方言,草书叫"柳字",字迹潦草叫"柳起",狂草"龙飞凤舞"叫"乱柳",这个"乱"就有"快"的含义,黄岩的这个义项其他吴语片区没有看到,只有黄岩,或者正规一点说"吴方言南部吴语台州片",但也许方言专家"田野调查"时"漏网"。

如果认为"柳飞梭"是个"孤证",存在争议。我们还可以用《醒世姻缘传》的例子佐证。暂且不讨论两书的方言是何地方言,两书使用同一种方言却是各方高度一致,没有异议的。

《醒世姻缘传》第十回:"你快自己拿出主意,不然,这官司要柳柳下去了!"

柳柳——山东方言,向斜刺里滑落。这里形容不再占上风、不具

---

① 闵家骥等编《简明吴方言词典》,上海:上海辞书出版社,1986年版。
② 朱彰年等编著《宁波方言词典》,上海:汉语大词典出版社,1996年版。
③ 傅国通《方言丛稿》,北京:中华书局,2010年版。
④ 阮咏梅《温岭方言研究》,北京:中国社会科学出版社,2013年版。
⑤ 孟自黄等《义乌方言》,上海:上海人民出版社,2014年版。
⑥ 杨葳、杨乃浚编著《绍兴方言》,北京:国际文化出版公司,2000年版。

有优势。①

这里"柳柳"便是"胡搅搅",意思是官司要纠缠不清下去,不知胡搅到何时了。

《醒世姻缘传》第八十四回:"你姑夫这话柳下道儿去了,一个幕宾先生你同他来看看,你当是在乡里雇觅汉哩。"

柳下道儿去了——差下道去了、走错道了。鲁东方言谓赶马拉的车错了道,叫做"柳下道儿去了"②。

柳下道儿去了——山东方言,沿着错路走得远了的意思。引申指办错了事;打错了主意。(袁世硕、邹宗良注,第1121页)

这里"柳"即是"滑动"的意思,柳下道儿就是"滑下、冲下道儿",与"柳飞梭"的"柳"用法相同。

所以,"柳"是方言借字,"柳"就是柳,既不是"阁"的讹刻,也不是"掷"的讹刻。

再说"担"。杨国玉先生认为它就是本字,担阁的"担"。上文说了"柳"不是"阁"的讹刻,那么,"担阁"就不成立了。"担"怎么"担"呢?"担"亦是方言借音字,在当地使用频率很高,动物挣扎,物体变形、扭曲均称"担"。比如:跳跃、打滚、撒泼、耍无赖。鱼拉上钩、离水,活鱼下热锅的弹跳,俗语都叫"旦";直的物体,如树木,因热胀冷缩而变形。这里"七担八柳"的"担"就是指字写得不工整,本来应该直的,写歪了,认不出来。"柳"上文说了,"草书"叫"柳字",字迹潦草叫"柳起"。所以,七担八柳的"担""柳"都是形容字迹潦草难认。

"担"亦不是孤证,可以在《醒世姻缘传》中找到"知音",只不过借用字不同而已。《醒世姻缘传》第六十回:"他就似阎王,你就是

---

① 袁世硕、邹宗良校注《醒世姻缘传》,北京:人民文学出版社,2015年版,第134页。
② 黄肃秋校注《醒世姻缘传》,上海:上海古籍出版社,1981年版,第1206页。

小鬼,你可也要弹挣弹挣!"

弹挣——挣扎、动弹。(黄肃秋注第871页)

弹挣——挣扎,不束手就范的意思。(袁世硕、邹宗良注第808页)

两家校注虽没有解释"弹"的词源,但把"弹挣"当并列词组就足以说明问题了。

阮咏梅《温岭方言研究》第38页:"旦担扁~□暴跳[tɛ⁵⁵]"。

民国《黄岩县新志·方言》:"哀伤过度倒地乱滚曰'躯读若旦'。"

"担(弹)"使用地域很小,连台州片都没有普及;"柳",作"草书(快写)"解,台州以外亦无此义。

所以,"七担八柳"就是记账时马虎潦草,时间一长模糊难认。第十四回中"因与众人在吴道官房里算帐,七担八柳缠到这咱晚",就是"因与众人在吴道官房里算账,账目字迹潦草难认,才耽搁到这咱晚"。

凹

接着说"凹"。《金瓶梅词话》第三十七回:"见孩子去了,丢的你冷落,他要来和你坐半日儿,你怎么说?这里无人。你若与凹上了,愁没吃的穿的使的用的,走上了时,到明日房子也替你寻得一所。"这里,"凹上",《汉语大词典》释为"勾搭上"。杨国玉先生认为是"叙上","凹"为"叙"讹刻(详见《第十五届(石家庄)国际〈金瓶梅〉学术研讨会论文集·上册》第223页)。"凹",傅憎享先生说:"如求正字应为'瓦'","凹上了"即"瓦上了"。①

他俩神仙打架,我自言归正传。这样一来,与上文"柳"一样,不管"凹上了"是"叙上"还是"瓦上了",杨、傅二文确定了两件

---

① 傅憎享《金瓶梅隐语揭秘》,天津:百花文艺出版社,1993年版,第146页。

事：一是讹刻；二是否认与方言关联。还可以确定，如果是方言，绝不会是杨、傅使用的方言，上文说过，几乎没有人会忘记自己使用过的方言母语。

笔者以为，若按望文生义，"凹上"解释作"勾搭上""叙上"，大概意思没有猜错，只是皆未明"凹"之本义；"讹刻"纯属大胆假设，都是没把"凹"当方言记音字造成的。

中国人与外国人不同，老外相遇无论生熟都要"哈罗"，国人讲究"男女授受不亲"，熟人相遇才互相问候。这段话，"牵头"的意思明确，但说得婉转，"见孩子去了，丢的你冷落，他要来和你坐半日儿"。"和你坐半日儿"是"交往"的隐语，目的明确，啥意思，说的听的都心知肚明。然后是"宣传资料"，"凹上了"，就是叫上了，"认识"的婉转说法，一回生二回熟；"走上了"就是保持长期来往（关系），显然"走上了"比"凹上了"程度更深。如果亲朋好友产生矛盾，或一时生气互相谁也不理谁，就说："我们现在弗凹叫了的。""ɑo"意为"叫"的用法，不是孤证，在《金瓶梅词话》中出现四次，《醒世姻缘传》中二次。"奥""凹"各借用三次；可怜的是只有《金瓶梅词话》中的两个"凹"没有刻成破体字，一个现在又被盯上说是讹刻。

我们先看看各名家对"凹上了"的见解：

王利器主编《金瓶梅词典》第99页："凹上，交结上。"

陶慕宁校注《金瓶梅词话》第438页："凹上了，勾搭。"

梅节校勘《金瓶梅词话校读记》第174页："'凹''厚'音近，疑都是记同一个方音。"

魏子云《金瓶梅词话注释》第255页："凹上了，意指女愿与男合。"

李申《金瓶梅方言俗语汇释》第168页："凹，即轨（姘头），勾搭。今安徽巢县话仍说凹，意为使劲够上，挂搭上。鲁南一带管不正当的结交也叫㕸。"

以上各名家的意思差不多，"㕸上，勾搭（交结）"，总算有人（梅节先生）想到记音字。我再问一句，如果"㕸上"是勾搭上，那"走上了"呢？且看下一例：

《金瓶梅词话》第四十一回：小桃红"玉箫吹彻碧桃花。一刻千金价。灯影儿里，斜将眼稍儿抹。唬的我脸红霞，酒盃中嫌杀春风㕸，玉箫年当二八未曾抬嫁，俺相公培养出牡丹芽"。

陶慕宁校注《金瓶梅词话》第485页："㕸，挑逗。"

白维国编《金瓶梅词典》第542页："㕸，勾引；挑逗。今山东等地犹言 wa 或 walong。"

张鸿魁编《金瓶梅字典》第100—101页："㕸。①Wa 训读'窊'音。《广韵》：窊，㕸也。②调情。"

"挑逗""勾引""调情"，用什么？用言语！还不都是"言挑"，还不是"招呼""召唤"。笔者对音韵一窍不通，请教专家后，专家说《小桃红》是越调，方言押韵，一套曲下来，一韵到底，还是转韵，都比较复杂，"o"韵，还是"a"韵，只有原作者晓得，不然"斜将眼稍儿抹"的"抹"是不是韵脚，怎么押。

"酒杯中嫌杀春风㕸"，崇祯本已删。这里的"㕸"跟"性"搭不上关系了吧！且不管他"wa"还是"ao"，"㕸"义是明确的，这里当作春（风）的"呼唤""召唤"解，是不是与"欲饮琵琶马上催"有异曲同工之妙。

《醒世姻缘传》第八十四回："你姑夫这话柳下道儿去了，一个幕宾先生你㕸（同）他来看看。"

袁世硕、邹宗良注："㕸他——同本作'同他'，据上文校改。"（第1121页）

黄肃秋（上海古籍出版社）、李国庆（中华书局）①、翟冰（齐鲁书社）②注"你叫他来看看"。

这里的"凹"，是个破体字，同不同，凹不凹，但它"叫"的语境明确。袁世硕、邹宗良两位先生认真地做了校注，黄肃秋、李国庆、翟冰三家均"径改"，连说明都省略了。对照"酒杯中嫌杀春风凹"，可以确认这个字是"凹"不是"同"。

《金瓶梅词话》第六十四回："因奥唱道情的上来。"

这里"奥"，亦是破体字，奥不奥，舆不舆，但与《醒世姻缘传》第八十四回"凹"一样，"叫"义的语境明确，崇祯本"舆（奥）"已删改为"叫"，"因叫唱道情的上来"，包括戴鸿森、陶慕宁都"径改"。对照上述"凹"字，可以确定是"奥"不是"舆"。

"因奥唱道情的上来"的"舆（奥）"，因为"叫"义的语境明确。还有两处的"舆（奥）"，《金瓶梅词话》《醒世姻缘传》各一例，因语境非一目了然，理所当然地被当作"舆"字，无人校注。《金瓶梅词话》第九十三回："那时，朝廷运河初开，临清设二闸，以节水利。不拘官民，船到闸上，都来庙里，或求神福，或来祭愿，或讨卦奥筶，或做好事。""讨卦奥筶""求神拜佛"的"盗版"。"舆（奥）"应与"讨"同义，祈求、请求（平安），呼唤"预言"，而不是"舆"。

《醒世姻缘传》第六十五回中"当不起这拖累，只得苦央了连春元的分上，奥了典史，方才把番捕掣了回去"的"奥"遭遇"讨卦奥筶"同义的命运，亦因语境不像"因奥唱道情的上来"明确无误，当然也没有当它是方言，因此都猜作"舆"。

黄肃秋（上海古籍出版社）注："与了——相与了的省辞。即托了、嘱咐了、贿赂了。"

邹宗良、袁世硕（人民文学出版社），李国庆（中华书局），翟冰

---

① 李国庆校注《醒世姻缘传》，北京：中华书局，2005年版。
② 翟冰校点《醒世姻缘传》，济南：齐鲁书社，1993年版。

（齐鲁书社）："与了典史。"

可以说，"与了典史"，牵强附会，文意不同。对照上文几个"ao"，这个字的意思应该是"叫，打招呼"，白姑子央连春元招呼典史把番捕召回去。所以也是"叫"的方言"奥"。黄肃秋的"嘱咐了"比较靠谱。

台州本地志书，学者专著均对"凹"有明确诠释：

《嘉靖太平县志卷之二·方言》第26页："以唤为'凹'。"

《台州市志·方言》第1531页："凹袄奥浩夻昊［？ɔ］。"

民国《黄岩县新志·方言》（稿）："叫人亦曰'詨读浩（笔者注：浩，土音ao）平声人'。"

阮咏梅《温岭方言研究》第42页："□称呼：叫唤［？ɔ33］袄浩皓［？ɔ42］凹奥夻［？ɔ55］"；第282页："噢记音。称呼；打招呼。"

我们归纳一下，把这几个"ao"的关系理顺。《醒世姻缘传》第八十四回中"你姑夫这话柳下道儿去了，一个幕宾先生你凹他来看看"的"凹"，是个破体字，同不同，凹不凹，好在它"叫"的语境明确。对照《金瓶梅词话》第四十一回中"酒杯中嫌杀春风凹"的"凹"，可以确认这个破体字是"凹"字。这样，《金瓶梅词话》第三十七回中"你若与凹上了"的"凹"就是（熟人碰到互相）问候打招呼，"叫"的意思了。同样，《金瓶梅词话》第六十四回中"因奥唱道情的上来"的"奥"虽是破体字，但"叫"的语境确定，也是"ao"的借音字。这样一来《金瓶梅词话》第九十三回"讨卦奥筲"、《醒世姻缘传》第六十五回"奥了典史"也就迎刃而解了。"ao"为何如此周折，究其原因：其一，"ao"使用地域狭窄，仅南部吴语台州片使用；万历版《金瓶梅词话》作为历代禁书，见过它的人可以说寥若晨星，而见过的人首先注意的是"禁书"，不太会关注方言。在这几百万人中有几个人看过这两本书？看过的人中有几个会大胆想到这是我自己使用的方言？其二，"外路人"症状不同，毛病一样，不把方言当方言。这也可以证明这些方言不是他们使用的语言，对他们来说就是"外语"。使用该方言的作者应该不是他们的老乡。

近日读宁波大学阮咏梅教授著《从西洋传教士文献看台州方言百余年来的演变》①才知道自己有愧于前人久矣。该书基于清末民初西洋传教士台州方言的文献，梳理了台州历史上的传教士及其对翻译台州土白圣经译本所作的贡献。复旦大学游汝杰教授为该书提供了关键资料，功不可没。游教授自20世纪70年代末开始致力于搜寻西洋传教士汉语方言文献，曾在国内及欧美、日本各大图书馆翻检此类文献，所见浩如烟海，但因限于经费和时间，仅以吴语为主，复印其中近万页资料，以供本人和同好研究之用。就吴语部分而言，方言圣经的语种有：苏州土白、上海土白、宁波土白、杭州土白、金华土白、台州土白、温州土白，包括福音书、新约、旧约或新旧约全书，据游教授多年前的初步统计，共有158种。其中台州土白22种，仅次于上海土白（58种）和宁波土白（51种），数量远远超过温州土白（5种）。台州土白圣经除了罗马字译本，甚至还有两本汉字译本。令笔者喜出望外的是，我们本文讨论的"担""凹"均跻身其中（赫然在目）。先说"担"的同音白字"弹"，该书第124页：词条"打脚弹"，罗马字拼音为tang-kyiah-dæn，释义"踢跳"；圣经出处为《申命记》第32章第15节。再说"凹"，该书第67页："ɑo 澳讴叫；喊"；第120页：词条"讴"，罗马字拼音为ɑo，释义"叫唤"，国际音标为[ʔɔ^{31}]，圣经出处为《马太福音》第27章第23节。用土白方言翻译圣经传教，西洋传教士的毅力与耐心，不得不令人折服，他们把圣经先耐心讲给文盲信徒听，然后信徒用方言发音，传教士记音，再编印土白方言圣经传道，把文盲锻炼成信徒。一个洋教士能把台

---

① 阮咏梅《从西洋传教士文献看台州方言百余年来的演变》，北京：中国社会科学出版社，2019年版。

州土白学得这么溜,而我却收效甚微,说动不了读者,只有望洋兴叹。

综上所述,杨国玉先生"柳""凹"系讹刻的说法是有商榷余地的。黄霖先生界定方言唯一性时说:"你说这方言是你那里的,他说是他那里的,你写出来给大家看,没有被认走,才是你那里的。"陈晨把黄霖先生的话诠释得更通俗直白,她在《〈金瓶梅〉作者问题之我见——作者研究思维理路反思》中说:"所以只证明该地有此方言是远远不够的,还要证明其他地方没有此方言,才能证明此方言为该地所特有,才不至于导致由一个方言词汇导出数种不同的来源地这种现象。"

笔者再次登个"寻认"启事,广而告之:"七担八柳""凹上了"这两个"卓(吴语捡拾音'捉')丢儿"再没有人认走,笔者就认为它们的唯一身份是"南部吴语"。

作　者:浙江台州黄岩化工公司经济师

几个有关缝纫的汉语字词

甘振波

汉语里关于缝纫的字词非常丰富，有些关于缝纫的字词虽然大意接近，但是要互换则大大降低语言的生动确切。例如《金瓶梅词话》第三十七回："坐家的女儿偷皮匠，逢着的就上"①，这里的"逢"应该是"缝"，"上"应该是"绱"字。将鞋帮和鞋底缝缀在一起叫绱鞋。下面列举有关缝纫的汉语字词，这些常用的汉字往往不知道怎样写，例如"敹"字，它是"缭"的本字，真正认识"敹"字的怕没有几个人，这无疑是我们教学中出现的偏颇。

现在的手工缝衣针大家都很熟悉。我生于1944年，儿时（大约解放初期）在集市上见有卖"洋针"的小贩，他拿着一块长方形的木板，然后将他要炫耀的洋针一次10个左右甩扎在木板上，一块木板几次甩扎，整块木板就像长满缝衣针的小树林。既然叫"洋针"，那就是从外国传来的舶来品，较中国的"土针"肯定先进——钢针的硬度大，针细锋利容易扎进织物。真正的中国"土针"什么样子我没见过。我参观过北京十三陵的定陵，我仔细观看了皇帝的裤子，手工缝的针脚很是粗拙，不像现代的缝衣针所做。可以想见，当时的工艺水平把缝衣针细头上打孔（打针眼）就是很难做到的工艺。

广告最上边是"济南刘家功夫针铺"8个大字（图1），很显然这

---

① 〔明〕兰陵笑笑生《金瓶梅词话》（明万历丁巳刻本），香港：香港太平书局影印本。

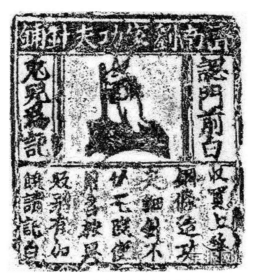

图1　北宋时期缝衣针广告

是生产和出售钢针的店家。中间是捣药的白兔,白兔两边书"认门前白兔儿为记"。玉兔下面的广告词是"收买上等钢条,造功夫细针,不误宅院使用。转卖兴贩,别有加饶。请记白"①。

最古老的针是骨针,用骨头磨出来的。北京地区最早的骨针出土于距今1.8万年前的北京山顶洞人的遗址中。这枚骨针长约8.2厘米,针身略弯,粗处直径为3.3毫米,针尖锐利,尾端有眼。到了青铜器和铁器时代,就有了金属针,针眼是捶扁烧红用利器锥出,然后打磨。1975年在湖北江陵凤凰山167号汉墓出土了一袋缝衣针,墓葬时代为西汉文景时期。针质地为钢,长59毫米,最大直径约0.5毫米。针粗细均匀,尖稍残,针孔细小,内系黄丝线。当时的工艺水平怎能在直径0.5毫米的钢针上打孔?令人生疑。古代能制成这样精细的缝衣针真是不可思议。

下面列举的有关缝纫的汉字,拼音后面的数字表示出现在《金瓶

---

① 网址 http://discovery.cctv.com/20071126/104419.shtml "嫦娥再生形象　以玉兔为标识的北宋针铺广告"。

梅词话》中的所在页码，括号内的注音为中原方言的发音。

缝 feng[1]59：缝补衣物最常用的一个动词，即用针线将数片织物缝在一起。

缭（敹）liao[1]2102：用线斜着缝。缭缝儿，缭贴边儿。

用倒口针儿撩缝儿。

缲（纟秋）qiao（ciǎo）[1]2102：做衣服边或带子时，把布边往里卷进去，然后藏着针脚缝，叫缲边儿。

拿过针线匣，拣一条白绫儿，用扣针儿亲手缲（纟秋）龙带儿。

纳 na[1]2601：密缝。纳鞋底儿，纳袜底儿。

妇人正坐在炕边纳鞋，看见经济，放下鞋扇，会在一处。

揌 zhài[1]483,1094：把衣服上附加的物件缝上，或将饰物别在衣服上。如：揌花边儿。

妇人一面摘下揌领子的金三事儿来，用口咬着，摊开罗衫，露见美玉无瑕，香馥馥的酥胸。

绱（鞝）shàng：把鞋底和鞋帮缝合成鞋，即绱鞋。

缀 zhuì：用针线缝上衣服外的饰物或纽扣，即缀扣儿。

妇人便道："我的达达，等我白日里替你缝一条白绫带子，你把和尚与你那末子药，装些在里面。我再坠上两根长带儿，等睡睡时，你扎他在根子上，却拿这两根带扎拴后边，腰里拴的儿紧的，又温火又得全放进，强如这根托子，楮浇[2]110着格的人疼，又不得尽美。"

"楮"字典注音为 zhi，"支"本字，或作柱、柱下石，柱下石就是"柱础"，家乡叫"根脚石"。古代人是很聪明的，柱子是木头的，木头直接接触地面，因潮湿就会朽烂，于是发明了石质柱础。在下认为"楮浇"应读音"gějiao"，家乡把用棍子搅拌叫"gějiao"。性交需要乱动，好比用棍子乱搅拌。银托子是人类性变态的产物，没听说现在还在哪里流传。

繉 yin[3]209：意同"衲"，用针线将面儿、里儿和里面的棉絮固定的缝纫方法。绗被子，绗棉袄。

绗 hang：同"繂"。

绷 beng：粗粗的缝上或用针别上。如：绷被头。

缉 qi（ci）[1]95：一针连着一针密缝。如：缉鞋口。在这里缉读音 qi，方言读 ci。

头上戴着黑油油头发（髟狄）髻，口面上缉着皮金，一径里趐出香云一结。

纤 qian（cian）：用大针脚缝上。字典解释：1. 表示细小，作形容词；2. 拉船的绳子，作名词。此作为缝纫的动词，各字书均未收录。

絼 zhi[4]581：作为动词，《中华小字典》收有此字，意为"缝也"，"纳、刺为之絼"。① 电脑字库也有此字，意为缝、纳，用线连缀。作者家乡没有此语，也不知在中国哪里流行此说。

煞裉儿 ken'r：缝合衣服腋下前后相连的部分。

《第十五届（石家庄）国际〈金瓶梅〉学术研讨会论文集》登载了孟昭连老师论文：《〈金瓶梅〉疑难词辨析——与杨琳先生商榷》，其中第 497 页谈到了《金瓶梅词话》第七十三回：

> 潘金莲想着要与西门庆做白绫带儿，三不知走到房里，拿过针线匣，捡一条白绫儿，用扣针儿亲手缲（纟秋）龙带儿，用纤手向减妆磁盒儿内倾了些颤声娇药末儿，装在里面周围。

"用扣针儿亲手缲龙带儿"，孟老师认为"缲龙带儿"应当改为"缝就带儿"，原因是前面提到"潘金莲想着要与西门庆做白绫带儿"，并提到第七十二回潘金莲说过"等我白日里替你缝一条白绫带子……"。言外之意是前面提到"缝"，后面也应该是"缝"，"缲"是

---

① 《中华小字典》，北京：中华书局，1985 年版。

形近致误，笔者不能苟同此说。个人认为，我们国家的汉语丰富多彩，同一个动作可以由许多字词表达，之间有少许差异，这更能体现汉语言的丰富生动。本人生在乡下，见过妇女做针线活。使用"缲"字，是指缝制带状织物或衣服的长条部位时，曰"缲"，如"缲边儿"，操作时有时需要将长条状织物固定一头。

文中使用"缲（纟秋）白绫带儿"，是用所使用的材料来表达的口语，"龙带儿"很可能是这种性工具的真正名字。人的阴茎头又名龟头，确实像乌龟的头。而乌龟和龙在中华文化中都被称作神圣之物，龙被称为至高无上的权力象征，而作为承载传宗接代功能的男性性器官，栓它的加了"颤声姣"药末儿的白绫带儿，被称作龙带儿也是顺理成章的事，当然这只是一种猜测。

本文提到的关于缝纫的汉语字词就有十多个。不可否认，《金瓶梅词话》原作确实有错误，再加上使用方言成书，致使不谙当地方言者常常产生望文生义、理解错误的偏颇。在下认为：在没有百分之百把握的情况下，不宜更改原著的一个字、词。我在阅读《金瓶梅词话》第二十八回读到"好的儿"时，曾认为是错讹衍舛，是古代作者、出版者不负责任的瞎胡来，什么叫"好的儿"？是"好儿子"的意思吗？

> 这经济向袖中取出来，提（氵十匐）diliu着鞋拽靶儿，笑道："你看①这个好的儿是谁的？"

当看到下一行时，心想再看看前面的"好的儿"到底是在说什么。原来"好的儿"正是我家乡藁城一带或其左近的方言，意思是好

---

① 这儿原为"着"，改为"看"，应该无疑。

东西，好物件。"好的儿"读作 hāo de'r，"的儿"读作一个音节。① 大家知道，文字是记录语言的，丰富多彩的语言用些许汉字很难表达完整，于是则出现一字多音、一字多意，更多的是没有恰当的字、词而出现"记音字"，例如书中的"干茧儿"（指干活，跟蚕茧没有关系），"谷树皮"（指有很多密集皱纹的东西，这里指阴囊，跟"三寸丁"一起构成睾丸的隐语，跟谷树没有关系）。《金瓶梅词话》书中儿化音用词准确，完全真实反映出中国古代社会人们使用生活口语的情状，不能不佩服《金瓶梅》作者的用词严谨和聪明睿智。

《金瓶梅词话》被称为奇书，这一点都不为过。它奇在哪里？它奇就奇在别人不敢说的他说出来（性描写），奇就奇在所用的北方话夹杂着南语和南方风物，例如南酒、金华酒、海盐戏班等等。据褚半农先生研究，上海话"多、都"不分[5]478。② 鄙人最近看到一则资料，浙江杭州灵隐寺有这样一副对联："人生哪能多如意，万事只求半称心。"（图2）这里的"多"，其实是"都"。

图2 杭州灵隐寺对联

中国幅员辽阔，语言、语音繁杂多变，就是同一乡里，十里之外音色、音调就有变化，况隔省乎？我是藁城县人，家乡男阴叫"巴子""鸡巴"，书中的"膁子"（第三十五回）在藁城并不说，在北面

---

① 傅来兮《金瓶梅词话》语词释补——以陕北方言为据兼与《汉语大词典》相较（二）》，《西北大学学报》（哲学社会科学版），2010年第5期。
② 褚半农《〈金瓶梅词话〉中的吴音字》，《金瓶梅与五莲——第九届（五莲）国际〈金瓶梅〉学术研讨会论文集》，北京：中国文史出版社，2014年版。

的临县无极县就把男阴说成膫子；又如书中频出"怪小油嘴"的"怪"字语言习惯，在藁城、无极都不说，在西临的正定县就有此说。

《金瓶梅》洋洋百万言，万历木刻版近3000页，几乎每页都有不肯定、不明白之处。研究《金瓶梅》语言是一项重要课题，也是艰难、繁复的学术诉求。只有更多行家积极参与，各门学科互相穿插，让更多的普通民众看到此书、参与研究，要承认"高手在民间"。《金瓶梅》语言研究任重道远，破解金学之谜有待时日，但《金瓶梅》这部恢弘古典文学名著的研究前途是光明的，文学地位是肯定而稳固的。

作　者：河北省区域地质调查院高级工程师

《金瓶梅词话》方言究系何处方言

——从与兰陵方言、地域情况的比较看其归属

李照川

一、引言

就当前的《金瓶梅词话》文本语言的研究、解释、校注而言，书中还有相当一部分方言语句、字、词没有完全破解，应该说这部分难解方言大都是比较有特色的方言了。因其难解，致使与之相关的地域情况也争议纷纭，至今归属难定。吴敢先生在《〈金瓶梅〉研究的悬案与论争（一）》中指出："语言是《金瓶梅》最有特色的文学因素之一，方言俚语、隐语俗谚，俯拾皆是，这已是共识，但一接触到具体词汇，便多有分歧，究系何处方言，究作何解，究有何意，究因何由，尚待辨析。"[①]

笔者自2012年始，着手做"金"书文本方言与"兰陵一带方言"字、词语的对比解释工作。对已往的"金"方言没有解释或认为解释不正确或解释有偏差的语句、字、词语，进行辨析、筛选、搜集、整理，汇成了《〈金瓶梅词话〉兰陵方言解读》。选择"兰陵一带方言"

[①] 吴敢《〈金瓶梅〉研究的悬案与论争（一）》，见黄霖、杜明德主编《〈金瓶梅〉与临清——第六届国际〈金瓶梅〉学术讨论会论文集》，济南：齐鲁书社，2008年版，第1—36页。

与"金"方言作对比，不是因有欣欣子在"词话"序言里"窃谓兰陵笑笑生作《金瓶梅传》"的作者属地指向而作出的，而是笔者发现，熟悉的家乡"兰陵一带方言"与"金"方言可比性非常高，具备可比较的基础，同时发现兰陵一带地方的地理方位、山川河流、时令物产，也都与"金"书文本相关信息基本情况相符或相近，"兰陵"与"金"书所描述的"清河"似有着自然相通的渊源联系。

《〈金瓶梅词话〉兰陵方言解读》，选取解释的"金"书方言的方言字词，具有明显的方言的特征性、体系性。它不仅仅是方言的解释问题，也反映出了方言归属的地域问题。本文在此基础上精选列出最能代表地方性特征，最难解的部分，同时结合"金"书所描述的"清河"与兰陵在地理位置上的对比情况，以证实兰陵与"金"书在方言、地域关系方面的同一归属的自然合理性。这都是"金"学研究者一直很关注、很感兴趣的话题。现随着拙作《〈金瓶梅词话〉兰陵方言解读》的出版，笔者希望与学界专家朋友对方言解读及归属问题进行广泛的交流、讨论，争取对"金"书文本方言有一个较全面系统的完整解读。因本人水平所限，不当之处，敬请专家学者们不吝赐教。

二、"金"书特有方言字词的列举

"金"书方言，大多数是与广大的汉语言地区方言共有的或与某些地区交叉持有的，特有的只占少数。为凸显方言特色，分别以方言字词的读音为主和方言字词的语义为主两部分列出。因篇幅关系，只对少部分特有方言字词作了详解，大部分选取列出，其详解见《〈金瓶梅词话〉兰陵方言解读》。该"解读"以香港太平书局1982年版六册影印本《金瓶梅词话》为基本对照本。

1. 具有特别读音的方言字、词列举

"金"书特有方言字词的读音情况复杂且易变。有单独的特别读音,有一字多个读音;有摩音,有借音,有变音;还有字词错讹等非本音。虽复杂,但依兰陵一带方言音去揣摩、发掘和捉扑"金"书中这些特有的方言字词读音,整体来说,"金"方言的读音还是比较清晰可见的。现列举如下:

"乱" 有"luàn""la"两个读音。

(1)"乱"读 luàn 音时,音、义均同普通话。

(2)"乱"读"la"音时,轻声。这是"金"方言独有的读音。如:"奴若嫁得这个,胡乱就罢了。"(第一回)"西门庆道:'我连日不进衙门,并没知道。李桂儿既赌过誓不接他,随他拿乱去。'"(第六十九回)

本书还有:撩乱、惹乱(热乱)、反乱(翻乱)、撒乱、撕乱、引乱、戳乱、祸乱、霍乱(攉乱)、拨乱、嚷乱、搅乱、打哩乱哩、破零二乱,等等。

"说回" 读"fo hui"音,正字"噱唬",意:谎骗。如:"这个不是文妈?刚才说回我不在家了。"(第六十八回)

本书还有:"撼说"(第二十六回)、"着说"(第七十二回)、"说惯了"(第七十二回)、"说舌"(第七十三回)、"说讽"(第七十六回)、"快(怪)说谎"(第九十一回)。

"说回"是"噱唬"的借音替代词,是典型的兰陵方言音,一般读者是读不出正音的,"说回"的"谎骗"之义也就理解不出来。

"(口床)" 有"zhàng""chuáng"两个读音。

(1)读 zhàng 时,意为:形容人贪吃、愚笨,不会掂量自己能吃多少,吃得肚子发胀。如"只是一味(口床)酒"(第一回第 68 页)。

(2)读 chuáng 时,意:胡吃乱捣强行充塞。如:"你大碗小碗(口床)捣不下饭去,我做下的,孝顺你来!"(第八回)

两个读音意思,一般都可形容胡吃海喝,意也相近,但在具体字词的使用中还是有区别的。

"刷"读"shuā""zhuá"两个音。

（1）读"shuā"时，音、义与普通话同。

（2）读"zhuá"时，意指扫帚、刷子使用得很短的部分，叫扫帚抓、刷子抓。"抓"音，字写成了"刷"。引申义为：形容败类、无赖、刺头等。如："这刷子当败。"（第二回）"铜盆撞了铁刷帚。"（第四十三回）

此类特别方言读音的字词还有：

决撒（第九回）、（扌扉）（第二十七回）、合（第一回）、扠着心（第七十六回）、嘿（第六十二回）、倘倘儿（第七十二回）。侧侧儿（第七十九回）。

2. 具有特别语义的方言字、词释义列举

上面我们单把部分特别读音的方言字词列出，目的是强调一些人们不太注意或不太了解的特别读音字词的读法和语义。实际上特别难解的方言字词几乎都涉及读音辨识问题，有音无字、谐音替代字、错讹字、造字等都存在怎么读的问题。如何识别、纠误，寻得正解，没有可比较的实地方言作参照是很难做得完整的。好在这些特别难解的方言的字词在兰陵方言里都有，这样"金"方言的辨析修正就方便多了。现列举如下：

"紧"读 jīn。意：拉、拉动、拉扯。如："奴有一包金银细软打墙上紧过去。"（第九十二回）"老婆听见有人来，连忙紧上裙子。"（第二十二回）

这个"紧 jīn"是借音字，正字在字书上查不到，有音无字，与今天的"今"同音。用"紧"不用"今"可能考虑到"紧"与"拉扯"有相近的字义。

"饧"（第二回）读 xíng。意：慢吞吞、拖拖拉拉、犹豫不定、浸润、慢慢醒悟等。本义指：熬糖、和面慢慢等剂子浸润变软的过程。饧面，现也可写成醒面。本书多是慢吞吞、浸润之意。如："春梅有几分不顺,使性子走到厨下,只见秋菊正在那里等着哩!便骂道:'贼饧奴,娘要卸你那腿哩,说你怎就不去了哩!'"(第十一回)"饧"是慢吞吞、拖拖拉拉之意。

"**浪汤**"应是:浪淌,"汤"借音字。本意是:形容小溪或小河一浪接着一浪流水的形态。引申为形容人多,一个接着一个前行的大队人马。"小炉匠跟着行香的走,锁碎一浪汤。"(第六十八回)小炉匠是做各种小铁货的人,出去做活挑着家伙和各种铁货材料;行香的,是持香上香的人,排着队一个接着一个慢慢挨着向前行走。小炉匠随着一大队行香的走,当然是琐碎一浪淌了。这个歇后语把小炉匠与一大队浪淌行香的人撮合一块,主要形容一大串和烦琐啰唆的事。

"**只要结住了**"应是:"吱吆"结住了。意:突然停下了。如:"陈经济唸到中间,只要停住了,还有几个眼生字不认的,旋叫书童来唸。"(第四十八回)。"只要"应是:"吱吆",象声词,借音字。以前独轮车的车轴是木头做的,要加油润滑。油逐渐磨干车轴发涩,最后推不动了,突然停了下来。发涩叫发结。"结住"意:发涩而停下。这个词有意思的是,用于形容逐渐停住和突然停住都行,主要看语境。

"**没事没事的**"应是:没使没使的。意:有劲没处使的样子。"事"应是:使,借音字。如:"那玳安走的眝眝的,只顾(扌扉)扇子。今日造化低的也怎的,平白爹交我领了这贼秃囚来,好近远儿。从门外寺里,直走到家,路上通没歇脚儿,走的我上气儿接不着下气儿。爹交顾驴子与他骑,他又不骑,便便走着,没事没事的。"(第四十九回)这段话里的"(扌扉)"应是:搧,字形误。"便便"应是:偏偏,字形误。"近"应是:禁。"禁远"意:很远或好耐走的远。"没事没事",在以往"金"方言字词典上都没解释。"没事",一般认为意思是"没有事",或"没什么事的"。可以理解成:玳安累得不行,和尚却一点不累,像没事的一样。这么理解在本段话中还是讲得通的,只是觉得句子有些别扭、生硬。但作者是使用的本地方言,"没使"写成了"没事",这就误解了方言词"没使没使"的本义了。兰陵方言里有这个词,"没使没使",意是有劲没处使的样子。本书还有一处,在第五十一回,"亦发咂了没事没事",意思是"有劲没处使"。

此类方言字词语还有：

薄纩（第 8 回）；颠狂鹞子（第 8 回）；黄猫黑尾（第 7 回）；闲门（第 8 回）；歪剌骨（第 11 回）；使位恰（第 12 回）、促却（第 27 回）、使促挟（第 68 回）；（扌利）了（第 12 回）；扎罚子（第 12 回）；韶刀（第 13 回）、韶道儿（第 81 回）；俏棍（第 14 回）；倘棍（第 73 回）、汤那几棍儿（第 73 回）；挡我一儿（第 76 回）；驴马畜（第 14 回）；驹驴战（第 17 回）、驹（马婁）战（第 69 回）；养虾蟇得水蛊儿病（第 18 回）；稳拍拍（第 19 回）、稳拍拍（第 98 回）、惚（第 38 回）；打哩乱哩（第 20 回）；猫儿头差事（第 20 回）；猎古调（第 23 回）；漫地里栽桑（第 23 回）；旋簸箕的（第 23 回）；瘵瘝了（第 24 回）、瘵瘸了（第 82 回）；这头子（第 25 回）；他到过蘸来了（第 26 回）、打了你一面口袋倒过蘸来了（第 19 回）、打面面口袋（第 72 回）；鸡脯翅（第 27 回）；打张鸡（第 28 回）、打张惊（第 35 回）；花花黎黎（第 29 回）；一帽头子（第 30 回）；狗挏门（第 32 回）；虼蚫皮（第 33 回）；覆盔、救火、硬浆、插着、太山遛到岭（第 35 回）；（禾忝）（禾忝）即"黍黍"（第 35 回）；颡根轴子（第 35 回）；学闲闲、打闹闹（第 35 回）；锡锡了（第 35 回）；歪挺着（第 35 回）；凹上（第 37 回）；出了毡（第 37 回）；生眼布（第 39 回）；大迨答子（第 39 回），大滑答子、大波（皮）答子（第 72 回），皮答子货（第 75 回）；传揉（第 39 回）；期保（第 42 回）；（毛皮）罢了（第 43 回）；顿䐧（第 44 回）；虚簪（第 45 回）；灰起（第 46 回）；阄阄（第 46 回）；展指巾儿（第 46 回）；脱脖倒坳过飏了（第 46 回）；眼儿（榠）（第 46 回）；水合袄（第 46 回）；戳无路儿（第 51 回）；快我（第 53 回）；惯一不着（第 52 回）；撚酸（第 54 回）；入巳的

（第 54 回）；饿眼见瓜皮（第 55 回）；烧苦葱（第 57 回）；股嫩腿（第 59 回）；倒了柴（第 60 回）；不乐坐（第 64 回）；毛司火性（第 64 回）；老牛箍嘴箍了去（第 67 回）；老牛箍嘴拐了东京去（第 81 回）；伤叔（第 67 回）；倒还许说（第 69 回）；栓（第 72 回）；显火（第 72 回）；两当一（第 72 回）；一例（第 72 回）；东沟黎、西沟（革霸）（第 73 回），东沟篱、西沟壩（第 75 回）；和刺（第 73 回）；泛汤气（第 73 回）；扎篾子（第 73 回）；猪毛绳（第 75 回）；平不答（第 75 回）；料毛（第 76 回）；不上芦苇的（第 76 回）；狗拘的（第 77 回）；毛袄匠（第 77 回）；两烓饼（第 77 回）；两个（食鸟）（食鸟）胎眼儿（第 78 回）；例儿撺儿（第 78 回）；（足丽）狗尾巴（第 78 回）；（口夏）饭（第 79 回）；收救（第 79 回）；枉（扌戗）（第 79 回）、柱戗（第 94 回）；锦裆队中居住，团夭库里收藏（第 80 回）；有八角而不用挠捆（第 80 回）；得人化白不出你来（第 81 回）；促死促灭（第 83 回）；付莫（毛皮）（第 83 回）；溜骨腿（第 84 回）；鸡儿赶弹（第 85 回）；腌韭已是入不得畦了（第 86 回）；大段（第 87 回）；帽儿光光（第 87 回）；活杀（第 89 回）；蛮盖（第 90 回）；话众亲眷（第 91 回）；膀（第 91 回）；昏章第十一（第 94 回）；佞钱（第 94 回）；麼犯（第 94 回）；没曾兢（第 94 回）；才是（第 94 回）；狗漱着（第 95 回）；阿兜眼（第 96 回）；脸儿蛙着（第 97 回）；没鞦（第 100 回）。

　　上述列出部分"金"书方言特别的字和词语，共一百七十余个，这是最难读懂、最难理解的部分字词。其特点如下：

　　一是地方口音特别。字词的读音地方色彩浓厚，摩音、近音、混读音混杂，且多变随机性强，不易读得出、读准确。

　　二是字词语义特别。字词的本义、引申义、喻义特别。如"旋簸箕的"，有的指编簸箕的，有的指用杞柳旋簸箕舌头的，而我地专指修簸箕的。又如："狗嗾着"，方言词本身就难懂，"嗾"写成"漱"，就更不知所云了。

三是语句表现形式特别。如,应伯爵说用水泼西门庆、李桂姐,如果不知狗交合用水激可使狗尽快分开这个生活常识,就觉得平淡无奇,就不知道这是"狗男女"的骂人话。

四是错讹太多。方言字词本身就难读难懂,再加之杂有错讹,读出、读准就更加困难。如:"伤叔""饿见瓜皮"等。"金"书的错讹字词多而杂乱,是这本书最难辨别、最难读的部分。

有幸这些特别字词,在兰陵本地方言里几乎都还可以找到。现在年龄大一些的人还知道得多一些,年轻人就恍如隔世之语了。"金"书方言很多字和词语的解读,可以说现已是岌岌可危,其破解工作刻不容缓,否则会留下永久的遗憾。

三、"金"书相关地理环境描述与兰陵的对比情况

"金"书在反映地理位置基本情况的描写时,作者显然是想借助《水浒传》中的故事和"清河"之名,借故生芽,来叙述自己的故事。有意把原"清河"的地理位置,作了一些遮掩、移植处理。但我们还是能够从书中相关地理部分的词语及反映地理情况的描述信息中窥其真相。

1. 关于新"清河"的地理环境描述信息与兰陵之比较

"金"书关于新"清河"的地理环境描写,从小说人物活动空间的细节上,可了解到"清河"与周围城市间的距离、山川河流、季节时令等信息情况。

(1)"清河"与运河的地理位置情况

"清河"与运河、临清、新河口。第八十九回,月娘给西门庆上坟,出南门外5里是西门庆家祖坟,南10里是永福寺。第五十二回,"出城南30里,径往刘太监庄上来赴席",也就是刘太监的砖厂。因

在第四十九回写西门庆与夏提刑出郊南去50里到新河口,可见由刘太监庄南去20里到"新河口"。第九十三回,清河王廷用与陈经济备礼往临清码头晏公庙,止70里;也可走旱路南去50里到"新河口",再顺运河南去20里到"临清"码头,这是西门庆从南方购来的货物抄关纳税后回"清河"中转的地方。第五十四回,伯爵郊园会友,"清河"城西边有一条北南流向的小河,可乘小船南去30里到刘太监庄游玩,小河南去流到运河的新河口,小河不能漕运。第四十八回,阳谷县丞狄斯彬令公人查访"苗青案",也是沿这条小河南去新河口方向巡查案情。

(2)"清河"与东平府

东平府一府辖清河、阳谷两县。从第五十一回中安忱在清河城南30里砖厂与黄主事去东平府途经清河来看,东平府在清河以北;"清河"与东平府距离,从第四十七回中玳安说"我跟爹走了个远差,往东平府送礼去来"当天可来回来看,"清河"离东平府不远。

(3)"清河"与泰安、东京、兖州、徐州、扬州等地的距离

①去泰安。第八十四回,第八十五回,月娘去泰安州进香,往回半月光景。由一天走六七十里路程可知,清河离泰安有500里左右。第九十八回"正东看:隐隐青螺堆岱岳",也就是正东看到隐隐的远山簇拥连着岱岳。这就是说,岱岳不一定在正东,但与正东的远山簇拥相连。②去东京。第五十五回,第七十一回,第七十二回,都谈到西门庆去东京要十五天路程。按一日行六七十里计算,去东京有1000里左右。由临清与"清河"南北70里的相对位置看,东京也基本在"清河"的正西方向。③去兖州。第七十八回,西门庆让李三去兖州走一遭,李三说来回破五六天日罢了,可见去兖州有200多里。④去徐州。第一百回写韩爱姐行数日来到徐州地方;第二十六回来旺递解徐州,也没写来旺几日到老家徐州。只是听西门庆对宋惠莲说来旺过一二日就回来了,哪知跟西门庆出去回来的钺安说漏了嘴,说:"俺

哥这早晚到流沙河了。"这两处都不甚明确清河到徐州几日路程,但可知清河到徐州要经过流沙河,估计离徐州不会太远。⑤去扬州。第八十一回,韩道国与来保从扬州正月初十起身,押货回清河,一月,前临行(清)闸上,遇上流坐船而来的严四郎往临清去。一个月从扬州到达临清,每日行程不明。一般船一天行 20—30 里,从扬州到临清走运河水路估计在 700 里左右。

(4)"清河"与运河、黄河、沂水方位关系和距离

①"清河"与运河。本书多处明确写到由"清河"南去到运河的新河口是 50 里。②"清河"与黄河。第七十一回,西门庆去东京回"清河",过了黄河遇大风,走了不多远在沂水八角镇住下,第二天回到了"清河"的家。可见黄河到"清河"有一天多的路程,按一天走六七十里计算,在 100 里左右。第九十一回说,清河县李县长老家是河北的枣强县,从清河去黄河,再由黄河到河北枣强县六七百里。③清河与沂水。作者为什么写过了黄河到沂水县八角镇?可能提示黄河离沂河不远,明时的沂河叫沂水。沂水下游在兰陵东南几十里处汇入运河,顺运河又到南几十里的直河口与黄河汇合。运河、黄河、沂河同在一个区域交汇,只有在这个时代这个区域。

(5)往来于东京与江南之间的人员道经"清河"

①第三十六回,蔡状元蔡缊,滁州匡庐人;同榜进士安忱,浙江钱塘人。两人从东京回乡,顺道经过清河西门庆这里。②第六十五回,黄主事说,太尉朱勔往湖湘采花石纲打运河来,头一运次到淮上,后往山东河道而来。又钦差六黄太尉来迎取,届时黄主事做东,在西门庆府上请饭。③第五十一回,安忱选在工部备员主事,前往荆州督运皇木道经清河。④第七十二回,九江蔡京九公子蔡少塘要上京朝觐,路过清河。安忱、宋乔年、钱云野、黄泰宇四人做东,借西门庆府设席宴请。⑤第七十四回,宋御史借西门庆府置酒奉钱,贺巡抚侯石泉新升太常卿。⑥第七十七回,安郎中与雷东谷、汪少华借西门

庆府请浙江与安郎中本府的赵大尹新升大理寺正。这些宴请，都是借西门庆豪富，府第场面，又顺道之方便。

(6) 浙江天台山吴神仙往岱宗访道道经"清河"

第二十九回，从浙江天台山紫虚观吴神仙去岱宗访道道经清河。

在综合以上所收集整理的相关"清河""临清"地理位置的综合信息情况来看，对"金"书文本所描述的"清河""临清"所处的地理位置、距离，有了一个比较清晰的脉络。

"清河"地理环境情况："清河"是运河北50里的一个县城，与黄河、运河、沂水均有交集之区域，是南北人交往途经的辐辏之地，也是水运陆运频繁之要道。因常与淮上人来往，故有"淮上""淮盐"等口头语。有南方人在此做生意卖大米，冬季要赶在结冰前乘船回南方。也因两省交界人员杂乱，言明是山东卖棉花的商人，时常受淮河洪水灾害之影响，常有"淮洪""告水灾"等口头说法。冬天较冷，阴历十月间收菜，十一月下大雪，结冰封河不能漕运，二月运河冰融开河。生活方面，床炕混搭、箸筷混称。吃面食为主，有鳌子，常烙大饼，吃"馎饦"，喝"南酒""金华酒""鲁酒"。喝甜井水，当然也有相对不太好喝的"苦水"。

"清河""临清"与东京相对位置、距离："清河"城西有一条北南流向的小河。顺小河南去50里到新河口入运河。再顺运河向南20里是"临清"。"清河"去"临清"也可走旱路南去70里。"临清""清河"都在东京开封的正东方向，经过黄河，要十五天路程。距离都差不多1000里路程。

"清河"到其他城市方位、距离："清河"去徐州经过流沙河，要数日路程，200多里；去兖州来回五六日路程，约250里；去泰安半月可来回，约500里；离黄河一日多路程，约100里；去河北枣强，顺道黄河，从黄河到枣强县600—700里；船从扬州走运河，北到"临清"要一月路程，约700里。

下面我们对照"金"书所描述的"清河""临清"地理位置信息，分析比较一下山东兰陵与之相对应的地理位置情况。

兰陵地理环境情况："兰陵"本文均指古兰陵，是现在的山东省兰陵县的兰陵镇。兰陵一带，地属沂河、沭河、泗水水系冲积地带，域内河道属淮河流域中运河水系，位于山东与江苏的交界处。南挨江苏省的淮徐地区，北靠广大的沂蒙山区连着岱岳；本地区四季分明，夏季高温湿热，雨水多，较集中，以前常闹水灾，因离淮河较近，常有"淮洪""告水灾"的说法。一般阴历十月中旬收菜，十一月大雪封河，二月冰融开河；以前炕床混搭，现只有床，把"床上坐""床上说话"说成"炕上坐""炕上说"等；筷子和箸混说，放筷子的笼子叫箸笼，把筷子最大限度能挑起的面条叫一箸面，可着赶面轴赶出的一张面饼叫一轴面。以面食为主，有"金"书记载的靠山桌面（大锅饼）、烧饼、馉饳汤、油条、馓子等；产兰陵酒，兰陵春秋时此地名为东阳，李时珍《本草纲目·谷四·酒》载："东阳酒即金华酒，古兰陵也。"兰陵地下水有甜水和苦水（碱水）之分，饮用的多是甜水。

兰陵与泇口的相对位置：现兰陵镇西面有一条北南流向的小河，向南50里流入京杭大运河支运河，入口处现叫渡口。运河水在此由西向东流，转为东南流向；自渡口顺运河向上游西去十几里是台儿庄，顺运河向下游东南去20多里是泇河的入口处泇口镇。这个泇口镇，是在山东与江苏交界处的运河左岸岸边，今属江苏省的邳州市；此处最早的几道河道连通，开运河是在明隆庆三年（1569），由总河督翁大立提议开始整治，直到明万历二十一年（1593）的正月至五月，总河舒应龙总负责才正式开挖运河，新开韩庄会澎河河道40余里，九月连通了韩庄至泇口的河道，全长90里，史称"韩庄新河"[1]。后经整治，在万历三十二年（1604），总河李化龙总负责，开通了沛

---

[1]《明实录·神宗实录》卷二七七，万历二十二年九月戊戌。

县夏镇李家口,经韩庄、会泇水、沂水达直河口,长达260里。这就是避三百里黄河之险的东运河,亦称"泇运河"。①对照"金"书的描写,泇口所对应的位置,与"金"书"临清"的位置十分吻合。正西去开封约1000里,北到兰陵镇70里,走运河水路北去20多里到渡口(此处在"金"书成书期间,因"韩庄新河"可以称作新河口),而由此处向北50里到兰陵镇。

兰陵与相关城市、山川、河流的方位和距离: ①兰陵与相关城市的方位、距离。兰陵西南去徐州200多里,西北去兖州300多里,北去泰山500多里,南去扬州700多里,西去开封900多里。②兰陵与黄河的方位、距离。因"金"书的成书在明末,我们讨论的是明朝末时的兰陵与黄河的方位、距离。由第七十一回得知,西门庆由东京回清河经过黄河,过黄河后还要一日多路程,估计"清河"离黄河有100多里。由明末的黄河流向可知,黄河由开封、兰考、商丘、砀山、徐州自西向东流,由徐州东几十里转向东南去宿迁的运河直河口。那时的黄河在商丘分流两支,一支略向东南流向徐州,另一支向东北流向沛县,由沛县转弯向南,又与徐州黄河交汇。由此可知"清河"与黄河相对位置的信息:一是黄河由开封流到兰考,基本是正东流向,商丘到徐州,转为略东南方向。西门庆从东京回"清河",如果是沿着黄河走过徐州,在离"清河"最近的地方去清河,因黄河在此由正东流向转为东南流向,要想继续向东走或向东北方向去,就不能再沿着黄河走。如果西门庆从开封到徐州是在黄河的南岸走的,那走到徐州东黄河向东南转弯的地方就必须过黄河,向东或东北方向走100多里回"清河"。二是从商丘向东直去"清河"。因黄河向东北流去沛县的一支,在沛县转流向南去徐州。如果西门庆从开封东去到商丘后,不走徐州,直接向正东去"清河",就必须在沛县南经过黄河,顺韩

---

① 《明史·河渠志五》卷八十九,志六十三;《明实录·神宗实录》卷二百九十二,万历三十二年正月乙丑;《明史·李化龙传》卷三百三十三,列传一百八十四。

庄运河向东去。"清河"离从沛县去徐州的黄河最近处，也是100多里，这两条路线都经过黄河。从"清河"到黄河的方位，一个是向偏西南的徐州方向，一个是正西商丘方向。这些"清河"与黄河的方位情况，与现兰陵所处位置与明时老黄河方位都十分吻合。另外，在第九十一回提到李衙内从清河回老家河北枣强县，过黄河六七百里。从现在的兰陵西去到沛县最北边的老黄河，此去河北枣强县实测有800里左右。这个距离也是比较符合实际情况的。

"清河"之地，本是由《水浒传》"武松杀嫂"的故事引入。武松和武植本是清河县人氏，后来到阳谷县。在"金"书里则相反，武松是阳谷县人氏，后搬至清河县。这个变动的"清河"，也不是"水浒"中的"清河"了，而是位移至"东平府"下辖的"清河县"。这个新"清河"，在东平历史上查无实地，是虚设的，但"词话"故事却由此而展开。此时的"清河"已不受"水浒"中"清河"的地域所限，从原来真实的地理位置移出，引入了作者在心目中熟悉的地理环境。对新的"清河"地域环境，作者有意作了一些掩饰处理，给出的地理位置信息，似真似假，半掩半露，整体地理轮廓情形不甚明朗，在现实的清河、临清、东平等地方的区域内，已很难找到一处与之相对应、相吻合的原型。这个迷宫般的新"清河"，直到第九十二回（第2733页）陈经济与杨大郎自清河前往临清，"三里抹过没州县，五里来到脱空村，有日到于临清"，作者才明确告诉读者，所使用的州县地域不是真实的，是假托的，请读者不要在原地名上纠结。在第九十八回（第2898页），陈经济在临清大酒楼上推窗四望："云山叠叠，上下天水相连。正东看：隐隐青螺堆岱岳；正西瞧：茫茫苍雾锁皇都；正北观：层层甲第起高楼；正南望：浩浩长淮如素练。"这时明确了新的"临清"的大致地理方位："临清"在东京的正东方向，长江淮河以北，东有远山连着岱岳，正北是"清河"县城。有了这个明确的"临清"的方位，有了"临清"与"清河"的相对位置，再结合小说的方言和有关城市间的方位距离、山川河流、时令气候等诸方面情况细节的描述,与现兰陵作对照,作者心目中的新"清河"轮廓,也就逐渐地清晰起来。

四、结论

众所周知,一个地方的方言、地理环境,是确认一个地方归属的重要标志。

证实《金瓶梅词话》方言之归属,首先要解决的是方言字、词语的正确解释问题。解决这个问题,如果没有一个确切的地方方言作对照,在读音、语义等方面均取得很高对比吻合率,是不可能最终解决"金"方言解释问题的。巧合的是兰陵一带方言已基本具备这些条件。

以兰陵一带方言、兰陵地理位置情况,反观"金"书所反映的地域情况描述,同时结合相关城市间的方位、距离,山川河流,自然时令物产,生活用品用具等情况做比较,其情况都很吻合,也恰好印证了欣欣子"窃谓兰陵笑笑生作《金瓶梅》传"之地属兰陵的指向。

至此,方言,地域归属,欣欣子的兰陵指向,三方俱证,"金"书方言是兰陵方言之论断便水到渠成。

作　者:山东临沂市商务局

《金瓶梅》"一个粉头，两个妓女"考辨

刘洪强

词话本《金瓶梅》第十一回：

> 西门庆居首席。一个粉头，两个妓女，琵琶筝篆，在席前弹唱。

有意思的是，后来的本子如崇祯本与张竹坡评本把"一个粉头，两个妓女"都改成"两个妓女"。这样相应的后面两处也接着改了，"三个唱的"改成"两个唱的"；"那拨阮的，是朱毛头的女儿朱爱爱"也就没有了。这个改动让研究者十分迷惑。这不但涉及版本之间的差异，而且关联到字词之间的微妙区别。但是直到今天，学界对此都没有正确的解答。当下词话本《金瓶梅》整理本都保留着"一个粉头，两个妓女"的原貌，但是没有一个整理本对这个问题作出解释。

我们知道，明清之际，粉头与妓女的意思几乎等同了。我们举几例来说明在明代妓女与粉头完全同义的例子。如三言二拍中的《玉堂春落难逢夫》《杜十娘怒沉百宝箱》《卖油郎独占花魁》《陶家翁大雨留宾》《两错认莫大姐私奔》中玉堂春、杜十娘、莘瑶琴、苏媛、莫大姐既称粉头，也称妓女。这两者差别之小，连崇祯本与张评本都分

辨不出来了。当下不少学者谈到这个问题时，都说没有区别。蔡国梁先生《金瓶梅社会风俗》说"小说里的粉头，都是指娼妓""可见上文'粉头'与'妓女'同"。① 杨鸿儒先生《细述金瓶梅》说"可见当时'粉头'与'妓女'同义"。② 卜键先生重校评批《金瓶梅》时说："粉头与妓女有何区别？实在看她不出。"③

有的学者试着作了解释。邱胜威、王仁铭两先生《市井风月话金瓶》有《粉头考》："'一个粉头，两个妓女'——不就是三个粉头，或三个妓女吗？为什么要分开来说呢？"④ 又说"十一回中的'一个粉头'，指的正是西门庆初次见到的李桂姐"。理由是李桂姐年龄尚小，未被"梳笼"过。⑤ 接着又说"粉头"是用来指称妓女中那些未被"梳笼"过的或年纪尚小的妓女的。⑥

然而我们阅读《金瓶梅》文本时会发现，这种解释并不正确。因为后文第五十八回有"四个粉头"就是指郑爱月、李桂姐、吴银儿与董娇儿。第七十六回有"席间正是李桂姐、吴银儿、郑爱月儿三个粉头递酒"，可见这些女性都可称为"粉头"。可是这些女性在小说中又被称为"妓女"。如第二十一回"叫了两个妓女弹唱。李桂姐与桂卿两个"；第五十四回的两个妓女为韩金钏、吴银儿。可见李桂姐、吴银儿既是粉头又是妓女。其他解释"粉头"的都泛泛地释为"妓女"，不能解决我们的问题。

但这两者肯定还是有区别的，因为石玉昆《小五义》也出现过

---

① 蔡国梁《金瓶梅社会风俗》，天津：百花文艺出版社，2003年版，第240页。
② 杨鸿儒《细述金瓶梅》，北京：东方出版社，2007年版，第229页。
③〔明〕兰陵笑笑生著，卜键点评《双舸榭重校评批金瓶梅》，北京：作家出版社，2010年版，第205页。
④ 邱胜威、王仁铭《市井风月话金瓶》，武汉：华中理工大学出版社，1994年版，第226页。
⑤ 同上书，第228页。
⑥ 同上书，第229页。

"也有粉头妓女"①，可见在清朝时这种区别还存在。我们检索词话本《金瓶梅》用的妓女与粉头数量，会发现这样几个问题：一是妓女用得少，出现了32次，粉头用得多，约70次；二是粉头多出现在口语中，而妓女不出现在口语中；三是妓女出现时全部与演奏有关，粉头出现时多与淫乐有关。如下表：

《金瓶梅词话》所用"妓女"与"粉头"数量

回目数	内容	出现次数及说明
第11回	一个粉头，两个妓女，琵琶筝纂，在席前弹唱	1处
第21回	叫了两个妓女弹唱	1处
第31回	叫了四个妓女弹唱	1处
第41回	两个妓女，席前弹唱	5处妓女，都是弹唱
第54回	两个妓女，韩金钏与吴银儿	1处，一人唱了一支曲
第68回	四个妓女，拿乐器弹唱	6处妓女，全部演奏
第91回	都是三院乐人妓女，动鼓乐，扮演戏文	1处
第93回	妓女都在那里安下。白日里便来这各酒楼赶趁	1处，白天妓女在酒楼给人唱歌取乐
第96回	两个妓女，银筝琵琶，在旁弹唱	9处都是演奏
第97回	叫了两个妓女韩玉钏、郑娇儿弹唱	1处

综合上表，凡是出现妓女的，无一例外，都与演奏有关。我们可以得出，"粉头"在这里应该指吴银儿，也就是花子虚的"令翠"，也就是与嫖客有一定固定关系的妓女。应伯爵说："这撅筝的，是花二

---

① 〔清〕石玉昆编《小五义》，珠海：珠海出版社，2007年版，第196页。

哥令翠，勾栏后巷吴银儿。"也就是说三位女子中，两位妓女是来献艺的，而吴银儿是粉头，她的主要任务是陪花子虚的，虽然她也弹唱。类似晚清的"叫条子"，叫相好的妓女来陪。《水浒传》中有"张三没了粉头"，这里粉头与此同。

邱胜威、王仁铭《市井风月话金瓶》说："所有的'粉头'都可以改称'妓女'，但不是一切用'妓女'的地方，都可以改作'粉头'。"① 这是不对的。如《金瓶梅》中两次称潘金莲为"粉头"，而潘金莲不是妓女。可见"粉头"不一定全是妓女。在《金瓶梅》中，这两个词几乎同义，但有些场合绝不能替换。

从以上分析得知，《金瓶梅》最早的词话本中是正确的。它展现了"妓女"与"粉头"的微小但不可忽略的区别。而后来的本子全改错了。词话本保存了许多语言的化石，不可妄改。

关于"戳无路儿"，见第五十一回：

月娘道："想必两个不知怎的有些小节不足，哄不动汉子，走来后边戳无路儿，没的挐我垫舌根。我这里还多著个影儿哩！"

第六十四回：

玳安说："只是五娘快戳无路儿，行动就说：'你看我对你爹说。'把这'打'只题在口里。"

"戳无路儿"难解，不少学人都在解释着。张远芬先生解释是"戳壶漏"的谐音。在峄县，有时作名词用，意思是调皮鬼，如"这小孩是

---

① 邱胜威、王仁铭《市井风月话金瓶》，第228页。

个戳无路儿",有时作动词用,意思是捣鬼。[1] 陆澹安先生释为:无中生有地挑拨。[2] 其他还有戳舌头、说别人的坏话、"戳屋漏"的谐音等。

笔者家乡就有"戳五六儿",如有的顽皮孩子特别喜欢挑事,唯恐天下不乱,通过说三道四让别人打架。有人就会批评:你净戳五六儿!"戳五六儿"不一定是指语言,有时指动作。比如有人趁人不注意在别人的头上放上一根草,让其他人笑话此人。

戳无路儿,也称为戳五六儿,就是指人喜欢生事,喜欢恶作剧、戏弄别人。

作　者：山东师范大学副教授、博导

---

[1] 张远芬《金瓶梅新证》,济南:齐鲁书社,1984年版,第154页。
[2] 陆澹安《小说词语汇释》,上海:上海锦绣文章出版社,2009年版,第476页。

《金瓶梅》当下传播漫议

王 平

一

作为一部文学作品,其传播的主要方式当然是原著的印刷出版。在近四十年间,中国内地及港台十余家出版机构参与了《金瓶梅》的出版发行,出版了十余种《金瓶梅》。其中既有国家级的出版社如人民文学出版社、中华书局;也有省级出版社,如齐鲁书社、岳麓书社;还有高校出版社,如吉林大学出版社;甚至市级出版社也参与其中,如漓江出版社。这些出版物包含了《金瓶梅》的各种版本系统:词话本、绣像本、张评本;既有影印本,也有排印本。为了方便读者,研究者还分别作了校订注释。这些出版物显然对《金瓶梅》的传播起到了重要作用。

《金瓶梅》的出版有全本和删节本、内地版和港台版、正版和盗版之分。自20世纪80年代以来,《金瓶梅》原著的出版尽管有了明显改观,但受到种种条件制约,直至今日,内地仍以删节本为主。1985年5月人民文学出版社出版戴鸿森校点《金瓶梅词话》,该本删节了19 174字,但却标志着对《金瓶梅》出版的松动,后曾多次印刷,其影响极为深远。紧接着1987年齐鲁书社出版了王汝梅校点的《金瓶梅》绣像本,收录张竹坡评点,删节10 385字。更值得关注的是,齐鲁书社在出版该本之后,经有关部门特批,又出版了该版本的全本。虽然数量有限，且规定了特定读者，但这毕竟是内地出版的最早的未删节的《金瓶梅》排印本。事实证明，该本的出版并未造成任何负面影响，但却为研究者提供了许多便利。三十多年后再回想此事，其经验值得有关方面思考借鉴。随后1988年文学古籍刊行社据1957年《金瓶梅词话》本重印，2013年又加印，遗憾的是仍然规定内部发行，一般读者难以看到。

1994年吉林大学出版社出版了王汝梅校点的《皋鹤堂批评第一奇书金瓶梅》，此版也是张竹坡评点本，但齐鲁版用的是康熙甲本，吉林大学版用的是康熙乙本，两种张评本的出版，更方便了读者与研究者。该版繁体竖排，只删节了几千字，后来王汝梅先生又以补遗的形式将删节的文字单独印刷一部分附于书后，使这个版本成为一个准全本。这种补遗的方式虽然是不得已而为之，但在当前仍不失为一种补救的方法。

此后又有各种删节排印本先后出版，如1995年岳麓书社出版白维国、卜键校注《金瓶梅词话校注》删节排印本，该本删节约4 000字，对词话本进行了详细的注释，注文近100万字，学术价值极高。中华书局1998年出版秦修容校点本《会评会校本金瓶梅》，有删节。该本以中华书局藏张竹坡评本为底本，会校明万历本《金瓶梅词话》和日本内阁文库藏明刊本《新镌绣像批评原本金瓶梅》，撰有详细的校勘记置于全书之后，同时将《金瓶梅》诸本中的各类评语如张竹坡、文龙的评语均收入书中。此书的校勘比较有价值，兼顾了词话本和绣像本两个系统。人民文学出版社2000年10月第一版，2008年8月第一次印刷陶慕宁校注《金瓶梅词话》删节排印本，为"世界文学名著文库"之一，全书共删去约4 300字。作家出版社2010年1月出版卜键点评的《双舸榭重校评批金瓶梅》，删节排印本。漓江出版社2012年出版《刘心武评点〈金瓶梅〉》，将刘心武的点评与《金瓶梅》原文相结合。以上各本，各有特色，但均有程度不同的删节。

值得一提的是人民文学出版社2017年出版了白维国、卜键校注《全本详注金瓶梅词话》。该本由主管部门特批限印3 000套，定价2 980元，出版不久，便告售罄，可见其受欢迎程度之高。这是自1987年齐鲁书社出版《金瓶梅》绣像本足本之后，内地出版社第二次出版的《金瓶梅》足本。以此种方式不定期出版足本《金瓶梅》，估计是内地今后仍会采取的政策。

与内地情形相反，港台出版的《金瓶梅》均为全本。1980年12月台湾增你智文化事业有限公司出版魏子云校点《金瓶梅词话》排印本。香港太平（中华）书局1982年8月出版《全本金瓶梅词话》，底本为文学古籍刊行社影印本，对原书明显错误之处和版面上的墨点有所修版，后曾多次刷印。香港星海文化出版有限公司1987年8月出版梅节校点《全校本金瓶梅词话》排印本，卷首有校点者"前言"，卷末附《金瓶梅词话辞典》。香港梦梅馆1993年3月出版《重校本金瓶梅词话》排印本，梅节校订，陈诏、黄霖注释（该本后由台湾里仁书局2007年11月初版，2009年2月修订一版，里仁版十二年间刷印了三十一次）。香港梦梅馆1998年8月出版《梦梅馆校定本金瓶梅词话》线装本，梅节校订，陈少卿抄写，影印大安本，据梅节所藏十卷本，台湾里仁书局2012年8月出版。近年在韩国梨花女子大学图书馆发现张评本初印本的翻刻本或同版后印本，此版本省略了回评，装订为12册。由台湾学生书局2014年12月影印出版。

受到印数、价格等因素的影响，社会上出现了许多《金瓶梅》盗版。人民文学出版社、齐鲁书社的几种版本都有盗版，但因有删节，受欢迎程度不如港版，盗版的数量也比港版的少。目前被盗印港版最多的是梅节校本和太平书局影印本。这些盗版分为两种情况，一种是以内部发行的名义，由一些正规出版机构印刷的港版，这部分书和正版的区别不大，质量也好，价格不低，都得几百元，也可通过新华书店定购。近年因港版书容易买到，这种情形逐渐减少。另一种就是民间盗印，质量要差许多，大多粗制滥造，但价格便宜，一般三四十元即可买到。

从购买渠道来看，在新华书店等正规书店仍很难买到未删节本，但如果在网上购买，几乎都标明为全本。如孔夫子旧书网上就有许多种：标明为宝文堂书店1989年出版的《金瓶梅》（全本上下），售价仅12元。标明为三秦古籍书社1991年精装《金瓶梅》（全本），售价369.89元。标明为乌兰文艺出版社2011年出版的《金瓶梅》（全本），售价125元。这些虽为盗版，却吸引了许多读者。这一问题虽亟待解决，但短时间内恐怕还会存在。

二

近年来，各种新媒体成为传播的重要渠道，互联网更是人们使用最多的媒介。在互联网百度搜索引擎上输入《金瓶梅》书名，便可获得大量相关信息。其中包括对兰陵笑笑生与《金瓶梅》基本情况的介绍，关于《金瓶梅》作者，"百度百科"列举了"王世贞说""丁纯丁惟宁父子说""贾三近说""屠隆说""李开先说""徐渭说""王稚登说""蔡荣名说""赵南星说""李渔说""卢楠说""冯梦龙说""薛应旂说""贾梦龙说""汪道昆说"等十余种观点，并指出："兰陵笑笑生，是明代第一奇书《金瓶梅》的作者所用的笔名。此人真实身份已成为历史谜团。《金瓶梅》廿公跋说'《金瓶梅传》，为世庙时一巨公寓言'。明沈德符《万历野获编》则说他是'嘉靖间大名士手笔'。作为中国文学史上第一位独立创作长篇白话小说的作家，兰陵笑笑生在小说创作上达到了前所未有的高度，他所创作的《金瓶梅》以市井人物与世俗风情为描写中心，开启了文人直接取材于现实社会生活而创作长篇小说的先河。"这一评价还是比较公允恰当的。

通过互联网可以免费收看"哔哩哔哩"视频网站播出的《金瓶

梅》讲座、《金瓶梅》原文诵读、《金瓶梅》影视作品。优酷、爱奇艺等视频网站播出各种《金瓶梅》影视作品，可以免费或付费在线观看，还可以获得《金瓶梅》各种版本及如何购买的信息。

知乎网站刊发的介绍《金瓶梅》的文章认为：

> 那么《金瓶梅》到底是本什么样的书？我今天不想从文学史的意义上分析，什么第一部世情小说、第一部脱离了帝王将相的完全构思型小说，因为这本就不是文学鉴赏课，再说那样说也未免枯燥乏味，看官们也会了无兴趣。好了，闲话少叙，《金瓶梅》到底是部什么书？
>
> 第一，我要说《金瓶梅》是一部明代社会的缩影写照，看完它你可能会知道明代的市民到底怎样生活，医生是什么样，普通百姓又是什么样。……
>
> 第二，这是一部西门庆的创业史，各位看官看完估计又要笑了，这是一部西门庆的淫乱史吧，您还真别这么看，要说流氓无耻的西门庆那是《水浒传》中的，《金瓶梅》中可不是这样。……所以你以为《金瓶梅》中的西门庆是个吃喝嫖赌的败家子，那你就错了。西门庆不但没有败家，反而在短短几年内从"清河县的一个殷实人家"变成了"山东第一富豪的西门大官人"。他是怎么做到的？这其中有哪些生意经？西门庆的发家之路和现在的富商有哪些相似？又有什么借鉴意义？我们以后分析。
>
> 第三，这应该是一部宫斗剧，宫斗是个热门题材，……我看《金瓶梅》算一个了。西门庆家六个老婆，你以为都是吃素的？她们才真是一个人一个样。吴月娘不是很漂亮又不解风情，却如何能稳居大太太之位？李娇儿妓女出身，身份低微，却如何能把握西门家的财权？孟玉楼看似与世无争，其实又是怎样？孙雪娥丫鬟出身，如何在夹缝中生存？潘金莲无依无靠，却又怎么后来

居上？李瓶儿本以为生下娇儿，宠爱与日俱隆，却为何英年早逝？春梅只是一个丫鬟，却凭什么颐指气使，呼风唤雨？这一群女人，上演了一出怎样的宫斗剧，而作者又是怎样用不让人察觉的笔法写出来的？我们以后分析。①

以上分析虽然并非十全十美，但却较好地把握住了《金瓶梅》的社会认识价值，为一般读者正确认识《金瓶梅》起到了较好的引导作用。

网络传播的效果十分显著，如马瑞芳教授的《品读〈金瓶梅〉》、梁军的评书《金瓶梅》，在喜马拉雅音频播放后，获得了大量听众。从2006年7月份开始，梁军着手录制评书《金瓶梅》，一共九十五回，每回25分钟，总共有两千多分钟。据梁军说，2006年11月底刚刚录制完成，只给圈内的几个朋友听过，但不知为何，年底就传到网上了。早在梁军录制的过程中，就已经有一些电台与他联系，希望能够播出，许多听众听过这段录音后，再三转发给周围的朋友，听众对梁军的评书更加关注。对于《金瓶梅》中不可避免的性描写，更是引起了听众的好奇。许多隐晦的内容都被艺术化地处理了，实在避不开的色情地方，也都用"他们就那个了"或者"他们搂在一块儿"一句话带过。

梁军认为："《金瓶梅》是明代四大奇书之一，这个题材可以碰。如果大家对它价值的认识仅仅是情色，那就贬低了它的价值。这个评书说的是《金瓶梅》中的传统文化，比如其中的饮食文化、服饰文化、社会风俗等。比如西门庆喜欢的香茶苜蓿饼，就是明朝的口香糖。如果今天谁能把它恢复过来，那就是恢复传统文化。"刘兰芳得知梁军遭到某些非议时说："我的态度是，这部书得慎重说，它在历史上有争议，得考虑很多问题。"

---

① 明月双清《金瓶梅》讲的是什么内容》，来源：知乎 https://www.zhihu.com/question/385217256/answer/1132687930。

很快，一个全新包装过的评书《金瓶梅》以视频的方式出现了。除了梁军的声音，网站还制作了精巧的动画《金瓶梅》增加趣味：两个火柴棒大小的小人歪歪扭扭出场，一位潘金莲，昵称"小潘潘"，特长"克夫"，厌恶"身材矮小的男子"；一位西门庆，特长是"诱使别人的老婆红杏出墙"。如此一包装，迅速在网络传播开来。廊坊人民广播电台"长书频道"能够覆盖整个京津冀地区，是国内首家以播出评书为特色的频道。该台一位副台长知道评书版《金瓶梅》的情况后说，"长书频道"汇集了各方名家的评书，这些作品的题材内容都是健康的，积极向上的。除了主旋律，他们也要考虑市场。如果通过审查，评书版《金瓶梅》的选题内容没问题，廊坊人民广播电台就可以考虑播出。[①] 除马瑞芳教授、梁军外，还有位"说书的小马哥"也在网络上讲说《金瓶梅》。

由中国金瓶梅研究会创办的微信公众号"金学界"，自2019年11月11日注册发刊以来，截至2020年10月22日，不到一年的时间内便发表了345篇论文，设立了"版本研究""批评与批评方法研究""传播与域外传播""民俗与文化研究"等14个专辑，订阅客户达3 473位，单篇阅读点击量最高达16 877次，订阅人数覆盖城市335座，国家和地区16个。这就较好地开辟了学术研究与大众传播的沟通渠道，能够使更多的受众全面系统正确科学地认识《金瓶梅》。当然，也屡有文章不能通过，或发表后因有人举报而被删的情况出现。今后，网络传播将会对《金瓶梅》的传播发挥越来越重要的作用，但传播者及广大受众与某些管理层所形成的落差，以及如何通过网络传播提高读者对《金瓶梅》原著的阅读兴趣，应当引起高度关注，并设法积极进行沟通解决。

[①] 新闻中心-中国网 http：//www.news.china.com.cn，2008－04－14，老北《都市文化报》供本网专稿。

三

从 20 世纪 80 年代至今，在众多"金学"研究者的共同努力下，"金学"始终呈现着方兴未艾的局面，《金瓶梅》文学经典的地位也不断得到巩固。中国《金瓶梅》研究会副会长兼秘书长吴敢先生对此曾作了系统概括：1989 年 6 月 14 日成立于徐州的中国《金瓶梅》学会与 2005 年 9 月 17 日成立于开封的中国《金瓶梅》研究会（筹），前后接续，迄今三十余年，中国《金瓶梅》研究的基本队伍不断扩大、定型，已经形成一支阵容整齐、行当齐全的高层次、高水平的研究队伍，涌现出数十名著名金学家，集结成数百人的专业研究阵容。并且与海外"金学"同仁保持着密切的联系，产生了广泛深远的影响，学界公认走在了国际"金学"的前列，被公认为国家级（准国家级）著名学术团体之一。

连同刚刚举办的第十六届国际《金瓶梅》学术研讨会，已经成功举办了 23 次大型学术会议，其中全国会议 7 次、国际会议 16 次，另外还有十余次专题会议。编辑发行了 14 辑学会刊物《金瓶梅研究》。《金瓶梅》原著各类版本的整理出版与注释出版，近年已有近十种之多，并且半数以上已经印行。出版了数百部专著，发表了数千篇论文。关于《金瓶梅》研究文献资料的整理工作也已取得显著成就，如黄霖先生主编的《金瓶梅资料汇编》，朱一玄主编的《金瓶梅资料汇编》，侯忠义、王汝梅编的《金瓶梅资料汇编》，方铭主编的《金瓶梅资料汇录》，周钧韬编的《金瓶梅资料续编 1919—1949》等等，为研究者提供了极大的便利。

中国古代小说网近期曾列举近年多部"金学"著作，这些论著既有对《金瓶梅》作全面系统的论述，也有就"金学"的某一方面作专题分析，涉及"金学"的各个领域，内容十分丰富。

前者如黄霖著《黄霖讲〈金瓶梅〉》（东方出版中心 2017 年版），收入黄霖先生从人物形象、社会文化、艺术成就三方面赏析《金瓶梅》的文章五十篇。以历史的宏阔视野，文学的犀利笔触，艺术的精准分析，巧妙地引领读者进入《金瓶梅》光怪陆离的境界，聚焦婆娑世界众生百态，透视没落时代镜底春秋，观赏世俗社会风情画卷，品味千古"奇书"，领悟"金学"无穷奥秘。

吴敢著《金瓶梅研究史》（中州古籍出版社 2015 年版）分为上编金学概论、中编金学专题、下编金学学案三编，主要内容包括：明清时期的《金瓶梅》研究、20 世纪的《金瓶梅》研究、成书年代、成书方式等。

宁宗一著《说不尽的〈金瓶梅〉》（北方文艺出版社 2018 年版），在理论思辨的认知中国小说史沿革递嬗的基础上，努力廓清长期以来围绕着"金学"的迷雾。以宏观的视野和微观的精细相结合的方法论，为读者提供一种阅读经典文本的思辨和超越意识。始终贯穿还《金瓶梅》以尊严的理念，为《金瓶梅》在文艺殿堂上争得崇高的地位。

王平著《兰陵笑笑生与〈金瓶梅〉》（中州古籍出版社 2018 年版），对《金瓶梅》的作者、成书、版本、方言、传播、影响等基本问题作出了深入浅出的评述；对《金瓶梅》的时代特征、创作主旨、文化意蕴、人物形象等内容进行了细致入微的分析；对《金瓶梅》的叙事艺术、人物塑造、情节构成、讽刺手法、语言艺术等成就发表了精辟独到的评论。力图使读者对《金瓶梅》有一个较为全面、同时又比较客观公正的认识。

冯文楼、冯媛媛著《金瓶梅导读》（高等教育出版社 2018 年版），对《金瓶梅》"世情"的展现、身体叙事、人物群像图、因果报应的设定、"里程碑"意义及叙事特点、《金瓶梅》对后世的影响等作了比较全面的论述。

就某一"金学"专题进行分析论述的论著每年都有几部问世。叶思芬的《叶思芬说金瓶梅》(中信出版集团 2017 年版),认为《金瓶梅》并非"淫书""禁书",而是一部从普通人的视角出发,描写日常生活的书,写的是柴米夫妻的衣食住行、爱恨情仇、贪嗔痴慢、生离死别。从书中可以看到明朝中后期运河沿岸一个有钱人家的日常生活;看到潘金莲如何挣扎谋求一个更好的未来;看到西门庆在官场、商场乃至欢场的应对进退;看到那个时代的官员、商人、妓女与尼姑的生活点滴,以及这样的日常中,人的可笑、人的可怕,还有人的可悯;看到数千年来从未改变过的世道与人心。

曾庆雨的《云霞满纸情与性:读〈金瓶〉说女人》(东方出版中心 2019 年版),通过对文本多次细读,从女性的角度、人性的视野、哲理的阐释,对小说中 18 位重要的女性形象作出了富有新意的剖析,对家庭与社会中的两性关系问题作出了具有当代意义的阐释。

付善明的《奢华与堕落:论〈金瓶梅〉的艺术》(文化艺术出版社 2015 年版),从美学、小说美学、艺术等角度,对《金瓶梅》的作者运思、文本叙事、美与丑、雅与俗、悲剧性与喜剧性,以及《金瓶梅》的接受美学等方面,进行了较为全面和系统的分析。

白维国的《金瓶梅风俗谭》(商务印书馆 2015 年版),以随笔的形式,讲述了《金瓶梅》中涉及的各种风俗,包括当时的节俗、游娱、曲艺、服饰、饮食等各个方面。除引述《金瓶梅》中的原文之外,每一种风俗均引经据典,详细讲述风俗的成因、源流等,给读者展示了一幅明代末期的风俗画卷。全书深入浅出,雅俗共赏。

黄强的《金瓶梅风物志:明中叶的百态生活》(中国社会科学出版社 2017 年版),以另类视角、另类眼光诠释《金瓶梅》,从历史情状、服饰描写、饮食习俗、民俗风情、经济生活等多个角度,全方位探究《金瓶梅》反映的明中叶服饰潮流、官场腐败、婚姻基础、养生之道、游艺娱乐、购房置业等社会生活,涉及官场、情场、生意场、房地产等领域，告诉读者一个曾经被误读、误解的《金瓶梅》，其实是一部明中叶的百科全书。对于《金瓶梅》中房地产以及女性服饰的研究，是该书的一个创造，作者独具慧眼，广泛搜集资料加以整理，得到了颇有意义的收获，使读者对明中叶的住宅房、商品房，女性衣着的了解有了极大深入。

扬之水的《物色：金瓶梅读"物"记》（中华书局 2018 年版），着力探讨了《金瓶梅》中之金银首饰及床、盒具、酒器等，并证以考古发现的实物，由此见出明代生活长卷中若干工笔绘制的细节。

史小军、罗志欢的《金瓶梅版本知见录》（国家图书馆出版社 2016 年版），收录了《金瓶梅》面世以来所知见的版本，以词话本、绣像本、张评本、翻译本四个系统归类，其他衍生之本，若会校本、影印本等按其所据之底本归类，翻译本按译文文种归类。各版本附一至三张书影，并标注其特征，辑录各家著录，较其与彼本之异点。收录了国内外有关《金瓶梅》版本研究的专著和论文目录，以检阅和展现金学界关于《金瓶梅》版本研究的主要学术成果，为研究者提供文献线索。

叶桂桐的《〈金瓶梅〉版本研究枢要》（中州古籍出版社 2017 年版），分别就《金瓶梅》版本研究状况、《金瓶梅》成书问题、崇祯本问题、《新刻金瓶梅词话》本问题、与《金瓶梅》版本研究紧相关联的重大疑难问题、《金瓶梅》版本研究对中国文献学与"小学"的新贡献等进行了十分独到的研究论述。

邱华栋、张青松编著的《金瓶梅版本图鉴》（北京大学出版社 2018 年版），收录了《金瓶梅》各种版本的封面和内页的书影，对涉及淫秽内容的插图和后来日韩等国出版的漫画等，一律不予收录。全书紧紧围绕《金瓶梅》的版本演变史呈现，以版本演变来印证这本书在 400 年间流传、印刷、出版、翻译的过程。全书分为甲、乙、丙、丁四个部分，图文并茂，是对这本文学名著出版问世 400 年的献礼。

张惠英、宗守云编的《〈金瓶梅〉语言研究文集》（中国社会科学出版社 2016 年版），共收录了 12 位作者撰写的 31 篇跟《金瓶梅》语言相关的论文，内容涉及《金瓶梅》语音、词汇、语法等多个方面，以及对《金瓶梅》和《红楼梦》语言的比较研究等。

黄文虎著《英语世界中的金瓶梅研究》（中国社会科学出版社 2019 年版），聚焦于《金瓶梅》在英语世界中的传播、接受和影响，并着重梳理了以美国为中心的西方汉学界对这一奇书的理论阐释，呈现了英语世界在《金瓶梅》的实证研究、主题思想研究、人物研究、叙述风格研究、修辞研究等方面的理论成果。

包括《金瓶梅研究辑刊》在内的国内学术期刊每年都刊发多篇"金学"论文，许多高校的硕士、博士论文也以《金瓶梅》为研究对象。仅以 2016 年为例，硕士论文就有 8 篇，分别为：

(1)《〈金瓶梅〉子弟书研究》，孙越著，霍现俊指导，河北师范大学；

(2)《〈金瓶梅〉德译本比较研究初探——以熟语、名称、回目标题为例》，胥璎平著，宋健飞指导，华东师范大学；

(3)《崇祯本〈金瓶梅〉的插图研究》，余懿著，陈晓娟指导，华中师范大学；

(4)《张竹坡评点〈金瓶梅〉之名号批评研究》，曾志松著，袁愈宗指导，广西师范大学；

(5)《明清世情小说医者形象研究——以〈金瓶梅词话〉〈醒世姻缘传〉〈红楼梦〉为例》，李婷婷著，刘相雨指导，曲阜师范大学；

(6)《〈金瓶梅〉女性与家庭探析》，张馨著，范嘉晨指导，青岛大学；

(7)《〈金瓶梅〉"语-图"互文研究》，马君毅著，赵望秦指导，陕西师范大学；

(8)《〈金瓶梅〉〈红楼梦〉的小说道具研究》，杜鹏飞著，梁归智指导，辽宁师范大学。①

可以看出，他们研究的视野非常开阔，选题多以微观为主，为前人所未曾涉及。他们都是"金学"的后起之秀，表明"金学"后继有人，令人欣喜。

四

国外《金瓶梅》的翻译出版近年也有一些新的进展，香港学者洪涛对此作了介绍，兹择要略述如下。

日译本的情况在张义宏《日本〈金瓶梅〉译介述评》（载于《日本研究》2012年第4期）文中有所介绍。此文指出，《金瓶梅》在日本的译介史大致可分为三个阶段：江户时代的注释、改编阶段；明治时代的节译阶段；二战以后的全译阶段。张义宏简要介绍了三个阶段中《金瓶梅》各个日译本的特点、流传情况以及产生的影响，同时探讨了《金瓶梅》译本在日本的拒斥与接受、沉寂与流行所受到的意识形态、文学思潮、赞助人以及译者身份等因素的巨大影响。

关于越南译本情况，阮国雄的越译本分成12集，1969年由西贡市的昭阳出版社出版。此书的序文明确提到"出版准许证书"的问题。可见，译本能否在越南出版是一个大问题。关于此书，可以参看阮南《鱼龙混杂：文化翻译学与越南流传的金瓶梅》一文（载于陈益源主编《2012台湾金瓶梅国际学术研讨会论文集》，台北：里仁书局，2013年版）。阮南指出，阮国雄的越译本是据"洁本"译出，却向读者宣称是基于一部"最完整、最丰富"的底本翻译的。同时，"（阮国雄）越译本还进一步将那些已经'洁净'化的章回译成更'洁净'的"。

---

① 霍现俊、李皎月《2016年〈金瓶梅〉研究综述》，公众号"金学界"，2020年5月7日。

关于韩国译本，可以参看金宰民《〈金瓶梅〉在韩国的流播、研究及影响》（载《明清小说研究》，2002 年第 4 期）。近年的研究报告有崔溶澈、禹春姬：《金瓶梅韩文本的翻译底本考察》一文（载于陈益源主编《2012 台湾金瓶梅国际学术研讨会论文集》，里仁书局 2013 年版）。韩文"全译本"大约有六种：金龙济本（1956 年）、金东成本（1962 年）、赵诚出本（1971 年，1993 年）、朴秀镇本（1991—1993 年）、康泰权本（2002 年）。所谓"大约有六种"，是因为有些"全译本"未必是真正的"全译"。金东成译本（乙酉文化社，1962 年版）不翻译秽语，只收录原文以供参考。朴秀镇本也删除部分性描写内容。

关于英译本，《金瓶梅》的英文本"全译"，20 世纪只有厄杰顿（Egerton）译本一种（实际上该书也略去若干细节）。另有 Bernard Miall 的译本，是个转译本，只呈现与西门庆相关的故事主干。

2008 年，厄杰顿译本被改编成《大中华文库·金瓶梅》汉英对照本，由人民文学出版社出版。值得一提的是，这个本子对待性描写采取双重标准：汉文删节、译文不删。这样做，其实是违反了"汉英对照"的原则。厄杰顿译本 2011 年重印，出版社是 Charles E. Tuttle。此版中，专有名词改用汉语拼音，卷首有何谷理（Robert Hegel）新撰的导言。何谷理为读者简介与《金瓶梅》相关的基本知识，并描述厄杰顿的生平事迹，他认为厄杰顿的合作者老舍可能先草拟一个粗略的译稿，再由厄杰顿润饰。厄杰顿译文有简化的倾向，译者有时候会不动声色略去原著的一些细节，原著有些隐语、笑话和双关语，厄杰顿没有翻译，具体情况见于《洪涛〈金瓶梅〉研究精选集》（台湾学生书局有限公司 2015 年版）。

到 21 世纪，才有芮效卫（David Tod Roy）前后用了二十多年时间完成的全译本。此书据《金瓶梅词话》译出，译本分五册，各有标题：聚、对手、春药、高潮、散。译本第一册 1993 年出版，第二册 2001 年出版，第三册 2006 年出版，第四册 2011 年出版，第五册

2013年出版。此译本情节基本完整,对原著的成语、典故、套语等细节也十分重视,书中稍为特别的词语都尽量翻译并溯本穷源。因此译文极少简化,而且译注特别丰赡,例如第四册的正文部分达688页,注释有166页;最后一册篇幅最短,但正文部分也有420页,另有注释80页。

有些外译本也像《金瓶梅》原著那般被禁止发行,例如德译本和法译本。外译本中的删节现象也甚为常见,有些越译本、韩译本、日译本、英译本酌量回避了《金瓶梅》的"秽词"。此外,厄杰顿英译本(1939)中的"拉丁文片段"、人民文学出版社的"(性描写)汉文删节、译文不删"、小野和千田的"不译,附录汉语原文,但又不全附",这些奇特现象都反映出《金瓶梅》是各种社会观念(包括"权力")冲突的集中地。①

就研究领域来看,韩国和日本学者《金瓶梅》研究成果尤为突出,近年出版发表论著多部(篇),如崔溶澈《四大奇书与中国文化》(高丽大学出版文化院2018年版),陈起焕《〈金瓶梅〉评论》(明文堂2012年版),康泰权《由〈金瓶梅〉看明代禁书政策》(载《中国语文论丛》第59卷,2013年版),金宰民《〈新刻绣像批评金瓶梅〉插图研究》(《中国语文学论集》第88号,2014年版)、《〈金瓶梅〉人物的社会性研究:以西门庆与登场人物的人际关系为中心》(《中国语文学论集》第108号,2018年版)、《〈金瓶梅〉中的王婆与玳安人物分析》(《中国文化研究》第43辑,2019年版),柳秀旼《中国人情小说与朝鲜人情小说比较初探:以〈金瓶梅〉及才子佳人小说的影响为主》(公众号"金学界"5月19日专辑"传播与域外传播研究")等等。②

---

① 洪涛《〈金瓶梅〉的国际化:外译本的压抑、张皇和奇特现象》(2018年秋修订于香港),见公众号"金学界"2020年6月16日专辑"传播与域外传播研究"。
② 任增霞《近十年韩国学者中国古典小说研究论著索引》,见古代小说网"古代小说研究",2020年4月21日。

日本学者川岛优子著《〈金瓶梅〉的构思及其接受》（研文出版2019年版），试图阐明《金瓶梅》的创作构思及其在日本的传播需要。《金瓶梅》最大的特征在于"详细地描写"，本书第一部分主要关注女性的描写方式，认为小说通过反复详细描写等方式，试图达到逼真的效果。第二部分针对江户时代《金瓶梅》是如何被日本人阅读的问题，使用了不少新发现的资料进行全面考察。小松谦著《"四大奇书"研究》（汲古书院2010年版）将"四大奇书"放置在白话文字化、白话文学成立的过程中进行定位，对《金瓶梅》成书与流传的背景作了论述。[①]

综上所述，《金瓶梅》当下传播的局势可以概括为出版界不懈努力，尽量打破僵局；新媒体发挥重要作用，使普通受众逐渐认识到《金瓶梅》的经典性质；国内外学界积极踊跃，成果可观；内地管理层则仍需纠正观念，改进思路。

作　者：山东大学文学院教授、博导

[①] 刘璇《近十年日本新出中国古代小说研究论著要览》，见"古代小说研究"古代小说网，2020年2月24日。

从阅读角度看《金瓶梅》传播障碍及解决策略

李 奎 张靖苑

笔者在高校任职七年多,主要从事中国古代文学教学,包括了文学史和作品选两个部分,在教材选择上,文学史使用袁行霈主编的《中国文学史》(全四册)和袁世硕、陈文新主编的《中国古代文学史》(全三册)两个版本教材;作品选先后使用了朱东润的《中国历代文学作品选》(全六册)、袁行霈主编的《中国文学作品选注》(全四册)、郁贤皓主编的《中国古代文学作品选》(全六册)。两个版本的文学史对于《金瓶梅》都进行了合理有效的分析,三个版本的作品选对于《金瓶梅》的介绍总是欲言又止。

笔者每次授课都会碰到《金瓶梅》讲解分析的问题,其实在授课之初并未认真考虑《金瓶梅》传播问题,讲了两次之后,才意识到应该反思《金瓶梅》在大学生中的传播障碍,这种障碍来自于各种因素,其实并不如我们想象的简单。最近几年授课,笔者尝试转换一些授课方式,比如讲《金瓶梅》一章时,笔者提前设置好问题,交给学生去处理,通过这种"简单粗暴"的方式来增强或是改变学生对《金瓶梅》的认知。随着教学的持续进行,2018年下半年授课时,笔者专门布置了一个题目——《金瓶梅中性描写分析》,让学生自己报名去选择讲,当然会让他们去参阅黄霖老师的《金瓶梅讲演录》中相关内容,目的之一就是打破学生心中的既有桎梏,以及鼓励学生再去研究

《金瓶梅》中的某一人物。今年在"金学界"公众号发布研究吴月娘的文章，那是笔者指导 2019 届本科生撰写的毕业论文，不敢说新意有多少，但笔者敢说的是让学生自己较为全面地认识了《金瓶梅》，笔者在指导学生写论文过程中，要求学生把《金瓶梅》全书必须阅读两次，并整理人物形象笔记。

此外，笔者去年还从 2018 级新生中选择了五个公费师范生阅读《金瓶梅》全书，阅读时长多达一年半，从 2019 年 4 月到 2020 年 10 月，第一阶段阅读结束。第一阶段阅读时，笔者专门告知学生，不用记笔记，不用查工具书。第一阶段结束后，笔者又召集十位学生，分成两组，其中一组五位学生是花费了一年半时间，利用课余时间和寒暑假时间读完《金瓶梅》文本，另一组五位学生是没有阅读过《金瓶梅》文本。

笔者于 2020 年 10 月 12 日下午召集学生展开讨论，议题是：什么因素影响你们的《金瓶梅》阅读。要求如下：两组同学注意，第一组读过的同学，需要思考的是你的阅读经验告诉你什么影响阅读？第二组没有读过《金瓶梅》的同学，需要思考的是"想到什么因素增加了你的阅读困难"？两组同学分开讨论，在两个教室，两组间不能相互交流。

组内成员讨论非常热烈。笔者最后总结他们的回复：

第一组同学的阅读困难如下：

① 文学文献功底偏弱，对于小说中的服饰、宗教、民俗、经济等术语了解不深，对于小说中的性器官、性工具不知如何理解，对于中国古人性观念发展变化不了解。

② 理念转变下带来的陌生化。《金瓶梅》整本读完后，理念确实发生变化，但仅仅是浅层阅读，如何进一步深入阅读，对于文本又感到极为陌生。

③ 对于小说内部人物关系的梳理上有些困难，人物称呼上有些难

以理解。特别是西门庆和潘金莲之间的各种不同称呼，似乎成为一种阅读障碍。

④ 小说回目对应不了小说内容。小说总体而言，篇幅较长，阅读时会产生前后不连贯的现象。

⑤ 来自于父母亲友的异样眼光阻碍。大环境的影响会增加心理负担，对于阅读产生难以说清楚的负面影响。

第二组同学的阅读障碍：

① 《金瓶梅》中性的问题。它是一本"黄书，淫书，能把你带坏教坏的书，压根就不想读，老师还要讲……"从高中到大学，这是一本不正经的书，是三观不正的书。港台改编的《金瓶梅》影视作品，虽没有看过，但道听途说之言影响很大，风评极差。（几年来多数学生如是说）猎奇心理的存在，觉得它不好，还想偷偷摸摸去看看，暗中传播多路径。

② 与《红楼梦》相较，相关工具书偏少，理解《金瓶梅》带来阅读上的未知障碍。不了解辅助性工具书，从文化层次到词语释读方面，字词随时代流变发生变化，学生无法掌握，知识更新不足，持续性不强。

③ 小说体量太为庞大，情节难以连贯起来进行深入阅读，甚至会产生跳跃性阅读，这是从阅读《红楼梦》中得来的不好的阅读习惯。

上面的阅读障碍是笔者第一阶段实验得出的结论，不论从本科生处得到的结论正确与否，其实里面都说明了一些问题。

笔者想说的是，这种实验可能与严格意义上的学术研究没有什么关系，耗费时间长，不一定会产生有重大价值的发现。之所以做这样的事情，是因为在多个场合听到黄霖老师讲《金瓶梅》的"污名化""经典化"的问题。既然已经"污名化"，如何"去污化"？笔者试图从本科生的阅读实践中得到一些经验教训，为自己的教学带来一点帮助，更重要的是能够影响更多的学生加入阅读《金瓶梅》的队伍中来，改变一批学生对于《金瓶梅》的错误认知，能够比较客观公正地评价这部巨著，这是笔者教学的目的。本科生可能不大会关注严格意义上的学术研究论文怎么样撰写，但是课堂上的45分钟，可能会成为改变他们认知的开始。

基于以上的论述，笔者认为可以从以下几个方面考虑，使《金瓶梅》阅读有不同的切入点，以达到"去污化"的目的，从而增强读者的接受程度，扩大接受范围。

一、读者的素养与范围

在《金瓶梅》传播中首先应该关注读者素养和范围。《金瓶梅》中确实有关于性的描写，将它搬到学校的讲台上也确实有很大争议。对于这种现象笔者认为，作为明代四大奇书之一，从古至今能让无数人不断研究，这就反映了《金瓶梅》具有很大的研读价值。读这本书之前，读者首先应该摆正自己的思想态度，自觉摒除之前形成的提起《金瓶梅》就是"淫"的观念。同样在课堂上，老师的引导也十分重要，正如之前所说，阅读是为了让学生正确认识和评价这部作品，从而潜移默化地影响学生在阅读书籍时思想的方向。

金圣叹曾评论过《西厢记》："文者见之谓之文，淫者见之谓之淫耳。"① 笔者认为这句评论也完全适用于《金瓶梅》阅读。文龙也发出过类似的评论："《金瓶梅》淫书也，非也。淫者见之谓之淫；不淫者不谓之淫，但睹一群鸟兽孳尾而已。"② 不同年龄、不同经历、不同接受程度的人对作品的理解不同，出于长远考虑，因其中部分内容不适合心智还未成熟、还未能掌握正确的判断意识的未成年人或者不能很

---

① 《贯华堂第六才子书》卷二，《读第六才子书〈西厢记〉法》之二。
② 朱一玄编《金瓶梅资料汇编》，天津：南开大学出版社，2002年版，第656页。

好地把握性意识和自身的人阅读，这部作品需要"选择"读者。这是需要监护人或推荐人等特别考虑和注意的。因此笔者建议一般以大学生及以上为阅读目标人群，大学生大都成年，相对有一定的是非判断能力，而且有老师引导，可以帮助他们正确认识其中的内容，把它当作文学作品来读，并从中得到启发，甚至发现小说对自己所学专业领域的研究价值。

二、阅读内容与方向

读经典首先读原著，但由于发行限制，大部分人很难找到《金瓶梅》全本来读，这也是《金瓶梅》阅读传播的一大障碍。对此读者可以找正规书店的排印本读，例如香港梦梅馆出版的陈诏与黄霖先生注释过的《金瓶梅词话》或者新加坡南洋出版社的董玉振主编的《金瓶梅》进行阅读。《金瓶梅》是与《红楼梦》并称的巨作，其阅读自然也不是一个人或者一朝一夕就能够理解的。明末《新刻绣像批评金瓶梅》的点评、清代张竹坡、鲁迅先生等均把《金瓶梅》归为最有名的"世情书"，并称"佳处自在"。从《金瓶梅》中可以看出当时的经济状况、社会状况及艺术状况。

（一）明代商业

仔细阅读能发现小说整个是贯穿着从京师到苏杭的大运河的，也可以说是当时的商业是沿着京杭大运河展开的。在第三十回中，西门庆派来保和吴总管前往东京押送生辰担，送给蔡太师以"谢""前日那沧州客人王四等之事"，同时也以大量金银珠宝贿赂，最后蔡京以官职相予。西门庆不仅派小厮、来保、韩道国等人上京代他送礼，寻找政治上的依靠关系，也派他们下江南等地采买绢绸布帛，谋取经济利益。

《金瓶梅》的主要事件发生在西门庆的生活地山东，一个北方城市，但是在生活中又掺杂了许多南方的特色。第二十五回中，给蔡太师庆生辰的尺头和家中的衣服由杭州织造。第三十回中，西门庆送给翟管家的礼"一对南京尺头，三十两白金"①；给蔡太师的生辰礼"……锦绣蟒衣，五彩夺目；南京纻缎，金碧交辉"②。第六十七回中西门庆道："兑二千两一包，着崔本往湖州买绸子去。那四千两，你（韩道国）与来保往松江贩布，过年赶头水船来。"③又有孟锐道："出月初二日准起身。定不的年岁，还到荆州买纸，川广贩香蜡，着紧一二年也不定。贩毕货，就来家了。此去从河南、陕西、汉中去，回来打水路，从峡江、荆州那条路来，往回七八千里地。"④无一不在说着南京的绸缎，可见当时的商业已经有沿运河南北贯通的形势了。

杭州的许多物品都吸引着北方的人们，其中最大的一项便是绢绸布帛。《金瓶梅》中尤为代表，从下到上大多以穿丝绸为主，包括西门庆多次贿赂蔡京时，也必定有南京纻缎。明代初期，经济水平较低，而且森严的服饰制度。除绸绢布帛之外，当时社会其他行业也随之兴起，如第八回："孟玉楼陪来的一张南京描金彩漆拔步床"⑤，第十五回："半日，李桂姐出来。家常挽着一窝丝杭州攒，金累丝钗，翠梅花钿儿，珠子箍儿，金笼坠子。上穿白绫对襟袄儿，妆花眉子，绿遍地金掏袖；下着红罗裙子。打扮的粉妆玉琢。望下不当不正道了万福，与桂卿一边一个，打横坐下。"⑥第六十七回中西门庆说："是

---

① 梦梅馆校本《金瓶梅词话》，台北：里仁书局，2018年版，第426页。
② 同上书，426页。
③ 同上书，第1070页。
④ 同上书，第1090页。
⑤ 同上书，第101页。
⑥ 同上书，第208页。

昨日小价杭州船上捎来,名唤做衣梅。"① 南方丰富的物产,家具、金银玉器、酒食、服饰、发型、胭脂水粉等南方物产都已经随着商业流入北方。

在第八十一回中,韩道国与来保拿着西门庆四千两银子,去扬州买货物,返回的途中,韩道国看到临清码头一片热闹:"不想那时河南、山东大旱,赤地千里,田蚕荒芜不收,棉花布价一时踊贵,每匹布帛加三利息。各处乡贩,都打着银两,远接在临清一带码头,迎着客货而买。"② 第九十二回和第九十八回中都重点写了临清的繁华热闹,这也说明了临清在沟通南北经济上的重要地位。

(二)暴露艺术

鲁迅先生在《中国小说史略》中对《金瓶梅》暴露艺术予以极高的评价:"作者之于世情,盖诚洞达,凡所形容,或条畅,或曲折,或刻露而尽相,或幽伏而含讥,或一时并写两面,使之相形,变幻之情,随在显见,同时说部,无以上之。"③

《金瓶梅》虽然以潘金莲、李瓶儿、庞春梅三个女人的名字命名,但其实是以西门庆及其周围的人和事为主剖析当时的社会。"小说的主旨也不在于'宣淫',而是在'暴露',暴露整个封建社会的黑暗与腐败。"④ 从西门庆得官来看,他平民出身,之前只是个开生药铺的浮浪子弟,胸无点墨,之所以能够在山东提刑做理刑副千户,关键是贿赂权臣蔡京:"黄烘烘金壶玉盏,白晃晃拣银仙人,良工制造费工夫,巧匠钻凿人罕见;锦绣蟒衣,五彩夺目;南京纻缎,金碧交辉;汤羊

---

① 梦梅馆校本《金瓶梅词话》,台北:里仁书局,2018年版,第1079页。
② 梦梅馆校本《金瓶梅词话》,第1413页。
③ 鲁迅《中国小说史略》,南昌:江西教育出版社,2017年版,第106页。
④ 黄霖《金瓶梅演讲录》,桂林:广西师范大学出版社,2008年版,第2页。

美酒,尽贴封皮;异果时新,高堆盘槛。"① 蔡京尽行收下的同时也完成了这笔交易,给予西门庆副千户一职。有了官位的西门庆更加猖狂,甚至拜蔡京为"干爷",从而一跃成为了正千户。而帮西门庆送礼的两个家奴竟也分别被授予山东郓王府校尉和清河县驿丞,令人匪夷所思。

关于官位还有个有趣的地方,就是西门庆评价前正千户"得钱了在手里就放了,成什么道理!"不难想象,这一定比西门庆贪赃枉法过分多倍才能让西门庆这样的人都看不下去。"看官听说:那时徽宗,天下失政,奸臣当道,谗佞盈朝,高、杨、童、蔡四个奸党,在朝中卖官鬻狱,贿赂公行,悬秤升官,指方补价。夤缘钻刺者,骤升美任;贤能廉直者,经岁不除。以致风俗颓败,赃官污吏遍满天下,役烦赋兴,民穷盗起,天下骚然。不因奸臣居台辅,合是中原血染人。"② 有钱就可以有官职,为了钱就可以卖官职,二者之间"相互转化",整个社会毫无公道可言,仅仅是武松等配角人物,还保留些道德与正义,但也被打压、残害。然而给蔡京在各地封流氓恶霸为官,将官位授予变成了一手交钱一手交官位的买卖的机会,正是皇帝以"空名告身剳附"赏赐权臣形成的,由此可见封建王朝的自上而下的腐败到了何种地步!以此联系小说开头的入话和第三十一回的内容,宋徽宗皇帝政和年间的事情,虽然与正文并无相干,但有很大可能是一种背景暗示。《金瓶梅》中从仆人婢子,通过一个西门庆将统治阶级乃至整个社会的黑暗暴露在读者面前,同时也将普通百姓备受欺凌的一面展现出来。

小说并不随当时的潮流写普通的男欢女爱,而是另辟蹊径,以家庭琐事为中心写了一部章回体长篇小说作品。《金瓶梅》中有极其细

---

① 梦梅馆校本《金瓶梅词话》,第426页。
② 同上书,第427页。

致的细节描写。就饮食方面来说，第二十一回中，西门庆家里的普通一餐；第五十五回中，西门庆给蔡太师庆寿时在翟家借宿，翟家准备的接风洗尘宴："只见剔犀官桌上……是珍羞美味，……只没有龙肝凤髓罢；其余奇巧富丽，便是蔡太师自家受用，也不过如此……糖果、热碟、按酒之物，流水也似递将上来。"① 早饭时："当直的托出一个朱红盒子，里边有三十来样美味，一把银壶，斟上酒来，吃早饭。"② 除了"龙肝凤髓"，其他的"般般俱有"。从饮食的细节中便可看出当时的社会是什么样子的，连管家的一顿早饭都是三十来样美味。

在第九十六回中陈经济找侯林儿帮忙："量酒算帐，该一钱三分半银子。经济要会银子，拿出银子来秤。侯林儿推过一边，说：'傻兄弟，莫不教你出钱？哥有银子在此！'一面扯出包儿来，秤了一钱五分银子与掌柜的，还找了一分半钱袖了。"③ 这是普通人在酒店吃的，两相饮食对照不难想象当时的物价情况，贫富差距如此之大，穷人境况更是糟糕。社会的不公便在饮食这种平常的细节中体现得淋漓尽致，也增强了小说的真实性。

司马涛说："事实上《金瓶梅》是一部完全独立创作的艺术巨著。"④ 前人尽述其在文学史上的独立性和创新性以及其中的俗人俗语，笔者在此不再赘述，简单谈谈由文字引发出笔者对背后社会的思考。例如"富贵必因奸巧得，功名全仗邓通成""火到猪头烂，钱到公事办"，这几句就是当时社会的反映与缩影；"事情看冷暖，人面逐高低"出现两次，先不说陈经济之前便与潘金莲、庞春梅苟且，西门庆死后，可谓是"狡兔死，走狗烹"，妻妾离散，之前一帮整日花天

---

① 梦梅馆校本《金瓶梅词话》，第 843 页。
② 同上书，第 844 页。
③ 同上书，第 1632 页。
④ [德] 司马涛著，顾士渊等译《中国皇朝末期的长篇小说》，上海：华东师范大学出版社，2012 年版，第 326 页。

酒地的哥们，都暴露出了人性"丑恶"的一面，"完美"地表现了何为世态炎凉。

当然笔者所讲的只是个人认为在把《金瓶梅》向同学们介绍时可以从哪几个点进行，从而突破传播障碍。

三、总结

当然阅读的方法千千万万，不同老师的理解和引导重点也不尽相同。不可能通过笔者所述的三言两语就改变所有人的看法，让所有人都接受这部作品，但是希望通过自己的一些拙见，抛砖引玉，引发大家的思考与重视，正视这部小说，重新审视其价值，也算是为小说的阅读与传播尽绵薄之力。

作　者：李奎　山西师范大学文学院副教授
　　　　张靖苑　山西师范大学文学院2018级本科生

试论20世纪《金瓶梅》的传播受众、效果与基本特征

刘玉林

传播受众是信息传播的终点，是信息传播链条上的一个重要环节，在传播过程中扮演着非常重要的角色，能够直接影响到传播的效果，显示出与众不同的特征。没有任何一部中国古代小说比《金瓶梅》更能显示出受众的重要性，《金瓶梅词话》卷首"东吴弄珠客序"对受众存在的高低四个层次进行了分析："读《金瓶梅》而生怜悯心者，菩萨也；生畏惧心者，君子也；生欢喜心者，小人也；生效法心者，乃禽兽耳。"[1] 此后，诸位批评家如张竹坡、文龙等，无不重视不同受众的作用和价值。进入20世纪，人们对于《金瓶梅》的认识也是从接受角度入手的，曼殊《小说丛话》称："余昔读之，尽数卷，犹觉毫无趣味，心窃惑之。后乃改其法，认为一种社会之书以读之，始知盛名之下，必无虚也。凡读淫书者，莫不全副精神，贯注于写淫之处，此外则随手披阅，不大留意，此殆读者之普通性矣。至于《金瓶梅》，吾固不能谓为非淫书，然其奥妙，绝非在写淫之笔。盖此书描写下等妇人社会之书也。"[2] 可见，在古典文学逐步被现代化解读的同时，同一受众不同的接受态度也直接影响着对作品本质意义上的理

---

[1] 东吴弄珠客《金瓶梅词话序》，朱一玄编《金瓶梅资料汇编》，天津：南开大学出版社，1985年版，第189页。
[2] 曼殊《小说丛话（节录）》，朱一玄编《金瓶梅资料汇编》，第388页。

解。因此，认真分析《金瓶梅》的受众对象，分析《金瓶梅》传播效果和基本特征，具有重要的学术价值。

一、20世纪《金瓶梅》的传播受众

接受美学认为，每个读者都可以根据自己的主观条件和兴趣爱好，选择、感受、体验、解释、理解某一文学作品。由于读者的主观条件不同，其鉴赏动机、鉴赏需求和鉴赏结果就不同。从这一理论出发，必须对20世纪《金瓶梅》的受众进行主体类属分析，进而把握受众的特点。

首先，《金瓶梅》在传播者层面的三层分布，直接导致受众也随之分类，即个人受众、集体受众和社会受众。对于个人受众，鲁迅先生说过："看人生是因作者而不同，看作品又因读者而不同。"[①] 亦即每个读者都有自己的期待视野，各人都可以根据自己的期待视野对某一作品作出评价，20世纪的《金瓶梅》的个人受众便体现出这样的自在性。在现代社会语境下，他们的自主自由的态度和对话参与意识，渗透进了对《金瓶梅》的接受行为方式，表现出强烈的个性感和独立感。作品一经阅读就向所有的读者开放，它犹如一面镜子，人人可以在这里面照出自己的面影。比如对于作品中人物形象的认识和理解就存在着个性化的接受，"一千个读者就有一千个哈姆雷特"，《金瓶梅》中的人物形形色色，众说纷纭，这就是个性分明的个人受众施力的结果。可是对于集体受众而言，则明显地体现出归属性，受众虽然不是作为固定的群体而存在，但在接受行为进行时，受众总是自觉不自觉地将自己划归到某一特定的接受群体之中。划归的标准主要依据受众的集体归属特征而迥异不一，试举"金学"研究受众为例，根据不同

---

① 鲁迅《俄文译本〈阿Q正传〉序及著者自叙传略》，见《鲁迅全集》（第七卷），北京：人民文学出版社，1981年版，第82页。

学术活动规模，便有地区性学会、全国性学会和国际性学会的划分，各自学会都具有鲜明的集体性特征；根据研究方向的不同，则有民俗研究、美食研究、语言研究、美学研究、文献研究等不同的分支，在这些分支上集合着兴趣趋同的研究群体。作为社会受众，则具有鲜明的政治性。《金瓶梅》由于传统的审美观念和正统文化习俗的限定，历代统治者对其禁毁，禁毁是一种政府行为，同时也是一种传播行为，带给社会范畴意义上的受众的便是明确的官方态度和观点，因此社会受众在接受时不可避免地被涂抹上强硬的政治色彩，从而营造了相对封闭狭窄的传播环境。

传播内容上的输出也产生了受众的分层，既有普通接受者，也有特殊接受者。普通接受者往往受到其自身大众化的文化背景和教育水平影响，只能接受《金瓶梅》的表面文本信息而不能深入开掘，而且其中一部分人还出于猎奇心理将自己的注意力大都集中于传播内容中的性描写环节，流露出感性媚俗的价值取向。而特殊接受者大都是研究者身份，知识文化水平和道德伦理修养都明显高于普通接受者，因此可以全面地接受传播内容，进而探讨其中的艺术模式、文化内涵和时代主题等深层次的问题，具有浓厚的理性思辨气息。

根据上文对于传播媒介的论述，不难发现不同的传播媒介也产生不同的受众。这个分类操作比较直观，比如对应印刷出版媒介的受众是读者，对应舞台戏曲、影视媒介的是观众，对应网络传播媒介的是网民。对于《金瓶梅》而言，这三类受众也各自具备自身的特点，读者和网民更多的是主动接受，而观众则是被动接受；读者和观众接受的信息可信度高、价值量大，网民虽然接受的信息量大，却具有复杂性和多元性，需要进行适当的选择；读者接受的是文字信息，观众接受的是影音图像，而网民接受的则是整合前两者的多媒体信息和超文本信息。

通过20世纪《金瓶梅》传播受众的不同分类，我们可以发现受众外现出来的各自不同的特点，但若深入探讨内质性的因素，就必须进入受众心理需求层面的分析。传播学考察受众心理，主要从共性心理、个性心理、顺向心理、逆向心理四个方面研究，在20世纪《金瓶梅》的传播过程中，这四个方面都有比重不同的体现，但起到最大驱力作用的就是逆向心理。多少年来，"淫书""奇书"的冠名使《金瓶梅》被当作怪书和禁书的宣传深入人心，可就是这个原因在受众群体和个体中出现了一种"逆向心理"，越是官方禁止的，就越是具有特殊的诱惑性和吸引力。一方面，这种心理造就了传播需求市场，形成《金瓶梅》传播的一大驱动力，产生了积极的促进作用，但另一方面也具有相当消极的阻碍作用。受众的这种在感情方面的逆向心理和反向理解的心理意识，使《金瓶梅》的传播信息往往受到扭曲和变形，并产生消极的作用。例如网络传播中，《金瓶梅》的性描写情节被异化为色情信息，并且经过反复的衍生和大量的复制，导致不良内容的传播泛滥，造成大范围的信息污染。表面上看，《金瓶梅》在进行更大范围的传播，但实际上却是有效信息的严重丢失，最终结果是传播途径的受阻和传播范围的缩小。

由上可见，受众是信息传播的目的地，受众的需要是传播发展的原动力，是传播过程得以存在的前提和条件。受众同时又是传播效果的显示器，只有符合了受众需要的传播活动才能最终实现传播者的意图，才能取得良好的传播效果。

二、20世纪《金瓶梅》的传播效果

传播效果是传播学研究的最后一个环节，也是传播学研究的旨归。传播效果既是传播学研究的重点，又是人类传播活动的目的。人类传播是有目的的，无论是人内传播、人际传播，还是组织传播、大众传播或者其他形式的媒介传播，人们都是为了实现一定的目标，

《金瓶梅》的传播研究也不例外。

20世纪《金瓶梅》的传播效果呈现出层级性特点,这种传播效果的层级性主要体现在知晓度、理解度和赞同度上。在第一层级上,20世纪日新月异的大众传播带来的显著效果便是传播客体无限扩大的知晓度,"大众媒介在编织社会联系中是一种不断更新的载体,从社会性走向个人化,传播辐射的无限扩大是分享传播权力的竞争结果"①,《金瓶梅》的阅读行为虽然屡遭封禁而被严格限制,但大众出于这种分享传播权力的知晓行为却势不可挡。1992年,何香久通过制作《金瓶梅读者函访表》进行了一番传播效果调查,在接受调查的2 703人中,对《金瓶梅》的知晓度如下:仅仅听说过有这么一部书的426人,从传媒的介绍中知道该书或知道些大体故事梗概的1 264人,从未知道该书的392人。对该书有初步知识的读者占被调查对象的62.5%,完全不知道该书的读者则为14.5%。② 由此可见,受众对于《金瓶梅》的感知程度相当高,在这一层面具有良好的传播效果。

第二层级是对《金瓶梅》传播的理解度,主要包括对传播信息内容思路的清楚状况,对传播内容的主旨、本意、特色的把握程度,对传播内容及其所含系列概念与相似内容所含相似概念系列的区别度或混淆度,等等。这个层面上传播效果的考察,主要针对受众对于《金瓶梅》传播信息的接受比重。还是以何香久的调查表为例,在621名读者中,共有614名读者读到了各种删节本,占读者总数的99%,而只有7名读者读到了全本,占读者总数的1%左右。所以,只有比重很少的一部分《金瓶梅》的受众能够了解全面的传播内容,大部分受众所接受的信息是不完整的。在这一层面,传播效果由于理解度的高低而出现了一道"分水岭"。在"分水岭"两侧,受众的接受却因为

---

① 陈卫星《传播的观念》,北京:人民出版社,2004年版,第445页。
② 何香久《〈金瓶梅〉传播史话》,北京:中国文联出版公司,1998年版,第264页。

传播内容的不同而具有一定的差异性和混乱性。

第三层级以赞同度为传播效果,主要体现在:受众对传播内容中的观点的认同度,传播内容对受众需要的满足度,受众对传播观点的依据的真实性、权威性的信任度,受众对传播内容合理性的肯定或否定程度,受众对传播内容的喜爱或厌恶程度,等等。《金瓶梅》在寻求赞同度的传播效果时总是遭遇否定的回答,由于官方和社会舆论的否定性传播,导致《金瓶梅》在传播上坎坷受阻,即使到达受众环节,也因为这种否定性的思维方式导致受众不能正确地认识传播内容,所以传播效果十分有限。1993年春天,广州《现代人报》一版发表了曹思彬老人的《唉!我没有读过〈金瓶梅〉》一文,他希望《金瓶梅》与《红楼梦》同样摆在书店里出售,而不是禁书。此文被许多报刊文摘转载,中国人民大学报刊复印资料选印,《新华文摘》转载,在国内外反响热烈。从此,人民文学出版社重印的《金瓶梅词话》就由"内部发行"转为公开进入市场,各地新华书店相继上架出售。香港和台湾地区的出版商也相继推出真正全本的《金瓶梅词话》插图木刻影印本和插图排印本,直指内地读者市场,如梅节校订的《梦梅馆校定本金瓶梅词话》,香港梦梅馆1999年出版。梅节先生从20世纪80年代中期开始校勘、整理《金瓶梅词话》,参考明清和近人版本数十种,书籍四百四十种,二十年间三易其稿,相继出版了"全校本""重校本""三校定本"三个本子,完善充实了版本内容,在学术界和读书界广为传播。追根溯源,《唉!我没有读过〈金瓶梅〉》这篇文章标志着《金瓶梅》传播效果在赞同度层面上走向自由和开放。

20世纪《金瓶梅》的传播效果从层级上考察,出现了分层断裂与秩序混乱的特性,受阻与扩大并存的矛盾性。虽然层级的界定只是在理论方面的尝试操作,而且现实受众的接受效果也具有历时性的演变过程,但是这种层次明晰的研究能够直观地展示《金瓶梅》传播的独特效果,而且能够进一步深入地挖掘导致这种传播效果的内在原因,既是传播者和受众的复杂心理导致的结果，又是传播内容和传播媒介的多重层次带来的复合影响。

三、20世纪《金瓶梅》传播的基本特征

基于上述20世纪《金瓶梅》的传播受众和传播效果，矛盾性一直贯穿着这一富有争议的古代小说的传播过程，在"媒介多元—受众局限""时间断裂—空间隔离""思维模式简单—实际阻力复杂""内容显性—心理隐性"这四个方面体现得尤为突出，下面试析20世纪《金瓶梅》传播的基本特征。

（一）传播媒介的多元化与受众接受的局限性

随着科学技术的进步，《金瓶梅》的传播不再像明清时期那样通过誊写传抄、书坊刻印和名家点评的简单方式和少量规模进行，而是既有书籍印刷、舞台戏曲等传统传播媒介，又有影视、网络、旅游、泥塑、饮食等多元媒介。而且在传播过程中，媒介之间交叉互融，相互影响，扩大了传播影响。由于《金瓶梅》文本所具有的文化特性，《金瓶梅》全本在20世纪的大部分时间内都是在特定的人群圈子内传播，而《金瓶梅》的删节本也是限量发行，并因此引起了社会较大范围的争议讨论。总之，《金瓶梅》在20世纪的传播没有像其他古典名著那样一版再版，也没有借助其他传播方式将接受层次扩展到社会各个阶层。《金瓶梅》相对于大众而言，依旧保持着"奇书"的异名和神秘的面纱。

（二）传播时间上断裂的时代性与传播空间上隔离的地域性

20世纪，中国经历了极其复杂而深刻的变化，社会动荡，思想争

鸣，战乱频仍，文化政策时紧时松。《金瓶梅》的传播便深刻打上了时代性的烙印，伴随着社会风云激荡而呈现出间歇式的传播繁荣局面。如"五四"新文化运动的兴起，使传统意义上的"禁书"《金瓶梅》突破了禁锢，实现了出版繁荣，"出版热"与"研究热"交相呼应，出版商与著名学者联手，在相对宽松的传播环境下大大提高了《金瓶梅》的传播质量与效率，标志着《金瓶梅》传播进入了现代化阶段。

伴随着政治局势的变幻和思想观念的禁锢，《金瓶梅》在现代化传播的道路上受阻严重，直至改革开放，才真正打破坚冰，《金瓶梅》在中国变革传统文化呼唤现代文明的抉择与权衡中获得了新生。这一时期，面对传播资源的丰富、信息思想的互动、群体组织的合理、传播范围的拓展以及传播信息的制约，《金瓶梅》的传播随着时代的浪潮而奔突洋溢。在历时层面上，《金瓶梅》传播经历了古典时期的终结与现代时期的开启的时间断面。而在空间层面上，《金瓶梅》传播也呈现出极强的地域性特点：

（1）传播范围的开放性与世界性，传播空间的无限拓展。伴随科技的进步，《金瓶梅》通过强势的传播媒介开始拓展至世界范围。

（2）传播地域热点的固定。20世纪之前，《金瓶梅》传播地域散乱，多集中于南方书坊所在地及著名文人所在地，而20世纪以来，由于城市化的现代潮流，《金瓶梅》的传播多集中于传播媒介发达的大城市，如北京、上海等地。

（3）历史遗留问题造成的隔绝性。《金瓶梅》在台湾、香港地区的传播也极具鲜明的特征，并且在一定特殊时期内自成一家，形成独有的传播地域格局。而另一方面，大陆与台湾、内地与香港形成共同促进《金瓶梅》传播的整体，彼此间交流也日益增进，保证了《金瓶梅》的良性有效的传播。

（三）传播思维模式中的简单化与传播实践途径中的阻力复杂化

显然，20世纪《金瓶梅》的传播思维突破了古典传统的模式，不再囿于封建说教的传播标准和猎奇赏析的接受方式。但观念意识的更新与科学格局的营设总会滞后于时代和受限于地域，因此《金瓶梅》传播思维在突破古典重围之后难以寻找到正确的方向。一方面，文化政策与政治形势的强制高压造成指导思想的僵硬与严格；另一方面，传统道德与民族心理的潜在影响也制约着传播思维，导致其停滞与呆板。这种传播思维致使《金瓶梅》在具体的传播实践环节上不能适应不同时代和不同地域的要求，因此，传播媒介在"物"的层面即工具性上的优化和功能性上的强化所提供的先进的支持，无法在"人"的层面即传播者与受众中得到相应的匹配，导致的结果是在20世纪的大部分时间内传播受阻现象严重。

对受阻现象进行细化，一方面有"物"对"人"的异化，"物"本来是"人"为了特定目的的工具和手段，可是经过异化后就是"物"的工具性压倒了"人"的目的性。20世纪强大的传播媒介即是如此，在满足了传播者和受众的目的的同时也异化了他们，致使《金瓶梅》在传播过程中传播者和受众迷失了自身的目的性而过分地依赖传媒工具，这样就造成了《金瓶梅》的传播上的"错解"和接受上的"误读"。另一方面还有"人"对"物"的强化，传播者和受众对于传播媒介的操纵和控制无可厚非，但对于《金瓶梅》这样一部具有文化特性的作品而言，这种主动性传播行为往往在实践环节中因为主体欲望的膨胀而最终失控。例如一些传播者的盗版行为导致其传播《金瓶梅》的文本成为违法物品而被查禁，还有一些传播者借助网络媒介的虚拟空间大肆传播《金瓶梅》的色情内容，致使真正的文本在网络传播中受阻。这样，原本传播媒介的强劲推力适得其反成为巨大的阻力，传播途径因此变得狭窄而孤立，传播过程也就难免低效且失调。

（四）传播内容上的显性衍生趋势与受众的隐性心理需求

20世纪是信息传播不断膨胀并且开始爆炸的时代，《金瓶梅》的传播内容也难免被注入这个时代主题，所以，具有丰富信息解读取向的《金瓶梅》进入现代传播阶段后，在传播内容上呈现出明显的衍生趋势。相对于古典传播阶段的笔记文献和评点体系，现代意义上的《金瓶梅》传播衍生出了专门而庞杂的研究领域；相对于文本中实际比重较小的性描写内容，传播过程中衍生出了删节处理的缩小传播和改编渲染的扩大传播；相对于传统主题精神的道德说教主导范式，在现代西方美学的影响下，衍生出了多元的价值评判体系。但是，传播内容的无限扩大只是提供了一个文化选择的命题，而作为答题者的受众由于内心深处的隐秘世界却无法作答。在市场与政府的双重限制下，同时还有舆论与公德的监督下，20世纪绝大多数的《金瓶梅》受众不能释放出应有的阅读的自由和权利，也不能真实表露自己的满足感和认同感等心理需求。因此，传播内容上的显性衍生趋势与受众的隐性心理需求形成了矛盾冲突，这种传受失衡成为《金瓶梅》在20世纪传播的一个重要特征。

综上所述，20世纪《金瓶梅》的传播，一方面继承古典传统传播的惯性与方式，另一方面，又顺应时代潮流而不断发展、改造，但在基本特征上还是体现出了中国古典文学优秀作品在与现代社会范式进行碰撞与整合过程中的矛盾与冲突。而且，在20世纪中国社会处于转型期的特殊历史情境下，《金瓶梅》与众不同的传播受众与传播效果，更使其成为承载中西文化对话和古今文明交融的一个典范和标本。

作　者：齐鲁书社编审

从远山荷塘和《金瓶梅》读书会看明清乐在江户后期的传播

樊可人

引　言

明末清初，福建人魏之琰为避战乱而前往长崎。日本宽文十二年（1672），魏之琰归化，并改姓钜鹿。从事海商的魏氏一族不仅注资建立了福建人的寺庙"崇福寺"，更在中国音乐的推广上立下了汗马功劳。赴日时，魏之琰携带了一套明朝乐器和数册乐谱。在其归化的第二年，即延宝元年（1673），他请愿进京，在皇宫进行了演奏。日本明和年间（1764—1772），魏氏一族传至日本的音乐在魏之琰的曾孙魏皓的推广下而盛极一时。明和五年（1768），收录有五十首家传乐曲的《魏氏乐谱》于京都、大阪一带发行。以上由魏氏一族所传音乐被称为"明乐"，在魏皓死后日渐式微。与此相对的是"清乐"，主要在日本化政年间（1804—1830）由来往于中国沿海地区和长崎之间的清商传至日本。相较于明乐多收宫廷雅乐，清乐则以戏曲民谣为主。后者在传入日本后，迅速获得了一大批文人雅士的喜爱。其演奏乐器之一的月琴更是一度成为文坛奇玩。直至日本明治中期，清乐一直保持着较高人气。虽然在甲午战争爆发后，清乐也逐渐淡出了日本民众的生活，但明清乐于1978年被指定为日本长崎县的非物质文化遗产，其部分乐曲由长崎明清乐保存会传承至今。如今，明乐和清乐多被统称为"明清乐"。本文将使用这一统称,而着重分析其中的清乐。

由于明清乐中收录了众多与唐诗宋词、戏曲小说相关的内容,所以不仅在音乐研究方面受到关注,还在文学作品的接受、传播研究中体现出了价值。就日本学者的研究而言,浜一卫与山野诚之曾对明清乐进行过系统性的考察①,波多野太郎、塚原ヒロ子、塚原康子则在各自的著作中对明清乐的历史、传播状况进行了论述②。此外,林谦三、坂田進一、加藤彻三位学者分别撰文考察了明乐和清乐的音乐性和文学性③。近来,中尾友香梨所著《江户文人と明清乐》一书则是集日本明清乐研究之大成,以江户文人与明清乐的关系为视角,结合当时的社会背景,细致地分析了明清乐在江户时代的接受情况。④ 另一方面,中国也有不少研究者曾对明清乐作过介绍

---

① [日] 浜一卫《明清乐觉え书 其の一明乐、其の二清乐(一)、其の三清乐(二)》,《文学论辑》第12—14号,日本九州大学文学研究会,1965—1967年。[日] 山野诚之《明清乐研究序说(一)、(二)》,《长崎大学教育学部人文科学研究报告》第41、43号,日本长崎大学教育学部,1990—1991年。
② [日] 波多野太郎《月琴音乐史略暨家藏曲谱提要》,《横浜市立大学纪要·人文科学》第七篇,《中国文学》第七号,1991年。[日] 中西启监修,塚原ヒロ子编《月琴新谱 长崎明清乐のあゆみ》,日本长崎文献社,1991年。[日] 塚原康子《十九世纪の日本における西洋音乐の受容》,日本多贺出版,1993年。
③ [日] 林谦三《明乐八调について》,《田边先生还曆记念东亚音乐论丛》,日本山一书房,1943年。同氏《明乐新考》,《奈良学艺大学纪要 人文·社会科学》第11卷,日本奈良学艺大学,1963年。[日] 坂田進一《江户の文人音乐 传来の文人音乐と江户期における展开(その3~5)》,《文人の眼》第4—6号,日本里文出版,2002—2003年。同氏《魏氏明乐—江户文人音乐の中の中国—》,《から船往来—日本を育てた ひと·ふね·まち·こころ》,日本中国书店,2009年。[日] 加藤彻《中国传来音乐と社会阶层—清乐曲〈九连环〉を例にして》(同前书)。
④ [日] 中尾友香梨《江户文人と明清乐》,日本汲古书院,2010年。本文所列举的前人研究成果仅为明清乐相关研究中的一小部分。有关明清乐的研究综述,可参见中尾书序章第二节"先行研究の整理"。此外,[日] 大贯纪子《明清乐と明治の洋乐》(岩波讲座《日本の音乐·アジアの音乐》第三卷《传播と受容》,日本岩波书店,1988年)以及李婧慧《挪用与合理化——十九世纪月琴东传日本之研究》(台北艺术大学,《艺术评论》,2008年第18期)等论文中亦可见中尾书中未提及的前人研究。

或考察①。然而，对于明清乐中的清乐在日本传播初期的演出、传习状况，还留有值得探讨的余地。

笔者通过考察江户后期的唐话（汉语口语）学者远山荷塘（1795—1831）的事迹，及其在江户召开的《金瓶梅》读书会与明清乐的关系，找到了为上述问题提供见解的材料。今就此一题，稍加论述，以期为明清乐及《金瓶梅》在江户时代的接受情况带来新的补充。

《武鲜花》

《金瓶梅》作为四大奇书之一，曾多次借由中国的商船输入日本，并受到一部分江户时代文人的关注和研究。同时，身为白话小说的《金瓶梅》也与其他同类作品一样，在当时被用作唐话学习的参考书。针对《金瓶梅》在日本的传播以及接受情况，长泽规矩也、泽田瑞穗、小野忍、德田武、井上泰山以及川岛优子等多位学者都从不同方面进行了考察。长泽、泽田、小野主要介绍了《金瓶梅》在日本的传播和接受概况②，而德田和井上通过考察江户时代后期在江户召开的

---

① 例如，张前《中日音乐交流史》，北京：人民音乐出版社，1999年版；杨桂香《明清楽―長崎に伝えられた中国音楽》，《お茶の水音乐论集》第2卷，お茶の水音乐研究会，2000年；同氏《清乐における戏剧性―目连救母を例として》，《黄檗文华》第124号，日本黄檗山万福寺文华殿，2005年；徐元勇《明清俗曲流变研究》，南京：东南大学出版社，2011年版。笔者亦曾撰文考察了与《西厢记》相关的明清乐在江户时代的接受情况，见拙稿《明清乐から见る江户时代の〈西厢记〉故事の受容について》，日本中国中世文学会《中国中世文学研究》，2017年第69号。

② [日]长泽规矩也《我国に於ける金瓶梅の流行》，《书志学》第12卷第1号，1939年。《长泽规矩也著作集第五卷》（日本汲古书院，1985年）亦收此文。[日]泽田瑞穗《〈金瓶梅〉の研究と资料》，《中国の八大小说》，日本平凡社，1965年。[日]小野忍《〈金瓶梅〉の邦译·欧译》，《图书》，日本岩波书店，1973年。《道标―中国文学と私》（日本小泽书店，1979年）亦收此文。[日]泽田瑞穗主编、寺村政男·堀诚增补《增修金瓶梅研究资料要览》，日本早稻田大学中国文学会，1981年。

《金瓶梅》读书会及其所使用的《金瓶梅》抄本（现藏于日本鹿儿岛大学附属图书馆玉里文库，下称"玉里本"），揭开了该读书会的大致面貌。① 川岛则在前人研究的基础上，广泛收集江户时代的唐话辞书、随笔和文学作品中提及《金瓶梅》的资料，进一步完善了该时代下《金瓶梅》的接受情况。② 此外，川岛还通过对玉里本注释的细致分析，解明了《金瓶梅》读书会的参与者是如何阅读该书的。在江户时代留下的资料中，与《金瓶梅》相关的远少于《水浒传》《三国演义》和《西游记》。正因如此，以上的研究为人们了解《金瓶梅》在江户时代的接受情况提供了宝贵参考。

如上文所述，江户时代留下的《金瓶梅》相关资料十分有限。然而，除了唐话辞书、随笔等语学、文学相关的作品外，我们还能够从明清乐中觅得与该书相关的作品身影。

在日本明治十年（1877）刊行的中井新六编《月琴乐谱・利》中收有一首名为《武鲜花》的作品③。其内容如下：

> 好一朵鲜花，好一朵鲜花，嗳吓。
> 鲜花飘飘落在那一家，潘金莲发闷坐在南楼上。
> 好一个醉武松，好一个醉武松，嗳吓。
> 景阳冈打虎称为英雄，他白点都头四海扬名堂。

---

① ［日］德田武《远山荷塘と〈金瓶梅〉》，《日本近世小说と中国小说》，日本青裳堂书店，1987年。［日］井上泰山《高阶正巽译〈金瓶梅〉觉书》，日本中国俗文学研究会《中国俗文学研究》，1993年第11卷。
② ［日］川岛优子《江户时代における〈金瓶梅〉の受容（1）—辞书、随笔、洒落本を中心として—、（2）—曲亭马琴の记述を中心として—》，《龙谷纪要》第32卷第1—2号，日本龙谷大学，2010—2011年；《江户时代における白话小说の读まれ方—鹿儿岛大学附属图书馆玉里文库藏〈金瓶梅〉を中心として—》，日本中国中世文学会《中国中世文学研究》，2009年第56号；《江户时代における"资料"としての〈金瓶梅〉—高阶正巽の读みを通して—》，日本东方学会《东方学》，2013年第125辑。上引数文亦收于［日］川岛《〈金瓶梅〉の构想とその受容》，日本研文出版，2019年版。
③ ［日］中井新六编《月琴乐谱・利》，1877年。

西风嗖嗖，冷风嗖嗖。

（白）请寂寂饮杯酒，快去登南楼。

武松把酒筛，武松把酒筛。

（白）借花献佛，嫂嫂饮杯酒，吾的哥在家要你好看的待。

莫说他冤家，莫说他冤家。

（白）提起冤家奴说着了魔，他自三寸针，奴自不爱他。

嫂嫂你好差，嫂嫂你好差。

（白）自己夫妻莫说冤爱家，打虎的拳头不要认错咱。

武松休要夸，武松休要夸，嗳吥。

爱为嫂的同着天大，爱为嫂的拳头上立得人，爱为嫂的膀子上跪得马。

在上曲中登场的武松和潘金莲皆在《水浒传》和《金瓶梅》中登场，从内容上亦较难断定其情节归属何书。然而，笔者通过调查《中国民间歌曲集成》发现，在该丛书的浙江卷和江苏卷中分别收有同名的歌曲。

首先，浙江卷的"汉族民歌·小调"中收录的《武鲜花》如下①：

春暖四季春（啊），春暖四季春（啊），遍地黄花百草一起青（哎）。

好一个西门庆（呀），打扮游玩又出门（哎哎啦咿哎哎咿哎）。

打扮能齐整（哎），打扮多斯文（哎）。

我身穿蓝衫，头戴（又）方巾（啊），手拿着金折扇（来），摆摆一出门（哎哎哪咿哎哎咿哎）。

---

① 《中国民间歌曲集成·浙江卷》编辑委员会《中国民间歌曲集成·浙江卷》，北京：人民音乐出版社，1993年版。

除该曲外，同书中另有《文鲜花》一曲的歌词与之相近①，且皆为宁波市小调。江苏卷所收录的《武鲜花》亦名《鲜花调》，其内容如下②：

> 好一朵鲜花，好一朵鲜花，我唱鲜花，另有一人家。
> 好一个潘金莲，独坐在南楼下。
> 好一个武松，好一个武松，景阳冈上，打虎逞英雄，
> 家住在阳谷县，打虎威名重。

该曲为苏州市小调，其歌词较浙江卷《武鲜花》更接近《月琴乐谱》的同曲。上文提到，清乐主要由往来于中国沿海地区和长崎之间的清商传至日本。其传播路径主要分为两路，一路由金琴江传至远山荷塘和曾谷长春，另一路则由林德建传至三宅瑞莲、颍川连等人。林德建为福建人，而金琴江则为苏州人。综上来看，传至日本的《武鲜花》或源自苏州一带。

在江苏卷中亦有《文鲜花》（鲜花调），而其主角从浙江卷的西门庆换成了唐代诗人李白③。此外，在明清乐中亦有《文鲜花》。据笔者调查，最早记下"文鲜花"的或为江户时代后期的文人大田南亩（1749—1823）。

在大田的随笔集《杏园间笔》卷二的"小曲"一条下④，记载着《文鲜花》的歌词。

> 好一朵鲜花，好一朵鲜花，有朝的一日落在我家，我本待不

---

① 其歌词如下："春（啊）暖四季春（哎），春暖四（啊）季春，遍地（那个）黄花百草一齐青。有一位西（呀）门庆（呀）打扮好游玩出门（哎哎哟），有一位西（呀）门庆打扮好游玩出门（哎哎哟）。"
② "小调·一般小调"，见《中国民间歌曲集成·江苏卷》编辑委员会《中国民间歌曲集成·江苏卷》（下册），北京：中国ISBN中心，1998年版。
③ 其歌词如下："好一朵鲜花，好一朵鲜花，我唱（那个）鲜花，唱位大文人，李太白（呀）斗酒百篇，论那个论诗文，李太白（呀）斗酒百篇，论那个论诗文。"
④ 《大田南亩全集》（第十卷），日本岩波书店，1986年版。

出门业，又恐怕鲜花而下（又）。

好一朵茉莉花，好一朵茉莉花，满园的花开赛不过了他，我欲要摘一枝戴，又恐怕看花人骂（又）。

八月里桂花香，九月里菊花黄，勾引的张生跳过粉墙，好一个崔莺莺来忙把门关上（又）。

哀诰小红娘，哀诰小红娘，可怜的小生跪着半夜，你着是不开门来，我就跪到东方亮（又）。

据大田在该曲后写下的自注可知，他于日本享和三年（1803）正月十一日，将抄录下的该曲在友人冈田寒泉的宅邸向其展示。通过调查随后出现的明清乐谱可知，《文鲜花》亦存在同曲异名的情况。其别名有"含艳曲""抹梨花""茉莉花"（下文统称"文鲜花"）。其中，后二者在发音上相近，"抹梨花"恐为误记。塚原康子曾对江户后期至明治时代之间刊行的八十四种明清乐谱所收歌曲进行整理统计，其中《文鲜花》共被收录五十七次，在所有明清乐中仅次于《九连环》的五十八次，位列第二①。在此基础之上，笔者对多种《文鲜花》的曲谱进行比较后发现，根据曲谱不同，《文鲜花》的长度少至两段，多至十三段。两段的《文鲜花》便如《杏园间笔》中的《文鲜花》一、二段所示，以"好一朵鲜花……""好一朵茉莉花……"起头，而两段以上构成的《文鲜花》虽未每段都使用《西厢记》相关的元素，但其内容中只要出现特定人物，则皆与《西厢记》有关。另一方面，以"武鲜花"命名的明清乐则在内容和长度上基本保持一致②。

---

① 《江户后期から明治期にかけての明清乐の音乐活动》，见《十九世纪の日本における西洋音乐の受容》第五章。
② 根据曲谱不同，《武鲜花》在用词上亦存在些许差异。例如，在上引《月琴乐谱·利》中，"武松休要夸"句的"夸"二字，[日]河副作十郎《清乐曲牌雅谱》（日本日刊杏村书舍，1877年）卷二所收同曲作"哗"。后者或更符合原意。由于明清乐多为面授，此类差异恐为发音相近而在听写时造成的。

相较于国内以"文、武鲜花"为名的歌曲中，登场人物不尽相同，明清乐中的《文鲜花》多含有张生戏莺莺的桥段，而《武鲜花》唱的则是武松诘金莲。虽然收录《武鲜花》的曲谱数量不及《文鲜花》，但据塚原ヒロ子的统计，在四十二种曲谱中，仍有十种收录了该曲①。

在明清乐的演出方面，塚原康子曾通过明治二十四年至明治三十年（1891—1897）间刊行的《音乐杂志》进行过统计。《武鲜花》分别在明治二十四年一月、明治二十六年一月、明治二十六年九月、明治二十八年十月的合奏会上得到表演。然而，关于明清乐中的清乐在传入日本初期的上演、传习状况却少有研究涉及。

若要提起推动清乐在日本流行的先驱者，远山荷塘无疑是其中举足轻重的人物。远山荷塘，字一圭、一溪，别号一噱道人，法名松陀、圆陀。文政四年（1821），远山前往长崎游学。对此，江户后期学者朝川善庵（1781—1849）在《荷塘道人圭公传碑》中写道：

> 于是学唐话于译司周某。未数年，土音方言莫不通晓。又闻姑苏李邺嗣精于音乐，闽中徐天秀妙于梵呗，亦从学之，皆究其精妙。时又有金琴江者善月琴，师尽传其指法。与江芸阁、朱柳桥、李少白、周安泉诸子交最亲。源源接谈，又数以篇章往来。其传奇词曲之学，盖得诸其间云。他若鼓笛筝琶诸技，皆从心悟，不必假指授。②

文政七年（1824），远山离开长崎，向江户进发，并于次年五月抵达。在其逝世前的这七年间，至少有四种戏曲小说作品出现在其主

---

① "月琴曲目出典一览表"，见《月琴新谱　长崎明清乐のあゆみ》。
② ［日］朝川善庵《荷塘道人圭公传碑》，《崇文丛书》第二辑之五二《乐我室遗稿》卷三，日本崇文院，1932年版。

导的读书会上。它们分别是：《西厢记》《琵琶记》《水浒传》和《金瓶梅》。其中，《琵琶记》和《水浒传》由于资料的稀缺，目前未知使用了何种文本，而《西厢记》和《金瓶梅》则分别留有反映读书会样貌的抄本。前者的抄本分别藏于日本国立国会图书馆和庆应大学附属研究所斯道文库，后者则是上文中提到的玉里本。

通过德田、井上和川岛的研究，我们可以得知玉里本所据底本为张竹坡评本，其抄写者为远山荷塘的门人高阶正巽（1805—?）。虽然玉里本头尾完整，但其抄写顺序却有跳跃。大约五分之四的内容抄写于文政十年至天保三年（1827—1832）之间。在字里行间多附有汉文训读记号和夹注，同时另有头注、回前注、回末注。根据注释内容可知，除了远山和高阶，江户后期的考证学者喜多村筠庭（1783—1856）也参加了该读书会。从注释中三人的发言看，在读书会上，远山应当用唐话朗读过《金瓶梅》，参加者更是对包括性描写在内的内容都抱以钻研的态度深稽博考。为了解释《金瓶梅》，玉里本中的引用横跨中日两国作品，涵盖了经、史、子、集各个方面的著作。其中，在世之时即以月琴名手而闻名的远山荷塘更是在解释中引入了明清乐。

在《金瓶梅》第二回中，武松受知县所托，将要前往东京。在辞别的酒宴上，武松旁敲侧击地提醒潘金莲固守妇道。后者听后，

> 一点红从耳边起，须臾紫涨了面皮，指着武大骂道："你这个混沌东西。有甚言语在别处说，来欺负老娘！我是个不带头巾的男子汉，叮叮当当响的婆娘！拳头上也立得人，胳膊上走得马，不是那腰脓血撅不出来鳖！老娘自从嫁了武大，真个蚂蚁不敢入屋里来，甚么篱笆不牢犬儿钻得入来？你休胡言乱语，一句句都要下落！丢下一块瓦砖儿，一个个也要着地！"

潘金莲在回击中使用了"拳头上也立得人，胳膊上走得马"来证明自己行事坦荡。针对这一比喻，玉里本有头注写道：

> 月琴ノ歌二："噯呀，爱为嫂的膀子上跪得马，噯呀。"云云とアリ。膀子ハ俗语ニウデナリ。胳膊もウデナリ。（月琴曲中有"噯呀，爱为嫂的膀子上跪得马，噯呀"云云。膀子俗语谓臂，亦称胳膊。①）

此处，远山荷塘引用了明清乐中的歌词作为例句，而此句正出自《武鲜花》的最后一段。通过对比《武鲜花》的歌词可以发现，上引头注中前后各有"噯呀"衬词。正如玉里本中的许多注释附有用日语假名标注的中文发音，表明远山荷塘在读书会上用中文阅读过书中内容，亦或进行了中文发音的指导，不难想象远山在解释此段内容时，即兴小唱了《武鲜花》。

《剪剪花》

仅从上文一例来判断明清乐是否在《金瓶梅》读书会上唱起，其证据稍显不足。然而，玉里本中与明清乐相关的释例另存数处。从中亦可窥见明清乐在《金瓶梅》读书会上的演唱情况。

在同书第十二回回末诗和高阶正巽的落款之间，写有"第一奇书金瓶梅第十二出终"十二字。紧随其后，可见一句明清乐的歌词：

> 桃花三月里开，アアン，アアン，アアン，アアン。
> （ダ○ウフワサンユエリカイ）

---

① 译文为笔者译，下同。

"桃花三月里开"六字上各注有用日语假名标注的中文发音,其后的"アアン"为衬词。通过翻看远山荷塘所著明清乐谱《嫦娥清韵》①,可以得知此句歌词出自《剪剪花》。其内容如下:

一双红绣鞋、嗳呀、梅花正月里开、嗳嗳。
勾引张生跳过粉墙来、你跳过来、我的小快快、嗳嗳。
二双红绣鞋、嗳呀、杏花二月里开、嗳嗳。
二人房中蒲竹那斗牌、你搬过来、我的小快快、嗳嗳。
三双红绣鞋、嗳呀、桃花三月里开、嗳嗳。
佳人房中吃撮那螃蟹、你拍开来、我的小快快、嗳嗳。
四双红绣鞋、嗳呀、蔷薇四月里开、嗳嗳。
四个童生考着那秀才、你入红门来、我的小快快、嗳嗳。
五双红绣鞋、嗳呀、柘榴五月里开、嗳嗳。
佳人后园割着那韭菜、你着根来、我的小快快、嗳嗳。
六双红绣鞋、嗳呀、荷花六月里开、嗳嗳。
船到江中不得那拢来、你着浪大、我的小快快、嗳嗳。
七双红绣鞋、嗳呀、凤仙七月里开、嗳嗳。
张生死了买致短棺材、你要欲坏了肾、我的小快快、嗳嗳。
八双红绣鞋、嗳呀、木犀八月里开、嗳嗳。
八十岁公公吃撮那长菜、你好咬长、我的小快快、嗳嗳。
九双红绣鞋、嗳呀、菊花九月里开、嗳嗳。
三岁孩童打着油瓶盖、你着荡出来、我的小快快、嗳嗳。
十双红绣鞋、嗳呀、芙蓉十月里开、嗳嗳。
阳山百过着竹莺台、你若下来罢、我的小快快、嗳嗳。

---

① 关西大学图书馆藏。关于此书,详见拙稿《远山荷塘の〈嫦娥清韵〉について—江户后期の明清乐受容に关する一考察—》,日本东方学会《东方学》,2018年第136辑。《嫦娥清韵》中收录的歌曲皆附有工尺谱和用日语假名标记的中文发音,本文略。

全曲以数红绣鞋的方式分为十段展开。虽原谱多有误写，但从大致内容可以判断该曲主要歌唱郎情妾意、烟花风月之事。其中，第一、第七段分别借用了《西厢记》故事中的桥段及人物。玉里本第十二回回末的"桃花三月里开"正出自上曲第三段。

第十二回虽写七月之事，与"桃花三月"并无多大关联，但该回中多次写到潘金莲与琴童、西门庆之性事，远山荷塘或在集体阅读讨论后，向包括高阶正巽在内的与会者教授了《剪剪花》一曲以资娱乐。

此外，同书第九十一回写道："李衙内和玉楼两个，女貌郎才，如鱼如水，正合着油瓶盖。"针对"油瓶盖"一词，该回的回前释义立项解释道：

> 月琴の曲ㄦ二："九双红绣鞋，嗳呀，菊花九月里开，嗳ヒヒヒヒ。三岁孩童打着油瓶盖，你着汤出来，我的小快ヒ，嗳ヒヒヒヒ。"トアリ。又ツレコヲ拖油瓶ト云ヘリ。（月琴曲ㄦ中有："九双红绣鞋，嗳呀，菊花九月里开，嗳嗳嗳嗳嗳。三岁孩童打着油瓶盖，你着汤出来，我的小快快，嗳嗳嗳嗳嗳。"又，女性再嫁时所带前生子女曰拖油瓶）。

为了解释油瓶盖，远山荷塘又引用了《剪剪花》第九段为例。除衬词略有不同外，上引第十二回和第九十一回的两例歌词与远山荷塘《嫦娥清韵》所收同曲一致，而衬词的不同更是体现出了即兴演唱的可能性。综上，我们可以推测远山荷塘在《金瓶梅》的读书会上至少演唱过《武鲜花》和《剪剪花》二曲，并向读书会的成员进行过教授。

除《嫦娥清韵》之外，与远山荷塘同时代的月琴名手龟龄轩斗远（1778—?）所编《花月琴谱》以"月花集"为名[①]，收录了《剪剪花》

[①] ［日］龟龄轩斗远编《花月琴谱》。出版者不明，日本天保三年（1832）序，关西大学图书馆藏。

的第一段歌词；太田连《清乐雅唱·乾》中同曲名为《月花集（红绣鞋）》①；河副作十郎《清乐曲牌雅谱》所收同曲名为《漳州月花集》②。

从《清乐曲牌雅谱》所收该曲曲名可以推测，《剪剪花》或源自福建省一带。在《中国民间歌曲集成·福建卷》中可见与其结构相似的歌曲《红绣鞋》③：

> 荷花透水开（嗳哟嗳哟），熏风吹满怀（嗳哟依哟），柳茵垂下站定女裙钗（嗳哟叮当），那裙钗（嗳哟）手拿花鞋卖（嗳哟叮当）。
>
> 一双红绣鞋（嗳哟），正月桃花开（嗳哟依哟），娘卖花鞋原是当招牌（嗳哟叮当），要买花鞋（嗳哟）请进家中来（嗳哟叮当）。
>
> 二双红绣鞋（嗳哟嗳呀），二月杏花开（嗳哟依哟），请问大姐花鞋怎样卖（嗳哟叮当），这花鞋（嗳哟）请说价钱来（嗳哟叮当）。

与明清乐《剪剪花》相比，《中国民间歌曲集成》所收类似歌曲的内容已与《西厢记》故事无关。然而，包括《剪剪花》在内，与《西厢记》故事内容相关的明清乐，在江户时代却受到文人十分喜爱。

---

① ［日］镝木七五郎等编《清乐雅唱》，日本国立国会图书馆藏，1883年。
② ［日］河副作十郎编《清乐曲牌雅谱》，日本日刊杏村书舍，1877年版，日本国立国会图书馆藏。
③ "闽南民歌·小调"，《中国民间歌曲集成·福建卷》（上册），北京：中国ISBN中心，1996年版。除福建卷外，注12书"歌舞小调·渔灯"项下，亦有同名歌曲结构与之相似："一（呀）双（哩么）红（啊）绣鞋，（嗨哎哟），梅（呀）花（来子）正（啊）月里开（哩啊哎哟）。小小儿童走（呀）过（子）洛（哇）阳（子）桥（哩啊哎哟），走过（子）来（哩啊），我就把绣花（呀）鞋儿卖（哩啊哎哟）。"

《漳州曲》

除了《武鲜花》之外，明清乐中另有一曲与《金瓶梅》内容相关。第十三回中写到西门庆翻墙夜会李瓶儿：

> 单表西门庆推醉到家，走到金莲房里，刚脱了衣裳，就往前边花园里去坐，单等李瓶儿那边请他。……少倾，只见丫鬟迎春黑影里扒着墙，推叫猫，看见西门庆坐在亭子上，递了话。这西门庆就搊过一张桌凳来踏着，暗暗扒过墙来，这边已安下梯子。李瓶儿打发子虚去了，已是摘了冠儿，乱挽乌云，素体浓妆，立在穿廊下。看见西门庆过来，欢喜无尽，忙迎接进房中。

玉里本在此段上方有头注道：

> 西门庆墙ヲコヘテシノビユクヿハ《西厢记》ニヨッテツクルナリ。西门ヲ张生ニタトヘ，并儿ヲ莺莺ニ比ス，迎春ヲ红奴ニ比ス。（西门庆越墙遁入据《西厢记》而作。西门犹如张生，瓶儿好比莺莺，迎春便似红奴。）

针对《金瓶梅》对《西厢记》的援引及接受问题，伏涤修、徐大军等学者已有详细论考，笔者在此不再赘述。正如朝川善庵在《荷塘道人圭公传碑》中所言，"先是江户文人无精于传奇者，何况词曲乎？"虽然远山荷塘在解读《金瓶梅》《西厢记》时难免有错误之处，然而在当时江户文坛普遍对戏曲小说陌生的情况下，远山荷塘从长崎修得的学问在此发挥了极大作用。

在西门庆越过墙头，进入李瓶儿房中后，二人便开始寻欢作乐。

对此，书中以韵文写道：

> 灯光影里，鲛绡帐中，一个玉臂忙摇，一个金莲高举。一个莺声呖呖，一个燕语喃喃。好似君瑞遇莺娘，犹若宋玉偷神女。山盟海誓，依稀耳中。蝶恋蜂恣，未能即罢。

针对"好似君瑞遇莺娘"七字，玉里本亦有头注道：

> 《西厢记》二张生名珙，字君瑞。莺娘卜ハ崔莺ヒノ丅也。可见コノ一段《西厢记》ニヨッテ作リ丅ヲ。（《西厢记》中，张生名珙，字君瑞。莺娘乃崔莺莺是也。可见此一段据《西厢记》而作。）

从以上两注可以看出，当时的《金瓶梅》读书会已十分关注书中对其他作品的援引及接受问题。注释中虽未言及与明清乐的关系，但收录在一些明清乐谱中的《漳州曲》无疑与上引韵文有着某种联系。从曲名来看，该曲应与《剪剪花》同传自福建省一带。据笔者管见，《漳州曲》多至三段，少至一段。下引同曲为中井新六编《月琴乐谱·亨》所收的三段版本[①]：

> 纱帐里飘兰麝，哨卟，我负惯把箫吹。玉臂忙摇，金莲高举。南南燕燕呖呖莺声，好似君瑞过莺娘。
> 春天桃李开，嗳卟，鸳鸯戏水蝶迷花卟。多情郎跳过粉墙折一枝卟，并不怕被人骂卟。
> 春来百花开，嗳卟，情郎不是愁更添卟。也想思情郎永是去

---

① 日本群仙堂，1877年，日本国立国会图书馆藏。一段版本起自"纱帐"至"莺娘"，上文龟龄轩斗远编《花月琴谱》便收此一段。

奴去卟，早还奴香罗怕卟。

该曲的第一段及第二段内容或皆取自《金瓶梅》，且都与《西厢记》有关。虽然《嫦娥清韵》中未收录此曲，但我们能够从龟龄轩斗远的《华月帖》中觅得该曲传播的情况。

《华月帖》中汇集了江户后期和歌作家贺茂季鹰和上文提到的大田南亩等人的和歌、和文，并间以剪影风格的春画①。在一系列用日语写成的作品中，《漳州曲》以"月琴谱"为名收录其中。好与文人雅士相交的龟龄轩斗远，不仅在月琴演奏上颇有造诣，亦精通插花。在其前往江户时，《华月帖》则被用作应酬交际时的见面之礼②。在江户后期，文人学者们依然视中国文化为上等，不少人对中国的戏曲小说乃至民间小调抱以积极了解的态度。不难想象，与《金瓶梅》《西厢记》相关的《漳州曲》通过龟龄轩斗远在各种风雅集会上的演奏而广为江户文人所知。

作为社交工具的明清乐

龟龄轩斗远虽曾至江户，但主要以京都、大阪一带为主要活动据点，而远山荷塘在抵达江户后凭借着中国俗文学方面的造诣而名声大噪。除了上文提到的唐话及词曲之学外，能够弹奏月琴，并演唱明清乐无疑为其带来了各界的关注。

在远山荷塘抵达江户前，曾至福冈拜访了九州大儒龟井昭阳并受邀小住。后者倾心于远山的学问，并多次在书信和诗作中描述在其家庭和门生聚会上众人学习唐话和明清乐的场景。例如，龟井昭阳在

---

① 出版者不明，天保七年（1836）跋，日本国文学研究资料馆藏。
② 详见［日］中野三敏《龟龄轩斗远の后半生—天保の风流—》，日本九州大学文学部《文学研究》，1990年第87辑。

《送一圭上人序》中写道：

> 余每把酒，必请上人拊丝。一日醉甚，坐者解曲中义。北海敦礼学，不喜词藻。说"二人房中"曰："不是双女、必两男。"余笑曰："以《三礼》谈小曲，不知西房乎东房乎？"①

此处，龟井昭阳的门生村北海因据《礼》解释《剪剪花》第二段中的"二人房中"而引得前者发笑。关于沉醉明清乐的理由，龟井昭阳在《圭上人鼓琴》一诗中写道：

> 圭公鼓月琴，引我苏州去。
> 失却本来真，昏昏不知处。
> 铃翁休咎我，夺魄醉胡琴。
> 请见天庭乐，无非海外音。
> 小倡虽非雅，受之华夏人。
> 本邦嘈杂曲，金屎不同伦。
> 古乐虽洵美，不关知夏音。
> 吾怜小词曲，有益艺文林。
> 吾门二三子，先学九连环。
> 一曲谙多字，放歌非等闲。
> 日我初请曲，先歌茉莉花。
> 屡听频得益，不独悦皇琴。

在龟井昭阳看来，明清乐中虽多有"不雅之词"，然而其直接受之于当时来长崎的清商，每闻其乐，犹如置身唐土。对于那些向往中

---

① 《昭阳先生文集》卷一，日本九州大学附属图书馆石崎文库藏。

华文化的江户文人而言，这无疑是一种享受。此外，龟井昭阳还在诗中提到门生通过歌曲而"谙多字"，自身也在反复聆听中频频得益。这一现象，正与《金瓶梅》读书会借《武鲜花》和《剪剪花》歌词理解书中内容相近。龟井昭阳在写给外甥山口士繁的书信中，具体描述了当时全家上下学唱明清乐的情形：

> 琴客安于草堂，悉昙与夏音并发。《茉莉花》《到春来》《算命》《九连环》入月琴、胡琴，锵锵盈人耳。妻孥、炊婢亦学口，草堂变为唐人窠窟。①

在告别龟井昭阳后，远山荷塘又前往大分县探望了恩师广濑淡窗（1782—1856）。后者亦为闻明清乐而邀其暂住②。在远山荷塘抵达江户后召开的读书会上，除上文提到的喜多村筠庭、朝川善庵外，更有当时声名显赫的大洼行、菊池五山等汉诗人出席。同时，远山荷塘在《嫦娥清韵》所收《月琴》一文中记载道："余之来江户，从学者日多一日，遂为文坛之奇玩。"据此可知，自其来到江户后，明清乐的人气水涨船高。

通过读书会成员之一的朝川善庵推荐，远山荷塘的名号甚至传到了大名的耳中。肥前国平户藩藩主松浦静山（1760—1841）在其随笔集《甲子夜话》中写道：

> 近顷予が門前の近所荒井町と云に、未だ年若き僧なる由、信州の産とか、長崎を游历して唐商に学びたり迚、唐音を善くし、月琴と云へる見馴ざる乐器を弄びける。朝川鼎などは识る

---

① 《复山士繁书》，《昭阳先生文集》卷二。
② 《远思楼日记》卷四，见《增补淡窗全集》中卷，日本思文阁，1926年初版，1971年覆刻。文政七年闰八月二十八日记载道："一圭来宿。（予将听其华音，故馆诸家）……夜听一圭弹月琴、胡琴。"

人にて、或日予にも鼎がこの月琴を携へ来て示しける。この韵事に仍て所所の雅会にも赴とか闻へしが、近所なれども由なくして予は未だ面染にあらず。（近来于寒舍附近荒井町有一年轻小僧，生于信州，曾游历长崎，师从唐商。善唐音，操一乐器，名曰月琴，实乃罕见。朝川鼎识其人，或日携此器来示余。虽闻其人因此韵事遍赴雅会，余为近邻却仍未得见。）①

从上文可知，远山荷塘在读书会之外，还参加了许多文人雅会。不难想象，明清乐通过远山荷塘在各处的演奏而持续扩大受众层。松浦静山本人虽未在文章中提到是否与远山荷塘见面，但在受到朝川善庵推荐后，购入了月琴。②

此外，据广濑淡窗之弟广濑旭庄（1807—1863）所写日记《日间琐事备忘》记载，远山荷塘在江户时，亦凭借一口流利唐话而深受萨摩藩藩主岛津重豪（1745—1833）宠爱。③ 作为积极推行开化政策的大名之一，岛津重豪对兰学、唐话学都有一定研究。其编纂的唐话辞书《南山俗语考》中收录有"弹月琴""弹琵琶""唱曲子""唱歌儿"等短语④，可以想见远山荷塘在与其切磋唐话时，还为其演奏过明清乐。

对此，诗名甚高的梁川星严（1789—1858）曾在《月琴篇》中写道：

---

① ［日］松浦静山《甲子夜话·第五卷》日本平凡社，1978年，卷八十。
② ［日］松浦静山《甲子夜话·第六卷》日本平凡社，1978年，卷九十四。载"予が荘の門前に陋巷あり。こゝに一圭と云僧住す。……长崎に游で清商に邂逅し、月琴を习ひ、今专ら弹ず。予も近顷渡来の器とて、或人の劝に因にてこれを购藏せり。（余庄门前有陋巷，僧一圭住于此。……游长崎时邂逅清商，习月琴，今专弹之。或人以此乃近时渡来之器而荐余，因而购藏之）"。
③ 《日间琐事备忘》，见《广濑旭庄全集·日记篇三》，日本思文阁，1983年版。弘化二年（1845）七月六日载："松冈古春尝谓余曰：'圭师之东，龟先生属诸某，某周旋善庵、诸老之间为之先容。声名稍噪，遂以华音宠于萨老侯荣翁公'。"
④ 《南山俗语考》（出版者不明，文化九年（1812）序）卷二"人部·德艺类"。

摘阮,吾邦未曾有。近商舶载来,一时争玩,户唱家弹,蝉噪鼎沸。至有鬻其伎,出入贵邸豪门,得优待者,何其盛哉!①

梁川星平虽未在文中指名道姓,但德田武认为"鬻其伎,出入贵邸豪门,得优待者"即指远山荷塘。②除梁川星严外,参加了读书会的喜多村筠庭和菊池五山也并不十分认可远山荷塘的学问。在《武江年表》中,喜多村曾如此评价远山荷塘:

　　《西厢记》を講じ、所々に行て小说をよめり、また職人をやとひて月琴、提琴を注文して、舶来のものの如く作らせて、崎陽より取寄たるよしいひて望みの人に售る。才子なり。小说はわが物の如くいひ説しかど往々誤りあり。……歿して朝川善庵碑銘を書て過賞せり。善庵殊の外これに心醉したるもおかし。されば此文を五山堂見て、これにて見れば一圭はすばらしき者なりとて笑ひたり。(讲读《西厢记》,且至各处释小说。又雇职人购月琴、提琴,使其仿造如舶来之品,言得之于长崎,而售之于欲购之人。其为才子。虽讲读小说如已物,然往往有误。……逝后朝川善庵为之书碑铭,过赏矣。善庵殊心醉于彼亦可笑。今五山堂阅此文,因一圭如高人雅士而笑之。)③

笔者在上文中亦提到,远山荷塘在讲解《西厢记》《金瓶梅》时确实存在对意思理解的偏差。在玉里本中甚至可见身为弟子的高阶正巽对远山荷塘意见的否定和修正。然而,远山荷塘在唐话学及俗文学

---

① 《星严乙集》(卷三),江户千钟房,1841年版,早稻田大学图书馆津田文库藏。
② 详见[日]德田武《远山荷塘と广濑淡窗》,日本明治大学教养论集刊行会《明治大学教养论集》,1990年第232号。
③ 《增订武江年表》,卷之八,日本国书刊行会,1912年。

上的造诣实为江户文人所不及。这在其选择戏曲小说进行讲读，并积极推广明清乐的行动上得到了反映。

相比起拥有众多注释版本的《西厢记》，《金瓶梅》在阅读时更需要借助各类资料来释义，而《金瓶梅》文本中更是多次出现用月琴演奏的场景，这也使得远山荷塘能够发挥在月琴演奏和唐话方面的优势，通过读书会向那些声名显赫的文人学者展示自身的一技之长。无论是在龟井昭阳宅邸小住时的把酒当歌，抑或是带有学术性质的《金瓶梅》读书会，其本身皆可被视作"文人雅会"，而"明清乐"便成为了远山荷塘进行自我展示的"社交"工具之一。

结　　论

由于远山荷塘于天保二年（1831）染疾早逝，从目前的明清乐传承系谱来看，远山荷塘仅将自身所学传至与朝川善庵等人一同参与读书会的宫泽云山（1781—1852）。然而，通过以上考察可知，远山荷塘在与文人雅士交流时抑或在读书会上都曾教授过明清乐。广濑淡窗在《怀旧楼笔记》中回忆远山荷塘携月琴来访时写道：

> 一圭我家ニ来ルニ、月琴ト云フモノヲ赍シ来リ、华音ヲ唱ヘテ、之ヲ弾シタリ。当時月琴ヲ弾スルモノ、世上颇ル多シ。皆一圭ヲ以テ鼻祖トスルトソ。（一圭来我家，赍来一物云月琴，以华音唱而弹之。当时世上弹月琴者颇多，皆以一圭为鼻祖也。）①

东京派（明清乐的派系之一，与大阪派相对）的代表人物镝木溪庵（1819—1870）亦在其编著的《清风雅谱》作序道："阮音之行于

---

① 《怀旧楼笔记》，《增补淡窗全集》上卷，日本思文阁，1925年初版，1971年复刻。

吾邦，近世为盛焉。昔荷塘一圭游琼浦，受此曲于崎人而归，一时洋洋之声喧乎耳。"从后世的评价来看，远山荷塘在明清乐普及初期所作出的贡献无疑是巨大的。塚原康子认为："在日本的天保至弘化·嘉永年间，进行广泛演奏及教授活动的清乐专家还未存在。清乐作为一种新兴的娱乐而受到关注，与书画诗文一样，仅在特定的交友关系中流传并演奏。"① 对此，本文结合远山荷塘的事迹，通过考察当时在江户举行的《金瓶梅》读书会所留下的抄本发现，明清乐在传入日本初期，不仅作为一种娱乐方式而为文人雅士所喜好，在学习唐话和解读小说方面也体现出一定价值，而诸如远山荷塘、龟龄轩斗远等月琴名手则借助当时社会崇尚中国文化的风潮，以明清乐为社交手段之一，赢得了在文坛的一席之地。

作　者：日本神奈川大学外国人特任助教

---

① 《十九世紀の日本における西洋音楽の受容》第五章"江戸後期から明治期にかけての明清楽の音楽活動"第二節《奏楽状況から見た明清楽の音楽活動》。原文如下："天保から弘化・嘉永の頃までは、幅広く演奏活動や教授を行う清楽専門家などもまだ存在せず、清楽は文人の新しい楽しみの一つとして注目され、書画詩文と同様にその交友関係の中でのみ知られ、行われていたと考えられる。"

尾坂德司《全译金瓶梅》述介

傅想容

一、前言

日本法政大学教授尾坂德司根据"第一奇书本"所译之《全译金瓶梅》，共一百回，分四卷，于昭和二十三年（1948）九月至昭和二十四年（1949）三月出版完毕。

论及《金瓶梅》在日本的翻译，二战是很重要的分水岭。二战以前《金瓶梅》只有节译本，分别由松村操、井上红梅、夏金畏三人翻译，除了井上红梅译至第七十九回外，其他两部译本的完成度其实很低，这部分笔者曾发文撰述。① 而二战后的《金瓶梅》译本，则属尾坂德司《全译金瓶梅》为最早出版的全译本，比小野忍的译本足足早了十二年。② 但此译本随着时间的推移，已渐渐不被关注，然而其中仍然蕴含译者的独到见解，甚至带有时代限制的烙印。

在尾坂德司《全译金瓶梅》中，第一卷卷末附有解说，可由此窥见并考察作者的翻译动机，是认识此部译本的重要数据。另外，借由比对原文和译文的差异，有助于我们理解译者对作品的理解与诠释。

---

① 傅想容《日本二战前〈金瓶梅〉译本述评》，《嘉大中文学报》，2020 年第 13 期，第 211—231 页。
② 小野忍的译本最早于 1949 年出版，但不完全，完整出版乃于 1960 年 7 月在平凡社出版的《中国古典文学全集》，翻译总计历时十二年（1948—1960）之久。

而本文意在呈现上述两个部分，所以首先将就解说进行考察，以求深入了解译者的翻译动机及其对小说的评价；次由内文翻译及第四卷的后记中，进一步分析译者对作品的理解和评价。时至今日，《金瓶梅》日译本不断推陈出新，尾坂德司《全译金瓶梅》或可视为"过时之作"，因而本文并非要凸显此部译本的价值性有多么高，而是表明在《金瓶梅》流传过程中，应重视这些曾出现的译本，并让读者对译者的理解与诠释有初步的认识。

二、尾坂德司的翻译动机

在《全译金瓶梅》第一卷卷末所附的解说①里，尾坂德司多次提到鲁迅的《中国小说史略》，也多方引述鲁迅对《金瓶梅》的评论，可看出他对《金瓶梅》的认识深受鲁迅影响。尾坂德司在鲁迅的研究基础上，进一步肯定了《金瓶梅》的写实艺术：

> 《金瓶梅》に至つては、官僚と富豪の結托、そこに生じる社會惡、家庭内に於ける妻妾の嫉妬、色と慾の二筋道を追う種々様々な人間を描いて餘す所がない。そして、全世界の九十九・九パーセントの人間もまたかくのごとく醜惡なものであると觀ずる時、單に中國文學の傑作たるに止まらず、世界の古典に收められるべきものだと認められるのである。（卷一《解说》，頁425）

（《金瓶梅》描写官僚和富豪相互勾结，由是产生社会罪恶及家庭内的妻妾嫉妒，并借由色欲两大脉络描绘了人间种种样貌。而当我们将全世界百分之九十九点九的人类视为丑陋之物时，便

---

① ［日］尾坂德司译：《全译金瓶梅》卷一，东京：东西出版社，1948年版，第423—436页。所引之尾坂德司译本原文，俱出此版本，将不一一附注，仅于后括号注明卷数和页码。

可知《金瓶梅》不仅是中国文学的杰作，同时亦名列世界古典文学之列。)

这段引文明确肯定了《金瓶梅》的世情书写。除此之外，尾坂德司还详细指出《金瓶梅》与其他几部中国古典名著有着显著差异：《水浒传》写的是官逼民反，《西游记》的内容是荒唐无稽，《三国演义》演的是权谋机诈，而《红楼梦》以贵族社会为舞台，《儒林外史》则主在刻画仕绅，反观《金瓶梅》乃以市井小民为主角，揭露人性的贪欲和色念（页425）。这种不将《金瓶梅》视为淫书，反而肯定其描写普天之下人性之恶的观点，实乃继承鲁迅在《中国小说史略》中，将《金瓶梅》归于"人情小说"，拈出其"描摹世态"之特质。① 另一个对鲁迅观点深入发扬之处，在于尾坂德司以正向的态度看待小说中的性描写。鲁迅认为《金瓶梅》和"着意描写，专在性交"的艳情小说不同，尾坂德司不仅继承这样的观点，并且进一步深论之，其论述大抵可归纳为以下二点：

（1）描写恋爱的小说极多，而描写婚后的小说却鲜少。《金瓶梅》第四回写潘金莲和西门庆交欢、第二十七回有葡萄架下告饶的情节，后半部更写到西门庆得了胡僧药后的种种淫乐。妻妾间的嫉妒和这些性描写是有极大关联的，舍去这些便无法描绘出真实的夫妻生活。

（2）《金瓶梅》如果只是一本淫书，那就只需写到西门庆过世为止，第八十回以后便是多余的。但是作者不仅描写西门庆的一生，八十回以后其笔未歇，还继续记录发生的事件，写尽人性的延续。由此便可知《金瓶梅》不是淫书。（卷一《解说》，页428—430）

在这种尽量不带偏见的立场下，尾坂德司对于《金瓶梅》的思想价值给予极大肯定。他说小说第一回开场之处，作者已经点出世人无

---

① 有关鲁迅对于《金瓶梅》的认识，参考《中国小说史略》第十九篇《明之人情小说》（上）。

法超脱七情六欲之枷锁,也无法破除酒色财气的桎梏。尾坂德司认为这虽是出现在《金瓶梅》那个时代的言论,但拿到现今社会亦可符合,因而感慨地说道:"相隔数百年至今,《金瓶梅》仍能撼动人心。"(《金瓶梅》が数百年を隔てた今日に至つても、尚われわれの心に生き、胸を搖するのであろう。卷一《解说》,页429)。可见尾坂德司认为《金瓶梅》描写的是一种普天之下人性的阴暗面,正因以这样的认识来理解《金瓶梅》,他在翻译时才能直面书中惊心动魄的各种描写。

而对于《金瓶梅》的艺术成就,尾坂德司更是推崇备至。他借由森鸥外《性欲的生活》所记载的阅读经验,指出森鸥外正是因为阅读了《金瓶梅》,才能够用如此优美的汉语来进行创作。而有关《金瓶梅》的写作手法,明代已有文人陆续拈出其描绘精细的特点,清代张竹坡的评论更屡为学界引用:

> 读之似有一人亲曾执笔,在清河县前西门家里,大大小小、前前后后、碟儿碗儿,一一记之。
>
> (《批评第一奇书金瓶梅读法》)①

《金瓶梅》对器皿、物品等过于精细的描写,对于一些读者而言,可能在阅读上会形成一种繁冗的印象,由此给予负面评价的也不是没有。② 对于外国读者来说,作者在《金瓶梅》中不厌其烦地描写生活

---

① 〔清〕张竹坡评点,刘辉、吴敢辑校《会评会校金瓶梅》,香港:天地图书有限公司,2010年版,第2125页。
② 如钱念孙便认为:"由于精心剪裁不够,作品对生活中各种现象,细大不捐,都加以具体入微的描写,因而有些地方过于琐碎,使全书显得臃肿繁复。"钱念孙《中国文学史演义(元明清篇)》,台北:正中书局,2009年版,第774页。郭英德、过常宝的《中国古代文学史》虽给予《金瓶梅》的艺术价值极高的评价,却也不免说有时过于琐细杂芜,缺乏艺术韵味。郭英德、过常宝《中国古代文学史》,成都:四川人民出版社,2003年版,第474页。

中大大小小的事，这种写作特点也可能让他们对于中国古典小说产生困惑。在这一方面，尾坂德司偏向正面的解读，他注意到小说中对于购买的商品、酒钱、赠礼等都标示了明确的金额，看似冗长多余，却有利于展示小说中的人物身份，描写这些人物如何被金钱驱动才是作者用意所在。另外有关饮食、衣服上的精细描写，其实也在暗中讽刺了这些不懂礼节的人。（卷一《解说》，页432）

而《金瓶梅》的作者善于揭露现实，所谓"着此一家，骂尽诸色"。尾坂德司就认为小说中有关下流言行的描写，不单只是口诛笔伐，也深深揭露出腐败社会的病源。他更直指当时日本社会也存在官商勾结的乱象，许多描写社会现实的小说粉墨登场，但这些作者没有敏锐的观察力，无法深入追索现实，有如蜻蜓点水般，没有触及深处，小说中的人物也经常如浮光掠影，形象不够真实生动，因而无法满足读者。尾坂德司认为当前日本这些写实小说均无法企及几百年前的一部《金瓶梅》，他以这样一句话概括《金瓶梅》之深度与广度："以金钱和色欲为中心，如漩涡般将周围之世情、人情依依卷出，曲尽情伪。"（金と色とを中心にして、その周囲に渦捲く世情や人情を描寫して、その情偽を盡したものに外ならない。（卷一《解说》，页434）

然而，小说时有语涉淫秽之处，因而无可避免被冠以"淫书"的恶名。针对这一点，尾坂德司采用鲁迅的说法，指出这是明末时风所致。在阅读小说中的淫秽内容时内心固然容易感受到冲击，却可以明白这是作者为了鲜明地描写中国黑暗面所下的苦心。年过五十，感受日本战败后的世界变迁，也尝尽人世各种辛酸的尾坂德司，好像亲眼见证了《金瓶梅》所描绘的人生百态，因而把翻译《金瓶梅》当作自身义务。以这样的理解和心情着手翻译，遂成就这部译本的价值。

三、译文商榷及译者的诠释

作为日本史上第一部完整的"第一奇书"译本,《全译金瓶梅》基本上忠于原著,略译部分极少。对于小说中的歇后语或方言俗语,大部分采用直译的方式,例如第一回:"提傀儡儿上戏场——还少一口气而哩""奴家平生性快,看不上那三打不回头,四打和身转的",都直接译出原文,没有加入多余的解释,基本上保留了原文的风味,但是对于汉文程度不够的读者而言,缺少注释和说明的译文,可能妨碍文意的理解。也有一些译文采取较为直白的译法,如第一回中"叔叔请起,折杀奴家",译成"叔叔请起,勿过于郑重",意思虽没错,却失去原文的味道。另外有些部分采用意译,意思却不是很到位,以下便是一例:

> 潘金莲不住在席上只呷冰水,或吃生果子。玉楼道:"五姐,你今日怎的只吃生冷?"金莲笑道:"我老人家肚内没闲事,怕甚么冷糕?"(尾坂德司译:没关系!我肚内没有什么)羞的李瓶儿在傍,脸上红一块白一块。西门庆瞅了他一眼,说道:"你这小淫妇,单管只胡说白道的。"金莲道:"哥儿,你多说了话。老妈妈睡着吃干腊肉——是恁一丝儿一丝儿的。你管他怎的?"(尾坂德司译:没有那回事!老妈妈为了吃肉,可是一口一口极为小心)
>
> (《金瓶梅》第二十七回)

在第二十七回中,潘金莲在翡翠轩窃听李瓶儿和西门庆的谈话,得知瓶儿怀有身孕后,醋劲大发。这里有关潘金莲的两句话,既尖锐又辛辣,均充分展现了这位俏心美人的性格,崇祯本评点者便说:"字字道破,不管瓶儿羞死。俏心毒口,可爱、可畏!"张竹坡也说:"舌上有刀也。"① 但是检视译文,却发现无法充分展现潘金莲的声口。首先,原文的"我老人家肚内没闲事,怕甚么冷糕?"是一句激问,译文改为肯定句、直述句"没关系!我肚内没有什么",失去了语言该有的气势。而"哥儿,你多说了话。老妈妈睡着吃干腊肉——是恁一丝儿一丝儿的。你管他怎的?"则有误译的情形。这里是潘金莲对西门庆"胡说白道"的数落反唇相讥,"老妈妈睡着吃干腊肉——是恁一丝儿一丝儿的",意为老妈妈牙齿不行了,腊肉干又硬,躺着吃必须一丝儿一丝儿撕下来吃,"一丝儿一丝儿"谐音"一事儿一事儿",意为瓶儿"一事接一事"。② 联系前文潘金莲说自己"肚内没闲事",这样的解释较符合上下文意,反观译者译为"一口一口极为小心",显然是望文生义,并没有考虑到前后文意,因而曲解了这句歇后语所要表达的涵意。

《全译金瓶梅》仍然有略译的地方,例如在恶名昭彰的第二十七回,有关小说中极为淫秽的描写,译者还是略译了一小部分,虽不影响上下文的阅读,却不难揣摩略译的原因,可能还是在于译者"忌讳"的心态。在第四卷的《后记》③ 中,尾坂德司还有一番对于小说中"色""欲"的见解。他说《金瓶梅》一般被视为淫书,但是通读全书的人决不会认同这样的看法。比起来,"色""欲"只是人生的一个面向,《金瓶梅》反映的不是只有"色""欲"。小说描写"色",是为了凸显人性的丑恶面,如果只因为见到"色"就将《金瓶梅》视为淫书,或是读了却无法感受到人间丑态之恐怖,皆为浅薄的读者(第四卷《后记》,第485页)。

在第四卷《后记》中,尾坂德司说,小说作者将人类和社会的恶

---

① 〔清〕张竹坡评点,刘辉、吴敢辑校《会评会校金瓶梅》,第569页。
② 孙逊主编《金瓶梅鉴赏辞典》,上海:汉语大词典出版社,2005年版,第332页。
③ 此后记写于昭和二十四年(1949)十一月。〔日〕尾坂德司译《全译金瓶梅》,东京:东西出版社,1949年版,第484—491页。

归因于"色"和"欲"。全书结尾脱离"色""欲",遁入佛教且获得全寿的吴月娘,和相较之下较为幸运的孟玉楼,都不能解释为具有正面评价的人物。由作者将西门庆身边的恶小厮玳安作为接班人来看,可以知道《金瓶梅》的作者认为人无法完全脱离"色"和"欲",从中可以发现作者悲观的立场。上述这番论点,是尾坂德司由小说结局所得出的感悟,并书于后记中(第四卷《后记》,页486)。《金瓶梅》全书结尾的诗:"阀阅遗书思惘然,谁知天道有循环。西门豪横难存嗣,敬济颠狂定被歼。楼月善良终有寿,瓶梅淫佚早归泉。可怪金莲遭恶报,遗臭千年作话传。"很容易将读者导向"善有善报,恶有恶报"的简单结论,但尾坂德司并没有落入这样的思考窠臼,反而由作者安排玳安继承西门家业,指出作书者背后的深意,展现译者对小说极为深刻的体悟。

　　尾坂德司还注意到小说作者追求皈依佛教的同时,又深受儒教的影响。作者每每以"看官听说"带入许多儒教式的道德说教,又以主仆关系过于狎近导出家庭之乱,反映的是儒家尊卑有别的观念。但是若要说作者肯定儒教的社会,则又不必然。当武松盛怒地对潘金莲说:"我武二眼里认的是嫂嫂,拳头却不认得是嫂嫂。"就借用了《孟子》"武王伐纣,非弑君也,乃有道伐无道之说"。这也暴露了儒教维持社会身份上最根本的缺陷。儒教虽然认为上位者要对下讲慈爱,却忽略了人不是神,人有追求"色"和"欲"之心,因而上对下以暴,下自然起而反抗。忽略人性的儒教简单地看待君子的道德,因而成为一种虚假的存在(第四卷《后记》,页487)。由尾坂德司上面的论述看来,他已经注意到《金瓶梅》里的"晚明色彩"——一个脱离传统伦理观念的失序社会。尾坂德司还说,《金瓶梅》的作者在写作时没有设定立场,只是如实地暴露人性的丑陋,因而全书找不到任何建设性的光明面。虽然反映的是普遍的"人性之恶",但这样过于极端的写作手法,并无法有效解决促进人类平等的问题(第四卷《后记》,

页487)。

上述这些剖析，尾坂德司虽谦称是他个人的读后感，但论述深刻，已多方触及到小说所欲表达的核心问题。就一个译者及导读者的立场来说，尾坂德司对于《金瓶梅》的评价相当客观，他否定"淫书"说，主张站在小说作者着眼的"色"和"欲"，去体会小说所欲传达的思想内涵。而就一个读者的立场来说，这样一本赤裸裸暴露社会黑暗，完全感受不到光明面的作品，读了总会为心灵带来沉重的感触和负担，这方面尾坂德司虽然措辞委婉，但显然对于《金瓶梅》全然忽视人性及社会之美善，多少感到遗憾和惋惜。

四、 结论

作为首部"第一奇书本"的日译本，《全译金瓶梅》的价值不仅在于翻译的质量，也在于伴随译本流通的《解说》和《后记》。这两篇文章可以看出译者的苦心，他极欲打破《金瓶梅》"淫书"的恶谥，以欣赏一部文学名著的眼光来评价《金瓶梅》，可说相当难能可贵。

笔者认为第四卷《后记》是尾坂德司在翻译过程及翻译结束后所记下的体悟，极能见出译者的思考。第一卷的《解说》是试图为《金瓶梅》辩护，进而提出自己的翻译动机；第四卷的《后记》，更多的是译者在翻译过程中重新获得的思考，因此更能见出其真知灼见。

从二战前的节译本到尾坂德司的全译本，代表《金瓶梅》在日译流传的过程中又迈进一大步。然而经由笔者仔细比对，小说中仍然有不少误译之处，或可兹商榷之处，此部分牵涉到中日文化及语言的差异，将可继续深入研究。

作　者：盐城师范学院文学院副教授

从称引维度探求古代小说在越南的影响*

——兼谈《金瓶梅》在越传播的特殊性

林 莹

中越毗邻而居,山水相衔。中国古代文学对越南影响之深远,自是尽人皆知之史实。然而,与同处汉文化圈的朝鲜、日本相比,有关古代小说在越传播的研究相对不足。这种不足主要体现在两个方面:一是相关讨论集中于明清小说,且以《剪灯新话》对《传奇漫录》的影响为着力点,仍需推广至古代小说这样更大的畛域;二是在明清小说中,更多留意被改编成为喃传的作品,改写自《金云翘传》的《翘传》即为此中代表。而造成不足的原因,乃是直接证据的缺乏:一则在水火兵虫古书四大"天敌"中,越南因气候湿热、战争频仍,典籍保存之难不言而喻,连在越影响最著的《金云翘传》都不曾存下原刻本,遑论其他中国小说的留存;二则越南今见中国重抄重印本小说屈指可数,而集中收藏汉籍的越南国家机构"通讯情报研究院"迄今又尚未公布藏目①。既然

---

* 本文为2018年度教育部人文社会科学重点研究基地重大项目"中国与东南亚的文学和文化交流研究"(项目编号:18JJD750005)阶段成果。

① 据陈益源考辨,越南今存的中国重抄重印本小说仅有八种:《雷峰塔》《世说新语补》《尚友略记》《阅微记节录》《金云翘传》《神仙通鉴》《异文(闻)杂录》《一夕话》,见《越南汉喃研究院所藏的中国重抄重印本小说》,《东华汉学》,2005年第3期,第253—279页。作者按:严格来说,《神仙通鉴》当为神谱,算不上是小说,故总数更少。

作为物质实体的直接证据如此有限，间接证据的作用，就不能不得到相当重视和充分挖掘。

所谓间接证据，在笔者看来，大致包含三种：一是越南公私书目的载录，如越南汉喃研究院所藏《聚奎书院总目》《内阁书目》《新书院守册》《古学院书籍守册》等书目皆载有上百种中国古代小说，其中不乏《桃柳争春》《警贵新书》等稀见之作①。二是越南使节的燕行文献及越南士人的诗文书写，如后黎朝黎贵惇（1726—1784）《北使通录》存有越南使臣北使沿途购买《智囊》《千古奇闻》《封神演义》《说铃》的记录②，又如阮宗乖（1692—1767）《关羽》《三顾草庐》诸诗，语涉"桃园结义""三顾茅庐"等明显不见诸史书而出自小说的虚构情节③。三是越南汉文小说对中国古代小说的称引。"称引"作为一种修辞方式，是指"对各类文辞的称举与引用。人们在叙述（记录）事物或说明道理的过程中，通常会涉及一些文献或者话语。这些话语，或者是叙述内容的有机部分，或者起了加强说

---

① 《聚奎书院总目》（编号 A.110）、《内阁书目》（编号 A.113/1—2）、《新书院守册》（编号 A.2645 或 A.1024，其中前者显示"新书院'东二十三柜'的'子库'藏书自编号第'一千六百五十三号'《钦定字典分类》起，至编号第'一千八百十四号'《说铃》止，共 162 种，2 381 本，其中有超过 120 种是中国小说"）、《古学院书籍守册》（子库编号 A.2601/5—6，"在《古学院书籍守册》的《子库守册》第十七目小说中，合计共有 129 种，其中有若干中国稀见小说，如《桃柳争春》《警贵新书》等，然而它们也不全是小说，当中至少混杂了几种戏曲"。此外，《古学院书籍守册》的《新书守册》（编号 A.2601/1），古学院又另外著录了新购买的《绣像双凤奇缘传》《增像残唐五代》《绣像南宋飞龙传》《绘图比［北］宋杨家将》《绣像包公奇案》《绣像平山冷燕》等 6 部中国古代小说"，以上书目介绍，见陈益源《越南阮朝图书馆所藏的〈红楼梦〉及其续书》，《明清小说研究》，2014 年第 1 期，第三部分及注释 26。另一种《北书南印板书目》，收录陈益源《越南汉籍文献述论》，北京：中华书局，2011 年版，第 184—230 页。
② 孙逊、郑克孟、陈益源主编《越南汉文小说集成》第四册（以下简称《集成》），上海：上海古籍出版社，2011 年版，第 285—286 页。亦可参考范秀珠《〈贪欢报〉二论》，收入陈益源《小说与艳情》，上海：学林出版社，2000 年版，第 71—86 页。《千古奇闻》为李渔的作品，收录于《李渔全集》第十五卷，杭州：浙江古籍出版社，1990 年版。
③ 转引自［越］黎亭卿《中国古代小说在越南——以〈三国演义〉〈水浒传〉〈西游记〉为中心》，华东师范大学 2013 年博士学位论文，第 130 页。

理的作用"①。不过,"称引的意义远不止于修辞学,它实际上是一种能动的接受行为,是后人对前代文本的理解、选择与再加工……可以帮助我们考察文本的传播与接受实际"②。举例来说,越南笔记小说《山居杂述》中的《我国贡使》一文,称引了明末清初褚人获小说《坚瓠》"安南贡使"条。前者开篇便曰"《坚瓠》载"云云,不过是把后者原文中的"安南"一词径直替换作"我国"。③ 此例自然证明了《坚瓠》曾传入越并引起越南士人注目的事实。由此可见,借助越南汉文小说的称引情况,我们不唯可知中国古代小说在越流传之情形,亦可观察这批作品如何为越南读者所接受,又为他们带来何种资源,堪称以间接证据探求古代文学在越影响的绝佳方式。兼之近年来相关的文献汇辑和研究成果不断出新,颇多信息可供采证,这势必为梳理中越两国文学交流史实提供更多有力的支持。

本文从越南汉文小说对中国古代小说的称引维度进入,勾连新见资料与成果,梳理并分析中国古代小说在越产生影响的诸种表现,尽力还原古代小说在越传播的历史面貌。文章的最后还将在掌握古代小说在越流传全局的基础上,兼谈《金瓶梅》传播的特殊之处。

一

在展开分析之前,需要明确这一前提:以称引为材料,举称引之例证,需先辨明同书异名或同名异书的情形。例如,越南本土也有题为《太平广记》的古籍,与北宋太平兴国年间李昉所辑《太平广记》

---

① 吴承学、李冠兰《文辞称引与文体观念的发生——中国早期文体观念发生研究》,《北京大学学报》(哲学社会科学版),2016 年第 4 期,第 66 页。
② 赵毓龙《称引:〈西游记〉经典化的通俗文学路径》,《江西社会科学》,2020 年第 1 期,第 38 页。
③《集成》第十七册,第 240 页。

名同实异，因此，当越南汉文小说提及《太平广记》时，并非一定指代后者。反过来，假若中国的《太平广记》受到称引，也可能不被标出全名，如《山居杂述》中的《鼠》①，开篇所引"《广记》曰：鼠王其溺精，一滴成一鼠"，经查，的确出自中国的《太平广记》卷四百四十②。另外，还需注意一事多见和转自中介的可能性。越南作者称引某部汉文作品，有时可能并未目验原文，只是引述了诗文等中间媒介习用的典故。例如，越南中篇文言传奇《华园奇遇集》屡引红绳赤足与红叶题诗之事，曰："赤绳有意，红叶多情""欲索红丝，而月下□署翁无处觅；拟署梧桐，而沟边题红女更难寻"。赤绳事出《续玄怪录》，红叶之典在《云溪友议》《本事诗》等古籍中反复出现，这便无法判定其称引的真实对象。因此，通过称引来确认引用源头，理当谨慎。借助上述方法论，笔者分析称引内容，总结越南汉文小说受中国古代小说影响的表现如下。

首先，被称引的中国古代志怪小说，多被越南小说家视为涉异创作的重要坐标。这类称引多见于越南汉文小说的序跋。具体来说，作为中国志怪小说代表的《齐谐》和《搜神记》，构成了越南志怪小说创作无法回避的"前文本"。《圣宗遗草》之《序》云："观郑伯有之为厉鬼，齐桓公之见山妖，白头翁之食男女，宁非怪乎？海客随鸥，令威乘鹤，列子之风，张骞之槎，宁非异乎？……予所录……等传，言必有稽，非如《齐谐》者类。"③ 在这里，郑伯有、齐桓公等存诸《左传》《列子》之例是正面依据，《齐谐》则作为向壁虚造的无根奇谈遭到批驳。无独有偶，《马麟逸史录》的序跋也特意标榜自身与《齐谐》的区别。是书《跋》曰："伦常具在，视《齐谐》《刘宝》而

---

① 《集成》第十七册，第349页。
② 〔宋〕李昉等编，张国风会校《太平广记会校》第十八册，北京：北京燕山出版社，2011年版，第7860页。
③ 《集成》第五册，第9页。

更真。"①《序》又阐发道:"古圣人不语怪神,而于大《易》发鬼神之理,于《春秋》详怪异之事……二公(引者按:指此书作者乔富、武琼二公)之意,其法《易》《春秋》之意。"②《圣宗遗草》是18、19世纪士人伪托15世纪圣宗而撰的③,《马麟逸史录》则或出现于1906年后④:两部书相隔一两个世纪,创作理念却很一致。可见,越南汉文志怪小说一面从中国经典的神异书写中获取合法性,一面又把《齐谐》这类作品设为最低准线,通过比《齐谐》更写实的定位来自高地位。有趣的是,在《马麟逸史录》更早的版本《岭南摭怪列传》中,编者武琼也称引了中国古代小说,只不过所引的并非《齐谐》,而是被树为正面典范的《搜神记》和《幽怪录》。武琼自称"文虽神而不至于妖,虽涉荒唐而踪迹亦有可据。岂非劝善惩恶,去伪存真,以激励风俗而已。其视晋《搜神记》、唐人《幽怪录》,同一致也"⑤,同样强调了志怪小说"真"的质地,但不以否定方式来表达,而是通过攀附《搜神记》《幽怪录》来确认。武序落款为洪德二十三年(1492),这说明至迟在明代中期,中国晋唐时期的志怪小说已为越南士人所熟知、欣赏,并奉为衡量稗类的准绳。

《搜神记》⑥在越影响颇大,多有称引材料可证。《传奇漫录》卷三《昌江妖怪录》文末评语曰:"疑以传疑,未足适也;步进一步,则刘叉、干宝"⑦,也是把《搜神记》视为创作的圭臬。彼处还引用《晋书·干宝传》中刘惔对干宝的赞语"鬼之董狐",可见干宝及其作品在越的知名度。将《搜神记》与《齐谐》并称,以为某种小说类型

---

① 《集成》第一册,第318页。
② 同上书,第231页。
③ 参见陈庆浩所撰此书《提要》,《集成》第十五册,第6页。
④ 参见[越]陈义、[中]任明华撰《〈岭南摭怪〉四种总提要》,《集成》第一册,第4页。
⑤ 《集成》第一册,第15页。
⑥ 1883年,越南使臣汝伯仕在广东购买官书,抄录了"筠清行"书店的销售清单,其中便有《搜神记》。见《筠清行书目》,收入陈益源《越南汉籍文献述论》,第52页。
⑦ 《集成》第三册,第101页。

代表的，还见于"事凡涉异者记之"的越南汉文小说《见闻录》。此书有序四篇，其一有言："书则《搜神》《齐谐》，而事则太史公笔意。"① 这实际上与中国古代志怪小说的传统一脉相承。道光朝王济宏《籑廊琐记》之《自叙》道："虽幻谲荒怪，不出《夷坚》所志、《齐谐》所记，要使事除陈腐，议翻新特。"② 同一时期，李佐贤为《聊斋志异》的仿作《益智录》撰序，曰："斯录也，远绍《搜神》《述异》《齐谐》《志怪》之编。"同治朝黄钧宰《金壶七墨》，书前亦附"滇池年侄杨文斌"题诗三首，诗有"不是齐谐与干宝，搜神志怪属空虚"③ 句。由是可知，越南士人对志怪小说性质的体认，几与中国文言小说家无异。

其次，被称引的小说作品，还为越南汉文小说创作带来了不同程度的影响，具体表现在内容系联、笔法思辨和文体袭仿等层面。《传奇漫录》中《南昌女子传》一篇文末评曰"疑似之嫌，难明而易惑"，进而称引曹操错杀吕伯奢的三国故事印证："缚杀之语，曹公至负恩人。氏设之事，亦类是也。"阮攸《翘传》的续书之一题为《桃花梦记——续断肠新声》，其总评称引《玉蟾记》以演说果报观念："《玉蟾记》叙于少保果报姻缘，有发放轮回之说，盖所以平天地不平之气。"④ 此二者即内容系联。《玉蟾记》在越流传之史实，此前似未见学者谈及，这份材料可补其阙。在此方面，《酉阳杂俎》是屡经称引的一部中国小说。越南小说《公暇纪闻》的"封域"一项之所以称引《酉阳杂俎》"岭南溪洞蛮，往往有飞头者"，是为了导出"今兴化亦有飞头瘟"⑤ 事，而《山居杂述》的《懒妇灯》篇，亦称引《酉阳杂

---

① 《集成》第十五册，第10页。
② 《笔记小说大观》第十七编，影印清咸丰四年（1854）晋文斋刻本，台北新兴书局。
③ 据《续修四库全书》影印吉林大学图书馆藏同治十二年（1873）刻本，子部第1183册。
④ 《集成》第五册，第219页。
⑤ 《集成》第十七册，第73页。

俎》相传懒妇所化的"奔鲟"①，作为"懒妇灯"的佐证。

前文提到的《圣宗遗草》，据越南学者阮惠之考辨，当是在《聊斋志异》启发下创作的，因为其中的《花国奇缘》与《聊斋志异》卷五《莲花公主》非常相似②。此书的称引情况，或许还能为这一判断添上新的依据。此书卷下《羊夫传》文末附南山叔总评，论及天地万物或前缘未了，或宿怨未消，"有托物以相邀，有托形而幻化"，随后列举四个例子"如青鸟是西王之使者，黑豕为秦桧之前身，令威之鹤，白龙之鱼"③，皆出自中国古籍。第一、三、四个典故，原始文献分别为《山海经》《搜神后记》《说苑》。鉴于青鸟探勘、令威鹤归、白龙鱼服均为诗文常用之典，评者可能是通过诗文这类中介知晓的，只有如越南小说《沧桑泪史》的序文那样，明确引出"有鸟有鸟丁令威，去家千岁今来归，城郭如故人民非，何不学仙冢累累"④，方可确定出自原始文献。与这三个熟典相比，此处称引的第二句述秦桧前身事，并非家喻户晓的故实，据笔者所知，仅《聊斋志异》卷十二《秦桧》略见语涉。结合前述"莲花故事"的影响，《聊斋志异》此处的记载，或许正是《圣宗遗草》说法的来源。

另有一些越南小说在正文或评语中，特意说明与之相类的中国小说。这种先后关系的呈现，即便不能验证中国小说对越南士人的直接影响，至少也可以说明越南读者、评者对于中国小说的熟悉程度。《公余捷记》前编《罗山阮监生记》篇末按语"此与虬髯将军见唐太宗而辄哀沮者事相类"⑤，《华园奇遇集》的人物对话里也有"夫以爱才红拂，而千古不以为疵"之句：二者皆称引《虬髯客传》。

---

① 《集成》第十七册，第 305 页。
② 见王金地《〈聊斋志异〉在越南》，载《蒲松龄研究》纪念专号，1995 年第 Z1 期，第 483—484 页。
③ 《集成》第五册，第 53 页。
④ 同上书，第 340 页。
⑤ 同上书，第 100 页。引者按：此句下有小注"出《香台》"，不知何意。

《云囊小史》卷二《木衣子》篇末评云史氏曰："尝览《虞初新志》，明鼎革后，有铜袍铁衣□□□□□若木衣子者，亦斯人之俦欤？非其人之俦欤？"①，具体所指即《虞初新志》中的《爱铁道人传》。《虬髯客传》和《虞初新志》对越南文学的影响，以往似未引发研究者留意。

如上引《华园奇遇集》所示，这种内容层面的称引，可内嵌于小说人物的话语。《云囊小史》卷四《弹狐仙疏》有一老叟语道士曰："子不览《搜神记》乎？伊（按：指狐妖）挖取死人头颅，向月戴之而摇，倒而不落时候，便能幻化美女，采取元阳，以成大道。"②《传奇漫录》卷三《沱江夜饮记》写陈废帝出猎，一狐将往谏言，老猿以言多生疑劝止，末了问道："独不见华表狐精之事乎？"此狐答以"从王而猎，多武人也，胸中欠张华博物，目下无温峤高见"③。张华华表狐精事，亦出《搜神记》；温峤犀照牛渚事，则见《晋书》。《搜神记》在越影响之大前文已述，此处不赘。值得注意的是，正文"张华博物"下有小字注曰"华，晋时人，著《博物志》"，此或从《晋书·张华传》中抄出，不足以证实《博物志》的流传情况，然可说明越南士人知晓《博物志》的存在。

笔法思辨层面的影响，主要见诸前揭"桃花梦记——续断肠新声"丛书。此书评语对小说笔法的认识颇为深刻，对中国古代小说屡加称引，可见评者涉猎之广、思辨之勤。一方面，评者举《杏花天》《桃花影》两部中国古代小说来分析《桃花梦记》名实的异同。评语写道："小说之家，多以花树名者，《杏花天》《桃花影》之类是也。然二书以桃、杏为名，亦以自美其颜号而已，非有所为而为之。此书以桃花神入梦而名，其命名则同，而实有大异。况二书所叙皆是花朝

---

① 《集成》第十九册，第203页。
② 同上书，第313页。
③ 《集成》第四册，第132页。

月夕，密约私情，淫谑之风；至于礼义弃捐、廉耻丧尽，与《国色天香录》同一其归。"①评语指出，在三部同以花名的小说中，《桃花梦记》无片言半语涉于淫谑，远胜中国二书。另一方面，《桃花梦记》第二回评语特以《水浒传》为标准，称许《桃花梦》已得其壶奥："下笔者先究其根其因，而后其事其人，始有条绪……又如《水浒》欲写群贼，先说'洪太尉误走妖魔'以为之因，则天罡地煞之降生，不为无据。"②《桃花梦记》大概在19世纪中叶撰成③，彼时越南尚未开启中国小说的翻译工程。因此，此处对《杏花天》《桃花影》《水浒传》的称引，不仅可证这三部小说至晚在其时已传入越④，亦充分证明越南士人对中国小说的研读已然具备相当的深度。

越南小说对中国作品的文体袭仿，至少在志怪小说、争奇文学、中篇文言传奇和公案小说四种类型上有所体现。越南志怪小说《传记摘录》是这方面的一大代表。据陈益源考证，此书几乎摘录、照搬了无锡顾氏约在咸丰、同治年间成书的《后聊斋志异》，只是人名、地名作了本土化处理。⑤而从中国晚明争奇文学的影响来看，以往更多留意到的是这类作品在朝、日的流布。但若仔细翻检越南汉文小说，仍可爬梳出《孔子项橐问答书》《龙虎斗奇记》《松柏说话》《两佛斗说记》《龙瞽判辞》《松竹莲梅四友》《水酒殊滋》《土石结交》《蛛蚕对话》《二鸡异志》《物谈伦理》《荷萍异尚》《蛛蚕古传》《渔樵狂子

---

① 《集成》第五册，第218页。
② 同上书，第224页。
③ 参见陈庆浩所撰《提要》，同上书，第188页。
④ 学界对《水浒传》在越流布的情况知之甚少，最早只提到20世纪初的译本，如胡文彬曾说，"同日本、朝鲜相比，《水浒传》传入越南的时间似乎晚了些"，随后仅举1906—1910年间在西贡出版的阮安姜译本《水浒传》。见胡文彬《〈红楼梦〉在国外》，北京：中华书局，1993年版，第46页。
⑤ "这部光绪年间的《聊斋》续书，尽管在中国本土默默无闻，但它却成为越南文士青睐的对象；越南汉文小说作者甚至不辞辛劳地从中挑选了十三篇，加以改头换面，编造出一本以越南为时空背景的汉文小说《传记摘录》来"，见陈益源《〈聊斋志异〉〈后聊斋志异〉与越南的〈传记摘录〉》，《厦门教育学院学报》，2004年第1期，第11页。

传》《二氏耦谈记》《羽虫角胜记》等十六种"争奇作品"①，这便为中国古代争奇类小说的域外影响再添新例。

在中篇文言传奇方面，越南小说《华园奇遇集》开篇就称引了明代同类作品《寻芳雅集》。《华园奇遇集》虽有阙佚，就存见部分而言，完全亦步亦趋地效法了元明时期的中篇文言传奇（或曰"诗文小说"），二者在诗词酬答、人物行止、细节设置和情节安排上都如出一辙②。除《寻芳雅集》外，此文也直接提及《刘生觅莲传》《龙会兰池》《钟情丽集》等共同被明末通俗类书《国色天香》收录的作品。前文提到，《桃花梦记》也对此书有所引述，称之为《国色天香录》。鉴于《华园奇遇集》大约写于1787—1802年之间③，这便说明《国色天香》在刊刻后百年之内即传至越，并且直接带动了越南版高仿作品的诞生④。《华园奇遇集》不断称引才子佳人小说，早至唐代，晚到清初的作品皆出现于作者笔下：

> 使娘子为瑜娘……（《钟情丽集》）
>
> "琼、奇之于景云""如回［白］生、琼姐故事"（《花神三妙传》）
>
> 不愿见崔、张之事（《莺莺传》）
>
> 云英可赴裴航之梦（《传奇·裴航》）
>
> 虽山、冷不能以善真美矣（《平山冷燕》）
>
> 汝欲效桂红，以碧连［莲］待我乎（《刘生觅莲记》）

---

① 参见朱凤玉《从越南汉文小说看争奇文学在汉字文化圈的发展》，《成大中文学报》，2012年第38期，第67—92页。这些作品均收录在《集成》中。
② 关于中国中篇文言传奇的共性，参见陈益源《元明中篇传奇小说研究》（香港：学峰文化事业公司，1997年版），以及拙文《〈红楼梦〉与元明中篇文言传奇渊源补论》，《红楼梦学刊》，2019年第6期，第185—205页。
③ 见朱旭强所撰《提要》，《集成》第五册，第91—92页。
④ 此外，越南小说《南城游逸全传》"或许也是《国色天香》所录《风流乐趣》一书的仿作"，见朱旭强所撰《提要》，《集成》第十五册，第124页。

文中所谓"不愿见崔、张之事",足见称引的是《莺莺传》而非《西厢记》。有研究者从喃传《西厢传》出发,认为自《西厢记》入越后,《莺莺传》便销声匿迹了,此处称引可作反证。①

此外,在目前所见越南汉文小说中,仅有一部公案小说,题名《鸟探奇案》,颇为珍贵。② 这部小说的出现定然受到中国公案小说的影响,但具体是受何种影响呢?另一部汉文小说《敏轩说类》的称引情况,为解决这一问题提供了一丝线索。《敏轩说类》中的《鸡子盗案》一篇有"人视为龙图包公云"句③,据此,或可推测《龙图公案》之类的包公断案作品曾在越南广为传播。书目记载也证实了包公故事很受欢迎:据《古学院书籍守册》的《新书守册》记载,古学院当时新购置的书单里,就有一部《绣像包公奇案》④。

二

以上谈论中国古代小说给越南汉文小说带来了创作层面的直接影响。而通过越南小说的称引,亦能窥见文化层面影响之不容小觑。越南民间淫祀之风较盛,《圣宗遗草》中《鼠精传》文末的南山叔总评,先道"岁久成妖"观念,其后称引西游故事曰:"至今佛寺处皆塑像祀之(引者按:指猴精),人身猴头,甚著灵异。"⑤ 度其语气,可知悟空在越影响极大,越南人民对悟空灵性颇为信任。景兴三十五年(1774),越南黎朝僧人德鎞为解除小儿灾厄撰写《五方莲华疏》,祷

---

① 越南学者武玉潘的观点,转引自[越]阮黄燕《〈西厢记〉〈玉娇梨〉与越南文学》,台湾成功大学 2010 年硕士学位论文,第 13 页。
② "《鸟探奇案》乃公案小说,颇是宝贵",见[越]阮氏金莺、詹丹所撰《提要》,《集成》第十五册,第 135 页。
③ 《集成》第十六册,第 291 页。
④ 见陈益源《越南阮朝图书馆所藏的〈红楼梦〉及其续书》一文,《明清小说研究》,2014年第 1 期,第 226—240 页,文末注释 26。
⑤ 《集成》第五册,第 81 页。

语中有"谨请：中央坛主齐天大圣悟空神将，统领万万精兵，下来中央坛"之句①，可与《圣宗遗草》的称引合而观之。

《伦理教科书——人中物》中的《赤兔马》一文，则是对三国故事的称引。此文末尾评语赞赏关羽之义、赤兔马之忠，并指出"现今诸关圣庙，皆有赤兔马纪念像，同配飨人世之香灯血食，宜哉！"②这一称引提及关圣庙多有赤兔马配飨的史实，把彼时越南民间关羽信仰落实到物质层面的细节记录了下来，堪称一份珍贵史料。

另有一条与称引有关的小说材料也很珍贵：越南陈朝兴隆年间的科举考试，竟然包括了"暗写"《穆天子传》的内容。《公暇纪闻》"制度·科举之制"部分记录道，"是科（按：指兴隆甲辰科，十二年，1304）试法，先令暗写《医国篇》及《穆天子传》"③。《大越史记全书》兴隆十二年"三月"条亦载，"其试法，先以《医国篇》《穆天子传》暗写汰冗"④。《山居杂述》的"试法"⑤条也有同样的记录，另外同书"阙字"条也称引《穆天子传》，写道"古逸书如《穆天子传》《汲冢周书》类"云云⑥。《穆天子传》为何在越如此重要，乃至成为科举试子背诵、默写的规定内容，这是一个待考的有趣话题。

既然借助越南汉文小说中的称引，可以看到中国古代小说在越南土地上投射的痕迹，那么逆向观之，这些称引史料也能反哺源头，用以回视、还原中国古代小说的真实情况。具体说来，这些称引材料可为中国古代小说做出三个方面的补充。

---

① ［日］大西和彦《越南传说、故事对中国古典小说的改编与假托》，《民间文化论坛》，2014年第3期，第27页。《北使通录》也有黎贵惇与中国大臣就《西游记》展开的对话，可参看。
② 《集成》第十三册，第120页。
③ 同上书，第18页。
④ 陈荆和编校《校合本 大越史记全书》卷六（上），东京大学东洋文化研究所，1984年版，第386页。
⑤ 同上书，第247页。
⑥ 同上书，第355页。

其一，使得不受重视甚至湮没无闻的中国古代小说重新回归研究者的视野。由于小说在传统文化格局中地位较低，其域外传播带有自发性和偶然性，因此，传播效果与文学价值并不相称的"墙内开花墙外香"现象所在多见①，《好逑传》在德国广受欢迎、由《金云翘传》改编成的《翘传》在越南跃升为中代文学巅峰，皆为著名之例。上文提到，越南小说《传记摘录》是根据中国《后聊斋志异》改写的。后者指顾氏《后聊斋志异》，不同于晚清王韬的同名之作②。这就令研究者重新注意到这部鲜为人知的作品。又据陈益源发现，《新编传奇漫录增补解音集注》中共有九次注文引及《天下纪异》一书，该书为收录了摘自《剪灯新话》《剪灯余话》中作品的稀见类书，却不见于书目著录③。类似地，越南小说《山居杂述》称引了明人王兆云两部笔记小说。《人异》一文引其《碣石剩谈》所载"身具男女二形"的"蓝道婆"事④，《牛偿债》一文又引《挥麈新谈》⑤所记某人变牛偿还前世债的传闻。《后聊斋志异》《天下纪异》《碣石剩谈》《挥麈新谈》在中国小说史上都不引人注目：他们本身的文学意义有限，但在中越两国交流史上的意义却很不平凡。

其二，有助于补充中国某类小说作品的版图。据《古学院书籍守册》中《子库守册》所载，《桃柳争春》一文曾传入越南⑥。这一记录，一方面证实了中国争奇文学在越传播的一种轨迹；另一方面，现存晚明"争奇文学"计有七种，分别为《花鸟争奇》《山水争奇》《风月争奇》《童婉争奇》《蔬果争奇》《梅雪争奇》《茶酒争奇》⑦，曾经传

---

① 刘勇强《中国古代小说域外传播的几个问题》，《上海师范大学学报》（哲学社会科学版），2007 年第 5 期，第 31—39 页。
② 见陈益源《〈聊斋志异〉〈后聊斋志异〉与越南的〈传记摘录〉》。
③ 本材料为陈益源先生惠赐，特此致谢。
④ 《集成》第十七册，第 321 页。
⑤ 同上书，第 350 页。
⑥ 见陈益源《越南阮朝图书馆所藏〈红楼梦〉及其续书》。
⑦ 参见潘建国《晚明七种争奇小说的作者与版本》，《文学遗产》，2007 年第 4 期，第 78—88 页。

入越南而如今在中国不见踪迹的《桃柳争春》，亦是对中国争奇小说的整体样貌的重要补充。

其三，称引内容与现存相应古代小说版本不同者，或现存版本相应处有阙文者，可作版本补充、文字辑佚之用。《公余捷记》前编《爱鸡记》在"东西"一词下有小字注释"财货曰东西，《今古奇观》"①。今存《今古奇观》并无注释版本，此或出自一部今已佚失的版本。前引《云囊小史》卷四《弹狐仙疏》老叟语"子不览《搜神记》乎？"之后狐狸变身、汲取元阳的情节，也不见于今日通行本《搜神记》。又，不少越南汉文小说称引《博物志》。《公暇纪闻》中"封域"类援引了通行本《博物志》中"落头民"②的内容，然《野史》《云囊小史》二书所收的《虎伥》中"云史氏曰"均称引了通行本《博物志》未见的内容：前者为"予按《博物志》云：'人被虎食，乃为伥魄，右左役虎？'"③后者"伥魄"作"伥魂"，"右左役虎"作"左右以衔虎"④，可作辑佚之用。当然，正如本文开篇时提醒注意的，称引内容有可能从中间媒介转引而来。比如《山居杂述》的《蛮獠风俗》篇，引《博物志》"扶南国有奇术"条⑤，亦不见于通行版本。假如据此辑佚⑥未必正确，或疑为《本草纲目》误引⑦。

三

要论四大奇书在越的流传情况，就数《金瓶梅》最为神秘。研究

---

① 《集成》第九册，第77页。
② 《集成》第十七册，第73页。
③ 同上书，第44页。
④ 同上书，第169页。
⑤ 同上书，第226页。
⑥ 范宁《〈博物志〉佚文》，见〔晋〕张华撰，范宁校证《博物志校证》，北京：中华书局，1980年版。
⑦ 王媛《范宁〈博物志〉佚文补正》，《古籍整理研究学刊》，2009年第5期，第109页。

者对此大多语焉不详。胡文彬介绍"六部古典文学名著在越南"时，仅用一句话带过《金瓶梅》："据考察，这部名著也有越南文的译本，但有关它的介绍却不甚了了。"① 颜保统计了多达316个古代小说越译本，其中未见《金瓶梅》身影②。陈益源在题为《〈金瓶梅〉在越南》的文章中，也道"1969年首度在西贡出版的《金瓶梅》越译本，译者及译述过程待考"③。赴沪留学的越南博士黎亭卿撰写《中国古代小说在越南——以〈三国演义〉〈水浒传〉〈西游记〉为中心》，即以排除了《金瓶梅》的其他三部奇书作为研讨对象④。同样来自越南的学者阮南（Nam Nguyen）虽也指出"没有可靠证据表明，《金瓶梅》曾于20世纪前在越传播"，但他特意强调，"关于古代越南读者是否有机会接触《金瓶梅》的问题尚无定谳，有待更为深入的调查"⑤。

在译本出现之前，《金瓶梅》传入越南的可能性有多大呢？从篇幅来看，其他三部奇书同为大部头的章回小说，据前述称引材料，其古代刻本的入越情况均有迹可循，可知篇幅曼长并不构成流传的困难。从题材来看，越南士人并不避讳阅读艳情小说，仍据前文对称引的考察，他们至少看过《寻芳雅集》《钟情丽集》《花神三妙传》《刘生觅莲记》《龙会兰池传》等出自《国色天香》的中篇文言传奇，也看过举为《桃花梦记》对立面的《桃花影》《杏花天》。从书籍传播的

---

① 胡文彬《〈红楼梦〉在国外》，第49页。
② 颜保《中国小说对越南文学的影响》附录，收入［法］克劳婷·苏尔梦编著，颜保等译《中国传统小说在亚洲》，北京：国际文化出版公司，1989年版，第208—238页。
③ 陈益源《〈金瓶梅〉在越南》，《从〈娇红记〉到〈红楼梦〉》，沈阳：辽宁古籍出版社，1996年版，第247页。
④ 华东师范大学2013年博士学位论文。
⑤ Nam Nguyen, "*Are we talking about the same Jin Ping Mei?" Examining the reception of the novel in Vietnam from a cultural translation studies perspective*, ASIA PACIFIC TRANSLATION AND INTERCULTURAL STUDIES, 2017, VOL. 4, NO. 1, p3, 6. 此处中文引文为笔者所译，下同。此文有写作时间更早的中文版本（为陈益源先生惠赐，特此致谢），内容不完全相同，见阮南《鱼龙混杂——文化翻译学与越南流传的〈金瓶梅〉》，收入陈益源主编《2012年台湾金瓶梅国际学术研讨会论文集》，台北：里仁书局，2013年版，第555—591页。

角度来看，越南使臣扮演着中国书籍传入越南的重要媒介。有清一代，越南遣使中国有八十余次。这些官员在北使途中，或受朝鲜使节、中国友人赠书，或代表越南官方采购典籍，或以私人身份拣买书册，时常满载而归①。《北使通录》便记载了乾隆二十六年（1761），越南使者在桂林被中国官府没收沿途所购书籍的事件，这批书中就有《贪欢报》（即《欢喜冤家》）这样的艳情作品。《金瓶梅》有可能以相同的方式传入。更何况，越南士人还曾模仿文辞冶艳的中篇文言传奇，创作出同一类型的《华园奇遇集》，又曾摘抄《后聊斋志异》中带有艳情色彩的《两足书笈》，生成与之大同小异的《传记摘录·书痴传》②。

基于以上几点，我们有理由相信，《金瓶梅》传入越南的可能性是完全存在的，而且可能性不小。另有记录显示，1883年越南使臣汝伯仕在粤购买官书，抄录了一份"筠清行"书店的销售清单，《绣像金瓶梅》一书赫然在列③。只不过，出于类似前引《桃花梦记》所传达的观念规约，越南士人对阅读《金瓶梅》这类小说的经验有所讳言。换一个角度看，在20世纪初的越南，以"武松杀嫂"为题材的本土改良剧（Cải lương）曾被多次搬演上戏剧舞台，同题叙事诗的创作也蔚为大观④，这就在某种程度上反映了越南士人的接受心态：既对风流旖旎的金莲故事抱有兴趣，又要借助"武松杀嫂"这类的卫道式桥段来确认艺术呈现的合法性。

现代越南语译本《金瓶梅》，与其他中国古代小说的越译本相比，

---

① 陈益源《清代越南使节在中国的购书经验》，《越南汉籍文献述论》，第48页。
② 范秀珠认为此篇在《聊斋志异》影响下创作，陈益源指出实则蹈袭《后聊斋志异》。见陈益源《越南汉籍文献述论》，第436页。
③ 陈益源《越南汉籍文献述论》，第127页。
④ 1927—1939年间，在西贡及周边，共有14次关于"武松杀嫂"的舞台搬演或诗歌创作。见 Nam Nguyen, "*Are we talking about the same Jin Ping Mei?*" *Examining the reception of the novel in Vietnam from a cultural translation studies perspective*, pp. 6–7.

既有一致性，又有特殊性。1879 年，法国开始在越推行法越教育系统，越南从 19 世纪末绵延至 20 世纪中叶的翻译风潮也随之拉开序幕。《金瓶梅》越译本虽较晚出现，但仍属于这股翻译潮的一部分。① 从这点看，《金瓶梅》在越的翻译情况与其他中国古代小说并无二致。

而其特殊性表现为，《金瓶梅》的翻译，在中国古刻本和现代越南语之间，多了一重西方语言和文化的桥梁。②《金瓶梅》译本问世于 20 世纪中叶，彼时翻译潮早已由南入北覆盖越南全境③，其他三部奇书都在越南北部推出了现代译本④。但就《金瓶梅》而言，1969 年的首部译本（也是迄今唯一的《金瓶梅》越译本）仍在南部城市西贡（今胡志明市）问世。此中缘由，牵涉到彼时越南南部特殊的政治文化氛围，以及《金瓶梅》自身的文本特殊性。自 1954 年起，越南南北方形成了政局的决然对峙，北方受苏联和中国支持，南方为美国所辖制。原先浸润于法国文化的南方迎来了美国的新风尚，终在以法、

---

① 夏露《略论 20 世纪上半叶中国古典小说在越南的翻译热》，《东南亚纵横》，2007 年第 5 期，第 50—55 页。

② 以下三段介绍，另外出注者除外，均出自 Nam Nguyen, "*Are we talking about the same Jin Ping Mei?*" *Examining the reception of the novel in Vietnam from a cultural translation studies perspective*, pp. 8-12. 其中，特殊性、桥梁、催化剂、护航灯等提法非原文所有，乃笔者提炼。

③ 1900—1930 年间越南南北关于中国明清小说的翻译数量对照表

阶段	越南南方	越南北方
1900—1910	50	1
1911—1920	17	0
1921—1930	27	28

注：此表出自王家《二十世纪初三十年的越南的中国明清小说的出版及其翻译特点》，转引自［越］黎亭卿《中国古代小说在越南——以〈三国演义〉〈水浒传〉〈西游记〉为中心》，第 41 页。

④ 据颜保统计，在越南北部的河内或海防，《三国志演义》在 1909—1952 年间至少有 5 个译本，《水浒演义》1906—1953 年间至少有 1 个译本，《西游记》或《西游演义》1914—1952 年间至少有 1 个译本。见《中国小说对越南文学的影响》附录。

美文化为主的欧风美雨里,培育出开放而前卫的都市文化。因此,越南南方一时汉、越、英、法四语共用,读者们由此接触到英、法两种《金瓶梅》译本,继而意识到越译本的缺失和弥补的必要性。换句话说,尽管如前举称引材料所示,《国色天香》《贪欢报》《后聊斋志异》等中国古代小说一直扮演着激发越南艳情文学创作的"催化剂",但是,在西方前卫文化影响下的宽松社会环境,才是这类作品真正趋向合法的"护航灯"。

不过,对长期深受儒家观念影响的越南读者来说,这种开放和前卫还是有限度、有区分的:来自美、法的新事物——如色情电影和流行音乐——多少可被广泛接受,而在出版业这类传统领域,仍维持着保守的状态,经受着严苛的审查。正因如此,《金瓶梅》越译本无法完全遵从原著,必须在翻译中进行改写。这一译本分为十二卷,它的译者阮国雄(Nguyen Quoc Hung)于1938年出生在一个儒家氛围浓厚的家庭。他曾任中学老师,父亲一度在河内担任督学。1954年越南南北分裂,他们举家南迁;1975年越南重获统一后,他们又移民美国。为了使译文显得权威并容易过审,阮国雄特意模糊了翻译底本。在前言里,他声称自己从一位造诣颇深的儒士兼藏书家手中,取得了一个忠于明代初刻本的《金瓶梅》版本。然而,根据译本的序跋可知,他所用的底本是1936年中央书局出版的襟霞阁主人重编本《古本金瓶梅》,很可能来自中国的港台地区。① 实际上,这个重编本是在1926年卿云书局《古本金瓶梅》基础上增添序跋而成的,而卿云书局本又出自1916年存宝斋初版《绘图真本金瓶梅》。《绘图真本金瓶梅》是吴兴文人王文濡托古改造的一个新版本,它不仅对张评本《金瓶梅》进行了删节,还妄自添改了不少细节。②

---

① 梅节《〈金瓶梅词话〉的版本与文本》,《明清小说研究》,2004年第1期,第45页。
② 黄霖《〈金瓶梅〉流变零拾》,收入复旦大学古籍研究所等编《中国古典文学丛考》第2辑,上海:复旦大学出版社,1987年版,第273—278页。

越译本既然依据的是1936年出版的《古本金瓶梅》，自然也远承了《绘图真本金瓶梅》的特点，这是一个方面。另一方面，为了适应越南的语言、文化和审查制度，越译本又进行了新的改装，如把原本对仗的回目改成散句，把人物带有骂詈意味的不雅称谓译成更为宽和的表达，去除越南读者不熟悉的细节，等等。在诸种改动中，最重要的是，越译本对已是洁本的底本进行了二次净化，连底本中所剩无几的性暗示信息也被删改无遗①。

总之，《金瓶梅》越译本与其他中国古代小说越译本共享着一些特性，如版本以可得性为主，质量比较随机；属于越南翻译明清小说风潮的一部分，等等。不过，相较于一致性，它的特殊性更为突出：一方面，南北分裂的政治文化格局和文本自身的特殊性决定了它的译本只能出现在南部，并且，它的诞生，经历了英法译本—港台底本—越译本再度改写的复杂过程，终而溢出了中越两国文化交流的范畴，应当被置于更大的国际视野里进行观照；另一方面，越译本《金瓶梅》是在越南传统儒家社会及本土文化土壤中诞生的，这决定了它的底本必然是一个经过删改的洁本，再加上具有越南特色的二次净化与本土改造，最终成为了世界上独一无二的《金瓶梅》"新版本"。

作　者：同济大学中文系助理教授

---

① 阮南中英两篇文章，均以第二十七回为例，对越译本和《古本金瓶梅》进行了仔细的比对。

我们走在希望的大道上

——第十六届（上海）国际《金瓶梅》学术研讨会开幕辞

黄 霖

尊敬的梅节先生、宁宗一先生，尊敬的各位老师，各位朋友：

我们的学会自从1989年正式成立以来，已经过了三十余年了。其间各高校各地方，争先恐后地举办或全国的、或国际的、或专题的《金瓶梅》的学术会议，一共有三十余次之多。当去年十月底我们复旦接受了这个任务之后，决心不负众望，将这次会议办成有学术质量、有良好气氛而令人难忘的一次学术会议。在学校与中文系领导的支持下，在陈维昭教授负责的筹备组人员的努力下，早在寒假前就将主要流程与后勤安排大致落实好了。谁知新冠病疫肆虐，打乱了我们的阵脚。我们考虑再三，为各位的健康安全计，也为我们学会的安全计，在与各位副会长共同商议后，决定在线上进行。线上进行会议有一些局限，但也有不少好处。感谢与会的各位新老朋友，能积极参与，提交了不少好的文章，至少从数量来看，还不少于上次参加人数较多的会议的论文数，这是令人十分感动的，这是能开好这次会议的基本保证，所以在这里要首先感谢积极参与这次会议的海内外的所有朋友！

由于这几天学校与中文系的会议特别集中，分管校长实在无法分身来参加我们的会议，我们中文系的党委书记岳娟娟同志在百忙中抽出时间来致辞，这也是对我们这次会议的大力支持，十分感谢！

这次会议，九十多高龄的、大家尊敬的前辈梅节先生、宁宗一先生仍一如既往地关心我们的会议，抽出时间来致辞，指点"金学"的研究方向，语重心长，令人感动。

大家熟悉的、正在"喜马拉雅"热播讲解《金瓶梅》的马瑞芳教授最近加入了我们"金学界"的微信群，也第一次参加了我们的会议，她用古代小说研究家与作家的双重眼光来解读《金瓶梅》，将会带来新鲜的空气。

其他一些老朋友大家都熟悉，可喜的是又有一些年轻的新面孔加入了我们的队伍。不少年轻人写的文章有新的角度，新的思维，新的方法，且有深度，充满着活力。所以以陈维昭教授为主的筹备组，一开始给我提交的大会发言名单，就有较多的年轻的学者。这次两场大会发言中，年轻人就占了很大的比重。这也使我们对金学的前途更加充满信心。

这次会议，也使我特别感到，要使我们的金学事业长盛不衰，如何吸引、扶持和培养一批又一批金学新人，是一个十分重要而迫切的问题。这次触动我的是看到日本、韩国的一些老朋友，比如日本原来真正致力于《金瓶梅》研究的日下翠、荒木猛教授，一个已去世近十年了吧，一个也退休了多年，其他如大塚秀高、铃木阳一教授等也或退或将退了。可是冒出的川岛优子、田中智行等较年轻的一代就十分出色。去年川岛优子出版的论文集《〈金瓶梅〉的构想与它的受容》，每篇文章都很有分量；田中智行则致力于重译词话本，对流行了半个多世纪的小野忍译本提出了挑战，去年出版了上册，受到了大家的关注。韩国的崔溶澈教授退了，他们高丽大学的赵冬梅教授不断地给我们的会议提交了高质量的论文。台湾的傅想容女士，多年来也致力于金学的研究，引人注目。再回看我们大陆，当然也出了不少成果，出了不少人才。但仔细想想，我们是不是希望看到有更多高质量的论文与专著？是不是希望有更多真正把金学当作事业的中青年金学研究者？我们要把金学事业发扬光大，真正使《金瓶梅》实现经典化，希望在我们的年轻人身上。我们的同仁，都有责任把吸引、扶植、培养年轻的金学研究者当作我们的使命，使我们的事业永远充满着生气，兴旺发达。

  提到我们的金学事业发展，使我不能不想起我们"金学界"的公众号与微信群。自2019年11月理事会决定创办公众号以来，在曾庆雨教授的辛勤劳动下，成绩辉煌。近一年来（截至2020年10月22日），发表文章345篇，几乎是一天一篇，建立了"版本研究""批评与批评方法研究""传播与域外传播""民俗与文化研究"等14个专辑，订阅客户已达3 473位，单篇阅读点击量最高为16 870次，订阅人数覆盖城市335座，国家和地区16个。与此相关的微信群依托2019年石家庄国际会议群的人数规模，在一年时间中，人数由原来的105位增加到现在的158位，吸收了一批对《金瓶梅》有研究、有成果的专家学者。"金学界"公众号与微信群，作为我们学会的窗口与园地，促进了学者之间的交流和向大众的传播，推动了整个金学事业的发展。因此，我们应该珍惜这个园地，爱护这个园地，专心致志，心无旁骛，排除各种干扰，致力于提供更好、更多的学术论文，使我们的公众号更加丰富多彩，使我们的学会更加生气勃勃，促进《金瓶梅》的研究不断地走向深入。

  同志们，我们的事业兴旺发达，我们是走在希望的大道上，但我们的脚下还有些崎岖不平。我们一定要坚信我们的《金瓶梅》是中华民族难得的文学瑰宝，我们一定要坚信我们的研究工作是肩负着弘扬民族优秀文化的神圣使命，我们一定要坚信我们的研究队伍必定会越来越壮大，我们一定要坚信《金瓶梅》终将为全世界读者公认为是一部名副其实的文学经典！让我们都以金学事业为重，紧密地团结在一起，把我们学会的工作搞得越来越好，使我们的金学事业不断地从辉煌走向辉煌！

  谢谢大家！

2020年11月1日

金学分析

——在第十六届(上海)国际《金瓶梅》学术研讨会闭幕式上的总结发言

吴 敬

尊敬的黄霖会长,

尊敬的各位副会长、顾问、理事,

尊敬的川岛优子、田中智行、赵冬梅、董玉振先生,

尊敬的各位金学同仁:

在金学史上,一次别具生面的会议,经过与会人员特别是会务人员的努力,很快就要闭幕了。这种召开会议的方式虽然是因时局使然,虽然是失去了一些友朋面聚之乐,但绝不失为一种行之有效、行稳致远的开会格局。

"中国《金瓶梅》学会"与"中国《金瓶梅》研究会(筹)",自1989年(也可以说是1984年)成立以来三十多年,在刘辉、黄霖两位会长的率领下,团结全体会员,尤其是学会(研究会)工作人员,联络海外金学人士,创会、发展、中兴、辉煌,一步一个脚印,务实、创新、开花、结果,开创出无与伦比的研究途径,积累下丰硕厚重的科研成果,使金学逐步经典化,成为可以比肩任何显学的显学。

回顾百年金学历史,品味学会三十年艰辛,探讨金学繁盛的动因,展望金学玄秘的未来,借此机会,拟做一简明金学分析,以供师友参酌。

一、 历程分析

20世纪80年代中期，相继召开了1985年第一次（徐州）全国《金瓶梅》学术讨论会、1986年第二次（徐州）全国《金瓶梅》学术讨论会、1987年第三次全国（扬州）《金瓶梅》学术讨论会，迎来了1989年首届（徐州）国际《金瓶梅》学术讨论会，并同期成立了国家一级群众团体——中国《金瓶梅》学会。随着国家改革开放，学术也成为改革开放领域之一。那是一个如宁宗一先生在开幕式致辞中所说的文学自觉时期，有识之士、有学之人，捷足先登，分别在自己擅长的课题方向，利用天时，把控地利，团聚人和，创会、创学、创刊、创所、开讲、访学、发文、出书，成为改革开放大潮中的弄潮儿。

二十年的金学辉煌，没有引起国家研究机构和主管部门的重视，哪怕仅仅是留意。在"非典"期间，在申报难以进行之时，国家主管部门仍然坚持国家级群众团体重新登记，致使中国《金瓶梅》学会等63个国家一级学会于2003年6月6日被强行注销。当然，刘辉会长的生病与学会秘书处的不力，一时找不到部级挂靠单位（原挂靠单位为中国社会科学院，被认为学会主要负责人刘辉、吴敢、黄霖均非其员工而不能挂靠）也是其客观原因，这对我们无异于一声闷雷，在学会内部以及社会上引起强烈的反响，金学陷入迷茫之中。

2004年1月16日，中国《金瓶梅》学会创会会长刘辉不幸逝世。经黄霖、吴敢协商，仿社会通例，2004年2月26日以原学会秘书处名义，发函给各位理事，建议以"中国《金瓶梅》研究会（筹）"名义暂行工作，并由黄霖任筹委会主任、吴敢任筹委会副主任兼秘书长。该建议获得中国《金瓶梅》学会第二届理事会的一致同意。中国《金瓶梅》学会与中国《金瓶梅》研究会（筹）的转换，使金学起死回生。金学的中兴，证明了金学具备顽强的生命力与高超的创造性，这才有延续至今的十二届国际会议与一届全国会议的召开。

  我提交本次会议的《金学文献》六则，即中国《金瓶梅》学会与中国《金瓶梅》研究会（筹）、中国召开的全国与国际《金瓶梅》学术讨论会、中国召开的《金瓶梅》专题会议、中国《金瓶梅》研究会（筹）工作人员名单、《金瓶梅研究》编辑出版志略、国际《金瓶梅》资料中心目录（吴敢提供部分）足可佐证上述分析。这六则金学文献，也是我对过往工作的检视、小结，以供师友参酌。因为年事偏高和学术兴趣转向戏曲、杂文，我已五年未做《金瓶梅》研究了。2015年，为纪念全国首届《金瓶梅》学术讨论会召开30周年，而举办"第十一届国际《金瓶梅》学术讨论会"之时，恰逢拙著《金瓶梅研究史》出版，同时由吴敢、胡衍南、霍现俊主编的"金学丛书"出版，这便为我的金学研究画上了句号。

二、成员分析

  中国《金瓶梅》学会有会员近300人，中国《金瓶梅》研究会（筹）实行更为灵动的组织形式，目前中国研究《金瓶梅》的人员也有200人之众。中国《金瓶梅》研究会（筹）现有85名理事（连同21名顾问，实有106名工作人员），某种程度上也可以说中国《金瓶梅》研究会（筹）是大理事会制。这是一种行之有效的组织形式，牢固地团聚了中国金学的几乎所有中坚力量。

  中国金学队伍的结构，也可说是老中青结合。21名顾问加上70岁以上的理事、会员，老一辈金学家约占四分之一的比例，基本都是硕果累累，功成名就。目前尚笔耕不辍者，尤以宁宗一先生为最。宁先生密切关注金学状况，转发文章，发表观感，奖掖后进，呼吁创新，以金学建设为己任，几乎每天都能看到其身影，令人高山仰止，景行行止。40—70岁的金学学人约有三分之二，虽不能说皆专力经营金学，但大多数没有让金学闲置，新著、新文、新论多出其手，金学大厦靠中年金学家支撑。其余为青年金学学人，所占比例不高（但在本次会议提交论文者中所占比例却有三分之一），虽亦时有新人加入，但金学仍然亟需添补新的血液。《金瓶梅》具有吸引力，但金学缺乏号召力，唯一可以做的，就是敦请本会博硕士导师带领硕博士研究生以金学为选题（王平兄发言说2016年即有8篇金学硕博士论文）。

  好在两任会长皆身先士卒，率先垂范，既具有金学之学，又具有统帅金学之力。我在拙著《20世纪〈金瓶梅〉研究史长编》中曾如此评誉刘辉会长："事实证明，刘辉是很合适的中国《金瓶梅》学会的会长人选。关于《金瓶梅》研究，刘辉是一位金学全才，他有一部会评会校原著、二本专著、二三本编著、二三十篇论文等出版（发表），特别是其成书研究、版本研究、文龙研究等，被国内外公认为权威性著述；关于学会工作，他出席了中国召开的全部10次国际（内）《金瓶梅》学术研讨会，几乎每次会议他都自始至终参与了筹备与组织工作，并且以其粗犷、雄浑、刚正、机敏的风格，赢得绝大多数金学同仁的信赖与拥戴。"我在拙著《张竹坡与〈金瓶梅〉研究》中亦曾如此赞佩黄霖会长："黄霖先生著述如林，在中国文学批评史、中国古代文学研究史、明代文学研究、《金瓶梅》研究、近代文学研究等多个学科领域，均为领军人物。黄霖先生儒雅敦厚，宽怀大度，助人为乐，成人之美，诚所谓道德文章。"

  金学已经涌现出数十名著名金学家，集结成数百人的专业研究阵容，金学队伍不断扩大、定制，已经形成一支阵容整齐、行当齐全的高层次、高水平的研究团队，产生了广泛深远的影响。

三、成果分析

迄今为止，中国金学出版了数百部专著，发表了数千篇论文，召开了7次全国会议、16次国际会议和十余次专题会议，编辑发行了14部学会机关刊物《金瓶梅研究》，形成譬如成书年代、成书方式、作者、版本、评点、源流传播、思想主旨、艺术、语言、人物、文化、文献、美学等研究专题。

我在拙著《金瓶梅研究史》下编"学案"中说：

> 在国际金学团队中，可以并应该立传的金学家，何止百人。本编仅从当代学人中选取徐朔方、陈诏、宁宗一、傅憎享、卢兴基、蔡国梁、周中明、王汝梅、刘辉、蔡敦勇、张远芬、周钧韬、鲁歌、孔繁华、冯子礼、黄霖、叶桂桐、张鸿魁、陈昌恒、石钟扬、王平、李时人、赵兴勤、孟昭连、陈东有、孙秋克、卜键、何香久、许建平、张进德、霍现俊、曾庆雨、黄强、杨国玉、潘承玉、谭楚子（以上中国内地）、孙述宇、梅节、洪涛（以上中国香港）、魏子云、陈益源、胡衍南、李志宏（以上中国台湾）、日下翠、荒木猛、铃木阳一（以上日本）、崔溶澈（以上韩国）、韩南、芮效卫、浦安迪、陆大伟（以上美国）、胡令毅（加拿大）、雷威安（法国）、马努辛、李福清（以上俄罗斯）等55人（以国别、地区、年龄为序），尽其所能，撰其学案。其他如鲁迅、郑振铎、吴晗、姚令犀、朱星、杜维沫、王启忠、郑庆山、鲍延毅、罗德荣、石昌渝、白维国、马征、李申、田秉锷（以上中国）、鸟居久靖、泽田瑞穗、小野忍、大塚秀高（以上日本）、康泰权（韩国）、夏志清、马泰来、郑培凯、田晓菲（以上美国）、陈庆浩（法国）等，或因体例所限，或因资料难寻，或

因联系中断，或因时代久远，未能入案，是为遗憾。好在前述55人的《金瓶梅》研究成果，足可代表当代最好水平，亦为金学的主体内容。

前述十三个金学专题不但基本定型，而且有不少已经达到阶段性结题。虽然成书年代、成书方式、作者、版本、评点、文献等方向依然时有新见，但短时间内想要突破实属匪易（我不是说此类研究应该放弃）。当然主旨、艺术、语言、人物等因依文本阐释，还有研究空间。而源流、传播、文化、美学，更是与时俱进、因时有别，这些正是当下和今后可以发挥的主流。

即以本次会议论文为例，总61篇（参会64人）中，传播13篇，人物8篇，语言、金学各6篇，艺术、版本、主旨各5篇，评点、文化各4篇，作者3篇，成书2篇。不能说本次会议论文没有新见（相反，颇多具象的新见），但没有突破性进展亦是不争的事实。本次会议论文倒有一个突出特点，即多为精读文本所得。金学的第一要义，就应该是研究文本，然后才是依据文本的发挥、张扬。但是，一个相对周期内（譬如一年），如果文本细读至对雪、琵琶、缝纫、生育、金莲、厅堂、建筑等的关注（我不是说此类研究没有意义，相反，有的论文还很有新意），而且这种关注占了相当的比重，似有"山重水复疑无路"之嫌。

建议将研究的视野转向当代意识的观照和整体性的研究，譬如《金瓶梅》在中国小说史、中国小说批评史、明代文学、中国文学史、中国文学批评史中的地位，或《金瓶梅》对人心的叩问与人性的剖析，或金学的某一专题在中国小说史、明代文学中的地位，或金学在当代社会、中国文化史、世界文化交流史中的地位等，正如宁宗一先生致辞中所说："是研究者，你的心胸是否开阔和深沉，是否能够容得下连自己都感到陌生的人性之复杂性，从而对此探索才不是对《金瓶梅》浅层次的探索，而是认知《金瓶梅》创作元素本身就是取自于人的灵魂、人的人性的深处。"当然，打通专史需要学力与才气，期盼金学学人能够多加留意、厚积薄发。

四、 情谊分析

海外金学学人多人多次来中国访学、开会、交游，开卷有益，磋商有谊，以文会友，以会传播，其中尤以铃木阳一（日）、陆大伟（美）、崔溶澈（韩）为代表。我在《为金学增光添彩——在第十一届（徐州）国际《金瓶梅》学术讨论会闭幕式上的总结发言》中说：

> 陆大伟教授在中国古代小说批评与京剧学研究方面颇有建树。陆大伟先生参加了1986年第二届（徐州）全国《金瓶梅》学术讨论会、1992年第二届（枣庄）国际《金瓶梅》学术讨论会、第十一届（徐州）国际《金瓶梅》学术讨论会，1989年首届（徐州）国际《金瓶梅》学术讨论会也提交了论文和小传。他用中文发表了不少金学论文，内容多集中于《金瓶梅》的源流。大伟兄每年春都以中国属相为题，制作一幅全家福，用为贺新。长达三十多年的中国属相贺年卡制作，记录着陆大伟的中国情结，也记录了他的精细、执着、情趣、豁达和对生活的热爱。
>
> 铃木阳一教授主攻中国白话小说，涉及《金瓶梅》《西游记》《水浒传》《儒林外史》《歧路灯》等诸多方向。铃木阳一先生是来华参加金学会议次数最多的外国学人，出席了第二、五、七、九、十、十一、十二届计7次国际会议和第七届全国《金瓶梅》学术讨论会。1989年徐州首届国际金学会议，他也与会并提交了

个人小传和论文。铃木兄豪放爽直,古道热肠,在金学史和国际文化交流史上书写了新的一页。

崔溶澈教授一度集诸多要务于一身(高丽大学中文系主任、中国学研究所所长、民族文化研究院院长,同时还是韩国中国小说学会、中国语文研究会、东方文学比较研究会会长),在《金瓶梅》的源流、传播方面多有著述,影响广大。溶澈兄参加了在中国召开的第三、四、七、八、十一届国际《金瓶梅》学术讨论会,第九届国际《金瓶梅》学术讨论会时发有贺信,第十届国际《金瓶梅》学术讨论会虽未与会但提交了论文提要,参加次数仅次于铃木阳一先生,对国际金学交流做出了突出贡献。

如今,铃木阳一、陆大伟、崔溶澈皆为奔七之龄,希望新的海外金学朋友(譬如这次到会的川岛优子、田中智行、赵冬梅、董玉振)能够接流步武,再续交谊。

我在台湾学生书局出版之"金学丛书"第二辑前言中说:

> 以1924年鲁迅《中国小说史略》出版,标志着《金瓶梅》研究古典阶段的结束和现代阶段的开始;以1933年北京古佚小说刊行会影印发行《金瓶梅词话》,预示着《金瓶梅》研究现代阶段的全面推进;以20世纪30年代郑振铎、吴晗等系列论文的发表,开拓了《金瓶梅》研究的学术层面;以中国内地和台港地区、日韩、欧美四大研究圈的形成,显现着《金瓶梅》研究的强大阵容。
>
> 20世纪70年代以来的当代金学,辨章学术,考镜源流,营造了一座辉煌的金学宝塔。其蕴含宏富,立论精深,使得金学园林花团锦簇,美不胜收,可谓渊远流长,方兴未艾。中国的《金

瓶梅》研究，经过八十年漫长的历程，终于在20世纪的最后二十年登堂入室，当仁不让也当之无愧地走在了国际金学的前列。

中国《金瓶梅》研究会（筹）和其前身中国《金瓶梅》学会，是工作比较规范、活动比较正常、成效比较突出、富有担当精神、能够自我完善的学术团体，是团结和谐、融洽包容、可以畅所欲言、彼此相互信任的学术大家庭。在金学大家庭中，交叉组合，形成了很多学术圈子，有不少志同道合者过从甚密，成为莫逆之交，留下很多金学佳话（譬如"金学三剑客""全真七子""西湖三侠"等）。建言金学同仁保持、发挥这一传统，出语端正，行事和合，为会风增色，为友谊添彩。

五、情势分析

平心而论，金学没有得到其应得的荣誉和地位。这应该不是金学自身的责任，而是社会和传统使然。我们虽然一时改变不了这种学术情势，但我们充满底气和希望。我们既不能因此灰心丧气，也不能因此我行我素。我们既要坚守阵地，又要稳步前行。学术不应以选题方向（譬如红学与金学）区分高低，有朝一日，金学必将用其辉煌成就，彻底"去污名化"而迎来公平！

去年石家庄会议上建立的"金学界"微信群，其后于2019年11月11日注册开通"金学界"公众号，截至2020年10月22日，发表文章345篇，订阅客户达3473位，单篇阅读点击量最高达16877次，执行群主、执行主编曾庆雨教授付出了艰辛的劳作，应该得到金学同仁的掌声赞佩。

上海、北京、山东、江苏、天津，是金学学人集中地中位居前五位的省市。复旦大学是上海的金学中心，有着源远流长的金学传统，郑振铎、郭绍虞、赵景深、刘大杰、王运熙、章培恒、黄霖、张兵、陈维昭、张蕊青等先后绍继，是屈指可数的金学重镇之一。

由会长亲自主办的大型金学会议，这是第一次（当年刘辉会长一度曾计划在北京召开一次金学会议，后因故未果）。黄霖会长为此付出了巨大的努力与辛苦的运作，让我们以热烈掌声向其表示崇高的敬意！也让我们以热烈掌声对以陈维昭副会长兼副秘书长为首的会议工作人员的认真负责表示由衷的谢意！

当然，这种线上云会议方式，很多金学同仁还不是太熟悉，出现一点差错，实属难免，开得多了，就会运用自如。

由中国《金瓶梅》研究会（筹）与江苏师范大学图书馆共同创办的国际《金瓶梅》资料中心设在江苏师范大学图书馆，具有300平方米的使用空间，2020年底2021年初即可装修陈列完毕。已经向该中心捐赠专著的学人有黄霖、宁宗一、董玉振、黄立云、郑学文，共捐赠16部（梅节、陈东有、杨彬3位向暨南大学图书馆捐赠了著作），加上该馆原馆藏222部和吴敢捐赠之353部，总有馆藏591部。另有吴敢捐赠之金学文献若干包数千页，以及电子文本约100GB。欢迎各位师友继续向该中心赠送著作的纸质文本与电子文本（联系人：袁庆东；联系电话：15950687665；地址：江苏省徐州市铜山区上海路101号，江苏师范大学图书馆125室；电子信箱：qdy_816@sohu.com）。暨南大学图书馆亦建有"《金瓶梅》文献特藏中心"（联系人：刘文霞；联系电话：13560357731；地址：广东省广州市天河区黄埔大道601号暨南大学图书馆采编部；电子信箱：ocb@jnu.edu.cn），亦请同时同样寄赠。

梅节先生《梦梅馆新校十八开本〈金瓶梅词话〉》（台湾里仁书局2020年2月20日梅节先生九十嵩寿纪念版）三卷本已向部分师友

铃印、编号（我的编号是 000168）赠送（由史小军、陈益源协助），在此谨表谢意，并恭颂梅老健康长寿！

  本次会议期间，中国《金瓶梅》学会召开了一届十三次理事会，决定增聘马瑞芳教授为顾问，增选曾庆雨理事为副秘书长，让我们以热烈掌声表示欢迎和祝贺！理事会决定第十七届国际《金瓶梅》学术讨论会将于 2021 年在汉中召开，由理事、陕西理工大学研究生处处长雷勇承办，其后的金学会议，副会长陈益源、许建平，理事赵杰均有意承办，正在运筹之中。理事会还研究了研究会建设事宜，号召全体金学同仁共同努力，将本群和本号办得更好。

  2015 年前后，我的金学句号因为种种原因一直没有画好。现在终于可以画好了，谢谢各位师友三十六年来对我的关心、支持！

  亲爱的金学朋友们，再见！

2020 年 11 月 1 日于彭城预真居

图书在版编目(CIP)数据

金瓶梅研究.第十三辑/中国《金瓶梅》研究会(筹)编.—上海:复旦大学出版社,2021.9
ISBN 978-7-309-15899-1

Ⅰ.①金… Ⅱ.①中… Ⅲ.①《金瓶梅》-小说研究-国际学术会议-文集
Ⅳ.①I207.419-53

中国版本图书馆 CIP 数据核字(2021)第 173701 号

金瓶梅研究.第十三辑
中国《金瓶梅》研究会(筹)　编
责任编辑/张蕊青

复旦大学出版社有限公司出版发行
上海市国权路 579 号　邮编:200433
网址:fupnet@fudanpress.com　http://www.fudanpress.com
门市零售:86-21-65102580　团体订购:86-21-65104505
出版部电话:86-21-65642845
上海四维数字图文有限公司

开本 787×960　1/16　印张 25.25　字数 327 千
2021 年 9 月第 1 版第 1 次印刷

ISBN 978-7-309-15899-1/I·1291
定价:80.00 元

如有印装质量问题,请向复旦大学出版社有限公司出版部调换。
版权所有　侵权必究